39,80

D1697319

RUTH PRAWER JHABVALA
EINE WITWE MIT GELD

Erzählungen aus Indien
Übersetzt von Utta Roy-Seifert
Klett-Cotta

Für C. S. H. J. – wie immer.

I N H A L T

IN INDIEN LEBEN
VORWORT

Ich habe den Großteil meines Lebens als erwachsene Frau in Indien gelebt. Mein Mann ist Inder, meine Kinder sind Inder. Ich bin keine Inderin und werde es mit jedem Jahr weniger.

Indien hat eine sehr starke Wirkung auf die Menschen. Manche verabscheuen das Land, manche lieben es, die meisten tun beides. Ein spezielles Anpassungsproblem stellt sich für jene, die heutzutage hinkommen, mit eher liberalen Ansichten, für jene, die dazu erzogen wurden, sich anderen Kulturen gegenüber verständnisvoll und aufgeschlossen zu verhalten. Aber es ist nicht immer leicht, Indien gegenüber verständnisvoll und aufgeschlossen zu sein; man gelangt irgendwann an einen Punkt, an dem man sich verschließen muß, um sich zu schützen. Es ist ein sehr starkes Land, und oft erweist es sich als zu stark für europäische Nerven. Europäer – und mit Europäern meine ich alle Menschen der westlichen Welt, einschließlich Amerikanern – durchlaufen in Indien für gewöhnlich einen Zyklus. Der sieht so aus: erstes Stadium, enorme Begeisterung – alles Indische ist wundervoll; zweites Stadium, alles Indische ist gar nicht so wundervoll; drittes Stadium, alles Indische ist entsetzlich. Für manche endet es damit, für andere beginnt der Kreislauf aufs neue. Ich habe ihn so oft durchlebt, daß ich mir wie auf ein Rad geflochten vorkomme, welches sich unaufhörlich dreht, und manchmal bin ich oben, und manchmal bin ich unten. Wenn ich anderen Europäern begegne, weiß ich meistens nach einem Gespräch von wenigen Minuten, in welchem Stadium sie sich gerade befinden. Alle sprechen gern über Indien, ob sie es nun lieben oder verabscheuen. Es ist ein Thema, zu dem es vieles zu sagen gibt und von vielen Gesichtspunkten aus – sozialen, wirtschaftlichen, politischen, philosophischen: von allen Seiten ist es faszinierend zu betrachten.

Ich muß jedoch zugeben, daß mich Indien nicht mehr interessiert. Was mich jetzt interessiert, ist, wie ich in Indien lebe – oder wie ich in Augenblicken der Mutlosigkeit gelegentlich sage: in Indien überleben. Ich sollte lieber gleich sagen, daß der Grund,

9

weshalb ich überhaupt in Indien lebe, der ist, daß ich dort meine engsten menschlichen Bindungen habe. Ich glaube nicht, daß ich je hierher gekommen wäre, wenn ich nicht einen Inder geheiratet hätte; denn die Dinge, die Menschen für gewöhnlich nach Indien führen, locken mich nicht – oder haben mich früher nicht gelockt. Um hier zu bleiben und es hier auszuhalten, müßte man eine Aufgabe und ein Motiv haben, sollte geduldig, fröhlich, selbstlos, stark sein. Ich bin Mitteleuropäerin mit einer englischen Erziehung und einer bedauerlichen Neigung zu ständiger Selbstanalyse. Ich bin reizbar und habe schwache Nerven.

Das Auffälligste an Indien ist, daß es sehr arm und sehr rückständig ist. Es gibt noch so vieles sonst über Indien zu sagen, aber dies muß allem anderen zugrunde gelegt werden. Ob wir die indische Demokratie loben, in Entzücken ausbrechen über die indische Musik, indische Intellektuelle bewundern – worüber wir auch sprechen, wir sollten keinen einzigen Augenblick die Tatsache aus den Augen verlieren, daß eine sehr große Anzahl von Indern nie genug zu essen hat. Und zwar buchstäblich: von der Geburt bis zum Tode gibt es keinen einzigen Tag, an dem sie nicht Hunger litten. Kann man das denn aus den Augen verlieren? Gott weiß, ich habe es versucht. Aber wenn man sieht, was man hier jeden Tag sehen muß, ist es eigentlich nicht möglich, das eigene Leben weiter so zu leben wie gewohnt. Menschen verhungern auf den Straßen, Kinder werden entführt und verstümmelt, um als Bettler ausgeschickt zu werden – aber es ist sinnlos, die Schrecken aufzulisten, mit denen man lebt, *auf* denen man lebt wie auf dem Rücken eines Tieres. Offenbar paßt man sich irgendwie an.

Dafür gibt es mehrere Möglichkeiten. Die erste und beste ist, ein starker Mensch zu sein und sich als Arzt oder Sozialarbeiter hineinzustürzen und zu tun, was man tun kann. Oft glaube ich, daß dies vielleicht die einzige Bedingung ist, unter der Europäer überhaupt ein Recht haben, hier zu sein. Ich kenne einige solcher Menschen. Im allgemeinen haben sie sich irgendeiner Mission angeschlossen. Sie arbeiten sehr hart und bleiben dabei durchaus fröhlich. Alle paar Jahre werden sie auf Heimaturlaub nach Hause geschickt. Einmal bin ich so jemandem begegnet – einer Ärztin –, die gerade von ihrem ersten Heimaturlaub zurückkehrte, nachdem sie zwölf Jahre hier gewesen war. Ich fragte sie: Was für ein Gefühl ist das, nach einer so langen Zeit zurückzugehen? Wie schaffen Sie es, sich anzupassen? Sie verstand mich nicht. Diese Frage, die von so enormer Wichtigkeit für mich war – wie man mit den Unterschieden zwischen Europa und Indien zurechtkommt –, hatte für sie keinerlei Bedeutung. Es spielte einfach überhaupt keine Rolle. Und sie hatte recht, denn bei allem, was sie jeden Tag sieht und tut, ist es am besten, die feinen Schattierungen der eigenen Empfindsamkeit zu vergessen.

Eine andere Einstellung zu den Grundbedingungen des Lebens in Indien ist, sie zu akzeptieren. Das scheint die von den meisten Indern bevorzugte Haltung zu sein. Vielleicht hat das etwas mit ihrem Glauben an Wiedergeburt zu tun. Wenn einem die Dinge in diesem Leben nicht zusagen, besteht noch immer die Chance, daß im nächsten Leben alles anders sein wird. Das scheint ein tröstlicher Gedanke für Arm wie für Reich zu sein. Der Reiche, der sich mit Pilaw vollstopft, kann das ruhigen Gewissens tun, weil er weiß, er hat sich dieses Privileg mit seinem guten Verhalten im früheren Leben verdient; und der Arme kann ihm mit einem gewissen Gleichmut dabei zusehen, da er weiß: beim nächsten Mal könnte sehr gut er derjenige sein, der dieses Pilaw in sich hineinschaufelt, während der andere mit leerem Magen vor der Tür draußen hockt.

Doch dieser Weg des inneren Einverständnisses bleibt denen versperrt, die nicht im Glauben an die Reinkarnation aufgewachsen sind. Und wenn man das alles nicht akzeptiert, was bleibt einem dann zu tun übrig? Manchmal möchte man ganz einfach davonlaufen und irgendwohin gehen, wo alle genug zu essen und anzuziehen haben und ein Zuhause, in dem man wirklich leben kann. Aber selbst wenn man dort hingelangt, kann man denn jemals vergessen? Wenn man die Dinge in Indien einmal wirklich gesehen hat und begreift, daß es für die Menschen dort Bestimmung ist, ihr Leben zu Ende zu leben, dann kann man sich nirgends in der Welt je wieder wohl fühlen.

Aber das alles ist eigentlich nicht das, wovon ich reden wollte. Ich wollte mich nur auf mich selbst in Indien konzentrieren. Doch kann ich das nicht, ohne zuvor auf die Grundlage zu verweisen, auf der alle, die hierherkommen, leben müssen. Ich habe ein hübsches

Haus, ich gebe mir größte Mühe, angenehm zu leben. Ich schließe alle Fenster, lasse die Rollos herunter, schalte die Klimaanlage ein; ich lese viele Bücher, mit besonderer Vorliebe die der großen Romanciers. Dabei weiß ich die ganze Zeit, daß ich auf dem Rücken dieses großen Tieres lebe: Armut und Rückständigkeit. Sich vorzuspiegeln, es wäre anders, ist nicht möglich. Das heißt, man spiegelt es sich vor, aber die Rechnung dafür wird einem präsentiert. Selbst wenn man die Jalousien nie heraufzieht und die Klimaanlage nie ausschaltet, irgend etwas geht sicher schief. Die Menschen sind nicht dafür geschaffen, sich im Zimmer einzusperren und so zu tun, als wäre draußen nichts.

Jetzt, glaube ich, komme ich dem schon näher, worüber ich sprechen will. Ja, etwas stimmt nicht; ich bin so nicht glücklich. Ich fühle mich einsam, eingesperrt, ausgeschlossen. Es ist meine eigene Schuld. Ich sollte mehr ausgehen und mit Leuten zusammenkommen und erfahren, was vor sich geht. Schön, ich bin also keine Ärztin und keine Sozialarbeiterin und keine Heilige und auch keineswegs ein guter Mensch; dann ist also das einzige, was mir übrigbleibt, diesen Aspekt Indiens wegzuschieben und mich anderen zuzuwenden. Es gibt viele andere. Ich lebe in der Hauptstadt, wo so viel los ist. Der Winter ist eine einzige Runde von Partys, Kunstausstellungen, Theateraufführungen, Konzerten und Tanzdarbietungen, Besuchen europäischer Künstler; da braucht es keinen langweiligen Augenblick zu geben. Und doch sind alle meine Augenblicke langweilig. Warum? Ich weiß, es ist meine eigene Schuld. Ich kann es mir selbst nicht recht erklären, aber irgendwie habe ich zu diesen Dingen hier keine Lust. Kommt es daher, daß ich unter allem ständig das Tier spüre, wie es sich bewegt? Aber ich habe beschlossen, das Tier nicht zu beachten. Ich will mich nur auf das moderne, verwestlichte Indien konzentrieren und auf moderne, wohlhabende, kultivierte, verwestlichte Inder.

Ich will versuchen, eine westlich orientierte Inderin zu beschreiben, mit der ich vieles gemeinsam haben und in deren Gesellschaft ich mich wohlfühlen sollte. Sie hat die Universität von Oxford oder Cambridge oder irgendein renommiertes amerikanisches College besucht. Sie spricht makelloses, fließendes Englisch, wie es in diesen Ländern gesprochen wird, mit einem bezaubernden melodiösen Akzent. Sie hat einen akademischen Grad in Wirtschaftswissenschaften oder Politikwissenschaft oder englischer Literatur erworben. Sie stammt aus einer guten Familie. Ihr Vater war vielleicht ein indischer Staatsbeamter oder sonst ein hoher Regierungsfunktionär. Auch er ist in Oxford oder Cambridge gewesen, und er und ihre Mutter sind vor dem Krieg in Europa gereist. Sie haben immer in westlichem Stil gelebt, mit westlicher Kost, haben westliche Kultur stets bewundert. Die Tochter glaubt nun, das eher mißbilligen zu müssen. Sie findet, man sollte sich wesentlich indischer verhalten, und mit diesem Ziel vor Augen trägt sie handgewebte Saris und traditionellen Schmuck und hat sich einen übergroßen zinnoberroten Punkt auf die Stirn gemalt. Sie interessiert sich für klassische indische Musik und Tanz. Wenn sie reich genug ist – vielleicht hat sie in eines der großen indischen Geschäftshäuser eingeheiratet –, wird sie zu einer Förderin der Künste werden und in Sommernächten köstliche Partys in ihrem Garten veranstalten. Alle ihre Freunde werden da sein – und sie hat so viele, indische und europäische, lauter interessante Leute –, und Tabletts mit eisgekühlten Getränken werden von livrierten Dienern herumgereicht, und es wird intelligente Konversation gemacht, und dann wird es ein prächtig angerichtetes Buffet geben und wieder intelligente Konversation, und als Krönung des Abends: ein berühmter indischer Meister mit Darbietungen auf dem Sitar. Die Gäste ruhen auf Teppichen und Kissen auf dem Rasen. Am Himmel funkeln die Sterne, und die milde Sommerluft ist voll vom Duft des Jasmins. An den Kissen lehnen viele schöne junge Mädchen; ihre Gesichter sind melancholisch, denn die Musik geht ihnen zu Herzen, und manchmal seufzen sie vor Sehnsucht und Glück und blicken auf ihre hübschen Zehen hinab (mit einem winzigen silbernen Zehenring geschmückt), die unter ihrem Sari hervorschauen. Das ist indisches Leben und indische Kultur in bester und vollendetster Form. Doch braucht man trotz alledem nicht zu glauben, unsere indische Gastgeberin habe ihre westliche Erziehung vergessen. Keineswegs. In ihr kann man das Beste aus Ost und West vereint sehen. Sie interessiert sich für eine große Zahl der verschiedensten Themen und behauptet sich ohne weiteres in jeder Diskussion. Sie liebt es, ihren emanzipierten Verstand zu erproben, und worum sich die Unterhal tung auch drehen mag – Wirtschaft oder Politik oder Literatur oder Film –, sie hat eine gut durchdachte Meinung darüber und weiß sich auch auszudrücken. Welch ein Glück für mich, könnte ich eine solche Frau zur Freundin haben! Was für erfreuliche, anregende Stunden könnten wir beide miteinander verbringen!

Tatsächlich jedoch knirsche ich mit den Zähnen, wenn ich ihr mehr als fünf Minuten zuhören muß – ja, obwohl alles, was sie sagt, so wahr ist und mit den fortschrittlichsten Ansichten von heute übereinstimmt. Aber obwohl ich weiß, daß die Worte stimmen, klingen sie vollständig falsch. Es sind nur die Lippen, die sich bewegen, und Worte, die herauskommen: Es bedeutet gar nichts; nichts von dem, was sie sagt (obwohl sie es mit solcher Überzeugung und Gewandtheit, solchem Charme sagt), hat für sie auch nur die geringste Bedeutung. Sie macht Konversation, wie sie gelernt hat, daß gebildete Frauen Konversation machen. Und so ist es mit ihnen allen. Alles, was sie sagen, diese ganze lebhafte Unterhaltung rund um das Buffet, wird nicht von irgend etwas ausgelöst, das sie wirklich stark bewegt, sondern wovon sie meinen, daß es sie stark bewegen sollte. Das gilt nicht nur für Themen, die ihnen von Natur aus fremd sind – zum Beispiel, wenn sie ach so ernsthaft und mit solch tiefschürfender Intelligenz über Godard und Beckett und die Ökologie reden –, sondern auch, wenn sie über sich selbst sprechen. Sie wissen, daß das moderne Indien ein wichtiges Thema ist, und sie haben eine Menge dazu zu sagen; aber obwohl sie das moderne Indien *sind*, sehen sie sich nicht wirklich, denn sie haben nicht gelernt, sich zu sehen, außer mit den Augen ausländischer Fachleute, die zu achten man sie gelehrt hat. Und während ihnen die Probleme Indiens völlig bewußt sind und sie über sämtliche Statistiken und über alle Argumente für und wider Verstaatlichung, für und wider eine sozialistische Gesellschaftsordnung auf dem laufenden sind, ist es doch die ganze Zeit, als sprächen sie über ein *anderes* Land, als wäre das bloß ein Gesprächsthema – ein abstraktes Thema – und nicht ein lebendiges Wesen, das sich tatsächlich unter ihren Füßen regt.

Wenn ich nun aber an der Gesellschaft dieser verwestlichten Inderinnen und Inder keinen Geschmack finde, was gibt es dann sonst? Andere Inder führen kein wirklich geselliges Leben, nicht

so, wie wir es verstehen; der Begriff eines solchen Lebens überhaupt ist importiert. Es stimmt, daß Inder gesellig sind, insofern
als sie es verabscheuen, allein zu sein, und immer in Gruppen beieinander sitzen; aber diese Gruppen bestehen aus Verwandten – die
engere oder weitere Familie ist es, die sich versammelt und gerne
beieinander ist. Und wiederum ist ihr Begriff von gern beieinander
sein anders als unserer. Ihnen genügt es, wirklich nur beisammen
zu *sein*; da gibt es lange Zeitspannen des Schweigens, in denen alle
nur ins Leere starren. Hin und wieder unternehmen sie einen kleinen Anlauf zu einer Unterhaltung, für gewöhnlich nur über irgendein alltägliches Thema wie die steigenden Preise, eine bevorste-
hende Hochzeit oder einen lästigen Nachbarn. Da versucht man
nicht, den Verstand zu erproben oder die eigene Intelligenz an der
anderer zu messen; das Vergnügen liegt nur darin, andere vertraute Menschen um sich zu haben und mit ihnen zusammen die
Luft zu genießen und sich auf die nächste Mahlzeit zu freuen. Es
liegt tatsächlich etwas sehr Beruhigendes in dieser Form von gesel-
ligem Verkehr, und sie hat mehr Freude zu bieten als das künstliche
Gesellschaftsleben, das die verwestlichten Inder führen. Es ist auch
besser an das indische Klima angepaßt, das dazu einlädt, geistig
und körperlich völlig entspannt zu sein, nichts zu tun, nichts zu denken, nur zu fühlen, zu *sein*. Ich habe es auch wirklich immer wieder
genossen, stundenlang so herumzusitzen. Aber etwas in mir revol-
tiert nach einiger Zeit gegen eine derartige Trägheit. Ich kann
nicht einfach nur *sein*! Unvermittelt springe ich auf und renne davon aus diesem zufriedenen Kreis. Ich möchte etwas ungeheuer
Schwieriges tun, einen Berg besteigen oder *Die Kritik der reinen
Vernunft* lesen. Ich fühle mich versucht, mit dem Kopf gegen die
Wand zu schlagen, wie um mich aufzuwecken. Irgend etwas zu tun,
um zu verhindern, daß ich in diesen Sumpf des passiven intuitiven
Seins hinabgezogen werde. Ich habe das Gefühl, ich kann, ich darf
es mir nicht gestatten, so zu leben.

Selbstverständlich gibt es auch andere Europäer, die sich mehr
oder minder in der gleichen Lage wie ich befinden. Zum Beispiel andere mit Indern verheiratete Frauen. Aber ich habe Bedenken, den
Kontakt mit ihnen zu suchen. Menschen, die an der gleichen Krankheit leiden, sind für gewöhnlich keine gute Gesellschaft fürein-

ander. Wer soll wessen Klagen anhören? Andererseits, mit welcher Begeisterung heiße ich Besucher aus Übersee willkommen! Allein ihre körperliche Gegenwart bereitet mir Vergnügen. Ich sehe mit Freuden ihre frische Gesichtsfarbe, ihre roten Wangen, die von Wind und Regen erzählen; und ich betrachte gern ihre Kleider und Schuhe, bewundere die Beschaffenheit dieser soliden europäischen Materialien und den Fleiß und das Geschick, mit dem sie verarbeitet wurden. Auch höre ich gern, wie diese Menschen sprechen. Auf seltsame Weise rufen ihr Akzent, ihre Betonungen in mir Erinnerungen wach an die Orte, von denen sie kommen, so daß ich im Steigen und Fallen ihrer Stimmen den Wind in englischen Bäumen sich regen oder einen sanften Bach murmelnd durch einen sommerlichen Wald fließen höre. Und abgesehen von diesen sinnlichen Freuden bereitet es mir auch Freude zu hören, was sie zu erzählen haben. Ich lausche begierig auf das, was von Menschen berichtet wird, die ich kenne oder von denen ich gehört habe, und von neuen Theaterstücken und Restaurants oder Veränderungen und Moden. Doch sind weder die Themen noch mein Interesse daran unerschöpflich. Und dann bin ich an der Reihe. Und wie ist es mit Indien? Jetzt wollen sie zuhören, aber ich mag nichts sagen. Ich spüre, wie ich mürrisch werde. Ich mag nicht reden über Indien. Es gibt nichts, was ich ihnen erzählen kann. Es gibt nichts, das sie verstehen würden. Und doch fange ich an zu reden, und nach einiger Zeit rede ich sogar voller Leidenschaft. Aber alles, was ich sage, ist falsch. Ich höre mir selbst mit Entsetzen zu, und auch sie hören mit Entsetzen zu. Ich möchte aufhören, das Gegenteil sagen, aber ich kann nicht. Ich möchte rufen, das ist es nicht, was ich gemeint habe! Ihr hört mir in völlig falschem Zusammenhang zu! Aber es gibt keine Möglichkeit, den Zusammenhang zu erklären. Es würde zu lange dauern und außerdem, was für einen Sinn hat es? Es ist eine so geringfügige persönliche Angelegenheit. Ich verstumme. Ich habe nichts mehr zu sagen. Ich wende mich ab und wünsche mir, daß sie weggehen.

Also bin ich wieder allein in meinem Zimmer, die Jalousien heruntergezogen, die Klimaanlage eingeschaltet. Manchmal, wenn ich an mein Leben denke, scheint es sich auf diesen einen Punkt zusammengezogen zu haben und in diesem einen Raum konzentriert zu sein, und stets ist es ein sehr heißer, sehr langer Nachmittag, an dem die Klimaanlage versagt hat. Ich kann das Bedrückende derartiger Nachmittage nicht beschreiben. Es ist ein körperliches Bedrücktsein – die Hitze, die auf mich herabdrückt und die Wände und die Decke eindrückt und mit der Zeit verschmilzt, die stehengeblieben ist und sich nie mehr weiterbewegen wird. Und nicht nur diese beiden – die Hitze und die Zeit –, deren Gewicht auf mir lasten, sondern hinter ihnen oder in ihnen enthalten ist noch mehr, etwas, das ich nur als ganz Indien beschreiben kann. Das ist eine Übertreibung, aber ich muß übertreiben, um meine Gefühle über diese unzähligen Nachmittage auszudrücken, die ich, in mir unzählig scheinenden Jahren, in einem Land verbrachte, für das ich nicht geboren wurde. Indien verschlingt mich, und nun scheint es mir, als befände ich mich nicht mehr in meinem Zimmer, sondern in den glühheißen Straßen der Stadt unter einem weißglühenden Himmel; in einer solchen Hitze können Menschen nicht leben, deshalb ist alles verlassen – nein, nicht ganz, denn da kommt ein lächelnder Leprakranker in einem Karren, den ein anderer Leprakranker schiebt; dort liegt auch der Kadaver eines Hundes, und die Geier haben sich darauf gestürzt. Der Fluß ist ausgetrocknet und erstreckt sich meilenweit in der ebenen, von der Dürre zerrissenen Erde; es ist unmöglich zu unterscheiden, wo der Fluß aufhört und das Land beginnt, denn dies ist ebenso flach, ebenso voller Risse, ebenso ausgedörrt wie das Flußbett und dehnt sich unendlich aus. Bis wir in einen Dschungel kommen, wo wilde Tiere leben, und dann gibt es zerklüftete Schluchten, und dort leben die Geächteten mit Herzen wilder Tiere. Manchmal unternehmen sie Überfälle auf die Dörfer und rauben und brennen und verstümmeln und töten aus purer Lust daran. Und es wird gebirgiger, und das Gebirge ist hoch, sehr hoch, und nun ist es nicht mehr heiß, sondern furchtbar kalt, wir befinden uns in Schnee und Eis, und hier ist der Berg Kailas, auf dem Schiwa, der Vernichter, mit einer Kette aus Menschenschädeln um den Hals thront. Unten in den Ebenen verehren sie ihn. Ich kann sie sehen von hier aus – sie tun etwas Sonderbares – was ist es? Ich gehe näher. Jetzt kann ich es erkennen. Sie töten einen Knaben. Sie hacken ihn in Stücke, und jetzt vergraben sie die Stücke in den Fundamenten für eine neue Brücke. Ein Priester ist

dabei, völlig nackt bis auf die Asche, mit der er über und über be-
schmiert ist; er rezitiert heilige Verse über den Fundamenten, als
Segen und zur Versöhnung.

Ich verwende diese krassen Bilder, um so eine Vorstellung davon zu geben, wie unerträglich Indien – das, was es darstellt, wie
man es empfindet – werden kann. Man erreicht einen Punkt, an
dem man fliehen muß, und wenn man es rein physisch nicht kann,
dann muß man einen anderen Weg finden. Und ich glaube, nicht nur
Europäer, auch Inder fühlen den Zwang, eine Zuflucht vor ihrer oft
unerträglichen Umgebung zu suchen. Hier ist es vielleicht weniger
als irgendwo anders möglich zu glauben, daß diese Welt, dieses
Leben alles ist, was es für uns gibt, und die Versuchung, es aufzugeben und durch etwas Befriedigenderes zu ersetzen, wird überwältigend. Das wirft die Frage auf, ob Religion in Indien deshalb eine so
wirksame Kraft ist, weil das Leben so furchtbar ist, oder ist es um-
gekehrt: ist das Leben so furchtbar, weil das geistige Auge anderen
Dingen zugewandt ist, und es daher keinen Anreiz gibt, die Qualität des Lebens zu verbessern? Wie immer dem sei, die Tatsache
bleibt, daß die Augen des Geistes nun einmal anderen Dingen zugewandt sind, und es ist wirklich wahr, daß in Indien Gott gegenwär-
tiger zu sein scheint als anderswo. Jeden Morgen werde ich um drei
Uhr früh davon geweckt, daß jemand seine Seele mit einem Lied
der Anbetung ausschüttet; und dann in der Morgendämmerung läuten die Tempelglocken, und wenn der Abend sinkt, läuten sie wieder, und Muschelhörner ertönen, und es riecht nach Weihrauch und
den schon fast verblühten Blumen, die zu Füßen lächelnder Götter-
bilder mit rosigen Wangen niedergelegt werden. Ich lese in der Zeitung, daß der Gott Krischna wiedergeboren worden ist als Sohn
einer Webersfrau in einem Dorf irgendwo im Madscha Pradesch. An
den Ufern des Stromes sitzen in Meditation versunkene Gestalten,
und eine von ihnen stellt sich möglicherweise als der Schalterbe-
amte der Bank heraus, der einem vor ein paar Tagen einen Scheck
ausgezahlt hat; jetzt sitzt er dort im Lotussitz mit verdrehten
Augen, und er befindet sich in Ekstase. Es gibt Aschrams voller
kleiner, alter, halbverhungerter Witwen, die herumhüpfen und tanzen, sie kichern und spielen Verstecken, weil sie Krischnas Milch-
mädchen sind. Und über alledem steht ein Himmel von enormen

18

Ausmaßen – so viel größer als die Erde, auf der man lebt, und oft so unglaublich schön, von einem makellosen, überirdischen Blau bei Tag und voller leuchtender Sterne bei Nacht, und es ist schwer zu glauben, daß nicht etwas über allen menschlichen Verstand Großartiges und Wunderbares von dort ausgeht.

Ich liebe es, indischen Andachtsliedern zuzuhören. Sie scheinen rein wie Quellwasser; und die Empfindungen, die sie ausdrücken, sind sowohl schön als auch leicht verständlich, weil ihre Bildersprache so menschlich ist. Die Seele, die nach Gott ruft, wird stets in leicht verständlicher Weise als die Liebende dargestellt, die sich nach dem Liebsten sehnt. (»Ich warte auf Ihn. Hörst du Seinen Schritt? Er ist gekommen.«) Ich fühle mich besänftigt, wenn ich solche Lieder höre, und all meine Unzufriedenheit fällt von mir ab. Ich erkenne, daß alles, weshalb ich mich gesorgt habe, ohne jede Bedeutung ist, weil es einzig auf diese Verheißung ewiger Seligkeit in den Armen des Geliebten ankommt. Ich werde geduldig und gut und finde, daß alles gut ist. Leider dauert dieser Zustand der Seelenruhe nicht lange an, und nach einiger Zeit scheint es mir wieder, daß nichts gut ist, auch ich nicht. Jemand hat einmal zu mir gesagt: »Sieh doch, wie sanft die indische Seele ist, daß sie Gott in einer Kuh sehen kann.« Aber wenn ich versuche, diese Sanftheit als gegeben anzunehmen, schlägt sie in Schärfe um, denn wie sehr ich auch versuche, mir etwas vorzumachen, welche Schleier ich auch, um meines Seelenfriedens willen, vor meine Augen zu ziehen versuche, nur allzubald wird mir klar, daß die Kuh eben eine Kuh ist, und eine sehr magere, unterernährte, kranke obendrein. Und dann habe ich das Gefühl, daß ich an diesem Wissen, so schmerzlich es auch ist, festhalten will und es nicht gegen ein anderes eintauschen möchte, das für einen Inder stimmen mag, aber für mich nie ganz wird stimmen können.

Und hier, scheint mir, komme ich zum Kern meines Problems. Um in Indien zu leben und mit sich im reinen zu sein, muß man in sehr beträchtlichem Ausmaß Inder werden und sich indische Verhaltensweisen zu eigen machen, wenn möglich ein indisches Wesen annehmen. Aber wie ist das möglich? Und selbst wenn es möglich wäre – ohne sich selbst zu betrügen –, wäre das erstrebenswert? Sollte man versuchen wollen, etwas anderes zu werden, als man ist? Ich beantworte diese Frage nicht immer mit nein. Manchmal scheint es mir, es wäre so angenehm, ja zu sagen und nachzugeben und einen Sari zu tragen und sanftmütig zu sein und sich abzufinden, in einer Kuh Gott zu sehen. Dann wieder halte ich es für lohnend, aufsässig und europäisch zu sein und – ja, von meiner Umgebung zermalmt zu werden, aber dennoch den Versuch unternommen zu haben, mich zu behaupten. Selbstverständlich kann das nicht unbegrenzt so weitergehen, und letzten Endes muß ich sicherlich verlieren – wenn auch erst, da meine Asche unter Begleitung vedischer Hymnen in den Ganges gestreut wird, und wer wird dann noch sagen, daß ich nicht wahrhaftig mit Indien verschmolzen bin?

Manchmal gehe ich doch zurück nach Europa. Aber nach einiger Zeit langweilt es mich dort, und ich komme hierher zurück. Es fällt mir jetzt auch schwer, das europäische Klima auszuhalten. Ich habe mich an die intensive Hitze gewöhnt, und anscheinend brauche ich sie.

EINE WITWE MIT GELD

Durga wohnte im unteren Stockwerk des Hauses, das ihr gehörte. Es hatte einen winzigen Innenhof, von dem aus man in viele kleine Zimmer gelangte. Sämtliche Verwandte ihres Mannes und auch ihre eigenen wollten zu ihr ziehen und bei ihr wohnen; sie fanden, das wäre sehr bequem, und außerdem, warum woanders Miete zahlen, wenn es dieses ganze Haus gab. Aber sie widerstand ihnen allen. Sie erlaubte ihnen nicht einmal, im oberen Stockwerk zu wohnen, sondern vermietete es an Fremde und kassierte Geld dafür, war eine Hauswirtin. Sie hatte eine Menge gelernt, seit sie Witwe und Hausbesitzerin geworden war. Niemand, nicht einmal ihre älteren Verwandten, konnten sie zu irgend etwas überreden.

Ihren Mann hätte es gefreut, hätte er sie so sehen können. Er haßte Verwandte ohnedies, aus Prinzip; und er haßte schwache Frauen, die sich herumschubsen und sich alles mögliche einreden ließen. Das hatte er ihr von Anfang an so beigebracht: Steh auf deinen eigenen Füßen, behaupte dich, habe eine eigene Meinung, sei stark. Und er hatte ihr alles hinterlassen, damit sie es auch sein konnte. Als er sein Testament aufsetzte, hatte er vor Vergnügen gekichert beim Gedanken an seine vielen Verwandten und daran, wie wütend sie sein würden. Seine einzige Befürchtung war gewesen, daß sie sich nicht gegen sie behaupten und alles in ihre Hände legen würde; so hatte er seine letzten Kräfte dafür eingesetzt, sie vorzubereiten, ihr alles Nötige beizubringen, sie stark zu machen.

Sie hatte ihn liebgewonnen in diesen letzten Jahren – ja, wäre es nicht um das Geld und die Unabhängigkeit für sie gegangen, wäre sie traurig gewesen, ihn zu verlieren. Und das war ein großer Wandel im Vergleich zu dem, was sie am Anfang ihrer Ehe empfunden hatte, als sie, Gott möge es ihr verzeihen, jeden Tag darum gebetet hatte, daß er stürbe. Wie sie in ihren Gebeten betont hatte, war er alt, und sie war jung; es war nicht recht. Sie hatte alle gehaßt in jenen Tagen – nicht nur ihren Mann, sondern auch ihre Familie, die sie mit ihm verheiratet hatte. Sie mochte mit niemandem reden. Den ganzen Tag saß sie in einem kleinen Zimmer, ungewaschen, unfrisiert, wie eine Frau in Trauer. Der Diener stellte ihr die Mahlzeiten auf einem Tablett hin und versuchte, sie zum Essen zu überreden, aber sie aß nicht – nur wenn sie wirklich sehr hungrig war, und dann tat sie es grollend, verfluchte jeden Bissen dafür, daß er sie am Leben erhielt.

Aber der alte Mann war freundlich zu ihr. Er war ein sonderbarer alter Mann. Er schien gar nichts von ihr zu erwarten, nur daß sie in seinem Haus war. Manchmal brachte er ihr Saris und Armreifen, und obwohl sie am Anfang so tat, als wollte sie sie gar nicht, freute sie sich dann doch darüber und probierte sie an und bewunderte sich darin. Oft fragte sie sich, wieso er eigentlich so freundlich zu ihr war. Er war es zu niemandem sonst. Ja, er war als knausriger, bösartiger alter Mann bekannt, der sein Geld (mit Getreide) auf skrupellose Weise verdient hatte, seine Gläubiger arg unter Druck setzte und sich boshafterweise weigerte, seine bedürftigen Verwandten zu unterstützen. Aber zu ihr war er immer freundlich, er war sogar großzügig, und nach einer Weile kamen sie sehr gut miteinander aus.

Daher vermißte sie ihn beinahe, als er tot war, und nur wenn sie sich an andere Dinge erinnerte – an seinen Altmännergeruch und seine ausgedörrten Beine, die sie massiert hatte, mit dem nutzlosen Fetzen Männlichkeit, der schlaff gegen die Schenkel schlenkerte –, wurde ihr klar, es war besser, daß es ihn nicht mehr gab.

Sie war schließlich noch jung und gesund und kräftig und konnte jetzt, mit dem Geld und dem Besitz, den er ihr hinterlassen hatte, das Leben leben, das ihr zustand. Sie hielt sich zwei Dienstboten, stand auf, wann sie wollte, und ging zu Bett, wann sie wollte; sie aß alles, was sie mochte und so viel sie mochte; wenn ihr nach Ausgehen zumute war, mietete sie eine Tonga, eine leichte Zweiradkutsche – und nicht irgendeine, sondern immer eine schmucke mit glänzenden rotledernen Sitzen und einem gepflegten Pferd, mit klingelnden Glöckchen behängt, so daß die Leute sich nach ihr umsahen, wie sie da flott durch die Straßen kutschiert wurde.

Es war ein gutes Leben, und sie wurde mollig und glatt davon. Auch an Gesellschaft fehlte es ihr nicht: Ihre eigene Familie und die ihres Mannes hockte ständig bei ihr herum, und jetzt, da sie ihnen die richtige Einstellung beigebracht hatte, machte es ihr auch Vergnügen, sie zu bewirten. Sie hatte eine ganze Weile gebraucht, ihnen diese richtige Einstellung beizubringen. Denn am Anfang, als ihr Mann gerade gestorben war, hatten sie es als selbstverständlich vorausgesetzt, daß man sie als Witwe zu behandeln habe – das heißt als Fluchbeladene, die die Sünde begangen hatte, ihren Ehemann zu überleben, und die infolgedessen zu den Verworfenen zu zählen war. Sie hatten sie doch – ja, tatsächlich – ihrer bunten Seidengewänder und ihres Goldschmucks entkleiden wollen. Die Orthodoxen unter ihnen hatten ihr sogar das Haar scheren und sie auf eine magere Kost von altem Brot und Linsen setzen und sie jeglicher Gelegenheit berauben wollen, je wieder die süßen Dinge des Lebens zu kosten; sie wollten sie wahrhaftig zu jener immerwährenden Trauer, immerwährenden Buße verdammen, die sich für eine Witwe ziemte. So sahen sie es, und so hatten es ihre Vorfahren seit jeher gesehen; aber sie selbst sah es ganz und gar nicht so.

Es hatte natürlich einen Kampf gegeben, aber keinen, über dessen Ergebnis man lange im Zweifel gewesen wäre. Und nun hatte man akzeptiert, daß sie Herrin sein würde über das, was ihr gehörte, und in ihrem Haushalt das Regiment führen und ihre feinen Kleider tragen und ihre guten Speisen essen würde. Und von ihrem Überfluß warf sie ihnen Krumen zu, ließ sie in ihrem Haus sitzen und redete mit ihnen, wenn ihr nach Reden zumute war, und hörte sich ihre beharrlichen Betteleien um Geld an, und manchmal – nicht aus Mitleid oder Zuneigung, sondern nur aus einer Laune heraus, die sie überkam – erwies sie ihnen vielleicht sogar kleine Gefälligkeiten und ließ sich dafür danken und loben. Sie war die Herrscherin, und das wußten sie.

Aber selbst das Leben einer Herrscherin bringt nicht immer vollkommene Zufriedenheit, und es gab Tage und mitunter sogar Wochen, da sie das Gefühl hatte, man hätte sie nicht so behandelt, wie sie mit Recht hätte erwarten dürfen. Sie konnte nie genau sagen, was vergessen worden war, nur, daß etwas fehlte und daß man sie irgendwie, irgendwo übers Ohr gehauen hatte. Und wenn diese Erkenntnis sie überkam, dann verfiel sie wiederum in eine düstere Stimmung und aß und schlief mehr denn je – nicht weil es sie freute, sondern zwanghaft versank sie in Faulheit und Gier, weil weiche

Betten und milde Speisen alles waren, was das Leben ihr geboten hatte. Zu solchen Zeiten vertrieb sie die Verwandten aus ihrem Haus, und jene, die sich trotzdem hereinschlichen, hatten in respektvollem Schweigen um ihr Bett zu sitzen, während sie stöhnte und sich wand wie eine Kranke.

Es gab eine alte Tante, jedem als Bhuaji bekannt, der gelang es immer, sich hereinzuschlängeln, ganz gleich, in was für einer Laune Durga sein mochte. Sie war eine zähe, gerissene alte Frau, klein und schwach aussehend, mit einem leichten Augenfehler, wodurch sie ständig um die nächste Ecke zu spähen schien, so als wollte sie feststellen, ob es dort irgend etwas von Vorteil zu holen gäbe. Wenn Durga von ihrer düsteren Stimmung heimgesucht wurde, war es Bhuaji, die an ihrem Bett wachte und dafür sorgte, daß die anderen entsprechend betrübte Gesichter machten und bei jedem Stöhnen Durgas ob ihres Leidens laut ihr Mitgefühl bekundeten. Wenn Durga schließlich all dieser um sie versammelten Gesichter müde wurde und ihnen den Rücken kehrte, ihnen erklärte, sie sollten weggehen und nie wiederkommen, ihr zur Qual und Last, dann war es wieder Bhuaji, die dafür sorgte, daß sie eilends und geordnet abzogen und, wie es sich gehörte, mitfühlend auf Zehenspitzen; nachdem sie dann hinter ihnen allen die Tür verschlossen hatte, kam sie stets zurück und setzte sich zu Durga und ermunterte sie, nicht nur zu stöhnen, sondern auch zu weinen und doch endlich ihr Herz auszuschütten.

Nur, was gab es denn, worüber sie ihr Herz ausschütten könnte, so sehr sie sich auch unter Bhuajis mitfühlendem Zuspruch danach sehnte? Sie brachte Bruchstücke von Sätzen, halbe Klagen und Anschuldigungen hervor, aber sie hätte nicht genau sagen können, worüber. Bhuaji, stets beflissen und bereit, mit den richtigen Worten zu trösten, versuchte es statt Durga zu sagen: hob hervor, wie grausam das Schicksal sie behandelt hatte, indem es ihr vorenthielt, worauf jede Frau ein Recht besaß – nämlich einen Mann und Kinder. Aber nein, nein, rief Durga dann, das war es nicht, das war nicht das, was sie wollte; und sie blickte verächtlich drein beim Gedanken an diese Frauen, die Männer und Kinder hatten, ihre Schwestern und Kusinen, dünn, armselig, überarbeitet und überlastet; gab es denn irgend etwas Beneidenswertes an ihrem Schicksal? Im Gegenteil, sie waren es, die Durga beneiden sollten und es auch taten – sie konnte es an ihren Augen ablesen, wenn sie sie ansahen, die so glatt und wohlgenährt war und alles hatte, von dem sie selbst nicht einmal träumen konnten. Dann, allmählich, fing Bhuaji an, von Gott zu sprechen. Durga wußte von Gott, selbstverständlich. Man mußte Ihn im Tempel verehren und auch gewisse Riten vollziehen, wie im Fluß baden, wenn eine Sonnen- oder Mondfinsternis kam, und den heiligen Männern zu essen geben und Fasttage halten. Das alles tat man, damit einem nichts Böses widerfuhr, und alle taten es und hatten es seit jeher getan: das war Gott. Aber Bhuaji redete anders. Sie sprach von Ihm, als wäre Er ein Mensch, den man kennenlernen konnte, wie jemand, der zu Besuch kam und dasitzen und reden und Tee trinken würde. Sie sprach meistens von Ihm als Krischna, manchmal von dem Kind Krischna und manchmal von Krischna, dem Liebhaber. Sie wußte viele Geschichten von Krischna zu erzählen, all die alten Geschichten, die Durga gut kannte, denn sie hatte sie gehört, seit sie ein Kind gewesen war; aber Bhuaji erzählte sie, als wären es ganz neue Geschichten und erst gestern und ganz in der Nähe geschehen. Und Durga setzte sich im Bett auf und lachte: »Nein, wirklich, das hat er getan?« – »Ja, ja, wirklich – er stahl die Butter und leckte daran, nahm den Finger dazu, und die jungen Mädchen neckte er und zog sie an den Haaren und küßte sie – oh, er war so ein unartiger Knabe!« Und Durga wiegte sich hin und her, hielt sich die Hände vors Gesicht und lachte vor Vergnügen. »So ein Schlingel!« rief sie. »So ein schlimmer, schlimmer Junge, aber so ein Goldkind.«

Aber wenn sie auf den Liebhaber Krischna zu sprechen kamen, saß sie ganz still und schaute sehr aufmerksam drein, den Mund ein wenig geöffnet und die Augen auf Bhuajis Gesicht geheftet. Sie sagte nicht viel, hörte nur zu; nur manchmal fragte sie leise: »Er war sehr schön?«

»Ja, sehr«, sagte Bhuaji und beschrieb ihn noch einmal ganz genau – Lotusaugen und Brauen wie ein gespannter Bogen und den Hals wie ein Muschelhorn. Durga konnte sich darunter zwar nicht viel vorstellen, aber das schadete nichts, sie machte sich ihre eigene Vorstellung, im geheimen in Gedanken, während sie dasaß und

Bhuaji zuhörte und immer nachdenklicher wurde, stiller und stiller.

Bhuaji fuhr fort, ihr von Krischna zu erzählen und der reichen Belohnung, die jenen zuteil wurde, deren Herzen offen waren, ihn zu empfangen. Während Durga begierig lauschte, berichtete sie vom Leben der Maya Devi, die sich von der Welt zurückgezogen und eine kleine Hütte am Ufer des Ganges gebaut hatte, um dort ihre Tage mit dem Kind Krischna zu verbringen, das sie zu ihrem Kind gemacht hatte und zu dem sie den ganzen Tag lang sprach wie zu einem richtigen Kinde, mit ihm spielte und ihm kochte, sein Abbild badete und kleidete und es nachts zum Schlafen niederlegte und am Morgen mit einem Kuß weckte. Und dann Puschpa Devi, für die es so viele vorteilhafte Anträge gegeben hatte, die sie jedoch alle abgelehnt hatte, weil sie, wie sie sagte, bereits verheiratet sei mit Krischna, und er allein sei ihr Herr und Geliebter; sie lebte im Geiste mit ihm, und manchmal in der Nacht hörte ihre Familie ihre Freudenschreie, wenn sie bei ihm lag in ehelichem Verkehr und ihm ihre Seele schenkte.

Durga kaufte zwei kleine Messingfiguren von Krischna – eine, wie er Flöte spielte, die andere von ihm als kleines Kind, das auf allen vieren krabbelte. Sie gab ihnen einen Ehrenplatz auf ihrem kleinen Gebetstisch und verrichtete ihre Andacht viele Male am Tage, wartete stets darauf, daß er für sie lebendig würde und all das wäre, was Bhuaji versprochen hatte. Manchmal – wenn sie nachts allein war oder an den heißen stillen Nachmittagen auf ihrem Bett lag und in Gedanken bei Krischna war – verspürte sie ein seltsames Rühren in ihrem Inneren, fast wie eine Krankheit, mit einem Ziehen in den Eingeweiden und einem Weichwerden der Schenkel. Und sie zitterte und fragte sich, ob das wohl Krischna war, der zu ihr herabstieg, wie Bhuaji versprochen hatte, sie seine Leidenschaft spüren ließ, sich in sie hineinstahl – oh, der große Gott, der er war – wie ein Kind oder wie ein Liebhaber, in ihren Leib und in ihre Brüste.

Sie wurde verträumt und in sich gekehrt, so daß ihre Verwandten, die diese Veränderung rasch bemerkten, ungenierter kamen und gingen, wie es ihnen gefiel, und in ihrem Haus herumsaßen und Tee mit viel Milch und Zucker tranken. Bhuaji war überhaupt fast die ganze Zeit da. Sie hatte sogar ein Bündel Kleider gebracht und blieb oft den ganzen Tag und die ganze Nacht, trippelte nur schnell einmal davon, um rasch einen Blick auf ihren eigenen Haushalt zu werfen, mit ihrem eigenen alten Ehemann darin, und war innerhalb einer Stunde wieder zurück. Durga hatte den Verdacht, daß Bhuaji sich für diese Ausflüge nach Hause mit kleinen Vorräten an Reis und Linsen ausrüstete, und was sie sonst noch an Verpflegung aus der Küche stibitzen konnte. Aber Durga kümmerte sich kaum darum und war jedenfalls nicht in der Stimmung, eine Szene zu machen. Und wenn sie um Geld baten, Bhuaji oder die anderen Verwandten, gab sie ihnen sehr oft etwas – ganz geistesabwesend, nahm ihre Schlüssel heraus und schloß den Stahlschrank auf, wo sie ihre Kasse aufbewahrte –, während sie ihr aufmerksam, gierig, dabei zusahen.

In solchen Augenblicken dachte sie oft an ihren Ehemann und was er wohl sagen würde, wenn er sähe, wie nachgiebig sie mit diesen Verwandten war. Sie konnte sich beinahe vorstellen, wie er böse wurde, hörte seine schrille Altmännerstimme und sah, wie er mit der Faust drohte, so daß der Ärmel seiner Kurta flatterte und man seinen ausgetrockneten dürren Arm darunter zittern sah. Aber sie machte sich nichts aus seinem Zorn; es war ihr Leben, ihr Geld, gab sie ihm mürrisch zur Antwort, und sie konnte sich ausnützen lassen, wenn sie es wollte. Warum sollte er, ein toter alter Mann, ihr seine Wünsche vorschreiben, ihr, die lebendig und gesund und eine Verehrerin Krischnas war? Sie ertappte sich dabei, daß sie mit Abneigung an ihren Mann dachte. Es war, als hegte sie einen Groll gegen ihn, obwohl sie nicht wußte, weshalb.

Die Verwandten saßen im Haus herum und wurden immer kühner, schließlich erteilten sie sogar den Dienern Befehle und beklagten sich über die Qualität des Tees.

Es war etwa zu dieser Zeit, daß die Leute, die das obere Stockwerk gemietet hatten, kündigten – ein Ereignis, das große Aufregung im Leben der Verwandten hervorrief. Sie verbrachten viele glückliche Stunden damit, die leere Wohnung untereinander aufzuteilen (Bhuaji würde selbstverständlich ihren alten Ehemann in ein Zimmer übersiedeln, und sie überließ es den anderen, sich um den übrigen Platz zu streiten). Aber hier zeigte sich Durga wiederum sehr entschlossen; Mieter bedeuteten Geld, und sie hatte nicht die

Absicht, nicht einmal ihrem Mann zum Trotz, ein regelmäßiges monatliches Einkommen aufzugeben. Daher zog nur wenige Tage, nachdem die alten Mieter ausgezogen waren und die Verwandten noch hitzig miteinander diskutierten, wie das Stockwerk aufgeteilt werden sollte, eine neue Familie ein, bestehend aus einem Mr. Puri (einem Gemeinde-Steuerinspektor) und seiner Frau, zwei Töchtern und einem Sohn. Ihre Habseligkeiten wurden unter lauten Unmutsäußerungen der Verwandten hinaufgetragen; was bei Durga auf taube Ohren stieß – selbst die Klagen Bhuajis, die bereits mit ihrem alten Ehemann und ihrem gesamten Hausrat angerückt war und die sie jetzt zurückbringen mußte.

Durga hatte ihre beiden Götterfiguren nun schon so lange angebetet, aber nichts von dem, was Bhuaji versprochen hatte, schien mit ihnen zu geschehen. Und weniger und weniger geschah ihr selbst. Sie bemühte sich so sehr, lag auf ihrem Bett und dachte an Krischna und strengte sich an, dieses Aufwallen der Liebe wieder heraufzubeschwören, das sie einmal erlebt hatte; aber es kam nicht wieder, oder wenn es kam, dann nur als schwacher Widerhall dessen, was es einmal gewesen war. Sie war unzufrieden und hatte das Gefühl, daß viel versprochen und wenig gegeben worden war. Einmal, nachdem sie lange vor den beiden Figuren gebetet hatte, wandte sie sich ab und stieß unvermittelt mit dem Fuß nach einem Stuhlbein und verletzte sich am Zeh. Und manchmal, wenn sie gerade dabei war, irgend etwas zu tun – Wäsche zu sortieren oder einen Sari zusammenzulegen –, warf sie es mittendrin plötzlich mit einer ungeduldigen Bewegung beiseite und ließ es stirnrunzelnd liegen.

Sie verbrachte viel Zeit damit, auf einer leichten Liege im Hof zu sitzen, ohne etwas zu tun oder an etwas Bestimmtes zu denken, saß nur da, fühlte sich schwer und zu dick und fragte sich, was denn eigentlich am Leben dran war, daß man es weiter leben sollte. Wenn ihre Verwandten sie besuchen kamen, sagte sie ihnen immer öfter, sie sollten weggehen, sogar zu Bhuaji sagte sie das; ihr war nicht danach zumute, mit ihnen zu reden oder ihnen zuzuhören. Aber es gab jetzt einen neuen Menschen, der Anspruch auf ihre Aufmerksamkeit erhob. Der Hof wurde von einer Veranda aus eingesehen, die über die ganze Länge der oberen Wohnung lief. Und oft erschien auf dieser Veranda Mrs. Puri, ihre neue Mieterin, lehnte die Arme auf das Geländer und rief freundlich herunter, wollte sich unterhalten. Durga ermutigte sie nicht und antwortete so trocken, wie es die Höflichkeit eben zuließ; aber Mrs. Puri war eine freundliche Frau und hartnäckig, erschien zwei- oder dreimal am Tage, um Durga ihre Meinung über das Wetter mitzuteilen. Nach einer Weile begann sie das Vorrecht der Nachbarn wahrzunehmen und sich Kleinigkeiten auszuleihen – einmal waren ihr die Linsen ausgegangen, ein andermal das Mehl und das nächstemal der Zucker. Dafür schickte sie dann, wenn sie etwas Besonderes gekocht oder Gemüse eingelegt hatte, Durga etwas davon hinunter und führte auf diese Weise einen nachbarlichen Verkehr ein, den Durga nicht gewollt hatte, aber zu träge war, ihn zu verhindern.

Dann, eines Tages, schickte Mrs. Puri eine Portion eingelegten Ingwer durch ihren Sohn hinunter. Zögernd erschien er im Hof, hielt sein Glasgefäß vorsichtig in beiden Händen. Durga lag dösend auf ihrer Liege; sie hatte die Augen geschlossen, und vielleicht schlief sie sogar halb. Der Junge stand da und sah auf sie hinunter, wußte nicht, was er tun sollte, hüstelte ein wenig, um sie auf sich aufmerksam zu machen. Ihre Augen öffneten sich und blickten ihn unbewegt an. Er war vielleicht siebzehn Jahre alt, ein Junge mit großen schwarzen Augen und breiten Schultern und Wangen, auf denen bereits dunkel der Bart sprießte. Durga lag da und blickte unverwandt zu ihm auf, sah nichts als sein junges Gesicht, das über ihr aufgetaucht war. Er erwiderte ihren Blick unsicher, versuchte zu lächeln und errötete. Dann endlich setzte sie sich auf und brachte ihren Sari in Ordnung, der von ihren Brüsten herabgeglitten war. Die Augen bescheiden gesenkt, hielt er ihr wie bittend das Glas mit dem Eingelegten hin.

»Von der Mutter?«

Er nickte kurz, stellte das Gefäß auf den Boden neben ihre Liege und wandte sich ziemlich rasch zum Gehen. Als er gerade durch die Tür aus dem Hof verschwinden wollte, rief sie ihn zurück, und er blieb stehen und wandte sich ihr abwartend zu. Es dauerte eine Weile, ehe sie sprach, und dann fiel ihr nichts anderes ein, als zu sagen: »Bitte, sag deiner Mutter schönen Dank.« Er verschwand, ehe sie ihn ein weiteres Mal zurückrufen konnte.

Durga war ziemlich nachlässig geworden in ihren Gepflogenheiten in letzter Zeit, aber an diesem Abend kleidete sie sich in einen ihrer besseren Saris und ging in den ersten Stock hinauf zu Mrs. Puri. Einem Besuch der Hauswirtin maß man einige Bedeutung bei, und Mrs. Puri, die gerade rohe Mangofrüchte einweichte, ließ daher diese Arbeit liegen, wischte sich die Hände am Saum ihres Saris ab und führte Durga ins Wohnzimmer. Das Wohnzimmer war nicht sehr beeindruckend; nur ein Korbtisch stand darin und einige Korbhocker, und ein paar billige Bilder aus dem Basar hingen an den weißgetünchten Wänden. Durga setzte sich in den einzigen Stuhl im Zimmer, einen samtbezogenen Armsessel, bei dem der Samt an vielen Stellen abgewetzt war und der nach feuchten alten Kleidern roch.

Die beiden Töchter von Mrs. Puri saßen auf dem Boden und nähten an einer Steppdecke, die sie aus vielen alten Stoffstücken zusammensetzten. Es waren reizlose Mädchen mit derben Zügen und unreiner Haut. Mr. Puri war offensichtlich nicht zu Hause – und seine Frau kam bald auf dieses Thema zu sprechen: Jeden Abend, sagte sie, saß er im Haus irgendeines Freundes herum, weiß Gott, was sie dort taten, wenn sie da herumsaßen, worüber konnten sie denn schon viel reden? Verschwendete Geld mit Zigarettenrauchen und Betelkauen, während sie und die Töchter daheim hockten, die armen Mädchen, und war es nicht höchste Zeit, gute Ehemänner für sie zu finden? Aber was kümmerte das Mr. Puri – er hat immer nur an sein eigenes Vergnügen gedacht, seine Familie bedeutete ihm nichts. Und Govind war genauso . . .

»Govind?«

»Mein Sohn. Der auch – nichts als ins Kino und mit Freunden herumalbern.«

Sie hatte über vieles zu klagen, und offenbar hatte sie nicht oft jemanden, bei dem sie sich beklagen konnte; daher nützte sie Durga dafür aus. Die beiden reizlosen Töchter hörten gelassen zu, stichelten an ihrer Decke; nur wenn ihre Mutter auf die dringende Notwendigkeit zu sprechen kam, Ehemänner für sie zu finden – was sie regelmäßig und in kurzen Abständen wiederholte wie einen Kehrreim jeder einzelnen Klage –, wurden sie unruhig, tauschten scheue Blicke und kicherten hinter vorgehaltener Hand.

Durga brauchte ziemlich lange, bis sie sich losreißen konnte; als es ihr endlich gelang, begleitete Mrs. Puri sie zum Abschied bis an die Treppe, wobei sie fortwährend jammerte und auch dann noch nicht verstummte, als Durga sich bereits vorsichtig die steile, schmale Steintreppe hinuntertastete. Und gerade als Durga unten ankam, erschien Govind, um hinaufzugehen, und seine Mutter rief hinunter zu ihm:»Jetzt kommst du zum Essen nach Hause?«

Durga begegnete ihm an der sehr engen Stelle zwischen der Eingangstür und der ersten Stufe. Sie kam ihm so nahe, daß sie seine Wärme spüren und seinen Atem hören konnte. Mrs. Puri schrie die Treppe hinunter:»Sich überall herumtreiben, den ganzen Tag wie ein Vagabund!« Durga konnte seine Augen im Dunkeln schimmern sehen, und er konnte ihre sehen. Mit gedämpfter Stimme sagte sie:»Deine Mutter ist böse auf dich«, und dann war er schon die Treppe halb oben.

Später, als sie sich langsam aus ihrem Sari wickelte und sich dabei im Spiegel betrachtete, dachte sie über ihren Ehemann nach. Und wieder, stärker als sonst, hatte sie dieses Gefühl des Widerwillens gegen ihn, diesen Groll gegen den nutzlosen toten alten Mann. Es war jetzt achtzehn oder neunzehn Jahre her, daß man sie mit ihm verheiratet hatte; und wäre er fähig gewesen, hätte sie dann nicht jetzt einen Sohn wie Govind, einen kräftigen, gesunden, hübschen Jungen mit breiten Schultern und eben sprießendem Bart? Sie lächelte bei dem Gedanken, voller Zärtlichkeit, vergaß ihren Ehemann und malte sich statt dessen aus, wie es wäre, wenn Govind ihr Sohn wäre. Sie würde ihn nicht so behandeln, wie seine Mutter es tat – würde ihm nie Vorwürfe machen, ihn auf der Treppe anschreien –, sondern ihn im Gegenteil bei all seinen Vergnügungen ermuntern, so daß er immer als erstes, wenn er nach Hause käme, nach ihr riefe »Mama!« – und sie würden liebevoll beieinander sitzen, eher wie Bruder und Schwester, oder sogar als wären sie Freunde und nicht Mutter und Sohn, während er ihr alles erzählte, was er während des Tages erlebt hatte.

Sie trat näher an den Spiegel heran – ihr Sari blieb achtlos liegen, so wie er um ihre Füße zu Boden gefallen war – und betrachtete sich, strich mit der Hand über ihre Haut. Ja, sie war noch weich und glatt, und wer sah denn schon die winzigen dünnen

Linien, nicht mehr als Schatten, die um ihre Augen und ihre Mundwinkel lagen? Und wie schön ihre Augen noch waren, wie groß und schwarz, und wie sie leuchteten. Und auch ihr Haar – sie löste es aus den Nadeln, und langsam fiel es herab, schwer und schwarz und glatt vom Öl, und nicht ein graues war dabei.

Als sie so dort stand und sich betrachtete, mit nichts anderem bekleidet als ihrer kurzen Bluse und dem Unterrock, das Haar offen, tauchte plötzlich ein anderes Abbild hinter ihr im Spiegel auf: eine alte Frau, grau und schäbig und schielend und mit einem einschmeichelnden Lächeln im Gesicht. »Ich störe doch nicht?« sagte Bhuaji.

Durga bückte sich, um ihren Sari aufzuheben. Sie fing an, ihn zusammenzulegen, aber Bhuaji nahm ihn ihr ab und tat es viel geschickter, streckte eifrig die Zungenspitze aus dem Mund dabei. »Warum bist du gekommen?« fragte Durga und beobachtete sie. Bhuaji gab keine Antwort, sondern faltete weiter den Sari zusammen, und als sie damit fertig war, strich sie ihn demonstrativ von beiden Seiten glatt. Durga legte sich aufs Bett. Sie stellte fest, daß sie eigentlich ganz froh über Bhuajis Besuch war.

Sie fragte: »Wie lange ist es her, seit man mich verheiratet hat?«

»Laß mich nachdenken«, sagte Bhuaji. Sie hockte sich neben das Bett und fing an, Durgas Beine zu massieren. »Es ist fünfzehn, sechzehn Jahre her . . .«

»Nein, achtzehn.«

Bhuaji nickte zustimmend, ihre Lippen bewegten sich, während sie irgend etwas im Kopf ausrechnete und ihre Hände weiter geschickt massierten.

»Achtzehn Jahre«, sagte Durga nachdenklich. »Ich könnte schon –«

»Großmutter sein inzwischen, ja«, sagte Bhuaji und lächelte breit mit ihrem zahnlosen Mund.

Unvermittelt stieß Durga diese massierenden Hände weg und setzte sich auf. »Laß mich in Ruhe! Warum kommst du her, wer hat dich gerufen?«

Anstatt in ihrem Hof zu sitzen, wanderte Durga jetzt oft an der Tür, die zur Treppe führte, hin und her. Wenn Govind herunterkam, hatte sie immer ein paar Worte für ihn. Zuerst war er schüchtern und ging so rasch wie möglich weiter; manchmal wartete er, bis sie weg war, ehe er herunter oder hinauf ging. Aber sie hatte Geduld mit ihm. Sie verstand seine Schüchternheit und konnte sie sogar nachfühlen: Er war jung, unbeholfen vielleicht, wie ein Kind, und wußte nicht, wie wohl sie ihm wollte. Aber sie hatte Ausdauer; sie stellte ihm Fragen, wie etwa: »Gehst du oft ins Kino?« oder »Was studierst du?«, um ihm zu beweisen, welches Interesse sie an ihm hatte, genau wie eine Mutter oder eine Lieblingstante, daß sie bereit war, über jedes Thema mit ihm zu reden.

Und allmählich ging er darauf ein. Anstatt davonzueilen, fing er an, am Fuß der Treppe stehenzubleiben und ihre Fragen zu beantworten; zunächst sehr einsilbig, aber bald, als sein Interesse geweckt war, ausführlicher, und schließlich so ausführlich, daß es unsinnig schien, noch weiterhin da in der dunklen Enge zu stehn, wenn er doch mit ins Haus kommen und dort bei ihr sitzen und Mandellimonade trinken konnte. Und er redete und redete, erzählte ihr alles: wer seine Freunde waren, wer seine Lieblings-Filmstars, von seinem Ehrgeiz, ins Ausland zu gehen, Flugzeugingenieur zu werden. Sie hörte zu und sah ihn an, während er sprach; sie sah ihn immerzu an, die Augen auf sein Gesicht geheftet. Sein Gesicht wurde ihr sehr vertraut und war ihr doch immer neu. Wenn er lächelte, erschienen zwei Grübchen in seinen Wangen. Seine Zähne waren groß und weiß, von einem Wirbel über der Stirn wuchsen seine Haare ungebändigt empor. Alles an ihm war jung und frisch und kräftig – sogar sein Geruch, der Geruch eines jungen Tieres voller Saft und Kraft.

Sie tat ihm gern allerlei Kleinigkeiten zuliebe. Zuerst traktierte sie ihn mit Mandelsorbet und Zuckerwerk, wovon er große Mengen vertilgen konnte. Später gab sie ihm Geld – anfänglich kleine Beträge, hier eine Rupie und da eine Rupie, dann aber bald Fünf- und sogar Zehnrupienscheine. Er wünschte sich Geld so sehr, und seine Eltern gaben ihm so wenig. Es war nicht richtig, einen Jungen so kurzzuhalten, wenn er doch eine Menge brauchte: um seine Freunde einzuladen, für seine heimlichen Zigaretten, für T-Shirts und Jeans, wie er sie andere Jungen tragen sah.

Schließlich gewöhnte er sich an, sie um alles zu bitten, was er gerne haben wollte. Wie konnte sie es ihm verweigern? Im Gegenteil, sie war froh und stolz zu geben – und sei es nur, um den glücklichen Ausdruck auf seinem Gesicht zu sehen, das Leuchten seiner Augen bei dem Gedanken an das, was er sich kaufen würde, sein Lächeln, das kleine Grübchen in seinen Wangen machte. In solchen Augenblicken wurde ihr ganz warm, war sie krank vor Mutterliebe, sehnte sie sich danach, seinen Kopf an sich zu drücken und sein Haar zu streicheln. Er war ihr Sohn, ihr Kind.

Und genau das sagte seine Mutter zu ihr: »Er ist auch Ihr Sohn, Ihr Kind.« Mrs. Puri sah es gern, daß Durga solches Interesse an dem Jungen zeigte. Sie brachte ihm bei, danke schön für alles zu sagen, was Durga ihm gab, und sie Tantchen zu nennen. Sie legte sehr oft Früchte ein oder Gemüse und schickte Gläservoll davon hinunter. Sie kam auch selbst herunter und redete stundenlang auf Durga ein, sprach über ihre Familienprobleme. So vieles wurde gebraucht, und wo sollte das alles herkommen? Mr. Puris Gehalt war niedrig – 175 Rupien im Monat plus Teuerungszulage –, und er gab eine Menge für Betel und Zigaretten und andere Vergnügungen aus. Und was sollte aus ihren armen Kindern werden? Sie waren so gute Kinder, wie jeder, der ihnen ein bißchen Interesse entgegenbrachte, feststellen müsse. Sie brauchten nur eine helfende Hand im Leben, weiter nichts. Ihr Junge und ihre beiden Mädchen, die schon seit einem Jahr hätten verheiratet sein sollen. Sie schickte die Mädchen ziemlich häufig herunter, aber Durga schickte sie immer schnell wieder zurück.

Wenn es auf den nächsten Monatsanfang zuging und die Miete fällig wurde, kam Govind jeden Tag mit Eingelegtem herunter, und nach einer Weile folgte ihm dann Mrs. Puri. Sie tupfte mit einem Zipfel ihres Sari an den Augen herum und gab einen genauen Bericht über ihre Ausgaben, was sie für Schulden und was sie noch an Kleingeld hatte, so daß Durga selbst sehen konnte, wie unmöglich es war, an ein derart überlastetes Budget eine Forderung nach Mietzahlung zu stellen. Und obwohl Durga zunächst versuchte, diese Klagen zu überhören, wurde das immer schwieriger, und am Ende mußte sie dann immer sagen, daß es ihr nichts ausmache, noch ein paar Tage länger zu warten. Woraufhin Mrs. Puri ihre Augen trocknete und das Thema Miete nicht wieder erwähnt wurde bis zur ersten Woche des folgenden Monats, wo sich dann der ganze

Vorgang wiederholte. Auf diese Weise kamen etliche Monate Miete zusammen – eine Tatsache, die – hätten sie davon Kenntnis bekommen – Durgas frühere Mieter erstaunt hätte, die sie als ganz und gar unnachgiebige Hauswirtin erlebt hatten.

Die Verwandten waren sehr beunruhigt über diese wachsende Freundschaft mit den Puris, die ihnen ebenso verdächtig wie unnatürlich erschien. Wieso hatte es Durga nötig, freundlich zu Fremden zu sein, wenn sie ihre Verwandten hatte, denen sie durch Blut und Verpflichtung verbunden war. Sie wurden sehr ungehalten, mußten aber ihre Zungen im Zaume halten; denn Durga war reizbar ihnen gegenüber zu dieser Zeit, und wenn sie auf Themen zu sprechen kamen oder Anwandlungen zeigten, die ihr nicht paßten, wies sie ihnen rascher als je zuvor die Tür. Aber ganz eindeutig mußte etwas unternommen werden, und es war Bhuaji, die diese Aufgabe auf sich nahm.

Sie begann damit, Govind zu loben. Ein guter Junge, sagte sie, das konnte sie auf einen Blick erkennen, respektvoll und mit guten Manieren, einen Jungen wie ihn sollte man ermutigen und ihm im Leben weiterhelfen. Sie hatte ganz und gar nichts gegen Govind. Seine Mutter hingegen und seine Schwestern – Bhuaji sah Durga von der Seite an, schüttelte traurig den Kopf. Ach, leider kannte sie diese Art von Frauen nur zu gut, sie war schon zu vielen solchen Frauen begegnet, um ihren sanften Reden auf den Leim zu gehen. Gierig und schamlos, so waren sie in Wirklichkeit, selbstsüchtig und skrupellos, mit dem einzigen Ziel, sich an gutherzige, edle Menschen wie Durga heranzumachen und jeden nur möglichen Vorteil aus ihnen herauszupressen. Sie waren es, sagte Bhuaji, indem sie näher an sie herantrat und hinter vorgehaltener Hand flüsterte, als fürchtete sie, Mrs. Puri könnte sie von dort oben hören, die den Jungen dazu anstifteten, herunterzukommen und um Geld und neue Kleider zu bitten – nur um vorzufühlen und zu sehen, wie weit sie gehen könnten. Durga sollte nur warten, und sie würde schon sehen: bald würden sie Saris haben wollen und nicht Zehnrupienscheine, sondern hundert Rupien, alles mögliche für den Haushalt, ein Radio, einen teuren Teppich; und sie würden nicht ruhen, ehe sie nicht nur das obere Stockwerk, sondern auch das untere Stockwerk für sich hätten . . .

Gerade in diesem Augenblick ging Govind an der Tür vorüber, und Durga rief nach ihm. Als er hereinkam, fragte sie ihn: »Wo gehst du denn hin?«, und dann strich sie über das Hemd, das er trug, und sagte: »Mir scheint, es wird Zeit, daß du ein neues Buschhemd bekommst.«

»Ein seidenes«, sagte er, was Durga zum Lächeln brachte, und sie antwortete mit sanfter, verheißungsvoller Stimme: »Mal sehn«, während die arme Bhuaji daneben stand und nichts sagen konnte, nur schielte und krampfhaft lächelte.

Eines Tages ging Bhuaji hinauf. Sie sagte zu Mrs. Puri: »Lassen Sie Ihren Jungen nicht so oft nach unten. Sie ist eine gesunde Frau mit jungen Gedanken.« Mrs. Puri entschloß sich, beleidigt zu sein. Sie sagte, ihr Junge sei ein guter Junge, und Durga sei wie eine zweite Mutter zu ihm. Bhuaji zwinkerte und legte den Finger an die Nase, wie eine, die mehr zu erzählen hätte, wenn sie nur wollte. Das machte Mrs. Puri sehr zornig, und sie fing an zu schreien, wieviel böses Denken heute in der Welt herrsche, so daß selbst edle Taten falsch ausgelegt und in den Schmutz gezogen würden. Ihre beiden Töchter, obwohl sie nicht verstanden, wovon da überhaupt die Rede war, blickten ebenfalls erbost drein. Mrs. Puri sagte, sie sei stolz auf die Freundschaft ihres Sohnes, aus der man sehen könne, daß er besser war als alle die anderen Jungen, die nichts im Kopf hatten als ihr eigenes Vergnügen und gar nicht daran dachten, auf die Weisheiten älterer Leute zu hören, um von ihnen zu lernen. Und sie blickte von ihrer Veranda in den Hof hinunter, wo Govind mit Durga saß und versuchte, sie dazu zu überreden, ihm einen Motorroller zu kaufen. Auch Bhuaji sah hinunter, und sie biß sich auf die Lippen, damit ihr kein böses Wort entschlüpfte.

Durga liebte es, Govind so bei sich sitzen zu haben. Sie hatte nicht die Absicht, ihm einen Motorroller zu kaufen, der mehr Geld kosten würde, als sie auszugeben Lust hatte, aber sie hörte ihm schrecklich gern zu, wenn er darüber redete. Seine Augen glänzten, und das Haar fiel ihm ins Gesicht, als er ihr von dem wunderschönen Motorroller erzählte, den sein Freund Ram besaß, mit vielen chromglänzenden Teilen und einem Rücksitz, auf dem er seine Freunde mitfahren ließ. Er beugte sich vor und rückte näher in seinem Eifer, mit dem er sie an seiner Begeisterung teilhaben lassen wollte. »Er fährt vierzig Meilen in der Stunde, genau wie jedes Auto!« – Er war ganz hingerissen und sah prächtig aus, voller Kraft und Energie. Durga legte ihm die Hand aufs Knie, und er bemerkte es gar nicht. »Ich hab was für dich drinnen«, sagte sie leise mit heiserer Stimme.

Er folgte ihr in das Zimmer und blieb hinter ihr stehen, während sie mit den Schlüsseln am Stahlschrank herumhantierte. Ihre Hand zitterte, so daß sie den Schlüssel nicht gleich umdrehen konnte. Als sie dann doch aufgesperrt hatte, nahm sie etwas unter einem Stoß Kleider hervor und hielt es ihm hin. »Für dich«, sagte sie. Es war ein Taschenmesser. Er war enttäuscht, senkte den Blick und sagte: »Das ist hübsch«, mit dumpfer, gleichgültiger Stimme. Aber dann sah er gleich wieder auf, fuhr sich mit der Zunge über die Lippen und sagte: »Nur zwölfhundert Rupien, kaum gebraucht, es ist eine einmalige Chance« – und blickte an ihr vorbei in den Schrank, wo, wie er wußte, ein kleiner Safe war, in dem sie ihr Bargeld aufbewahrte. Aber sie hatte den Schrank schon versperrt und befestigte den Schlüssel wieder an der Schnur um ihre Taille.

Plötzlich streckte er die Hand aus und hielt ihre Hand mit dem Schlüssel fest. »Zwölfhundert Rupien«, flüsterte er ebenso leise und heiser wie sie zuvor. Und als sie ihn so nahe bei sich spürte, so ungeduldig, so jung, so leidenschaftlich, und seine Hand wirklich die ihre hielt, zitterte sie am ganzen Körper, und ihr Herz schlug ihr bis zum Hals, und mit einemmal schluchzte sie. »Wenn du wüßtest«, weinte sie, »wie leer mein Leben war, wie einsam!«, und die Tränen liefen ihr übers Gesicht. Er ließ ihre Hand los und machte einen Schritt zurück und dann noch einen und noch einen, sie folgte ihm, bis er nicht weiter zurück konnte, weil ihr Bett gegen seine Kniekehlen drückte, und er dort stand, eingeklemmt zwischen dem Bett und ihr.

Sie sprach schnell, sprach davon, wie allein sie war und daß es niemanden gab, für den sie sorgen konnte. Und doch war sie noch jung, sagte sie ihm – sie forderte ihn auf, sich zu überzeugen, ihr ins Gesicht zu sehen, war es nicht noch immer ein junges Gesicht, voll und rund? Und auch alles andere an ihr voll und rund, und wenn sie schön angezogen war in einem ihrer besten Saris mit einer tief ausgeschnittenen Bluse, wer konnte dann wissen, daß sie nicht noch ein junges Mädchen oder wenigstens eine junge Frau in ihren besten Jahren war? Und gut war sie auch, großzügig und gut und bereit, alles zu tun, alles zu geben für jene, die sie liebte. Nur, wen gab es denn, den sie lieben konnte mit all der Inbrunst, derer ihr Herz fähig war? In ihrer Erregung stieß sie gegen ihn, daß er zurückfiel und unvermittelt auf ihrem Bett saß. Und schon saß sie neben ihm, sehr dicht neben ihm, ihre Hand lag auf der seinen – wenn er wüßte, sagte sie, wieviel Liebe in ihr war, sie war voll davon zum Bersten, randvoll. Dann war es an ihm zu weinen, er sagte: »Ich will einen Motorroller, weiter nichts«, mit gekränkter, beleidigter Stimme, die von Tränen zitterte wie die eines Kindes.

Das war das letzte Mal, daß er herunterkam, sie zu besuchen. Danach sprach er kaum je noch mit ihr – selbst wenn sie ihm an der Treppe auflauerte, streifte er rasch an ihr vorbei, schweigend und mit abgewandtem Gesicht. Einmal rief sie ihm nach: »Komm herein, wir wollen über den Motorroller reden!« Aber alles, was sie zur Antwort bekam, war ein über die Schulter hingeworfenes »der ist schon verkauft«, während er die Treppe hinaufrannte. Sie war verzweifelt und weinte oft bitterlich; sie verspürte einen Schmerz im Herzen, wie sie ihn nie zuvor gekannt hatte. Sie sehnte sich danach zu sterben und fühlte sich doch zugleich so brennend lebendig. Sie besuchte Mrs. Puri etliche Male und blieb stundenlang, indessen Mrs. Puri viel und in gewohnter Weise redete und immer wieder betonte, daß ihre Kinder ebenso Durgas Kinder seien, während die beiden Töchter einfältig lächelten. Offensichtlich wußte sie nichts von dem, was vorgefallen war, und nahm an, alles sei, wie es gewesen war.

Aber wie Durga bald erfuhr, wußte Mrs. Puri sehr genau, daß nicht alles so war wie zuvor. Sie wußte es nicht nur, sondern sie war diejenige, die diese Änderung herbeigeführt hatte. Sie war es, die aus Boshaftigkeit und Tücke Govind davon abhielt, herunterzukommen und mit Durga zu reden. Das alles erfuhr Durga von Bhuaji an einem heißen Nachmittag, als sie sich auf ihrem Bett herumwälzte und abwechselnd redete und weinte und in stumme Verzweiflung verfiel. Sie hatte keine Geheimnisse mehr vor Bhuaji. Sie brauchte jemanden, bei dem sie sich erleichtern konnte, und wer war geeigneter als die immer verfügbare, immer mitfühlende Bhuaji? So lag sie auf ihrem Bett und weinte: »Ein Sohn, ich will doch nichts weiter als einen Sohn!« Und Bhuaji beruhigte sie und verstand vollkommen. Freilich wünschte sich Durga einen Sohn; das war nur natürlich, denn ließ Gott nicht sanfte mütterliche Gefühle durch die Brust jeder Frau strömen?

Und nun, sagte Bhuaji zornig, war dieser gottgegebene Strom in seinem Fluß unterbunden durch die Intrigen einer gemeinen, eifersüchtigen, egoistischen Frau – und so kam alles heraus. Es war eine Offenbarung für Durga. Ihre Tränen versiegten, und sie setzte sich im Bett auf. Sie stellte sich vor, wie Govind unter der ihm auferlegten Zurückhaltung litt und sich nach Durga und all ihrer Güte ebenso heftig sehnte, wie sie sich nach ihm sehnte. Es gab Kummer im oberen Stockwerk und Kummer im unteren. Sie saß sehr aufrecht auf ihrem Bett. Nach einer Weile wandte sie ihr Gesicht Bhuaji zu, die Lippen zusammengepreßt und mit blitzenden Augen. Sie sagte: »Wir werden sehen, wessen Sohn er ist.«

Sie wartete auf ihn an der Treppe. Er kam spät an diesem Abend, aber sie wartete weiter. Sie war geduldig und beinahe ruhig. Von oben konnte sie Geräusche hören – Eimer klapperten, Wasser lief, Mrs. Puri schalt ihre Töchter. Beim Klang dieser Stimme stieg Haß auf in Durga, so daß sie versucht war, ihren Posten zu verlassen und hinaufzulaufen und ihrer Feindin gegenüberzutreten. Aber sie hielt sich zurück und blieb unten stehen, ruhig und entschlossen, sie wartete. Sie würde nicht zornig werden. Jetzt war keine Zeit für Zorn.

Sie hörte ihn, ehe sie ihn sah. Er summte eine kleine Melodie vor sich hin. Wahrscheinlich war er mit Freunden einen Film anschauen gewesen und summte jetzt ein Lied daraus. Er klang glücklich, unbeschwert. Sie spähte aus dem dunklen Eingangsflur hinaus und sah ihn deutlich, genau unter dem Laternenpfahl vor dem Haus. Er trug ein orangefarbenes T-Shirt, das sie ihm geschenkt hatte und das eng anlag, so daß seine breite Brust und seine Brustwarzen sich abzeichneten; auch seine schwarzen Jeans saßen knapp wie ein Handschuh über seinem dicken jungen Gesäß. Sie schob sich so nahe sie konnte an die Wand. Als er hereinkam, flüsterte sie seinen Namen. Er hörte sofort zu singen auf. Sie sprach schnell, mit leiser, drängender Stimme: »Komm zu mir – was tun denn deine Eltern überhaupt für dich?«

Er trat von einem Fuß auf den anderen und blickte im Dunkeln zu Boden.

»Bei mir wirst du alles haben – einen Motorroller –«

»Er ist verkauft.«

»Einen neuen, einen funkelnagelneuen! Und du kannst auch studieren und Flugzeugingenieur werden, alles, was du willst –«

»Bist du das, Sohn?« rief Mrs. Puri von oben.

Durga hielt ihn am Arm fest: »Antworte nicht!« flüsterte sie.

»Govind! Ist der Junge endlich nach Hause gekommen?« Und die beiden einfältigen Schwestern echoten: »Govind!«

»Ich kann so viel für dich tun«, flüsterte Durga. »Und was können denn sie schon tun?«

»Ich komme schon, Ma!« rief er.

»Alles, was ich habe, ist für dich –«

»Du und dein Vater, immer dasselbe mit den beiden! Die ganze Nacht müssen wir auf euch warten, bis ihr zum Essen kommt!«

Durga sagte: »Ich habe niemanden, niemanden.« Sie streichelte seinen Arm, der glatt war und muskulös und mit langen seidigen Haaren bedeckt.

Mrs. Puri erschien oben an der Treppe: »Wenn ich diesen Jungen erwische, ziehe ich ihm die Ohren lang!«

»Da hörst du, wie sie mit dir spricht!« flüsterte Durga mit einem Anflug von Triumph. Aber Govind entwand ihr seinen Arm und sprang die Treppe hinauf zu seiner Mutter.

Danach brauchte Bhuaji nicht mehr viel Zeit, Durga dazu zu überreden, ihre Mieter hinauszuwerfen. Da war die monatelang nicht bezahlte Miete, und außerdem, wer mochte denn solche bösartigen Leute im Haus haben? Bhuajis Schwiegersohn hatte Verbindungen zur Polizei, und es war bald arrangiert: Ein Polizist stand unten, während die Habseligkeiten der Puris – der samtbezogene Armsessel, ein irdener Wassertopf, das Bettzeug, von den zwei weinenden Töchtern getragen – langsam herunterkamen. Durga sah sie nicht. Sie saß drinnen vor dem kleinen Gebetstisch, auf dem ihre beiden

beiden Krischnas standen. Sie war ungewaschen und in einem zerdrückten alten Sari, das Haar unfrisiert. Ihre Verwandten saßen draußen im Hof, ihren Hausrat um sich herum verstreut, bereit, in das obere Stockwerk einzuziehen, Bhuajis alter Ehemann hockte auf einem kleinen Bündel und machte ein Schläfchen in der Sonne. »Bete nur«, flüsterte Bhuaji Durga ins Ohr. »Beim Beten wird Er sicherlich zu dir kommen.« Durgas Augen waren geschlossen, vielleicht schlief sie. »Als Sohn und als Geliebter«, flüsterte Bhuaji. Draußen plauderten die Verwandten fröhlich miteinander; sie waren guter, beinahe festlicher Stimmung.

Anscheinend schlief Durga doch nicht, denn plötzlich erhob sie sich und schloß den Stahlschrank auf. Sie nahm alles heraus – ihre seidenen Saris, ihren Schmuck, ihre Kasse. Hin und wieder lächelte sie vor sich hin. Sie dachte an ihren Ehemann und an seinen Zorn, seinen machtlosen Zorn darüber, auf diese Weise nun zuletzt doch alles verloren zu sehen. Je mehr sie an ihn dachte, um so ungestümer räumte sie den Stahlschrank aus. Ihre Arme bewegten sich entschlossen, warfen alles weg, gaben es auf, das Haar fiel ihr ins Gesicht, Schweiß rann ihr in kleinen Bächen den Hals hinunter. Ihr Schatz lag in Häufchen und kleinen Bergen über den ganzen Fußboden verstreut, und Bhuaji schielte voll argwöhnischer Gier darauf.

Durga sagte: »Nimm es weg. Es ist für dich und für sie –«, und sie machte eine Kopfbewegung nach dem Hof hin, wo die Verwandten zwitscherten wie die Vögel. Bhuaji hockte schon am Boden, sortierte alles, streichelte es liebevoll und voller Staunen. Und dabei murmelte sie Durga anerkennend zu: »So ist's recht – alles aufgeben. Nur wenn wir alles aufgeben, wird Er zu uns kommen.« Und sie fuhr fort zu murmeln, während sie die feinen Seiden streichelte und die soliden Goldketten durch die Finger gleiten ließ: »Als Sohn und als Geliebter«, murmelte sie immer wieder, aber ganz geistesabwesend.

Die Verwandten waren froh, daß Durga sich endlich besonnen hatte und ihr Schicksal als Witwe akzeptierte. Sie waren ihretwegen froh. Es gab keine andere Möglichkeit für Witwen, als ein demütiges, dürftiges Leben zu führen: Es war zu ihrem eigenen Besten. Denn wenn man es zuließ, daß sie von den Freuden der Welt genossen, dann nährten sie auch ihre eigenen Leidenschaften, und was mit dem Tod ihrer Ehemänner hätte sterben sollen, würde zu einem eitrigen Geschwür und überfließen in sündige Bahnen. Ach ja, sagten die Verwandten, weise und wissend, nickten mit den Köpfen, unsere Vorfahren wußten, was sie taten, als sie diese strengen Regeln für Witwen festlegten; und obwohl man heutzutage, in diesen modernen Zeiten, vielleicht ein bißchen nachsichtiger sein konnte – zum Beispiel bestand niemand darauf, daß Durga sich den Kopf kahl schor –, war es doch, im großen und ganzen, um so sicherer und besser, je genauer man sich an die alten Traditionen hielt.

DAS VORSTELLUNGSGESPRÄCH

Ich verwende immer große Sorgfalt auf mein Äußeres, man kann also nicht sagen, daß ich an diesem Morgen viel mehr Zeit als üblich für mich aufwandte. Es stimmt, ich stutzte und ölte meinen Schnurrbart, doch das tue ich oft. Ich hab es gern, wenn er sehr gepflegt aussieht, wie der von Raj Kapoor, dem Filmschauspieler. Aber ich wußte, daß meine Schwägerin und meine Frau mir zusahen. Meine Schwägerin lächelte und hatte eine Hand in die Hüfte gestemmt; meine Frau sah nur besorgt drein. Ich wußte, sie war besorgt. Die ganze Nacht hatte sie mir zugeflüstert: »Sieh zu, daß du diese Stellung bekommst, und bring mich weg von hier, irgendwohin, wo wir allein leben können, nur du und ich und unsere Kinder.« Ich hatte geantwortet: »Ja«, weil ich schlafen wollte. Ich weiß nicht, woher und wieso ihr diese Idee gekommen ist, daß wir ausziehen und allein leben sollten.

Als ich mein Haar fertig frisiert hatte, setzte ich mich auf den Boden, und meine Schwägerin brachte mir das Essen auf einem Tablett. Es mag sonderbar klingen, daß meine Schwägerin mich bedient und nicht meine Frau, aber in unserem Haus ist das so. Früher brachte mir meine Mutter das Essen, auch als ich schon verheiratet war; sie hat meiner Frau nie erlaubt, es mir zu bringen, obwohl meine Frau das sehr gern tun wollte. Dann, als meine Mutter zu alt wurde, begann meine Schwägerin, mich zu bedienen. Ich weiß, daß meine Frau sich deshalb tief verletzt fühlt, aber sie wagt nicht, etwas zu sagen. Meine Mutter bemerkt nun nicht mehr viel, sonst würde sie meiner Schwägerin sicherlich nicht erlauben, mir das Essen zu bringen; sie war selbst immer sehr eifersüchtig auf dieses Vorrecht bedacht, obwohl sie sich nie darum kümmerte, wer meinen Bruder bediente. Inzwischen ist sie so alt geworden, daß sie kaum noch etwas sehen kann, und die meiste Zeit sitzt sie in der Ecke bei den Familientruhen und faltet und streichelt ihre Stoffstücke. Jahrelang sammelt sie nun schon diese Stoffstücke. Manche sind sehr alt und schmutzig, aber das kümmert sie nicht, sie liebt sie alle gleich. Niemand darf sie anrühren. Einmal gab es einen großen Streit, weil meine Frau eines genommen hatte, um daraus ein

Kleid für unser Kind zu machen. Meine Mutter schrie sie an – es hörte sich schrecklich an; aber sie hat ja meine Frau nie gemocht –, und meine Frau hatte große Angst und weinte und versuchte sich zu entschuldigen. Ich schlug sie ins Gesicht, nicht sehr stark und nicht, weil ich es wollte, sondern nur, um meine Mutter zufriedenzustellen. Da war die alte Frau still und wandte sich wieder ihren Stoffstücken zu und faltete sie zusammen und streichelte sie.

Während der ganzen Zeit, als ich aß, spürte ich, wie meine Schwägerin mich ansah und lächelte. Das bereitete mir Unbehagen. Ich dachte, sie lächelte vielleicht, weil sie wußte, ich würde die Stellung nicht bekommen, für die ich mich vorstellen gehen mußte. Ich wußte auch, daß ich sie nicht bekommen würde, aber ich mochte nicht, daß sie so lächelte. Es war, als sagte sie:»Siehst du, du wirst immer auf uns angewiesen sein.« Eindeutig ist es die Pflicht meines Bruders, mich und meine Familie zu erhalten, bis ich eine Arbeit bekomme und meinen eigenen Verdienst zum Familieneinkommen beisteuern kann. Deshalb braucht sie ja nicht darüber zu lächeln. Aber es stimmt, daß ich jetzt mehr auf sie angewiesen bin als auf irgendwen sonst. Seit meine Mutter so alt geworden ist, ist meine Schwägerin immer mehr zur wichtigsten Person im Haus geworden, so daß sie sogar die Schlüssel und die Haushaltsvorräte in Verwahrung hat. Zuerst gefiel mir das gar nicht. Solange meine Mutter den Haushalt führte, konnte ich sicher sein, viele extra Lekkerbissen zu bekommen. Aber nun stellte ich fest, daß auch meine Schwägerin sehr nett zu mir ist – viel netter als zu ihrem Mann. Nicht für ihn hebt sie die Leckerbissen auf, auch nicht für ihre Kinder, sondern für mich; und wenn sie sie mir gibt, sagt sie nie etwas, und ich sage auch nie etwas, aber sie lächelt, und das verwirrt mich und macht mich ziemlich verlegen. Meine Frau hat bemerkt, was sie für mich tut.

Ich habe die Erfahrung gemacht, daß Frauen für gewöhnlich nett zu mir sind. Ich glaube, sie erkennen, daß ich ein eher empfindsamer Mensch bin und daß man mich daher sehr liebevoll behandeln muß. Meine Mutter hat mich immer sehr liebevoll behandelt. Ich bin ihr jüngstes Kind, und ich bin fünfzehn Jahre jünger als mein Bruder, der mir am nächsten ist (sie hatte noch etliche Kinder dazwischen, aber sie sind alle gestorben). Schon zu der Zeit, als ich

44

ein ganz kleines Kind war, begriff sie, daß ich mehr Behutsamkeit und Zärtlichkeit brauchte als andere Kinder. Sie ließ mich nachts immer dicht neben ihr schlafen, und bei Tag saß ich für gewöhnlich mit ihr und meiner Großmutter und meiner verwitweten Tante beisammen, die mich auch sehr gern hatten. Als ich größer wurde, wollte mich mein Vater manchmal zum Helfen an seinen Stand mitnehmen (er hatte einen kleinen Lebensmittelstand, wo er Linsen und Reis und auch billige Zigaretten und bunte Limonaden in Flaschen verkaufte), aber meine Mutter und meine Tante ließen mich immer nur sehr ungern mitgehen. Einmal nahm er mich doch mit und ließ mich Linsen aus Papiertüten in eine Blechdose schütten. Mir gefiel das Linsenumschütten eigentlich gut – sie machten so ein hübsches Geräusch, wenn sie in der Blechbüchse landeten –, aber plötzlich erschien meine Mutter und war sehr böse auf meinen Vater, weil er mich diese Arbeit tun ließ. Sie nahm mich sofort mit nach Hause, und als sie meiner Großmutter und meiner Tante erzählte, was geschehen war, streichelten und küßten sie mich, und dann gaben sie mir einen heißen Krapfen zu essen. Tatsache ist, ich war von Kindheit an ein Mensch, der sehr viel Ruhe und Frieden braucht, und meine Kost muß eher ein bißchen feiner sein als die anderer Leute. Ich habe oft versucht, das meiner Frau zu erklären, aber da sie nicht sehr intelligent ist, scheint sie es nicht zu verstehen.

Jetzt beobachtete mich meine Frau, während ich aß. Sie hockte auf dem Boden, wusch unser jüngstes Kind; der Kopf des Kindes lag in ihrem Schoß, und alles, was man von dem Kleinen sah, war die Rückseite seiner Beinchen und sein nacktes Hinterteil. Meine Frau beobachtete mich nicht so offen, wie das meine Schwägerin tat; nur von Zeit zu Zeit hob sie den Blick zu mir, ich spürte es, und er war sehr besorgt und bekümmert. Auch sie dachte an die Stellung, deretwegen ich mich vorstellen gehen sollte, aber ihr lag sehr daran, daß ich sie bekäme. »Wir werden woanders hinziehen und allein wohnen«, hatte sie gesagt. Warum sagte sie das? Wenn sie doch weiß, daß es nicht möglich ist und nie möglich sein wird.

Und selbst wenn es möglich wäre, würde ich das nicht wollen. Ich kann nicht von meiner Mutter getrennt leben; und ich glaube, ich würde nicht von meiner Schwägerin getrennt leben wollen. Ich sehe sie oft an, und das macht mich glücklich. Obwohl sie nicht mehr jung ist, ist sie noch immer schön. Sie ist hochgewachsen mit breiten Hüften und großen Brüsten und blitzenden Augen; sie wird oft zornig, und wenn sie zornig ist, ist sie am allerschönsten. Dann funkeln ihre Augen wie Feuer, und sie zeigt alle ihre Zähne, die sehr kräftig und sehr weiß sind, und ihr Kopf ist voller Stolz, mit dem schwarzen, offenen, fliegenden Haar. Meine Frau ist ganz und gar nicht schön. Ich war anfänglich sehr enttäuscht von ihr, als man mich mit ihr verheiratete. Jetzt habe ich mich an sie gewöhnt, und ich mag sie sogar, weil sie so gut und still ist und mir überhaupt nie Ungelegenheiten macht. Ich glaube, niemand sonst in unserem Haus mag sie. Meine Schwägerin nennt sie immer »diese Schönheit«, aber das meint sie nicht ernst; und sie läßt sie die schwierigsten Arbeiten im Haus machen und schreit sie oft an und schlägt sie sogar. Das ist nicht recht; meine Frau hat ihr nie etwas getan – im Gegenteil, sie behandelt sie immer respektvoll. Aber ich kann mich nicht einmischen in ihre Zänkereien.

Dann war ich fertig zum Gehen, obwohl ich nicht gehen wollte. Ich wußte nur zu gut, was bei dieser Vorsprache geschehen würde. Meine Mutter segnete mich, und meine Schwägerin sah mich über die Schulter hinweg an, und ihre großen Augen blitzten vor Lachen. Meine Frau sah ich nicht an, sie hockte noch immer auf dem Boden, aber ich wußte, sie flehte mich an, diese Anstellung zu nehmen, so wie sie es in der Nacht getan hatte. Als ich die Treppe hinunterging, kam die Tochter des Tischlers, der in einem der Zimmer im Stockwerk unter uns wohnt, aus ihrer Tür und ging die Treppe hinauf, während ich herunterkam, und sie ging sehr dicht an mir vorbei, die Augen gesenkt, aber ihr Arm streifte meinen Ärmel. Sie wartet immer, daß ich herauskomme, und dann geht sie auf der Treppe an mir vorbei. Wir haben nie miteinander gesprochen. Sie ist ein sehr junges Mädchen, ihre Brüste entwickeln sich gerade erst; ihre Bluse hat kurze Ärmel, und ihre Arme sind schön, lang und schlank. Ich glaube, sie wird bald verheiratet werden, ich habe meine Schwägerin davon sprechen hören. Meine Schwägerin hat gelacht, als sie es mir erzählte, sie hat gesagt: »Es ist höchste Zeit«, und dann sagte sie etwas Rüdes. Vielleicht hat sie bemerkt, daß das Mädchen darauf wartet, daß ich auf der Treppe vorbeikomme.

Nein, ich wollte nicht zu dem Vorstellungsgespräch gehen. Ich war bei so vielen gewesen in den letzten Monaten, und es war immer das gleiche geschehen. Ich weiß, ich muß arbeiten, um Geld zu verdienen und es meiner Mutter oder meiner Schwägerin für den Haushalt zu geben, aber ich habe keine Freude an der Arbeit. Das letzte Mal, als ich eine Arbeit hatte, war das in einem Versicherungsbüro, und den ganzen Tag mußte ich an einem Schreibtisch sitzen und Ziffern schreiben. Was konnte mir daran Freude machen? Ich bin ein sehr nachdenklicher Mensch, und ich sitze immer gern da und denke meine eigenen Gedanken; aber während ich im Büro meine eigenen Gedanken dachte, machte ich manchmal Fehler bei den Ziffern, und dann waren meine Vorgesetzten sehr böse mit mir. Ich hatte immer Angst vor ihrem Zorn, und ich bat sie um Verzeihung und gab zu, daß ich mich sehr geirrt hatte. Wenn sie mir verziehen hatten, hatte ich keine Angst mehr und tat weiter meine Arbeit und hing weiter meinen Gedanken nach. Aber beim letzten Mal wollten sie mir nicht mehr verzeihen, obwohl ich bat und bettelte und weinte, was für ein fehlerhafter, schlechter Mensch ich sei, und was für gute Menschen sie seien, und wie sie mir Mutter und Vater zugleich wären, und wie ich nur ihnen mein Leben und das Leben meiner Kinder verdanke. Als sie jedoch noch immer sagten, ich müsse gehen, sah ich, daß meine Arbeit dort wirklich beendet war, und hörte auf zu weinen. Ich ging in den Waschraum und kämmte mein Haar und wickelte meine Seife in mein Handtuch, und dann nahm ich ohne ein Wort mein Geld vom Buchhalter und verließ das Büro mit niedergeschlagenen Augen. Aber ich hatte keine Angst mehr, denn was vorbei ist, ist vorbei, und mein Bruder hatte noch Arbeit, und wahrscheinlich würde ich eines Tages eine andere Anstellung bekommen.

Seit damals versucht mein Bruder ständig, mich auf einem Posten bei der Regierung unterzubringen. Er ist selbst Büroangestellter bei einer Regierungsstelle und genießt viele Vorteile; alle fünf Jahre bekommt er eine Gehaltserhöhung von zehn Rupien, und er hat zehn Tage Krankenurlaub im Jahr, und wenn er in den Ruhestand geht, wird er eine Pension beziehen. Es wäre auch für mich gut, eine solche Stellung zu bekommen; aber sie ist schwierig zu erlangen, denn zuerst muß man sich einem Einstellungsgespräch unterziehen, bei dem wichtige Leute an einem Schreibtisch sitzen und viele Fragen stellen. Vor denen fürchte ich mich, und ich kann nicht gut verstehen, was sie sagen, deshalb gebe ich ihnen Antworten, von denen ich glaube, daß sie sie hören wollen. Aber anscheinend sind meine Antworten doch nicht die richtigen, weil sie mir bis jetzt nicht zu einer Stellung verholfen haben.

Auf meinem Weg zu dem Vorstellungsgespräch dachte ich, wieviel angenehmer es wäre, statt dessen ins Kino zu gehen. Hätte ich zehn Annas gehabt, wäre ich wahrscheinlich gegangen; es war gerade Zeit für die Vormittagsvorstellung. Die jungen Büroangestellten und Studenten würden sich eben jetzt treffen und vor dem Kino anstellen. Sie würden dort stehen und nicht viel reden, ihre zehn Annas in der Hand, und darauf warten, daß die Kasse öffnete. Ich mag diese Vormittagsvorstellungen, vielleicht weil die Leute, die hingehen, alles junge Männer wie ich sind, alle schweigsam und eher traurig. Ich bin oft traurig; es würde sogar stimmen, wenn ich sagte, daß ich meistens traurig bin. Aber wenn der Film anfängt, bin ich glücklich. Ich sehe gern die schönen Frauen, in goldene Gewänder gekleidet, mit schweren Ohrringen und Halsketten und Armreifen, die ihre Arme bedecken, und ihre gutaussehenden Liebhaber, die all das sind, was ich gern wäre. Und wenn sie ihre Liebeslieder singen, so voller tiefer Gefühle, steigen mir manchmal Tränen in die Augen; aber nicht weil ich traurig bin, nein, im Gegenteil, weil ich so glücklich bin. Nachdem der Film zu Ende ist, gehe ich nie sofort nach Hause, sondern ich wandere in den Straßen umher und denke, wie wunderbar das Leben sein könnte.

Als ich in dem Gebäude ankam, wo das Einstellungsgespräch stattfinden sollte, mußte ich viele Gänge entlanggehen und viele Bürodiener um Auskunft bitten, ehe ich den richtigen Raum finden konnte. Die Bürodiener waren alle unverschämt zu mir, weil sie wußten, weshalb ich gekommen war. Sie lümmelten auf Bänken vor den Büros herum, und wenn ich sie fragte, musterten sie mich von oben bis unten, bevor sie antworteten, und manchmal witzelten sie miteinander über mich. Ich war sehr höflich zu ihnen, denn obwohl sie nur Bürodiener waren, hatten sie Uniformen und eine Stellung und gehörten hierher, und sie wußten den Weg, und ich nicht. Endlich fand ich den richtigen Raum, wo ich warten mußte. Es saßen schon viele andere dort, auf Stühlen, die ringsherum an den Wänden aufgereiht standen. Niemand sprach. Ich setzte mich ebenfalls auf einen Stuhl, und nach einer Weile kam ein Beamter herein mit einer Liste und fragte, ob noch jemand gekommen sei. Ich stand auf, und er fragte nach meinem Namen, und dann schaute er in die Liste und hakte mit dem Bleistift dort etwas ab. Er sagte sehr streng zu mir:»Warum kommen Sie zu spät?« Ich entschuldigte mich und erklärte ihm, der Bus, mit dem ich gekommen sei, habe einen Unfall gehabt. Er sagte:»Wenn Sie zu einem Einstellungsgespräch vorgeladen sind, haben Sie auf die Minute pünktlich zu sein, sonst wird Ihr Name von der Liste gestrichen.« Ich entschuldigte mich nochmals und bat ihn ganz demütig, mich doch diesmal bitte nicht von der Liste zu streichen. Ich wußte, daß alle anderen zuhörten, obwohl niemand zu uns hersah. Er war sehr streng mit mir und sogar ungehalten, aber schließlich sagte er:»Warten Sie, und wenn Ihr Name aufgerufen wird, müssen Sie sofort hineingehen.«

Ich zählte nicht, wie viele Leute in dem Raum warteten, aber es waren viele. Vielleicht war eine Stelle frei, vielleicht zwei oder drei; ich wußte, daß alle anderen sehr besorgt waren und sich dringend wünschten, die Stelle zu bekommen, also wurde auch ich besorgt und wünschte es mir dringend. Die Wände des Zimmers waren bis zur Hälfte grün gestrichen und darüber weiß, und sie waren vollkommen kahl. An der Decke drehte sich ein Ventilator, aber er drehte sich nicht schnell genug, um viel Wind zu machen. Hinter der großen Tür ging das Einstellungsgespräch vor sich; einer nach dem anderen würden wir hineingerufen werden hinter die geschlossene Tür.

Ich fing an, mir verzweifelte Sorgen zu machen. So geht es mir immer. Wenn ich mich bewerbe, will ich die Stellung gar nicht, aber wenn ich all die anderen sehe, die besorgt warten, will ich sie ganz schrecklich. Und doch weiß ich gleichzeitig, daß ich sie nicht will. Es würde nur wieder dasselbe von vorn losgehen: Ziffern schreiben und Fehler machen und dann Angst haben, daß jemand darauf käme. Und es würde ein vorgesetzter Beamter dasein, dem gegenüber ich mich würde unterwürfig verhalten müssen, und jedesmal, wenn ich ihn sähe oder seine Stimme hörte, würde ich anfangen, mich zu fürchten, er könnte irgend etwas gegen mich herausgefunden haben. Wochen und Monate würde ich sitzen und Ziffern schreiben, würde dessen überdrüssiger und überdrüssiger werden, so daß ich mehr und mehr meine eigenen Gedanken denken würde. Dann würden sich die Fehler einstellen, und mein vorgesetzter Beamter würde zornig werden und ich ängstlich.

Mein Bruder macht nie Fehler. Seit Jahren sitzt er schon im selben Büro, schreibt Ziffern und ist unterwürfig zu seinem vorgesetzten Beamten; er konzentriert sich ganz intensiv auf seine Arbeit, und daher macht er keine Fehler. Aber trotzdem hat er Angst; deshalb konzentriert er sich so intensiv – weil er Angst hat, daß er einen Fehler machen könnte und man über ihn zornig werden und ihm seine Stellung wegnehmen könnte. Davor hat er die ganze Zeit Angst. Und er hat recht: Was würde aus uns allen werden, wenn er seine Anstellung verlöre? Das ist bei mir nicht dasselbe. Ich glaube, ich habe nur Angst, meine Stellung zu verlieren, weil das etwas ist, wovor Angst zu haben von einem erwartet wird. Wenn ich sie tatsächlich verloren habe, bin ich eigentlich erleichtert. Aber ich bin sehr verschieden von meinem Bruder. Es stimmt, er ist fünfzehn Jahre älter als ich, doch auch als er in meinem Alter war, sah er nie so aus wie ich. Mein Äußeres hat andere immer angezogen, und bis zu der Zeit, da man mich verheiratete, hat mir meine Mutter immer über das Haar gestrichen und mein Gesicht gestreichelt und mir viele zärtliche Dinge gesagt. Einmal, als ich auf dem Weg zur Schule durch den Basar ging, rief mich ein Mann, sehr leise, und als ich zu ihm hinging, gab er mir eine reife Mangofrucht, und dann nahm er mich mit in einen dunklen Durchgang, der zu einer nicht mehr benützten Moschee führte, und er berührte mich unter meinen Kleidern und sagte: »Du bist so hübsch, so hübsch.« Er war sehr nett zu mir. Ich trage sehr gern feine Kleidung, ganz dünne, weiße Musselin-Kurtas, die frisch gewaschen und gestärkt sind und an den Schultern bestickt. Manchmal verwende ich auch Parfüm, einen zarten *khas*-Duft; auch mein Haaröl duftet nach *khas*. Vor ein paar Jahren, als die Tochter des Tischlers noch ein kleines Kind war und nicht auf der Treppe auf mich wartete, wohnte in dem Schneiderladen unserem Haus gegenüber ein Mädchen, und sie folgte mir immer, wenn ich ausging. Aber es ist mein Bruder, der mit einer schönen Frau verheiratet ist, und meine Frau ist überhaupt nicht schön. Er ist mit seiner Frau nicht glücklich; wenn sie mit ihm redet, spricht sie barsch, zornig; und sie hebt das beste Essen nicht für ihn auf, sondern für mich, obwohl ich seit vielen Monaten kein Geld nach Hause gebracht habe.

Die große, verschlossene Tür öffnete sich, und der Mann, der zum Vorstellen drinnen gewesen war, kam heraus. Wir sahen ihn alle an, aber er ging in großer Eile fort, mit einem sehr gedankenverlorenen Gesichtsausdruck; wahrscheinlich wiederholte er sich im Geist alles, was bei dem Gespräch gesagt worden war. Ich konnte spüren, wie bei den anderen Männern die Aufregung wuchs, daher wuchs auch meine. Der Beamte mit der Liste kam, und wir sahen ihn alle an. Er las einen nächsten Namen, und der Mann, dessen Name aufgerufen worden war, sprang von seinem Stuhl auf; er bemerkte nicht, daß sich sein Dhoti an einem Nagel des Stuhls verfangen hatte, und wunderte sich, wieso er nicht vom Fleck kam. Als er erkannte, woran es lag, versuchte er sich loszumachen, aber seine Finger bebten so sehr, daß er den Stoff nicht von dem Nagel losbekam. Der Beamte sah ihm zu und sagte:»Beeilen Sie sich doch, glauben Sie, die Herren warten so lange auf Sie, wie es Ihnen paßt?« Dann ließ der Mann auch noch seinen Regenschirm fallen, den er bei sich hatte, und jetzt versuchte er, sowohl das Dhoti freizubekommen, als auch den Schirm aufzuheben. Als ihm das nicht gelang, geriet er derart in Verzweiflung, daß er an dem Stoff zerrte und sich losriß. Es tat einem leid, das Dhoti zerreißen zu sehen, denn es war neu, und er trug es wahrscheinlich zum ersten Mal und hatte es speziell für die Unterredung angezogen. Er preßte seinen Schirm an die Brust und ging in großer Eile auf das Sprechzimmer zu, das Dhoti schlotterte ihm um die Beine, und sein Gesicht sah vor Verlegenheit und Verwirrung verschwollen aus.

Wir alle warteten. Der Ventilator, der ein sehr alter zu sein schien, machte ein quietschendes Geräusch. Ein Mann knackte immerzu mit den Fingergelenken – *tik*, hörten wir, *tik* (das rief bei mir das Verlangen wach, ebenfalls mit den Fingergelenken zu knakken). Wir übrigen verhielten uns ganz still. Von Zeit zu Zeit kam der Beamte mit der Liste herein, ging sehr langsam im Zimmer umher, tippte auf seine Liste, und dann schauten wir alle auf unsere Füße hinunter, und der Mann, der mit seinen Fingergelenken geknackt hatte, hörte damit auf. Schwach und gedämpft drang der Klang von Stimmen hinter der verschlossenen Tür heraus. Manchmal wurde eine Stimme lauter, aber auch dann konnte ich nicht verstehen, was gesagt wurde, obwohl ich mich sehr anstrengte.

Das letzte Mal, als ich zu einem Vorstellungsgespräch ging, war es für mich sehr unangenehm. Einem der Leute, die mich befragten, mißfiel ich, und er schrie mich sehr laut an. Er war ein großer, dicker Mann, und er trug einen englischen Anzug; seine Zähne waren ganz gelb, und wenn er zornig wurde und schrie, zeigte er sie alle, und obwohl ich sehr aufgeregt war, konnte ich nicht anders, als sie anzusehen und mich zu fragen, wovon sie so gelb geworden waren.

Ich weiß nicht, warum er zornig war. Er schrie:»Großer Gott, Mann, können Sie nicht verstehen, was man zu Ihnen sagt?« Es stimmte, ich konnte es nicht verstehen, aber ich hatte mich so bemüht, eine gute Antwort zu geben. Was erwartete er denn noch von mir? Wahrscheinlich gefiel ihm irgend etwas an meinem Aussehen nicht. Das kommt manchmal vor – man mißfällt ihnen, und dann kann man natürlich gar nichts machen.

Als ich an den Mann mit den gelben Zähnen dachte, bekam ich noch mehr Angst denn je. Ich benötige für mein Leben große Ruhe und Ausgeglichenheit. Immer, wenn mich etwas zu sehr beunruhigt, muß ich den Gedanken daran sofort abschütteln, sonst besteht die Gefahr, daß ich sehr krank werde. Jetzt juckten alle meine Glieder, so daß es mir schwerfiel stillzusitzen, und ich konnte spüren, wie mir das Blut ins Gehirn schoß. Es war dieser Raum, der mir so schadete; all die anderen wartenden Männer, angespannt und schweigend, und das Geräusch des Ventilators und der umhergehende Beamte mit der Liste, auf der er mit dem Bleistift herumtippte oder sie gegen seine Schenkel schlug, und die große, geschlossene Tür, hinter der sich das Einstellungsgespräch abspielte. Ich hatte ein großes Bedürfnis aufzustehen und wegzugehen. Ich *wollte* die Stelle nicht. Ich dachte nicht einmal mehr daran – ich dachte nur daran, wie ich es vermeiden könnte, hier zu sitzen und zu warten.

Jetzt öffnete sich die Tür wieder, und der Mann mit dem zerrissenen neuen Dhoti kam heraus. Er biß sich auf die Lippe und kratzte sich im Nacken, und auch er ging geradewegs hinaus, ohne uns überhaupt anzusehen. Einen Augenblick blieb die große Tür ein wenig offen, und ich konnte den Arm eines Mannes in einem weißen Hemdsärmel und einen Teil seines Hinterkopfes sehen. Sein Hemd war sehr weiß und aus gutem Material, und seine Ohren standen vom Kopf ab, so daß man sehen konnte, wie seine Brillenbügel hinter den Ohren aufsaßen. Ich erkannte augenblicklich, daß dieser Mann mein Feind sein würde und daß er das Ganze sehr schwierig für mich machen und mich vielleicht sogar anschreien würde. Da wußte ich, es hatte keinen Sinn für mich, dazubleiben. Der Beamte mit der Liste kam wieder, und große Panik ergriff mich, daß er meinen Namen lesen würde. Ich stand rasch auf, murmelte: »Bitte entschuldigen Sie mich, Toilette«, und ging hinaus. Der Beamte mit der Liste rief mir nach: »Hey, Mister, wohin gehen Sie?«, also senkte ich den Kopf und ging rascher. Ich wäre am liebsten gerannt, aber das hätte verdächtig wirken können, daher ging ich nur so rasch ich konnte die langen Gänge entlang und geradewegs aus dem Gebäude hinaus. Dort endlich konnte ich stehenbleiben und tief Atem holen, und ich fühlte mich sehr viel besser.

Ich blieb nur kurze Zeit still stehen, setzte mich dann in Bewegung, allerdings nicht in eine bestimmte Richtung. Viele Kanzleiangestellte und Bürodiener waren auf der Straße unterwegs, eilten von einem Bürogebäude zum andern, trugen Akten und Papiere bei sich. Jeder schien etwas zu tun zu haben. Ich war sehr froh, als ich von diesem Häuserblock weg in die weniger dicht verbaute Gegend kam, wo Leute wie ich, die nichts zu tun hatten, unter den Bäumen oder sonst wo an einem schattigen Platz saßen. Aber ich konnte mich dort nicht hinsetzen, es war zu nahe bei den Bürohäusern, und jeden Augenblick hätte jemand kommen können und zu mir sagen: »Warum sind Sie weggegangen?« Also ging ich weiter. Mir war ganz leicht ums Herz; ich war geradezu erlöst, daß ich dieses Gespräch nicht über mich ergehen lassen mußte.

Ich kam zu einer Reihe von Imbißbuden und setzte mich auf eine Holzbank vor einer der Buden, die sich Hotel Paris nannte, und bestellte Tee. Ich fand, ich brauchte dringend einen Tee, und da ich beabsichtigte, einen Teil des Heimweges zu Fuß zurückzulegen, war ich auch in der Lage, ihn zu bezahlen. Am Ende meiner Bank saßen zwei Sikhs, die mit großem Appetit aßen, ihre Hände rasch in Messingschüsseln tauchten. Zwischendurch tauschten sie Bemerkungen aus mit dem Besitzer des Hotel Paris, der in seiner Bude irgendwo hoch oben saß und in einem großen Messingtopf rührte, in dem er das Essen für den Tag kochte. Er kaute ein Betelblatt, und ab und zu spuckte er den roten Betelsaft weit über den Kochtopf hinweg auf den Boden zwischen die Holzbänke und Tische.

Ich saß still an meinem Ende der Bank und trank meinen Tee. Das Essen roch sehr gut und brachte mir zu Bewußtsein, daß ich hungrig war. Ich fand, wenn ich den ganzen Weg nach Hause zu Fuß ging, konnte ich mir einen kleinen Kuchen leisten (ich esse sehr gern Süßes). Der Kuchen war nicht frisch, aber innen drin war eine sehr schöne, hellgrüne Schale. Wenn ich nach Hause kam, würde ich mich sofort schlafen legen und nicht vor morgen früh aufwachen. Auf diese Weise würde mir niemand irgendwelche Fragen stellen können. Ich würde meine Frau überhaupt nicht ansehen und so ihren Blicken ausweichen können. Ich würde auch meine Schwägerin nicht ansehen; aber sie würde lächeln, das wußte ich schon – sie würde an der Wand lehnen, die Hand in die Hüfte gestemmt, mich ansehen und lächeln. Sie würde wissen, daß ich weggelaufen bin, aber sie würde nichts sagen.

Soll sie's doch wissen! Was spielt das für eine Rolle? Es stimmt, ich habe keine Stellung und keine unmittelbare Aussicht, eine zu bekommen. Es ist wahr, daß ich auf meinen Bruder angewiesen bin. Alle wissen das. Daran ist nichts Blamables, es gibt viele Stellungslose. Und sie ist bis jetzt so nett zu mir gewesen, es gibt keinen Grund, weshalb sie nicht auch weiterhin nett zu mir sein sollte. Obwohl ich weiß, daß sie von Natur aus keine freundliche Frau ist. Meistens gebraucht sie eine sehr schroffe Sprache, und auch ihre Handlungsweise ist schroff. Nur zu mir war sie immer freundlich.

Die Sikhs am Ende der Bank waren mit dem Essen fertig. Sie leckten sich die Finger ab und rülpsten laut, wie man es nach einer guten Mahlzeit tut. Sie fingen an, mit dem Besitzer zu lachen und ihre Späße zu machen. Ich saß still und allein an meinem Ende der

Bank. Natürlich machten sie mit mir keine Späße und lachten sie nicht mit mir. Sie wußten, daß ich etwas Besseres bin als sie, denn während sie mit ihren Händen arbeiten, bin ich ein gebildeter Mann, der sich für seinen Lebensunterhalt nicht abzurackern braucht, sondern auf einem Stuhl in einem Büro sitzt und Ziffern schreibt und Englisch sprechen kann. Mein Bruder ist sehr stolz darauf, etwas Besseres zu sein, und er hegt große Verachtung für Tischler und Mechaniker und solche Leute, die mit den Händen arbeiten. Ich bin auch stolz darauf, ein gebildeter Mann zu sein, aber als ich den Sikhs zuhörte, wie sie lachten und ihre Späße machten, kam mir der Gedanke, daß ihr Leben vielleicht glücklicher war als meines. Es war ein Gedanke, der mir schon früher gelegentlich gekommen war. Da ist dieser Tischler, der in unserem Haus unten wohnt, der, dessen Tochter mir auf der Treppe auflauert, und obwohl er arm ist, wird bei ihm zu Hause immer groß aufgetischt, und es kommen viele Leute zu ihm, und ich höre sie lachen und singen und sogar tanzen. Der Tischler ist ein großer, starker Mann, und er sieht immer glücklich aus, nie bekümmert und krank vor Sorge wie mein Bruder. Er trägt keine Schuhe und keine saubere weiße Kleidung wie mein Bruder und ich, er spricht auch kein Englisch, aber trotzdem ist er glücklich. Wenn auch seine Arbeit eine minderwertige ist, glaube ich nicht, daß er ihrer so überdrüssig wird wie ich der meinen, und er hat keinen Vorgesetzten, vor dem er sich fürchtet.

Dann dachte ich wieder über meine Schwägerin nach, und ich dachte mir, wenn ich nett zu ihr wäre, würde sie auch weiter nett zu mir sein. Ich wurde ganz aufgeregt, als ich daran dachte, wie nett ich zu ihr sein würde. Dann würde ich wissen, wie sich ihre großen Brüste unter ihrer Bluse anfühlten, wie warm und wie weich sie wären. Und ich würde mehr über das Innere ihres Mundes wissen mit den großen, kräftigen Zähnen. Ihre Zunge und ihr Gaumen sind ganz rosa, wie die rosa Seidenbluse, die sie zu festlichen Anlässen trägt, und ich hatte mich oft gefragt, ob sie sich auch so weich wie die Bluse anfühlen. Ihre Augen würden geschlossen sein, und vielleicht hingen Tränen an ihren Wimpern; und sie würde warme Tierlaute von sich geben, und auch ihr großer Körper würde warm sein wie der eines Tieres. Ich wurde sehr aufgeregt, als ich daran dachte; aber als sich die Aufregung gelegt hatte, war ich traurig. Denn dann dachte ich an meine Frau, die dünn ist und nicht schön und an deren Körper nichts Erregendes ist. Aber sie tut alles, was ich will, und bemüht sich immer, mich zufriedenzustellen. Mir fällt ein, wie sie mir nachts ins Ohr flüsterte: »Nimm mich weg von hier, ziehen wir aus und wohnen irgendwo anders, allein, nur du und ich und unsere Kinder.« Das kann nicht sein, niemals, und so wird sie für immer unglücklich bleiben müssen.

Ich war sehr traurig, als ich daran dachte, daß sie unglücklich war; denn nicht nur sie ist unglücklich, sondern ich auch und viele andere Menschen. Überall gibt es Unglück. Ich dachte an den Mann, dessen neues Dhoti zerrissen war und der jetzt nach Hause gegangen sein und es sorgfältig zusammengenäht haben würde, damit man den Riß nicht sehen konnte. Ich dachte an all die anderen Männer, die dort saßen und darauf warteten, sich vorzustellen, von denen keiner, bis auf ein oder zwei, die Stelle bekommen würde, für die sie sich vorstellen gekommen waren, und daher würden sie wieder zu einer anderen Vorsprache gehen müssen und zu noch einer und noch einer und dort sitzen und warten müssen und besorgt sein. Und mein Bruder, der eine Stellung hat, aber befürchtet, daß er sie verliert; und meine Mutter, die so alt ist, daß sie nur auf dem Boden sitzen und ihre Stoffstücke streicheln kann; und meine Schwägerin, die sich nichts aus ihrem Mann macht; und die Tochter des Tischlers, die verheiratet werden wird, und vielleicht wird auch sie nicht glücklich sein. Und doch könnte das Leben ganz anders sein. Wenn ich ins Kino gehe und sie die wunderschönen Lieder singen höre, weiß ich, wie anders es sein könnte; und auch manchmal, wenn ich allein sitze und meinen Gedanken nachhänge, habe ich das Gefühl, daß alles ganz wunderschön sein könnte. Aber jetzt hatte ich meinen Tee ausgetrunken und auch den Kuchen aufgegessen, und ich wünschte, ich hätte mir nichts gekauft, denn ich war müde, und der Weg nach Hause war noch lang.

L E I D E N S C H A F T

Abgesehen von der Tatsache, daß sie beide seit ungefähr einem Jahr in Indien waren und beide in gut bezahlten Stellungen bei britischen Kulturorganisationen, hatten Christine und Betsy sehr wenig gemeinsam. Trotzdem wohnten sie zusammen in einer Wohnung. Ihre Freunde – besonders Christines Freunde, Betsy hatte nicht sehr viele – waren überrascht, als sie sich zu diesem Schritt entschlossen hatten, und fragten sich, wie das je gutgehen könnte; aber tatsächlich ging es sehr gut, vielleicht gerade, weil sie so verschieden waren und so verschiedene Leben führten, und daher gerieten sie einander nie in die Quere.

Der Kaminsims in ihrer Wohnung stand immer voller Einladungen, und sie waren fast alle für Christine. Sie war groß, schlank und gutaussehend. Sie hatte etliche indische Freunde, die sie abends in der Wohnung abholten und in ihren Autos ausführten. Manchmal war sie noch nicht ganz fertig, und dann trällerte sie aus dem Badezimmer, daß sie sofort käme; inzwischen forderte Betsy die jeweiligen Besucher auf, im Wohnzimmer Platz zu nehmen und etwas zu trinken. Manchmal hatten sie einige Gläser getrunken, bis Christine schließlich erschien, und dann sprangen sie elegant auf, während Christine lachend und atemlos ein hauchzartes Tuch um den Kopf schlang und sich schnippisch entschuldigte, sie warten gelassen zu haben.

Ihr bevorzugter Begleiter war ein langer, gutaussehender Offizier der Leibwache des Präsidenten namens Captain Manohar Singh (»Manny« für seine Freunde). Auch Betsy war froh, wenn es Manny war, der Christine ausführte, und je länger er warten mußte, um so lieber war es Betsy. Sie fühlte sich wohl, wenn sie neben dem gutaussehenden Manny auf dem Sofa saß und mit ihm redete. Sie redete mit ihm über Indien – indische Philosophie oder Musik, oder über die derzeitige politische Lage –, während er einen Whisky nach dem anderen trank und entspannt dasaß, die langen Beine gespreizt, mit einem gutmütigen, aufmerksam zuhörenden Gesichtsausdruck.

Manchmal hatte Betsy Grund anzunehmen, daß er nicht wirklich zuhörte, denn er machte nie irgendwelche Bemerkungen, die als Kommentar zu dem aufgefaßt werden konnten, was sie ihm erzählte. Er sagte eigentlich überhaupt kaum je etwas und wenn, dann war es etwas völlig Unerwartetes wie:»Meine Herren, war das eine Party gestern! Wumm!« Aber Betsy genügte es eigentlich, zu ihm reden zu dürfen und ihn nach Herzenslust von so nah betrachten zu können. Manny war ein Sikh, und er hatte einen exquisit gepflegten, glänzend schwarzen Bart und trug einen dunkelblauen Turban; seine Augen waren nicht dunkel, sondern erstaunlich hell, von einem durchsichtigen Grau, und leuchteten wie ein See zwischen den sie dicht umsäumenden schwarzen Wimpern.

Einmal wurde Betsy von Manny geküßt. Es kam vollkommen unerwartet. Sie saßen auf dem Sofa, und Betsy erzählte ihm von ihrer Vorliebe für die Kangra-Malerschule gegenüber jener Basohlis, als er sich plötzlich auf sie stürzte. Man konnte es wirklich nicht anders bezeichnen – mit einem Satz sprang er von dem Platz auf, wo er saß, und riß sie in seine Arme. Sie stieß einen kurzen Schreckensschrei aus, aber im nächsten Augenblick preßten sich seine Lippen heftig auf ihre, seine Zunge – kraftvoll, pulsierend, muskulös wie ein selbständiges, lebendiges Tier – bahnte sich einen Weg in ihren Mund; unter seinem seidenen Hemd konnte sie seine Brust und seine Rippen spüren, hart wie Stahl. Wellen des Entzückens überfluteten sie wie ein Ohnmachtsanfall. Aber er schien beherrschter als sie zu sein. So plötzlich, wie er sie gepackt hatte, stieß er sie weg, rückte hastig seinen Turban zurecht und stand auf, als Christine in einer Duftwolke hereingeweht kam und rief:»Darling!« »Darling!« antwortete er mit seinem tiefen dröhnenden Lachen.»Du bist wieder unpünktlich, ho-ho, Darling!« Er war kein bißchen verlegen, während Betsy benommen auf dem Sofa saß, das Haar in Unordnung gebracht, der Rock über ihre Schenkel hinaufgerutscht.

Da sie wenige Freunde und wenige Vergnügungen hatte, gab es für Betsy in ihrer Freizeit nicht viel anzufangen, und sie verbrachte sie meistens mit Lesen. Sie ging oft in die amerikanische Bücherei und war den einheimischen Angestellten dort bald wohlbekannt. Einer der Angestellten war besonders eifrig, die Bücher, die sie wollte, für sie herauszusuchen, und jene, nach denen sie gefragt hatte, für sie zurückzulegen. Er war ein schlanker, schüchterner junger Inder, der, wie tausend andere Büroangestellte, immer ein sauberes, aber ziemlich abgetragenes weißes Hemd und westlich geschnittene Hosen trug. Abends, wenn sie im Taxi vom Büro nach Hause fuhr, sah Betsy ihn oft bei der Bushaltestelle in der Schlange stehen. Die Schlange der Wartenden war immer unendlich lang, und viele der Busse, die vorbeifuhren, waren so überfüllt, daß sie nicht einmal hielten. Er sah sehr geduldig aus, wie er dort stand, mit einem kleinen, abgenützten Messing-Speisenbehälter in der Hand. Einmal regnete es, und sie sah, wie er sich vor dem Regen schützen wollte, indem er den Speisenbehälter über den Kopf hielt. Sie ließ das Taxi halten und bot an, ihn mitzunehmen; er stieg ein, ohne ein Wort zu sagen.

»Wo kann ich Sie absetzen?« fragte sie.

»Wo Sie hinfahren.«

»Aber das ist vielleicht endlos weit weg von dort, wo Sie hinmüssen.«

»Das ist in Ordnung.«

Das war alles, was sie aus ihm herausbekam. »Das ist in Ordnung.« Den Rest der Fahrt saß er aufrecht und schweigend auf der Kante des Sitzes, die Arme eng an sich gepreßt: Er war sehr naß und strömte Dämpfe von Feuchtigkeit und Unbehaglichkeit aus. Als das Taxi bei ihrem Haus hielt und sie ausstieg, stieg er auch aus, ohne ein Wort. »Leben Sie hier in der Nähe?« fragte sie ihn. Inzwischen hatte sie ausgesprochene Schuldgefühle ihm gegenüber. »Das ist in Ordnung«, sagte er und blieb wartend stehen. Vielleicht wartete er darauf, aufgefordert zu werden, mit hinaufzukommen, aber das konnte Betsy nicht, weil Christine Leute zu Besuch hatte. Sie kramte in ihrer Tasche nach den Schlüsseln, und da sie sich nervös und gehetzt fühlte, fiel ihr dabei alles mögliche heraus auf den Gehsteig. Er bückte sich, um die Sachen aufzuheben, und sie rief erschrocken: »Nein, bemühen Sie sich nicht!« Sie hockte mit ihm auf dem Gehsteig, und beide griffen sie nach ihren ausgestreuten Sachen und wurden naß vom Regen. Als sie ihre Schlüssel gefunden hatte, stopfte sie alles andere wieder in die Tasche und steckte sie, ausgebeult vom Inhalt, unter den Arm und rannte ins Haus, ließ ihn draußen stehen. Sie hatte noch Stunden später ein schlechtes Gewissen seinetwegen.

Ein paar Tage später fuhr sie wieder an der Bushaltestelle an ihm vorüber. Vor Verlegenheit schaute sie auf die andere Seite, aber er hatte sie gesehen, und ohne einen Augenblick zu zögern, rannte er auf die Straße und winkte ihrem Taxi. Er winkte mit beiden Armen wie ein Mensch in Not. Aber er war keineswegs in Not, er wollte nur mit ihr mitfahren. Wieder kam er mit zu ihrer Haustür und blieb erwartungsvoll stehen. Als sie ihn hinaufbat, nahm er das sofort an. Er setzte sich auf einen Stuhl und blickte sich mit unverhohlener Neugier um, die Wände auf und ab, über die Decke, betrachtete sämtliche Möbel. Betsy fragte: »Möchten Sie etwas trinken?« Jetzt, da sie ihn hierher mitgenommen hatte, wußte sie nicht, was sie mit ihm anfangen sollte.

Als sie ihm seinen Drink gemixt hatte, hielt er das Glas in der Hand wie einen sonderbaren unbekannten Gegenstand, und dann fragte er: »Ist das Alkohol?«

»Ach du meine Güte.« Sie biß sich auf die Lippe und starrte ihn bestürzt an. »Sie trinken keinen? Ach, entschuldigen Sie –«

Aber er nahm einen großen Schluck, mußte ein bißchen husten und nahm noch einen. Dann trank er das Glas aus. Sie betrachtete ihn mißtrauisch. »Es schmeckt nicht sehr gut«, sagte er.

»Nein, wenn man nicht daran gewöhnt ist. Ich bin gar nicht auf die Idee gekommen, daß Sie vielleicht nicht – alle scheinen so viel zu trinken. Ich meine, alle Leute, die man trifft –« Sie hielt inne, denn ihr kam zu Bewußtsein, daß sie damit sagte, er gehöre nicht zu der Sorte von Leuten, die man trifft. Sie überlegte krampfhaft, was sie sagen könnte, um diese Worte ungültig zu machen. Aber er schien es gar nicht bemerkt zu haben. Er lächelte. »Es ist ein komischer Geschmack . . .«

»Möchten Sie noch mehr?«

»Ja.«

Diesmal trank er sehr schnell, als wäre es Wasser oder Tee. Sie hätte ihn gern gewarnt, fürchtete aber, seine Gefühle zu verletzen. Als er ausgetrunken hatte, lächelte er wieder; er schien glücklich zu sein.

»Einmal haben wir Bier getrunken«, sagte er. »Das war bei der

Hochzeit der Schwester meines Freundes. Wir versteckten uns hinter dem Kuhstall, aber nachher fand einer der Onkel die leere Flasche, huh, wie böse da alle mit uns waren!« Er kicherte. Betsy erkannte zu ihrem Entsetzen, daß er betrunken war. »Wir waren sehr ungezogene Burschen. Ich könnte Ihnen noch andere Geschichten erzählen . . . Das ist eine hübsche Wohnung. Wer wohnt denn noch hier? Gibt es viele Zimmer?« Er stand auf und fing an, im Zimmer umherzuwandern, als gehörte ihm die Wohnung. Er nahm Gegenstände in die Hand und fragte, was sie gekostet hätten, und schaute in Schränke hinein. »Ich glaube, Sie müssen eine Menge Gehalt bekommen. Wieviel? Mehr als tausend Rupien? Sagen Sie es mir, bitte. Nur zu meiner Information.«

Plötzlich und ohne jede Vorwarnung übergab er sich über den ganzen eierschalenfarbenen Teppich. Er stand da und würgte und hielt sich den Bauch und stöhnte. Betsy legte ihm die Hand auf die Stirn. »Machen Sie sich keine Sorgen«, sagte sie. »Es macht nichts.« Sie mußte den Kopf abwenden, aber er tat ihr schrecklich leid.

Und nachher schalt sie sich heftig. Sie war mit sich selbst böse, weil sie sich dieser Aufgabe, die nicht gerade überwältigend schwierig war, nicht gewachsen erwiesen hatte, nämlich einen unkomplizierten jungen Mann in ihre Wohnung einzuladen und ihm seine Befangenheit zu nehmen. Sie wollte das so gern wiedergutmachen, ihn wieder einladen und dafür sorgen, daß die Einladung sich für beide Seiten würdig abspielte. Doch zugleich hatte sie das Gefühl, nicht ertragen zu können, ihn je wieder da zu haben, ja, ihn überhaupt je wiederzusehen; und eigentlich hätte sie am liebsten den ganzen Vorfall vergessen samt der Person, die ihn verursacht hatte.

Ein oder zwei Tage später hörte sie einen Wortwechsel an der Tür. Zornige Stimmen wurden laut, und dann kam ihr Diener herein. »Er sagt, er will Sie sprechen«, sagte der Diener anklagend. Der junge Bibliothekar war ihm in das Zimmer gefolgt, sah verärgert aus und wie ein Mann, der entschlossen ist, auf seinem Recht zu beharren.

»Ihr Diener war unverschämt zu mir«, sagte er, sobald sie allein waren. Er tat ihre Erklärung und ihre Entschuldigungen mit einer Handbewegung ab. »Ich bin nicht sehr daran gewöhnt, von Dienern ungehörig behandelt zu werden.«

»Betsy!« rief Christine aus ihrem Schlafzimmer. »Ist Manny schon gekommen?«

»Noch nicht!«

»Wer ist das?« fragte der junge Mann streng; bevor jedoch Betsy es erklären konnte, stand Christine in der Tür. Sie trug ein rosageblümtes Negligé, das sie mit einer Hand zuhielt. »Hallo«, sagte sie zu dem jungen Mann.

Betsy sagte: »Das ist –«, und ihr wurde bewußt, daß sie den Namen ihres Besuchers nicht wußte. Er war zu verblüfft von Christines Auftauchen, um ihr aus der Verlegenheit zu helfen.

»Ich bin Christine«, sagte Christine. Sie wartete höflich darauf, daß er sich vorstellte, als er es jedoch nicht tat, lächelte sie ihn auf ihre freundliche Weise an und verschwand wieder in ihrem Zimmer. Einen Augenblick später konnte man sie im Badezimmer singen hören. Der junge Mann starrte weiter auf die Stelle, an der sie gestanden hatte.

Betsy erklärte: »Wir haben die Wohnung miteinander gemietet.« Sie lächelte. »Ich weiß nicht einmal Ihren Namen, so was Dummes.«

»Har Gopal. Sie ist auch Engländerin?«

»Ja, ja. Sie arbeitet für den British Council.« Da ihr nichts anderes zu sagen einfiel, fing sie an, ihm von Christines Job zu erzählen. Aber er hörte nicht zu. Er schaute ziemlich verwirrt aus, blickte sich einmal im Zimmer um und dann wieder an die Stelle, an der Christine gestanden hatte. Betsy bemerkte, was für ein feines Gesicht er hatte, mit einer zart gemeißelten Nase und traurigen Augen. Hin und wieder hob er die Hand an den offenen Hemdkragen und drückte ihn über seinem Hals zusammen, als wollte er dadurch sein Aussehen verbessern; es war eine Bewegung, in der sich zugleich Bescheidenheit und Selbstschutz ausdrückte. Betsy stellte fest, daß sie eine große Zärtlichkeit für den jungen Mann empfand.

Dann kam Manny Christine abholen. Er war in Uniform, und seine sämtlichen Knöpfe blitzten, ebenso wie seine schönen braunen Stiefel aus kräftigem glattem Leder. Er wanderte im Zimmer auf und ab, wartete auf Christine, ein Riesenkerl, der einen Geruch von Whisky und Kölnischwasser ausdünstete. Sein Blick war nur eine Sekunde lang über Har Gopals Kopf hinweggeschweift – mehr brauchte er nicht, um einen Landsmann einzuschätzen. Mit Betsy war er, wie üblich, in seiner abwesenden Art freundlich. Er hatte, nach dem Vorfall, nie wieder erkennen lassen, daß er sich erinnerte, sie geküßt zu haben. Wahrscheinlich erinnerte er sich nicht. Er marschierte im Zimmer auf und ab, in Gedanken verloren, und wurde erst wieder lebhafter, als Christine hereinkam. Sie trug jetzt nicht mehr ihr Negligé, sondern ein zartgelbes Kleid und goldene Sandalen mit hohen Absätzen, die sie noch größer machten, als sie ohnedies war. Das Zimmer schien sehr klein mit den beiden darin, und als sie weggegangen waren, erschien es sehr leer.

Har Gopal sagte in bitterem Tonfall:»Sind das Ihre Freunde? Dieser Sikh gefällt mir nicht! Diesen Typ kenne ich zu gut.« Als sie nichts dazu sagte, sprach er barsch mit ihr, als hätte sie gewagt, ihm zu widersprechen:»Ich kann Ihnen sagen, mir sind Hunderte von denen begegnet. Was wissen denn Sie von ihnen.« Keiner von beiden stellte sein Recht, in diesem Ton mit ihr zu reden, auch nur im geringsten in Frage.

»Ich hab ein Bakkalaureat von der Kurukshetra-Universität«, sagte er dann.»Na, jetzt sind Sie erstaunt, was? Sie dachten, ich wäre nur so irgendwer, nicht wahr? Einen B. A. in Geschichte und Philosophie. Und meine Frau ist an der Universität immatrikuliert.« Er winkte sie mit seiner schlanken, feingliedrigen Hand zu sich heran, legte eine überraschende Autorität an den Tag, und sie ging zu ihm hin.

Er stürzte sich auf sie genauso unvermittelt, wie Manny es getan hatte. Betsy dachte, lieben alle indischen Männer so? Trotz seines zerbrechlichen Aussehens war Har Gopal kräftig. Er hatte nicht die massive körperliche Kraft Mannys, sondern etwas Hartes, Durchdringendes, Unnachgiebiges, das keinen Widerstand duldete. Er ging zielstrebig vor, ohne zu fragen, nicht gewandt, aber entschlossen, eisern. Er forderte Respekt.

Betsy war in Har Gopal verliebt. Wäre sie es nicht gewesen, hätte die Situation peinlich werden können. Er kam jeden Tag zu ihr in die Wohnung, und wenn einer von Christines Freunden da war, setzte er sich in eine Ecke wie ein armer Verwandter und sah sie mit glühenden, hungrigen Augen an. Nachher war er böse mit Betsy und gab ihr die Schuld, wenn er glaubte, nicht mit der nötigen Achtung behandelt worden zu sein. Christine war stets sehr nett und taktvoll zu ihm, und als Gegenleistung bemühte er sich, mit ihr eine ernsthafte Unterhaltung zu führen. Er erzählte ihr vom Arbeitslosenproblem in Uttar Pradesch oder wie viele Kleinflugzeuge pro Jahr von der Flugzeugfabrik in Hindustan hergestellt wurden. Sie hörte ihm anscheinend zu und warf gelegentlich ein »nein wirklich?« oder »wie interessant!« ein, ohne jede Ironie. Vielleicht lackierte sie sich dabei die Fingernägel, trug den Lack mit eleganten kleinen Pinselstrichen auf, und er sah ihr fasziniert dabei zu. Er sah ihr sehr gern zu, wenn sie sich die Fingernägel lakkierte. Manchmal fragte er Betsy, warum sie ihre nicht anmalte, und er klickte mißbilligend mit der Zunge, als sie ihm ihre Hände hinhielt mit den sehr kurz geschnittenen Nägeln, und einen oder zwei auch ganz abgebissen an ihren kurzen, etwas klobigen Fingern.

Aber sie gab sich seinetwegen große Mühe. Sie bürstete und bürstete ihr Haar, bis es glänzte, und band sich dann ein rotes Band darum. Sie trug weiße Rüschenblusen und kurze Röcke und weiße Ballerinenschuhe und ein Goldkettchen um den Hals. Sie liebte es, mit ihm spazierenzugehen, und schob dann stolz ihre Hand unter seinen Arm. Er erlaubte ihr, sie dort zu lassen, und ging in würdiger Haltung an ihrer Seite, den Kopf starr in die Höhe gereckt. Viele Leute sahen sie an. Sie waren beide nicht groß, beide etwa gleich klein, aber er war dünn und sie ziemlich untersetzt mit sehr muskulösen Beinen. Ein- oder zweimal begegneten sie Leuten, die er kannte – irgendeinem Freund oder Nachbarn –, und dann blieb er stehen, um ein paar Worte zu wechseln, ziemlich formell und etwas unsicher, und obwohl sie ihre Hand unter seinem Arm ließ, machte er keinen Versuch, sie vorzustellen. Aber wenn sie jemanden trafen, den sie kannte, irgendeinen ihrer Landsleute aus dem Büro oder vom Hochkommissariat, ließ sie es sich angelegen sein, Har Gopal sofort vorzustellen, protzte mit ihm und klammerte sich derart an ihn, daß es ihre Bekannten in Verlegenheit brachte und sie wegschauten und sich so rasch wie möglich von ihr verabschiedeten. Har Gopal jedoch benahm sich immer sehr korrekt und sagte: »Sehr erfreut, Ihre Bekanntschaft zu machen«, und schüttelte allen die Hand, wie er wußte, daß Ausländer es tun.

Betsy vertraute Christine eine Menge an. Sie brauchte jemanden, mit dem sie über Har Gopal sprechen konnte. »Ich weiß, es ist lächerlich, total lächerlich«, sagte sie und vergrub den Kopf in den Armen, überwältigt von Lachen und Glück. »Er ist ganz verkehrt – selbstverständlich ist er ganz verkehrt – und obendrein ist er verheiratet und hat auch noch drei Kinder.« Sie verbarg wieder ihr Gesicht, und ihre Schultern bebten vor Lachen. Sie bemühte sich, aber es gelang ihr nie richtig, Christine zu erklären, was sie eigentlich so sehr liebte an Har Gopal. Seine fein gezeichneten Gesichtszüge, ja, seine dunklen, träumerischen Augen, seine Traurigkeit, seine Sensibilität; und sie liebte auch – aber wie konnte sie Christine das sagen – die abgetragenen Kleider, die er trug, die schlecht geschnittenen Baumwollhosen und das verwaschene Hemd, aus dessen einfachen, geknöpften Manschetten seine dünnen Handgelenke herausschauten. Sie war tatsächlich stolz, daß er so sehr wie alle anderen aussah – wie Hunderte und Tausende andere indische Büroangestellte, die jeden Morgen mit dem Bus in ihre Büros fuhren und abends mit ihren leeren Speisebehältern wieder nach Hause kamen; Leute, die für niedrige Gehälter arbeiteten und ihre Familien erhielten und sich Sorgen machten. Sie runzelte die Stirn vor lauter Anstrengung, das alles Christine gegenüber deutlich auszudrücken, und sagte schließlich, daß, na ja, sie ihn wahrscheinlich dafür liebte, so ein typischer Inder zu sein.

Christine lachte: »Aber deshalb mag ich ja auch Manny!«

Betsy mußte zugeben, daß auch Manny ein typischer Inder war – aber auf ganz andere Art. Manny war das Indien, über das sie in ihrer Kindheit gelesen hatte, bunt mit Tigern, Sonnenuntergängen und Fürsten; aber Har Gopal war *echt*, er war das alltägliche, städtische, leidende Indien, wovon die Menschen im Westen nichts wußten.

Har Gopal fragte sie oft: »Redest du mit Christine über mich?« Er wollte alles wissen, was sie sagten. Wenn sie ihn neckte und nichts erzählen wollte, verdrehte er ihr die Handgelenke und zwickte sie, bis sie schrie. Er wandte diese Foltern aus der Knabenzeit gern bei ihr an; das war die einzige Form von Ausgelassenheit, die er kannte, denn so hatten er und seine Freunde in der Schule und an der Universität ihre Späße miteinander getrieben. Er hatte noch nie eine Freundin gehabt. Aber er hatte viele männliche

Freunde gehabt und zusammen mit ihnen höchst vergnügliche Zeiten verbracht. Er erzählte Betsy oft von seinen Freunden, und das versetzte ihn immer in gute Laune. Er war von Natur aus ernsthaft, ja melancholisch, wenn er sich jedoch seiner Studentenzeit erinnerte, wurde er fröhlich und lachte über all die verrückten Streiche, die sie miteinander ausgeheckt hatten. Einer seiner Freunde, Chandu, war ein großer Spaßvogel gewesen, und wie der die Lehrer an der Nase herumgeführt hatte! Niemand hatte ihm etwas anhaben können, weil sein Vater ein bedeutender Mann gewesen war in der Stadt. Ein anderer Freund hatte Zeitungen essen und sogar Rasierklingen zerbeißen können. Alle waren sie ganz verrückt aufs Kino und sahen sich den gleichen Film immer wieder an, bis sie die Lieder und die Dialoge auswendig kannten. Er konnte noch immer große Brocken aus alten Filmen rezitieren und tat das auch für Betsy und sang ihr die Lieder vor. Sie liebte seine Stimme, die weich und mädchenhaft klang, und den sanften Ausdruck, den seine Augen bekamen, wenn er sang; aber er sagte, nein nein, seine Stimme sei gar nichts, sie hätte Mohan hören sollen, dann wüßte sie, was es heißt, gut zu singen. Sie hatten alle gedacht, Mohan würde gewiß zum Film gehen und Playback-Sänger werden, aber statt dessen hatte er eine Stelle bei einer Lebensversicherungsgesellschaft bekommen. So viele Freunde hatte er gehabt, und sie waren einander so eng verbunden gewesen und hatten geglaubt, ihre Freundschaft würde ewig dauern; aber jetzt wußte Har Gopal von den meisten nicht einmal, wo sie waren. Alle waren verheiratet wie er, und jeder hatte seine eigenen Sorgen und keine Zeit mehr für seine Freunde. Doch er dachte noch oft an sie und wünschte sich die alten Zeiten zurück, oder daß er doch wenigstens noch einen Freund hätte, dem er seine Gedanken anvertrauen und mit dem zusammen er vergnügte Stunden verbringen könnte.

»Na, jetzt hast du doch mich«, sagte Betsy und legte ihm den Arm um den Hals, zärtlich und kameradschaftlich.

Aber er konnte für sie nicht das gleiche empfinden wie für seine Freunde. Sie wußte, er hatte sie weniger gern. Sie erregte ihn, und er war stolz darauf, sie zu haben, aber eigentlich, hatte sie oft den Verdacht, mochte er sie nicht wirklich. Alles Lieben kam von ihrer Seite, und er nahm es an als etwas, das ihm zustand, aber machte keinen Versuch, es zu erwidern. Etwas Gebieterisches, beinahe Tyrannisches lag in seinem Verhalten ihr gegenüber. Wenn er entspannt in ihrem Zimmer herumsaß, verlor er vollständig all seine Schüchternheit und Ärmlichkeit – diesen Zug von Niedergeschlagenheit, so augenscheinlich, wenn er mit seinem Speisebehälter an der Bushaltestelle stand –, und er wurde, was er als Brahmane wahrscheinlich von Natur aus war: ein Aristokrat, für den die Güter und Reichtümer dieser Welt geschaffen waren und dem das Recht zustand, daß andere ihm dienten. Betsy war es, die ihm diente, und die Güter und Reichtümer jene Dinge, die sie ihm gab, an denen er Geschmack gefunden hatte: englische Kekse, Himbeersaft (er trank nie wieder Alkohol), Dosenpfirsiche.

Er ließ ein paar Kleidungsstücke ständig bei ihr, und wenn er direkt nach dem Büro zu ihr kam, wie er das für gewöhnlich tat, dann zog er seine Hose aus und faltete sie sorgfältig zusammen und legte dann das Dhoti an. Er kleidete und entkleidete sich mit vornehmer Zurückhaltung, um von keinem menschlichen Auge jemals nackt gesehen zu werden, nicht einmal seinem eigenen. Obwohl seine Liebesbezeigungen keine Wünsche offenließen, verlor er nie seine Zurückhaltung; sein Benehmen war stets beherrscht und kultiviert, und nie lag darin auch nur einen Augenblick lang Hemmungslosigkeit. Betsy hingegen war ganz hemmungslose Hingabe. Sie warf ihre Kleider ab und ließ sie liegen, wo sie sie eben fallengelassen hatte, und ging nackt im Zimmer umher. Sehr oft vergaß sie, die Tür abzuschließen, so daß der Diener oder Christine oder wer eben die Wohnung betrat, jederzeit hätte hereinspazieren können. Es war ihr gleichgültig. Ihr Benehmen schockierte und freute ihn zugleich. Am Anfang konnte er ihr nur mit abgewandtem Gesicht und niedergeschlagenen Augen beim Entkleiden zusehen, voller Scham über sich und über sie, aber im Laufe der Zeit betrachtete er sie kühn und mit einem sonderbaren Lächeln, das vielleicht zum Teil Anerkennung und zum Teil, den Verdacht hatte sie manchmal, Verachtung war.

Er redete nie über seine Familie mit ihr. Sie wollte so viel über sie wissen, aber er wich ihren Fragen stets aus. Wenn sie zu hartnäckig darauf bestand, verärgerte ihn das, und er weigerte sich, überhaupt mit ihr zu sprechen, und ging vielleicht sogar früher als sonst nach Hause. Daher wagte sie nicht, viel zu fragen. Aber es quälte sie, daß er diesen ganzen Bereich seines Lebens mit solcher Entschiedenheit vor ihr verborgen hielt, was darauf schließen ließ, sie sei nicht würdig, darüber zu sprechen. Wieso hatte er eine solche Einstellung? Er war *stolz* auf sie – das wußte sie; würde er sonst mit ihr am Arm durch die Stadt promenieren und die Leute, die er unterwegs traf, mit so überlegenem Gehabe grüßen?

Manchmal, wenn sie ihn entspannt und guter Laune fand, versuchte sie, ihn zum Reden zu bringen: »Ist deine Frau größer als ich? Kleiner? Genauso groß? Sag doch!« Aber dann verflüchtigte sich augenblicklich seine gute Laune, und er wandte sich mit finsterem Gesicht von ihr ab. Einmal fragte sie ihn halb im Scherz: »Was ist los? Findest du, ich bin nicht gut genug, um etwas über deine Familie zu erfahren?« Aber daraufhin nahm sein Gesicht einen so merkwürdigen, verschlossenen Ausdruck an, daß sie erkannte, sie war damit der Wahrheit sehr nahe gekommen. Zuerst wollte sie es nicht glauben; sie lachte sogar darüber und sagte: »Mein Gott, was bin ich denn – eine gefallene Frau oder so was?« Noch immer antwortete er nicht, aber sein Gesichtsausdruck veränderte sich nicht, noch unternahm er einen Versuch, dem zu widersprechen oder es abzustreiten. Sie lachte wieder, härter, obwohl ihr jetzt nach allem anderen als nach Lachen zumute war. Es war absurd, wie aus einem viktorianischen Melodrama, und doch war es die Wahrheit, so sah er sie. Sie fühlte sich so gedemütigt, daß sie nichts mehr sagen konnte, und lautlos flossen Tränen aus ihren Augen. Aber selbst während sie ihr über die Wangen rollten und ihr Herz weh tat beim Gedanken an ihre Demütigung – so absonderlich waren ihre Gefühle für ihn –, steigerte eben diese Demütigung doch tatsächlich ihre Leidenschaft für ihn, verschlimmerte sie noch.

Eines Tages fuhr sie heimlich in die Gegend, wo er wohnte. Sie fand die Wohnblocks nebeneinander aufgereiht und umgeben von einem öden unbebauten Areal, wo ein staubiger kleiner Basar entstanden war und eine Ansiedlung strohgedeckter Hütten. Sobald sie aus dem Taxi stieg, fand sie sich umringt von einer Schar Kinder, die ihre sonderbare Fremdheit bewunderten und darüber lachten und ihr dicht auf den Fersen blieben. Sie blickte sich eine Weile um, nahm dann ihren Mut zusammen und ging durch das Tor, das in den Hof des ersten Häuserblocks führte. Hier ging es ebenso lebhaft zu wie auf der Straße. Kinder spielten, und ein paar Männer reparierten die leichten Liegen, die den meisten Indern als Betten dienen, und etliche fliegende Gemüsehändler und Fischverkäufer waren dort und feilschten mit Frauen, die mißtrauisch die in die Enden ihrer Saris geknüpften Geldbündel herausholten und miteinander über unreelle Händler jammerten. Andere Frauen riefen aus Fenstern herunter, die in Reihen neben- und untereinander aus den hohen Häusern in den Hof hinuntergingen. Betsy, umgeben von dem kleinen Haufen der Kinder, die sich ihr angeschlossen hatten, blickte um sich und wußte nicht, was sie als nächstes tun sollte. Plötzlich stellte sie sich die Frage, was geschähe, wenn er jetzt aus einem dieser dunklen Hauseingänge käme und sie hier vorfände. Sie konnte den Ausdruck von Schrecken und Wut beinahe sehen, der sein Gesicht augenblicklich verwandeln würde, und bei dem Gedanken daran bekam sie selbst ein wenig Angst und wünschte, sie wäre nicht hierhergekommen.

Aber da war es schon zu spät, den Rückzug anzutreten. Ein runder kleiner Mann in einem englisch geschnittenen Anzug kam auf sie zugerannt und rief aufgeregt:»Ja bitte, ja bitte! Sie kommen Mr. Har Gopal besuchen?« Betsy erkannte ihn nicht, vermutete aber sofort, er müsse jemand sein, den sie bei einem ihrer abendlichen Spaziergänge getroffen hatten und mit dem Har Gopal bei dieser Gelegenheit gesprochen hatte.

»Hier entlang, bitte«, sagte der kleine Mann und schob die Kinder beiseite und führte sie aus dem Hof heraus. Den neugierig Herumstehenden erklärte er wichtigtuerisch:»Für Har Gopal in Block C.« Er stolzierte vorneweg, während die Kinder hinter ihm her strömten und Betsy wohl oder übel mit dieser Prozession mitgerissen wurde. Hinter ihr stießen sich die Frauen mit den Ellbogen an und tuschelten. Der kleine Mann führte sie die Straße entlang und bog dann in den nächsten Wohnhof ein, winkte ihr mit seiner pummeligen Hand über die Schulter hinweg zu und rief:»Hier lang, bitte!«

Da sah sie, daß der kleine Zug sie auf die Straße zurückgeführt hatte, in der ihr Taxi wartete. Sie murmelte eine Entschuldigung, die niemand hörte, kletterte kurzentschlossen hinein und setzte sich, der Fahrer wimmelte geschickt die Kinder ab, die sofort das Auto umringten. Betsy wagte nicht, aus dem Fenster zu schauen, als das Taxi sich in Bewegung setzte, und hielt sich sogar das Taschentuch vors Gesicht, als hoffte sie, auf diese Weise weder zu sehen, noch gesehen zu werden.

Als Har Gopal das nächste Mal zu ihr kam, redete er überhaupt nicht mit ihr, sondern holte ohne weitere Umstände sein Dhoti und die Hausschuhe und eine Flasche Haaröl, die er im Badezimmer stehen hatte, und packte alles mit grimmiger Entschlossenheit zu einem Bündel zusammen. »Was machst du denn?« rief sie ganz bekümmert. Er antwortete nicht, sondern ging zur Tür. Sie klammerte sich an ihn, um ihn zurückzuhalten. Sie flehte ihn an zu bleiben.

»Laß mich bitte gehen«, sagte er, blieb aber ganz still stehen und versuchte nicht, sich loszumachen.

»Es war doch nur, weil ich *sehen* wollte, wo du wohnst.«

»Du hast mir nachspioniert. Ja, und jetzt wirst du mit deinen Freunden über mich lachen, weil mein Haus armselig ist und ich arm bin.« Plötzlich kreischte er: »Es ist mir egal! Du kannst lachen, was macht mir das!«

»Bitte, nicht!« sagte sie und umklammerte ihn fester, aber er schüttelte sie ab und schrie sie an: »Und meine Position? Das ist dir völlig gleichgültig, was die Leute darüber sagen, daß du ganz offen zu meinem Haus kommst –« Er sank auf die Kante ihres Bettes und hielt sich die Hände vors Gesicht vor Kummer und Scham. Und Betsy ließ sich neben ihn sinken, und auch sie bedeckte ihre Augen. Darauf entwickelte sich eine laute Szene, die durch die ganze Wohnung widerhallte, wobei er sich ausführlich über seine Stellung in der Welt verbreitete und sie sich mit Anschuldigungen wegen ihrer Selbstsucht und Gefühllosigkeit geißelte; und nachdem das lange Zeit so gegangen war und sie ihn immer wieder um Verzeihung angefleht hatte, versöhnten sie sich schließlich wieder, und sie war in Tränen der Dankbarkeit aufgelöst, während er sich ihr gegenüber stolz und gnädig gab.

Dann war es Zeit für ihn, heimzugehen, und auf dem Weg zur Tür mußten sie das Wohnzimmer durchqueren, wo Christine mit

Manny saß und Ludo spielte. Die beiden mußten jedes Wort gehört haben von dem, was in dem anderen Zimmer vor sich gegangen war. Christine hielt den Blick taktvoll auf das Spielbrett gesenkt, und Manny summte eine Melodie vor sich hin. Har Gopals Gesicht nahm einen verschlossenen Ausdruck an, und sein dünner Körper schien noch zu schrumpfen, als er das Zimmer durchschritt; er sah so aus, wie wenn er an der Bushaltestelle wartete. Nur Betsy war frei von jeglicher Verlegenheit, als sie ihren Liebhaber zur Tür begleitete.

An diesem Abend klopfte Christine zaghaft an Betsys Tür. Betsy lag splitternackt auf ihrem zerwühlten Bett und las die Katha-Upanischaden. Sie hatte ihre Lesebrille auf und wickelte nachdenklich eine Haarsträhne um den Finger. Es schien sie nicht im mindesten zu genieren, nackt angetroffen zu werden. Ihre Brüste waren um vieles schwerer, als man vermuten würde, wenn man sie angezogen sah. »Ja, komm herein«, sagte sie und schlug das Buch zu, ließ aber einen Finger als Lesezeichen darin, um die Seite wiederzufinden. »Es tut mir leid, wir waren schrecklich laut heute, nicht wahr?« sagte sie ganz munter.

Christine setzte sich auf die Kante eines Sessels. Sie trug ein geblümtes Negligé und sah frisch und gepflegt aus, im Kontrast zu Betsys Zimmer, das ziemlich unaufgeräumt war.

»Ich weiß, es geht mich nichts an«, sagte Christine und sprach sehr schnell, wie um die Sache rasch hinter sich zu bringen. »Aber ich glaube, du solltest ein bißchen vorsichtiger sein.«

Betsy lachte und sagte: »Ich wünschte, ich gehörte zu der Sorte von Leuten, die vorsichtig sein *können*.«

»Alle reden, verstehst du, Betsy, im Büro und überall. Ich meine, du lieber Himmel, niemand nimmt daran Anstoß, daß du einen indischen Freund hast – haben wir nicht alle welche? – aber er ist so ... *anders* als die anderen Inder, die wir alle kennen.«

»Du meinst, er ist arm.«

»Nein, das ist es nicht«, sagte Christine unglücklich. »Aber er ist – ich weiß nicht – merkwürdig. Und das Ganze ist irgendwie ungesund – ich weiß, es ist absolut grauenhaft von mir, so zu reden, und wenn du willst, sag, ich soll den Mund halten.«

Es entstand eine kleine Pause. Dann sagte Betsy: »Es *ist* ungesund.« Sie versuchte, unbeteiligt und leidenschaftslos zu sein, konnte das aber nicht lange aufrechterhalten. »Ich nehme an, jede Leidenschaft ist ungesund. Manchmal, weißt du, habe ich das Gefühl, verrückt zu sein – und obendrein – was furchtbar ist: ich genieße es! Ich finde es herrlich!« Sie drehte sich auf die Seite, wandte sich Christine zu, und ihre großen Brüste fielen auf diese Seite herüber, und ihre Augen glänzten hinter ihrer fleischfarbenen Brille.

Christine war nicht die einzige Person, die versuchte, Betsy zu warnen. Eines Tages lud ihr Bürochef sie zum Essen in sein Haus und erklärte ihr auf die denkbar freundlichste Weise, voller Verlegenheit und mit vielen Entschuldigungen, daß er, wenn sie sich nicht, wie er es nannte, etwas konventioneller verhielte, sie würde nach Hause schicken müssen. Betsy verstand, daß er ihr das sagen mußte und daß er recht hatte, aber sie hatte nicht die Absicht, sich zu ändern. Statt dessen fing sie an, Pläne zu machen, was sie tun würde, sollte man sie tatsächlich zurück nach Hause versetzen. Sie würde selbstverständlich sofort auf ihren Posten verzichten; sie würde hierbleiben und sich eine Stellung hier im Land suchen. Es war ihr ziemlich unklar, was für eine Stellung, und sie überlegte weiter nicht lange, ob sie überhaupt jemand anstellen würde; sie wußte jedoch, ganz gleich, was sie täte, ihr Gehalt würde nur ein Bruchteil ihres jetzigen sein, und sie würde ihr ganzes Leben ändern müssen. Das machte ihr nichts aus; ja, eigentlich freute sie sich sogar darauf. Sie würde aus der Wohnung ausziehen und in eine sehr viel billigere ziehen müssen. Sie stellte sich vor, daß sie in einem kleinen Zimmer irgendwo in einer übervölkerten Gegend wohnen würde; um zu ihr zu gelangen, würde man einen Hof überqueren und eine sehr dunkle, sehr schmale Wendeltreppe hinaufsteigen müssen. Sie würde die einzige Europäerin sein, die in diesem Haus wohnte. Jeden Tag würde Har Gopal sie besuchen kommen. Betsy konnte zwar gar nicht kochen, aber sie sah sich über einen kleinen Kohlenkessel gebeugt und eine Mahlzeit für ihn bereiten und sie ihm servieren, genau wie eine indische Ehefrau. Vielleicht würde sie auch dazu übergehen, einen Sari zu tragen. Vielleicht würde sie ein Kind bekommen, einen Sohn, der zu einem dunklen und grazilen Inder heranwachsen würde wie Har Gopal.

Sie vernachlässigte ihre Arbeit im Büro und verhielt sich distanziert ihren Kollegen gegenüber. Sie bemerkte undeutlich, daß um sie herum alles mögliche vorging und daß man wahrscheinlich Schritte gegen sie unternahm, aber sie gab sich keine Mühe, herauszufinden, was für welche. Christine teilte ihr mit, daß sie bald aus ihrer gemeinsamen Wohnung ausziehen würde; sie erfand irgendwelche höflichen Lügen, daß ihr die Wohnung zu teuer wurde und daß sie woanders eine andere, kleinere gefunden hätte, aber Betsy schnitt ihr das Wort ab und sagte, das mache nichts, sie selbst würde auch sehr bald ausziehen. Sie sah sich bereits in ihrem kleinen Zimmer in dem Haus mit der Wendeltreppe.

Sie fing sogar an, sich nach den Mieten zu erkundigen, die für solche Unterkünfte zu zahlen waren, und wieviel Geld erforderlich wäre für das einfache indische Leben. Alle ihre Gedanken waren auf dieses eine Problem konzentriert. Einmal, als sie mit Manny allein war, der darauf wartete, daß Christine fertig würde, fragte sie ihn sogar ganz ernsthaft: »Angenommen, man ißt nur zweimal am Tag Linsen und Reis – wieviel würde das in der Woche kosten?«

»Nur Linsen und Reis!« rief Manny scherzend. »Und wie wär's mit 'nem Gläschen Whisky?«

»Ich mein das ernst, Manny«, sagte Betsy ungeduldig, aber es war unmöglich, ihn zu einem ernsthaften Gespräch zu bringen. Seit sie ihr Verhältnis mit Har Gopal angefangen hatte, war Mannys Benehmen ihr gegenüber sonderbar und zwiespältig geworden; einerseits verhielt er sich eher noch schroffer als früher oder gar unverschämt; andererseits erlaubte er sich plötzliche Anwandlungen von Vertraulichkeit, die, wenn sie allein in einem Zimmer waren, so weit ging, sie an intimen Stellen zu zwicken.

Das tat er auch jetzt, und zugleich scherzte er mit ihr: »Ich brauch meine zwei, drei Gläschen pro Tag, sonst bin ich wie mein Auto ohne Benzin. Hm? He?« Er spornte sie zum Lachen an und zog sie zu sich heran, und sein Bart rieb gegen ihre Wange. Sie sträubte sich heftig und versuchte sich loszumachen, aber das veranlaßte ihn nur, sie um so fester zu halten. Sie blickte ihm direkt ins Gesicht, und sie sah seine hellen Augen und seinen roten, gesunden Mund in seinem schwarzen Bart lächeln. Sie stieß einen Schrei aus. Er ließ sie sofort los und gab ihr sogar noch einen Stoß, um sie weiter von sich weg zu haben. Christine kam herein, zog den Reißverschluß ihres Kleides zu und sagte: »Was ist denn bloß hier los?« »Das war Betsy«, sagte Manny. »Sie hat gedacht, sie sähe eine Schlange.« Er lachte schallend.

Betsy redete mit Har Gopal nicht über ihre Zukunftspläne. Sie hatte Angst. Sie wußte, die Vorstellung, daß jemand eine Anstellung, einen sicheren Lebensunterhalt aufgab, war etwas, das er nie würde verstehen können. Er selber war sehr ängstlich wegen seiner Stellung und hütete sich, seinen Vorgesetzten jemals Grund zur Klage zu geben. Er war nicht nur in ihrer Gegenwart sehr höflich, geradezu unterwürfig, sondern er sprach auch im Tonfall höchster Achtung, wenn sie nicht da waren und gar keine Möglichkeit hatten, je zu erfahren, was er über sie sagte. Als Betsy einmal sorglos abfällige Bemerkungen über ein oder zwei der leitenden Angestellten ihrer eigenen Organisation machte, wies er sie deswegen zurecht, und als sie über die Zurechtweisung lachte, zog er die Stirn kraus und wurde ärgerlich und sagte, sie hätte keinen natürlichen Respekt. Das mindeste, sagte er, was man seinen Vorgesetzten schulde, sei Respekt; und ganz abgesehen davon sollte man aufpassen, was man über sie sagte, denn wer weiß, was ihnen davon womöglich zu Ohren käme. Aber wie *konnte* ihnen denn irgend etwas davon zu Ohren kommen, fragte Betsy belustigt, wenn niemand hier war als er und sie, und er würde doch wohl nicht hingehen und sie verraten, oder? Er sträubte sich dagegen, über diese Vorstellung zu lächeln, sondern sagte nur, in diesen Dingen könne man nicht vorsichtig genug sein. Er ließ sogar einen Moment den Blick ernsthaft im Zimmer umherschweifen – in ihrem Schlafzimmer –, als fürchtete er, irgendwo könne sich irgendwer versteckt haben und horchen.

Eines Sonntagnachmittags lag er in seiner recht herrschaftlichen Pose auf ihrem Bett, in Unterhemd und Dhoti, die Füße bequem gekreuzt; er hatte die Arme hinter dem Kopf verschränkt und blickte mit melancholischen Augen ins Leere. Er wirkte edel und sensibel und machte den Eindruck, tief in philosophischen Gedanken versunken zu sein. Der Eindruck trog jedoch, denn als er schließlich sein Schweigen brach, geschah dies, um nichts Bedeutenderes zu sagen als: »Schau mal, jetzt habe ich schon seit zwei

Tagen diese Blase. Sie ist sehr schmerzhaft.« Wehleidig streckte er ihr seinen Finger hin.

Sie lachte laut heraus, und von Zärtlichkeit für ihn überwältigt, warf sie sich über seine ruhende Gestalt. »Ach, du bist goldig, einfach goldig!« rief sie und drückte ihn, so fest sie konnte, als hoffte sie, auf diese Weise ihren überquellenden Gefühlen Luft zu machen. Er schrie auf, und sich windend versuchte er, sich von ihr loszumachen – erfolglos, bis sie ihn aus eigenen Stücken freigab. Er strich mit einer Hand sein Haar glatt und sein Dhoti mit der anderen Hand und sagte ungehalten: »Du bist so grob.«

Sie lachte wieder und setzte sich glücklich auf den Boden, lehnte den Kopf an den Rand des Bettes, auf dem er lag. Sie fühlte sich ungeheuer wohl und häuslich und wußte, sie wollte, daß ihr Leben immer so weiterginge. Und dann sprudelte sie es hervor, daß sie ihre Stellung aufgeben und in Indien bleiben wolle, um ihm immer nahe zu sein.

Har Gopal war außer sich. Er dachte tatsächlich, sie sei verrückt. Er debattierte mit ihr, machte sie darauf aufmerksam, daß sie, selbst wenn es ihr gelänge, irgendeine Anstellung in Indien zu finden, was an sich schon unwahrscheinlich war, nie von dem Gehalt, das sie bekäme, würde leben können. Aber Betsy sagte, nein, sie wolle davon leben; sie sei es überdrüssig, weiter so zu leben, wie sie jetzt hier lebte, als Ausländerin, als Privilegierte.

»Ich will in Indien leben wie eine Inderin«, sagte sie, »wie alle anderen, wie du. Genauso wie du«, und sie ergriff seine magere, zarte Hand und küßte sie.

Er entzog sie ihr. »Du weißt gar nichts«, sagte er. »Wenn du in einem Haus leben müßtest, wo es nie genug Wasser gibt, und wo die Nachbarn streiten, und du putzt und putzt, und doch kommen noch immer die Küchenschaben –«

»Das ist mir egal«, sagte Betsy.

»Ach ja, es ist so leicht zu reden«, sagte er bitter. Er erhob sich vom Bett und fing an, sich anzukleiden, obwohl die Zeit noch nicht gekommen war, zu der er für gewöhnlich wegging.

»Ich will alles für dich aufgeben«, sagte Betsy. »Mein ganzes Leben dir zu Füßen legen und sagen: Hier, nimm es.« Sie schloß die Augen, überwältigt von der Leidenschaft, mit der sie sprach.

Er gab einen kurzen, ungeduldigen Laut von sich und wandte ihr den Rücken zu. Vor dem Spiegel begann er sich zu kämmen. Sie trat hinter ihn und legte ihre Wange zärtlich an seinen Rücken, schlang die Arme um seine Taille. Er fuhr fort, sich sehr sorgfältig zu kämmen. Er achtete immer sehr sorgfältig auf sein Äußeres, ehe er auf die Straße hinausging.

»Ich bringe gar kein Opfer«, sagte sie. »Glaub das ja nicht. Lieber Himmel, glaubst du denn, ich mach mir was aus meinem Job, oder aus dieser Wohnung oder aus Geld oder sonstwas?«

Da konnte er sich nicht länger beherrschen: »Nein, dir ist alles egal! So bist du. Du hast alles im Leben, und du wirfst es weg. Schämst du dich nicht? Es gibt andere Menschen, die würden Gott weiß was geben, etwas zu haben, angenehm zu wohnen und zu leben, aber für die – nein, da gibt es nichts, gar nichts, nicht einmal in ihren Träumen . . .« Die Stimme versagte ihm, und er konnte nicht weiterreden. Es war, als wären alle enttäuschten Hoffnungen seines Lebens in ihm aufgestiegen und hätten sich als harte Kugel in seiner Brust festgesetzt und machten ihn unfähig zu sprechen. Er machte eine Handbewegung zu ihr hin, verabschiedete sie, wollte sie nicht mehr und wandte sich zur Tür.

»Geh nicht weg«, bat sie und hielt seinen Arm fest. Er versuchte, sich zu befreien, aber sie hielt ihn fest. Plötzlich wurde er bösartig. Er hieb mit der Faust auf die Hand, die ihn festhielt, und fluchte in Hindi auf sie: »*Hath mat lagao, besharm kahin ki!*« Er verließ das Zimmer, und sie rannte hinter ihm her.

Christine und Manny saßen im Wohnzimmer bei einem Glas Whisky. Manny stellte sein Glas hin und stand auf und ging mit langen Schritten auf Har Gopal zu. Er packte ihn vorn an seinem Hemd und schüttelte ihn hin und her, und Har Gopal ließ es geschehen, ohne Widerstand zu leisten. Sein Gesicht war erstarrt vor Furcht, während sein Körper geschüttelt wurde und das geölte, steife Haar auf seinem Kopf auf und ab flatterte.

»Laß ihn los, Manny«, sagte Christine mit leiser, verlegener Stimme.

Manny schüttelte ihn noch ein letztes Mal und schleuderte ihn dann zur Tür. Har Gopal fiel hin, aber er rappelte sich wieder hoch und klopfte sich geduldig den Staub von den Knien und Händen.

Ohne jemanden anzusehen, ging er die Treppe hinunter, langsam und würdevoll. Betsy folgte ihm.

Als er unten an der Treppe angelangt war, sagte er in kaltem Kommandoton zu ihr:»Hol mir meine Sachen.«

»Was für Sachen?«

»Meine Sachen. Mein Dhoti und meine Hausschuhe. Und vergiß nicht meine Flasche mit dem Haaröl.« Er stand sehr aufrecht und dünn und stolz da. Aber plötzlich setzte er sich auf die unterste Stufe. Er verbarg das Gesicht in den Händen, und seine Schultern bebten vor Schluchzen. Sie setzte sich neben ihn; sie legte ihm den Arm um die Schultern und murmelte ihm zärtliche Trostworte zu.

Nach einer Weile hob er den Kopf, das Gesicht tränenverschmiert. Er unterbrach ihr Gemurmel und sagte:»Du mußt hier weg. Ich will nicht, daß du auch noch einen einzigen Tag länger bei diesen Leuten bleibst.«

Betsy sagte, sie würden miteinander etwas für sie suchen. Irgendwo etwas ganz Billiges, ganz Indisches. Sie warf einen Blick auf ihn, um seine Reaktion festzustellen, aber er gab keinerlei Anzeichen, daß er sie gehört hatte, und starrte weiter düster vor sich hin. Sie gestattete sich zu glauben, sein Schweigen bedeute Zustimmung. Darüber hüpfte ihr das Herz vor Freude, und im Geist sah sie leuchtende Visionen von dem neuen Leben, das für sie beginnen würde.

DER MANN MIT DEM HUND

Manchmal denke ich an mich, wie ich früher war, und dann sehe ich mich so wie damals im Hause meines Mannes umhergehen, frisch gebadet, Blumen im Haar gehe ich von einem Zimmer ins andere und schaue überall in die Ecken, sehe danach, daß alles sauber ist. Mein Gang ist stolz. Ich weiß, ich werde geliebt und geachtet als Frau, die getreulich alle ihre Pflichten im Leben erfüllt – gegenüber Gott, den Eltern, dem Ehemann, den Kindern, Dienern und den Armen. Wenn ich am Gebetsraum vorbeigehe, lege ich die Hände zusammen und neige den Kopf, und wohltuende Ehrfurcht durchströmt mich vom Scheitel bis zur Sohle. Ich weiß, daß meine Gebete gottgefällig und willkommen sind.

Vielleicht weil meine Kinder sich meiner erinnern, wie ich damals war, werden sie, wenn sie mich jetzt sehen, jedesmal so zornig über mich. Sie sind alle erwachsen und in viele Gegenden Indiens verstreut. Wenn sie mich brauchen und wenn meine Sehnsucht nach ihnen zu stark wird, fahre ich eines oder das andere von ihnen besuchen. Was für ein Glück! Sie drängen sich um mich zusammen, ich umarme und küsse sie und weine, und ich lache vor Freude über alles, was meine kleinen Enkel sagen und tun, wir reden die ganze Nacht, es gibt so viel zu erzählen. Im Lauf der Tage jedoch berühren wir andere Themen, die weniger angenehm sind, und auch wenn wir sie nicht berühren, sind sie dennoch vorhanden, und wir denken an sie, und unser Glück umwölkt sich. Ich habe Schuldgefühle und, was schlimmer ist, ich fange an, unruhig zu werden, und je unruhiger ich werde, desto mehr verstärken sich meine Schuldgefühle. Ich möchte nach Hause fahren, obwohl ich nicht wage, es einzugestehen. Zugleich möchte ich dableiben, ich möchte sie nie, nie verlassen – meine lieben, geliebten Kinder und Enkelkinder, für die mein Leben hinzugeben ein solches Glück wäre. Aber ich muß weg, die Ruhelosigkeit verbrennt mich innerlich, und ich fange an, ihnen Lügen aufzutischen. Ich sage, ich müsse wegen einer dringenden Angelegenheit meinen Rechtsanwalt konsultieren. Selbstverständlich wissen sie, daß ich lüge, und sie debattieren und streiten mit mir und sagen Dinge, die Kinder ihrer Mutter nicht sollten sagen müssen; und daher ist, wenn ich schließlich meinen Kopf durchgesetzt und die Koffer gepackt habe, unser Kummer mehr als nur Trennungsschmerz. Auf der ganzen Fahrt nach Hause strömen mir die Tränen übers Gesicht, und meine Gefühle sind in Aufruhr, während der Zug mich weiter und weiter von ihnen wegführt, obwohl er mich dem näherbringt, wonach ich die ganze Zeit, die ich mit ihnen zusammen war, gehungert und gebrannt habe.

Ja, ich, eine alte Frau und vielfache Großmutter – ich hungere und brenne! Und nach wem? Nach einem alten Mann. Und nachdem ich das ausgesprochen habe, möchte ich am liebsten die Hände vors Gesicht schlagen und laut lachen, obwohl es geschehen könnte, wie es mir nun oft geschieht, daß mein Lachen sich in Schluchzen verwandelt und dann wieder in Lachen, wenn ich an ihn denke, diesen alten Mann, den ich so sehr liebe. Und wie er es hassen würde, ein alter Mann genannt zu werden! Wieder lache ich, wenn ich mir sein Gesicht vorstelle, könnte er mich ihn so nennen hören. Höchstens betrachtet er sich selbst als »in mittleren Jahren«. Erst vor kurzem hörte ich ihn zu einer befreundeten Dame sagen: »Ja, jetzt, wo wir alle doch schon in mittleren Jahren sind, heißt es eben, das Tempo ein bißchen zurücknehmen.« Und er strich sich mit der Hand übers Haar, das er sehr sorgfältig frisiert, damit man die kahlen Stellen nicht sieht, und blickte traurig drein, weil er ein Mann in mittleren Jahren war.

Ich denke daran, wie ich ihn zum allerersten Mal sah. Ich erinnere mich an alles ganz genau. Ich war bei Spitzer gewesen, um etwas Schweizer Teegebäck zu kaufen, und Ram Lal, der schon damals mein Chauffeur gewesen war, hatte den Wagen gestartet und manövrierte ihn gerade aus der Parklücke, als er direkt in die hintere Stoßstange eines Autos prallte, das rückwärts in die angrenzende Parklücke fuhr. Dieses Auto war nicht besonders elegant, aber der Sahib, der daraus ausstieg, war es sehr wohl. Er trug einen wunderbar gearbeiteten Schneideranzug mit Bügelfalten und eine seidene Krawatte und einen Hut auf dem Kopf; unter dem Arm hielt er einen sehr langhaarigen kleinen Hund, der wütend bellte. Auch der Sahib bellte wütend, sein Gesicht war ganz rot angelaufen, und er beschimpfte Ram Lal lautstark auf englisch. Eine Zeitlang sah er mich nicht, aber als er mich entdeckte, hörte er plötzlich auf zu schreien, beinahe mitten im Wort. Er sah mich an, wie ich da auf dem Rücksitz des Packard saß in meinem türkisfarbenen Sari und einem aus einem bestickten Kaschmirschal gearbeiteten Cape; sogar der Hund hörte auf zu bellen. Ich kannte diesen Blick gut. Es war ein Blick, mit dem Männer mich angesehen hatten, seit ich fünfzehn war bis – ja, sogar bis ich über vierzig war. Es war ein Blick, der mich immer mit Ärger erfüllt hatte, aber auch (jetzt, wo ich so alt bin, kann ich es ja zugeben) mit Stolz und Freude. Dann, ein paar Sekunden später, er sah mich noch immer auf die gleiche Weise an, aber jetzt auch mit einem kleinen Lächeln, lüftete er den Hut vor mir; sein Haar war blond und dünn. Ich neigte den Kopf, zog das Cape über meinen Schultern zurecht und wies Ram Lal an, weiterzufahren.

Damals war ich sehr vergnügungssüchtig. Die Kinder waren alle schon ziemlich groß, drei von ihnen waren bereits an der Universität und die beiden jüngeren in ihren Internatsschulen. Solange sie klein waren, und als mein lieber Mann noch bei uns war, lebten wir meistens in den Bergen oder auf unserem Gut in der Nähe von X (das nun meinem ältesten Sohn, Shammi, gehört); es waren ruhige, langweilige Orte, wo mein lieber Mann sich seinen Büchern widmen und seine Freunde einladen und Musik hören konnte. In diesen Jahren war unser Stadthaus vermietet, und wenn wir hereinkamen, um mit seinem Anwalt zu sprechen oder einen Facharzt zu konsultieren, mußten wir im Hotel wohnen. Aber nachdem ich allein geblieben war und die Kinder größer waren, behielt ich das Stadthaus für mich, weil ich am liebsten in der Stadt lebe. Ich verbrachte viel Zeit mit Einkäufen und kaufte viele kostbare Saris, die ich nicht brauchte; mindestens zweimal in der Woche ging ich ins Kino und lernte sogar, Karten zu spielen! Ich wurde zu vielen Teegesellschaften, Abendessen und anderen Anlässen eingeladen.

Bei einer derartigen Gelegenheit begegnete ich ihm wieder. Wir erkannten einander sofort, und er sah mich genauso an wie beim ersten Mal, und bald machten wir Konversation. Jetzt, da wir einander sind, was wir sind, und das schon seit so vielen Jahren, ist es schwierig für mich, zurückzublicken und ihn so zu sehen wie am Anfang – als einen Fremden mit dem Gesicht eines Fremden und dem Namen eines Fremden. Was mich anfänglich an ihm am meisten interessierte, war, glaube ich, daß er Ausländer war; zu der Zeit waren mir noch nicht viele Ausländer begegnet, und so vieles an ihm faszinierte mich, das mir fremd und wunderbar erschien. Mir gefiel, wie elegant er sich kleidete, und die Lebhaftigkeit, mit der er sprach, und sein dünnes helles Haar, und wie sein Gesicht rot wurde. Ebenso faszinierte mich seine Art, mit mir zu sprechen und mit den anderen Damen, so anders als unsere indischen Männer, die immer ein bißchen schüchtern uns gegenüber sind und linkisch, und selbst wenn sie gern mit uns reden, mögen sie nicht, wenn jemand anderer sieht, daß sie es gern tun. Ihm jedoch war es gleichgültig, wer zusah – er setzte sich auf einen Schemel neben die Dame, mit der er redete, und er blickte zu ihr auf und lächelte und unterhielt sich sehr lebhaft mit ihr, und manchmal legte er beim Reden auch seine Hand auf ihren Arm. Er war besonders höflich zu uns, er schob uns den Stuhl zurecht, wenn wir uns setzten oder aufstehen wollten, und er hielt uns die Tür auf, und jenen Damen, die rauchten, gab er Feuer und erwies uns alle möglichen kleinen Dienste, für die sich unsere indischen Männer genieren, und die sie als unter ihrer Würde betrachten würden. Aber so wie er das alles tat, war es voller Würde. Und noch etwas, wenn er eine Dame begrüßte und ihr zu verstehen geben wollte, daß er sie sehr schätzte, küßte er ihr die Hand, und auch das war elegant; allerdings, als er es bei mir zum erstenmal tat, schockierte es mich derart, als fahre mir elektrischer Strom das Rückgrat hinunter, und ich wollte ihm meine Hand entreißen und sie an meinem Sari abwischen. Aber später gewöhnte ich mich daran, und es gefiel mir.

Sein Name ist Boekelman, er ist Holländer, und als ich ihn kennenlernte, lebte er bereits seit vielen Jahren in Indien. Er war aus geschäftlichen Gründen hergekommen, in Elfenbeingeschäften, und wurde durch den Krieg hier festgehalten, konnte nicht zurückgehen; und als der Krieg vorüber war, wollte er nicht mehr zurück. Er verdiente kein Vermögen, aber es war genug für ihn. Er lebte in einer Hotelsuite, die er mit seinen eigenen Teppichen und Bildern ausgestattet hatte, er aß gut, er trank gut, er hatte seinen Freundeskreis und einen kleinen langhaarigen Hund namens Susi. Zu Hause in Holland hatte er weiter nichts zurückgelassen als zwei Tanten und eine Frau, von der er geschieden war und an die er nicht einmal denken mochte (sie hieß Annemarie, aber wenn die Rede auf sie kam, sagte er immer nur »Gebranntes Kind scheut das Feuer«). Also war Indien sein Zuhause, obwohl er kein Hindi gelernt hatte außer *achchha*, was »in Ordnung« heißt, und *pani*, das heißt Wasser, und er kannte keine Inder. Alle seine Freunde waren Ausländer; auch seine Freundinnen.

Vieles ist anders geworden, seit damals, als ich ihn kennenlernte. Er hält mir die Tür nicht mehr auf, wenn ich herein- oder hinausgehe, und er küßt mir auch nicht mehr die Hand; er tut es noch immer bei anderen Damen, aber nicht mehr bei mir. Das ist in Ordnung, ich will es nicht, es ist nicht nötig. Wir leben jetzt im gleichen Haus, denn er hat seine Hotelzimmer aufgegeben und ist in eine Zimmerflucht in meinem Haus gezogen. Er zahlt Miete dafür, die ich nicht will, aber auch nicht ablehnen kann, weil er darauf besteht; und es spielt sowieso keine Rolle, denn es ist nicht sehr viel Geld (er hat die Miete nicht auf der Grundlage dessen berechnet, was heute zu zahlen wäre, sondern was die Räume wert waren, als das Haus gebaut wurde, vor beinahe vierzig Jahren). Als Gegenleistung wünscht er, daß diese Räume von den übrigen im Haus völlig getrennt bleiben, und daß jeder anklopft, ehe er eintritt; manchmal gibt er auch Parties dort für seine europäischen Freunde, zu denen er mich einlädt oder auch nicht. Wenn er mich einlädt, geschieht das folgendermaßen: »Heute abend kommen ein oder zwei Leute vorbei, ich weiß nicht, ob es dir Spaß machen würde, uns Gesellschaft zu leisten.« Selbstverständlich wußte ich schon längst von dieser Party, weil er den Koch beauftragt hat, etwas dafür zusammenzustellen, und der Koch zu mir gekommen ist, um mich zu fragen, was er zubereiten solle, und ich ihm alle Anweisungen gegeben habe; wenn etwas ganz Besonderes erforderlich ist, mache ich es selbst. Nachdem er mich eingeladen hat und ich die Einladung angenommen habe, fragt er mich als nächstes: »Was wirst du anziehen?« und betrachtet mich kritisch. Er sagt immer, Frauen müssen elegant sein, und deshalb habe ich ihm anfänglich so gefallen, weil ich damals sehr sorgfältig auf mein Äußeres bedacht war; ich kaufte viele neue Saris und ließ mir passende Blusen dazu machen, und ich ging in einen Schönheitssalon und ließ mir Gesichtsmassagen machen und allerlei andere Dinge. Nun aber ist das alles vorbei, und es ist mir gleichgültig geworden, wie ich aussehe.

Es ist merkwürdig, wie oft man sich während seines Lebens verändert und wieder verändert, selbst eine so gewöhnliche Person wie ich. Wenn ich zurückblicke, sehe ich mich als junges Mädchen im Haus meines Vaters, ungeduldig darauf wartend, daß etwas geschieht; dann als ruhige Ehefrau und Mutter, all meine vielen Pflichten erfüllend; und dann wiederum, als die Kinder größer waren und mein lieber Mann, viele Jahre älter als ich, sich weit von mir entfernt hat und ich eher seine Tochter bin als seine Frau – da bin ich wiederum anders.

In jenen Jahren lebten wir meistens in den Bergen, und ich ging allein auf lange Spaziergänge, viele Stunden lang, manchmal sehr glücklich darüber, dort bei Sonne und bei Nebel in diesen großartigen grünen Bergen zu sein. Manchmal jedoch fühlte ich mich auch sehr unglücklich und sehnte mich danach, daß mein Leben, das mir damals sehr leer erschien, von etwas so Großem und Schönem wie diesen Bergen erfüllt wäre. Als aber mein lieber Mann uns für immer verließ, bin ich aus den Bergen heruntergekommen, und dann begann das mondäne Stadtleben, von dem ich schon gesprochen habe. Doch auch das ist vorüber. Jetzt stehe ich morgens auf, trinke meinen Tee, wandere im Garten umher mit friedvollem Herzen; ich pflücke eine Handvoll Blüten; und die lege ich zu Füßen Wischnus in meinem Gebetsraum. Ohne ein Bad zu nehmen oder den alten Baumwollsari abzulegen, in dem ich nachts geschlafen habe, sitze ich viele Stunden lang auf der Veranda, tue nichts, schaue nur hinaus auf die Blumen und die Vögel. Meine Gedanken kommen und gehen.

Um etwa zwölf Uhr ist Boekelman fertig und kommt aus seinem Zimmer. Er schläft immer gern lang, und danach braucht er mindestens ein oder zwei Stunden, um sich fertig zu machen. Sein Gesicht ist rosa und rasiert, seine Kleider frisch gebügelt, er riecht nach Rasierwasser und Eau de Cologne und all den anderen Sachen, von denen er ganze Reihen von Flaschen auf seinem Badezimmer-Bord stehen hat. In einer Hand hat er seinen zusammengerollten englischen Regenschirm, mit der anderen hält er Susi an einer roten Lederleine. Er ist bereit zum Ausgehen. Er sieht mich an, und ich kann sehen, daß er verärgert ist, wie ich dasitze, verknittert und ungebadet. Wenn er es nicht eilig hat, wegzugehen, bleibt er vielleicht stehen und redet eine Weile mit mir, für gewöhnlich, um sich über irgend etwas zu beschweren; er ist nie sehr gut gelaunt um diese Tageszeit. Manchmal sagt er, der Wäscher hat seine Hemden nicht gut gebügelt, ein andermal, daß sein Kaffee am Morgen eiskalt war; oder er konnte die ganze Nacht nicht schlafen, wegen des Lärms aus den Unterkünften der Dienstboten; oder daß eine telephonische Nachricht ihm nicht prompt genug ausgerichtet worden ist, oder daß es scheint, als habe jemand sich an seiner Post zu schaffen gemacht. Ich antworte ihm kurz oder manchmal auch gar nicht und schaue nur weiter hinaus in den Garten; und das macht ihn immer wütend, sein Gesicht wird ganz rot, und seine Stimme beginnt leicht zu zittern, obwohl er sie zu beherrschen sucht: »Es ist doch wohl nicht zuviel verlangt«, sagt er, »daß mir derartige Nachrichten klar und rechtzeitig ausgerichtet werden?« Während des Sprechens stößt er mit seinem Schirm lauter winzige Löcher in den Boden, um zu unterstreichen, was er sagt. Ich sehe ihm dabei zu und sage dann: »Ruinier mir meinen Garten nicht.« Er starrt mich einen Augenblick überrascht an und macht dann absichtlich noch ein Loch mit seinem Regenschirm und redet weiter: »Zufällig handelte es sich um eine außerordentlich wichtige Nachricht –« Ich lasse ihn nicht weiterreden. Ich bin von meinem Stuhl aufgesprungen und schreie ihn an: »Du ruinierst mir meinen Garten«, und dann schreie ich weiter wegen aller möglicher anderer Dinge, und ich gehe auf ihn zu, und er weicht rückwärts gehend vor mir zurück. »Das ist ja lächerlich«, sagt er und noch etliches andere, aber er ist nicht zu verstehen, weil ich so laut schreie und auch der Hund angefangen hat zu bellen. Er geht jetzt rascher, um schneller zum Tor hinauszukommen, und zieht den Hund mit; ich gehe hinter ihnen her. Inzwischen bin ich sehr aufgeregt und weiß nicht mehr, was ich sage. Der Gärtner, der die Hecke schneidet, tut so, als höre und sehe er nichts, sondern konzentriert sich auf seine Arbeit. Endlich ist er mit dem Hund draußen, und sie gehen sehr rasch die Straße entlang, und der Hund dreht sich um und bellt, und er zieht ihn hinter sich her, während ich am Tor stehe und sie mit meinem wütenden Geschrei verfolge, bis sie außer Sichtweite sind.

Damit ist es vorbei mit meinem Frieden und meiner Besinnlichkeit. Ich bin jetzt sehr aufgeregt, ich gehe im Garten auf und ab und wandere durch das Haus, ich halte Selbstgespräche, und manchmal schlage ich mit den Fäusten gegeneinander. Ich denke schlechte Dinge über ihn und rede mit ihm in Gedanken und in meinen Gedanken antwortet er mir auch, und diese Antworten machen mich noch wütender. Wenn dann irgendein Dienstbote kommt und mich anspricht, werde ich auch auf ihn zornig und schreie so laut, daß er wegläuft, und das ganze Haus ist sehr still, und alle gehen mir aus dem Weg. Aber langsam fangen meine Gefühle an, sich zu verändern. Meine Wut brennt aus, und ich bleibe mit der Asche meiner Reue zurück. Ich erinnere mich all der Versprechen, die ich mir selbst gegeben habe, all meiner Vorsätze, nie wieder meiner schlechten Laune nachzugeben; ich erinnere mich meiner schönen Morgenstunden, als ich mich so voller Frieden fühlte, den Vögeln und Bäumen und dem Sonnenlicht und anderen unschuldigen Dingen so nahe. Und bei dieser Erinnerung schießen mir Tränen in die Augen, und ich lege mich bekümmert auf mein Bett. Lakshmi, meine alte Dienerin, die seit fast vierzig Jahren bei mir ist, kommt mit einer Tasse Tee für mich herein. Ich setze mich auf und trinke den Tee, mein Gesicht noch immer naß von Tränen, und noch mehr Tränen fließen in die Tasse hinunter. Lakshmi fängt an, mein Haar zu glätten, das bei der Aufregung in Unordnung geraten ist, und während sie das tut, rede ich zu ihr in stammelnden Worten über meine eigene Torheit und meinen schlechten Charakter. Sie schnalzt mit der Zunge, widerspricht mir, lobt mich, und das macht mich plötzlich wieder zornig, so daß ich ihr den Kamm aus der Hand reiße und ihn an die Wand schleudere und sie aus dem Zimmer jage.

So vergeht der Tag, einmal voll Kummer, einmal voll Zorn, und die ganze Zeit warte ich nur darauf, daß er nach Hause kommt. Wenn die Zeit näher rückt, fange ich an, mich fertig zu machen. Ich nehme ein Bad, kämme mein Haar, lege einen neuen Sari an. Ich benütze sogar ein wenig Parfüm. Ich entwickle eine emsige Geschäftigkeit im Haus, weil ich nicht will, daß man merkt, wie sehr ich auf ihn warte. Wenn ich seine Schritte höre, bin ich noch geschäftiger und tu so, als hörte ich sie nicht. Er steht in der Tür und klopft mit dem Schirm dagegen und ruft mit lauter Stimme: »Ist es sicher, hereinzukommen? Hat sich der Zorn gelegt?« Ich bemühe mich, nicht zu lächeln, aber gegen meinen Willen zucken meine Mundwinkel.

Nachdem wir gestritten und einander wieder verziehen haben, sind wir immer sehr fröhlich miteinander. Dann geht es uns am allerbesten. Wir gehen im Garten spazieren, mein Arm in seinem, er raucht eine Zigarre, und ich kaue ein Betelblatt; er erzählt mir lustige Geschichten und bringt mich derart zum Lachen, daß ich manchmal stehenbleiben und mir die Seiten halten muß und nach Luft ringe und ihn bitte, aufzuhören. Niemand sieht uns je so, in dieser Stimmung; wenn man uns so sähe, würden sie sich nicht wundern, wie sie es alle tun, warum wir zusammenleben. Ja, jeder stellt sich diese Frage, das weiß ich genau, nicht nur meine Leute, sondern auch seine – alle seine ausländischen Freunde, die denken, daß er unglücklich mit mir ist und daß wir nichts tun als streiten, und daß ich zu dumm bin, um ihm eine gute Gefährtin zu sein. Sie sollten uns nur einmal so sehen, dann wüßten sie es, oder nachher, wenn er mir erlaubt, in sein Zimmer zu kommen und dort die ganze Nacht bei ihm zu bleiben.

In seinen Zimmern ist es ganz anders als im übrigen Haus. Im übrigen Haus gibt es nicht viele Möbel, nur ein paar von unseren alten Sachen – ein paar geschnitzte Wandschirme aus Kaschmir und kleine geschnitzte Tische, die Tischplatten mit Perlmutt eingelegt. Es gibt Stühle und ein paar Sofas, aber ich fühle mich immer am behaglichsten auf der großen Matratze am Boden, die mit einem gestickten Überwurf und vielen Polstern und Kissen bedeckt ist; hier ruhe ich stundenlang, sehr bequem, lege Patiencen oder schneide Betelnüsse mit einer kleinen silbernen Schere. In seinen Räumen jedoch stehen eine Menge Möbel, und eine Musiktruhe und ein Schrank für seine Schallplatten und ein anderer für seine Getränke. Teppiche liegen dort, und viele Bilder hängen an den Wänden – einige Gemälde europäischer Landschaften und ein altes Ölgemälde von einer rosa und weißen Dame mit Fächer in einem altmodischen Kleid. Auch eine gerahmte Bleistiftskizze, Boekelman selbst darstellend, gibt es, die ein Freund von ihm gemacht hat, ein Chemiker aus Wien, der als sehr guter Künstler galt, aber in einem sehr schlimmen Sommer in Delhi an Herzschlag starb. Über das ganze Zimmer verstreut hängen an den Wänden Photographien oder sie stehen auf dem Kaminsims oder auf kleinen Tischen, und die sehe ich mir noch viel lieber an als die Gemälde, denn sie sind alle von ihm, von ihm als Junge oder als ach so gutaussehender junger Mann, und von seinen Eltern und dem Hotel, das sie besaßen und in dem sie alle wohnten, in einem Zandvoort genannten Ort. Es gibt noch mehr Photos in einem großen Album, das er mir manchmal anzusehen erlaubt. In diesem Album sind auch ein paar Photos von seiner Frau (»Gebranntes Kind scheut das Feuer«), die mich sehr interessieren; aber er läßt mich das Album nie lange anschauen, weil er fürchtet, ich könne es beschädigen, und er nimmt es mir weg und legt es zurück in die Schublade, in die es gehört. Er geht mit allen seinen Sachen sehr ordentlich und sorgsam um, und er wird sehr zornig, wenn sie von den Dienern beim Abstauben umgestellt werden; trotzdem beharrt er darauf, daß sehr gründlich abgestaubt wird, und wehe dem ganzen Haushalt, wenn er einen Winkel entdeckt, der vergessen wurde. Daher ist es, trotz der vielen Gegenstände darin, immer sehr ordentlich in seinen Zimmern, und es wäre ein Vergnügen hineinzugehen, wenn Susi nicht wäre.

Er hat schon immer einen Hund gehabt, und immer war es einer von der gleichen kleinen, sehr langhaarigen Rasse, und immer hatte er Susi geheißen. Das ist die zweite Susi, die ich kenne. Die erste starb, als sie sehr alt war, an Altersschwäche, und diese Susi ist jetzt auch schon recht alt. Leider haben Hunde einen unangenehmen Geruch, wenn sie alt werden, und da sich Susi die ganze Zeit in Boekelmans Räumen aufhält, riechen die Zimmer ebenfalls so, obwohl sie täglich so gründlich geputzt werden. Wenn man hineinkommt, bemerkt man als erstes diesen Geruch, und es erfüllt mich zunächst immer mit einem momentanen Widerwillen, weil ich Hunde nicht mag und gewiß niemals einen im Zimmer dulden würde. Aber für B. sind Hunde wie Kinder. Wie er seine schlecht riechende Susi mit ihren langen Haaren streichelt, er badet sie eigenhändig und bürstet sie, und nachts schläft sie auf seinem Bett. Es ist gräßlich. Wenn er mich daher nachts in seinem Zimmer bleiben läßt, ist Susi immer mit dabei, und sie ist das einzige, was mich dann davon abhält, vollkommen glücklich zu sein. Ich glaube, auch

Susi mag es nicht, daß ich dort bin. Vom Fußende des Bettes sieht sie mich mit ihren triefenden Augen an, und ich kann sehen, daß es ihr nicht gefällt. Ich würde sie am liebsten mit einem Fußtritt vom Bett hinunter und aus dem Zimmer und aus dem Haus befördern; weil das aber nicht möglich ist, versuche ich so zu tun, als sei sie gar nicht da. Ich habe ohnedies keine Zeit für sie, weil ich so damit beschäftigt bin, B. anzuschauen. Er schläft im allgemeinen vor mir ein, und dann setze ich mich im Bett neben ihm auf und schaue ihn an und kann mich nicht satt sehen an ihm. Ich kann nicht beschreiben, wie mir dabei zumute ist. Ich war eine verheiratete Frau, aber ich habe nie eine solche Freude gekannt wie die, dort mit ihm allein im Bett zu sein und ihn anzuschauen: diesen alten Mann, der seine vorderen Zähne herausgenommen hat, so daß seine Oberlippe über dem Zahnfleisch einsinkt; seine Haut ist grau und schlaff, er macht häßliche Geräusche aus dem Mund und der Nase beim Schlafen. Für mich ist es Seligkeit, dort bei ihm zu sein.

Niemand sonst sieht ihn je so. Diese ganzen Freunde, die er hat, seine ganzen europäischen Damen, seine Freundinnen – sie sehen ihn nur schön angezogen und mit den Vorderzähnen drinnen. Und obwohl sie ihn diese ganzen Jahre lang kennen, länger als ich ihn kenne, wissen sie eigentlich gar nichts von ihm. Nur das Äußere gehört ihnen, die Schale, aber was drinnen ist, der Kern, das ist nur mir bekannt. Aber sie werden das nicht verstehen, denn was wissen denn sie vom Äußeren und dem Inneren, von der Schale und dem Kern? Für sie ist das alles eins. Für sie gibt es nur das Leben in dieser Welt und Es-sich-gut-gehen-Lassen und Essen und Trinken, obwohl sie alte Frauen sind wie ich und ihre Gedanken nicht an diese Dinge verschwenden sollten.

Ich habe mich sehr bemüht, diese Freundinnen zu mögen, aber es ist mir nicht möglich. Sie sind sehr verschieden von allen anderen Menschen, die ich kenne. Sie alle leben seit vielen, vielen Jahren in Indien – fünfundzwanzig, dreißig Jahren –, aber ich weiß, sie würden viel lieber woanders sein. Sie bleiben nur hier, weil sie sich zu alt fühlen, um noch woandershin zu gehen und ein neues Leben anzufangen. Sie sind aus unterschiedlichen Gründen hergekommen, manche, weil sie Inder geheiratet haben, manche aus geschäftlichen Gründen, andere als Flüchtlinge und weil sie kein

Visum woandershin bekommen konnten. Niemand von ihnen hat je versucht, Hindi zu lernen oder sich irgendwelche Kenntnisse über Indien anzueignen. Sie haben ein paar indische »Freunde«, aber das sind alles sehr reiche und wichtige Leute – wie Maharanis und Kabinettsminister, mit gewöhnlichen Leuten lassen sie sich gar nicht erst ein. Eigentlich aber sind sie nur miteinander befreundet, und sie fühlen sich am wohlsten in Gesellschaft von ihresgleichen. Was nicht bedeutet, daß sie nicht miteinander streiten, das tun sie ständig, und manche reden monate- oder gar jahrelang nicht miteinander; und sobald zwei von ihnen beisammen sind, sagen sie unweigerlich etwas Schlechtes über einen Dritten. Vielleicht sind sie füreinander mehr Familie als Freunde, so wie sie sich zugleich lieben und hassen und miteinander eng verbunden sind, ob es ihnen gefällt oder nicht; und keiner von ihnen hat sonst noch eine eigene Familie, daher sind sie wirklich aufeinander angewiesen. Deshalb feiern sie ständig ihre jeweiligen Geburtstage miteinander, so wie es eine Familie tut, und sie sind immer zusammen an ihren großen Tagen, wie Weihnachten oder Neujahr. Wenn eine von ihnen krank ist, sind die anderen sogleich zur Stelle mit Weintrauben und Blumen und sitzen den ganzen Tag und die halbe Nacht um das Krankenbett versammelt, selbst dann, wenn sie schon die längste Zeit nicht mehr miteinander geredet hatten.

Ich weiß, daß Boekelman einige der Frauen sehr nahe gestanden hatten, und ein paar von ihnen sind ihm noch immer sehr zugetan und würden wohl gern noch einmal von neuem mit ihm anfangen. Aber er hat genug von ihnen – jedenfalls in dieser Hinsicht, obwohl er natürlich noch immer auf freundlichem Fuß mit ihnen steht und sie fast jeden Tag trifft. Wenn er und ich miteinander allein sind, spricht er sehr respektlos von ihnen und macht sich über sie lustig und erzählt mir Sachen über sie, von denen keine Frau möchte, daß irgendwer sie erfährt. Er bringt mich zum Lachen, und ich fühle mich stolz und überlegen, daß er gerade mir das alles erzählt. Aber er mag es absolut nicht, wenn ich etwas über sie sage, er wird sehr zornig, wenn ich es tue, und fängt an zu schreien, ich hätte kein Recht, so zu reden, ich kennte sie nicht und ich wüßte nicht, was sie alles mitgemacht haben; also bin ich still, obwohl ich oft sehr verärgert über sie bin und gern meine Meinung sagen würde.

Am meisten verärgert bin ich, wenn eine Party in Boekelmans Räumen ist, und ich dort mit ihnen gemeinsam eingeladen bin. Sie amüsieren sich alle großartig, sie essen und trinken und erzählen sich Witze, manchmal streiten sie; sie lachen viel, und sie küssen sich mehr als notwendig. Niemand schenkt mir viel Beachtung, aber das stört mich weiter nicht, daran bin ich bei ihnen gewöhnt; außerdem bin ich ohnedies die meiste Zeit damit beschäftigt, immer wieder in die Küche hinauszurennen, um mich um das Anrichten zu kümmern. Ich bin froh, daß ich etwas zu tun habe, weil ich mich sonst sehr langweilen würde, wenn ich nur dortsäße. Was sie sagen, interessiert mich nicht, und ihre Witze bringen mich nicht zum Lachen. Die meiste Zeit verstehe ich nicht, worüber sie reden, selbst wenn sie Englisch sprechen – was nicht immer der Fall ist, denn manchmal sprechen sie in anderen Sprachen wie Französisch oder Deutsch. Aber ich weiß immer, in welcher Sprache sie auch reden, wann sie anfangen, über Indien zu reden. Früher oder später kommen sie immer darauf zu sprechen, und dann verändern sich ihre Gesichter, sie sehen bösartig und verbittert aus, wie Leute, die glauben, von einem Ladenbesitzer betrogen worden zu sein, und es ist zu spät, die Ware zurückzugeben. Jetzt wird es für mich sehr schwer, ruhig zu bleiben. Wie ich es hasse, sie so reden zu hören, sie sagen zu hören, daß Indien schmutzig ist und alle Inder unehrlich sind; weil sie jedoch meine Gäste sind, in meinem Haus sind, muß ich an mich halten, mich zusammennehmen, und sitze dort mit verschränkten Armen. Ich muß die Augen gesenkt halten, damit niemand sehen kann, daß in ihnen ein Feuer lodert. Wenn sie einmal mit diesem Thema begonnen haben, brauchen sie immer lange Zeit, ehe sie wieder aufhören, und je länger sie reden, desto verbitterter werden sie, und der Ausdruck ihrer Gesichter wird immer unangenehmer. Ich leide, und doch fange ich an zu sehen, daß auch sie leiden, all die schrecklichen Dinge, die sie sagen, sind nicht nur gegen Indien, sondern auch gegen sie selbst gerichtet – weil sie hier sind und nirgends anders hingehen können – und gegen das Schicksal, das sie hierher verschlagen und hier zurückgelassen hat, so weit von dort, wo sie hingehören, und von allem, was sie lieben.

Boekelman spricht oft so über Indien, aber bei ihm habe ich

mich daran gewöhnt. Ich weiß ganz genau, immer wenn irgend etwas nicht ganz in Ordnung ist – zum Beispiel, wenn ein Knopf an seinem Hemd fehlt oder es ein sehr heißer Tag im Sommer ist –, fängt er sofort damit an, wie schlecht alles in Indien ist. Schön, bei ihm lache ich nur und schenke dem weiter keine Beachtung. Aber einmal hörte mein ältester Sohn, Shammi, diese Äußerungen und wurde sehr zornig auf ihn, genauso zornig, wie ich über B.s Freunde werde, wenn ich sie so reden höre. Es war vor einigen Jahren – es ist sehr peinlich für mich, an diesen Vorfall zurückzudenken . . . Shammi war für ein paar Tage bei mir zu Besuch. Er war allein diesmal, obwohl er sonst oft mit seiner ganzen Familie zu kommen pflegte, mit seiner Frau Monica und meinen drei geliebten Enkelkindern. Shammi ist in der Armee – damals war er noch Major, inzwischen ist er Oberstleutnant; diese Laufbahn hat er sich schon als kleiner Junge gewünscht, und er liebt diesen Beruf leidenschaftlich. In der Kadettenschule wurde er zum besten Kadetten des Jahres gewählt, denn es gab keinen, dessen Knöpfe so blank waren und der so elegant salutierte wie mein Shammi. Er ist ein sehr ernster Junge. Er erzählt mir begeistert von seinem Regiment und über den Einsatz von Panzern und über Kaliber-11.1-Gewehre und andere derartige Dinge, und ich höre ihm begeistert zu. Ich verstehe nicht wirklich, was er sagt, aber ich liebe seine eifrige Stimme und wie er aussieht, wenn er redet – genauso wie er als kleiner Junge aussah und mir vom Kricket erzählte. Jedenfalls taten wir das an jenem Morgen, Shammi und ich, wir saßen auf der Veranda, er erzählte, und ich blickte manchmal ihn an und manchmal hinaus in den Garten, wo alles grün und kühl war und Vögel in einer Pfütze badeten, dort wo Wasser aus dem Schlauch gesickert war und sich im Rasen gesammelt hatte.

Dieser Friede wurde von Boekelman unterbrochen. Es fing damit an, daß er den Diener anschrie, sehr laut und derb, wie er es immer tut; niemand macht sich etwas draus, ich mach mir nichts draus, der Diener macht sich nichts draus, wir sind es so gewöhnt, und wir wissen, es dauert nie lange; und der Diener versteht sowieso nicht, was gesagt wird, denn es ist immer in Englisch oder irgendeiner anderen Sprache, die keiner von uns versteht, und nachher, wenn er sehr laut geschrien hat, gibt Boekelman dem Diener immer ein kleines Trinkgeld oder eines seiner alten Hemden oder ein Paar alte Schuhe. Aber Shammi war sehr erstaunt, denn er hatte ihn nie derart schreien und schimpfen gehört (B. achtete immer sehr auf sein Benehmen, wenn eines meiner Kinder da war). Shammi versuchte, mir weiter von seinem Regiment zu erzählen, aber B. schrie so laut, daß es schwer war, zu tun, als hörte man ihn nicht.

Das hätte jedoch noch immer gutgehen können, und es hätte weiter nichts gesagt werden müssen, und Shammi und ich hätten voreinander so tun können, als hätten wir nichts gehört, wenn Boekelman nicht plötzlich auf die Veranda herausgestürzt gekommen wäre. In einer Hand hatte er den Rasierpinsel, und die Hälfte seines Gesichts war mit Rasierschaum bedeckt, und auf der anderen war ein Blutfleck, wo er sich geschnitten hatte; er war in Unterhemd und Hose, und hinten an der Hose baumelten Hosenträger herab wie zwei Schwänze. Er hatte völlig die Beherrschung verloren, das sah ich sofort, und es war ihm gleichgültig, was er sagte und vor wem. Er war so aufgeregt, daß er kaum sprechen konnte, und drohte dem Diener, der ihm gefolgt war und jetzt in der Tür stand und ihn hilflos ansah, mit dem Rasierpinsel. »Diese Leute!« kreischte er. »Affen! Tiere!« Ich wußte nicht, was passiert war, konnte mir aber denken, daß es etwas gänzlich Unwesentliches war, wie etwa, daß der Diener eine Rasierklinge weggeworfen hatte, die noch nicht abgenützt war. »Hundertmal, tausendmal hab ich's ihnen gesagt!« schrie B. und schwenkte seinen Pinsel. »So ist das ganze Land! Idioten! Narren! Unfähig, sich selbst zu regieren!«

Shammi sprang auf. Er hatte die Fäuste geballt, seine Augen funkelten. Rasch legte ich eine Hand auf seinen Arm; ich konnte spüren, wie er sich zurückhielt, sein ganzer Körper zitterte von der Anstrengung. Boekelman nahm überhaupt nichts wahr, sondern schrie weiter: »Verdammtes, verkommenes, rückständiges Land!« Ich ließ meine Hand auf Shammis Arm liegen, obwohl ich sehen konnte, daß er sich jetzt unter Kontrolle hatte und sehr aufrecht und in Habtacht-Stellung dastand wie bei einer Parade, den Blick starr auf einen Punkt oberhalb von Boekelmans Kopf geheftet. »Geh jetzt hinein«, sagte ich zu B. und bemühte mich, so zu tun, als wäre weiter nichts Schlimmes geschehen, »rasier dich wenigstens fertig.« Boekelman öffnete den Mund, um weiter zu schreien, diesmal wahrscheinlich, um mich zu beschimpfen, aber dann fiel sein Blick auf Shammis Gesicht, und der Mund blieb ihm offen.»Geh hinein«, sagte ich wieder zu ihm, aber Shammi war derjenige, der hineinging und uns stehenließ, sich unvermittelt auf dem Absatz umdrehte und mit seinen kräftigen Schritten davonmarschierte. Die Schwingtür an ihren gefederten Scharnieren knallte hart hinter ihm zu. Boekelman stand da und sah noch immer mit offenem Mund hinter ihm her, und auf seiner Wange trocknete die Seife. Ich trat nahe an ihn heran und hielt ihm meine Faust unter die Nase. »Narr!« sagte ich auf Hindi zu ihm und mit solcher Heftigkeit, daß er vor Angst einen Schritt zurückwich. Ich würdigte ihn keines weiteren Blickes, sondern wandte mich ab und folgte Shammi rasch ins Haus.

Shammi packte seinen Koffer. Er wollte nicht mit mir sprechen und hielt den Kopf abgewandt, während er ordentlich gestapelte Kleidungsstücke aus der Lade nahm und sie säuberlich in seinen Koffer packte. Er war immer ein sehr ordentlicher Junge gewesen. Ich setzte mich auf sein Bett und sah ihm zu. Hätte er etwas gesagt, wäre er wütend gewesen, wäre es leichter gewesen; aber er blieb stumm, und ich wußte, unter seinem Hemd klopfte sein Herz ganz schnell. Als er klein war, hatte er nie geweint, wenn ihm etwas zugestoßen war, aber wenn ich ihn dann an mich drückte und meine Hand unter sein Hemd schob, spürte ich sein Herz wie wild schlagen in dem kindlichen Körper, wie ein Vogel in einem Korbkäfig. Und auch jetzt sehnte ich mich danach, wieder wie damals meine Hand auf seine Brust zu legen und seine Qual zu lindern. Nur war er jetzt erwachsen, ein großer Major mit Frau und Kindern, der seine törichte Mutter nicht mehr brauchte. Und schlimmer, viel schlimmer, jetzt war nicht etwas von außen Kommendes die Ursache seines Leids, sondern ich war es, ich! Als mir dieser Gedanke durch den Kopf schoß, konnte ich mich nicht mehr beherrschen – ich brach in Schluchzen aus und rief: »Ach, Sohn!« und im nächsten Augenblick, ehe ich noch wußte, was ich tat, lag ich auch schon auf dem Boden, umfaßte seine Füße und badete sie mit meinen Tränen, ihn so um Verzeihung bittend.

Er versuchte mich aufzuheben, aber ich bin eine starke,

schwere Frau, und ich klammerte mich hartnäckig an seine Füße. Also beugte auch er sich zu Boden, und in seinem Bemühen, mich aufzurichten, nahm er mich in seine Arme. Da brach ich in einen Strom von Tränen aus und verbarg mein Gesicht an seiner Brust, überwältigt von Scham und Reue und doch auch von Glück, daß er mir so nahe war und mich so zärtlich hielt. Eine Zeitlang blieben wir so. Schließlich hob ich den Kopf und sah Tränen an seinen Wimpern, wie silberne Tautropfen. Und diese zarten Tropfen an seinen langen Wimpern – er hat Wimpern wie ein Mädchen, die immer so merkwürdig wirken in seinem Soldatengesicht –, diese Tropfen waren ein so brennender Vorwurf für mich, daß ich in diesem Augenblick beschloß, ich müsse tun, was er so verzweifelt wünschte, er und alle meine anderen Kinder, und worum er mich, das wußte ich, stumm gebeten hatte seit dem Tag, an dem er gekommen war. Ich nahm einen Zipfel meines Sari, wischte ihm damit die Tränen aus den Augen und sagte dabei:»Es ist gut, mein Sohn, ich sage ihm, er soll gehen.« Und um ihn zu beruhigen, denn er schwieg und glaubte mir vielleicht nicht, sagte ich mit fester, beteuernder Stimme:»Du brauchst dir überhaupt keine Sorgen zu machen, ich sag es ihm selbst.«

Shammi fuhr am nächsten Tag nach Hause. Wir erwähnten das Thema nicht mehr, aber als er wegging, wußte er, ich würde mein Versprechen nicht brechen. Und wirklich ging ich noch am selben Tag in Boekelmans Zimmer und sagte ihm, daß er ausziehen müsse. Das spielte sich sehr still ab. Ich sprach ruhig, sah B. nicht an, sondern über seinen Kopf hinweg, und er antwortete mir ruhig, sagte, gut, er werde ausziehen. Er bat nur, ich möge ihm Zeit lassen, ein anderes Domizil zu finden, und selbstverständlich stimmte ich bereitwillig zu, und wir unterhielten uns sogar ganz ruhig eine Weile, nach welchen Räumlichkeiten er sich umsehen solle. Wir sprachen wie zwei Bekannte miteinander, und alles schien ganz glatt zu gehen, bis ich bemerkte, daß, obwohl seine Stimme ganz fest klang und er so vernünftig redete, seine Hände leicht zitterten. Da änderten sich meine Gefühle, und ich mußte rasch aus dem Zimmer gehen, damit ich ihnen nicht nachgab.

Von da an stand er am Morgen früher auf als üblich und ging aus, auf der Suche nach einem Quartier, das er mieten könnte.

Wenn ich auf der Veranda saß, lüftete er im Vorbeigehen den Hut vor mir, und manchmal redeten wir ein bißchen miteinander, meistens über das Wetter, ehe er, neuerlich den Hut lüftend, weiterging, mit Susi an der Leine, die hinter ihm herlief, den Schwanz in die Luft gereckt. Die ersten paar Tage schien er ganz fröhlich, aber nach etwa einer Woche konnte ich sehen, daß er müde war davon, so früh aus dem Haus zu gehen und nichts zu finden, und auch Susi schien müde zu sein, und sie trug den Schwanz nicht mehr so hoch. Ich verhärtete mein Herz gegen sie. Ich konnte mir denken, was geschah – wie er von einer Stelle zur anderen ging und überall feststellte, daß die Mieten sehr hoch und die Räume sehr klein waren, verglichen mit den großen Räumen, die er all die Jahre in meinem Haus gehabt hatte, so gut wie umsonst. Soll er nur lernen, dachte ich bei mir und sagte weiter nichts als »Guten Morgen« und »Das Wetter ändert sich rasch, bald ist es Winter«, während ich ihn beobachtete, wie er Tag für Tag mit immer langsameren Schritten aus dem Tor trat.

Schließlich gestand er mir eines Tages, daß es ihm trotz all seiner Bemühungen nicht gelungen sei, etwas Passendes zu finden. Er hatte einige harte Worte über räuberische Hausherren zu sagen. Ich hörte geduldig zu, bot ihm aber nicht an, seinen Aufenthalt zu verlängern. Mein Schweigen forderte seinen Stolz heraus, und er sagte, ich brauche mir keine Sorgen zu machen, er werde in aller Kürze die Zimmer räumen. Und tatsächlich, nur zwei Tage später teilte er mir mit, daß er, obwohl er noch nichts Passendes gefunden habe, mir nicht länger Ungelegenheiten machen wolle und daher eine andere Vereinbarung getroffen habe, die es ihm ermöglichte, in ein oder zwei Tagen auszuziehen. Natürlich hätte ich nur antworten sollen »Sehr gut« und würdevoll den Kopf dazu neigen, aber wie eine Närrin fragte ich statt dessen: »Was für eine andere Vereinbarung?« Das gab nun ihm die Möglichkeit, mir gegenüber würdevoll aufzutreten; er blickte mich einen Augenblick schweigend an, machte dann eine kleine Verbeugung, lüftete den Hut und schritt mit Susi auf das Tor zu. Ich biß mir wütend auf die Lippen. Am liebsten wäre ich hinter ihm hergerannt und hätte ihm nachgeschrien, wie in alten Tagen, aber statt dessen mußte ich allein hier sitzenbleiben und grübeln. Den ganzen Tag grübelte ich, was für eine andere Vereinbarung er getroffen haben könnte. Vielleicht ging er in ein Hotel, aber das glaubte ich nicht, weil Hotels heutzutage sehr teuer sind, und obwohl er nicht arm ist, mag er, je älter er wird, um so weniger Geld ausgeben.

Am Abend kam seine Freundin Lina ihn besuchen. Aus seinen Zimmern drang ziemlicher Lärm, und ein paarmal bumste es auch laut, wie wenn Koffer heruntergeholt würden; Lina schrie und lachte aus vollem Halse, wie sie das immer tut. Ich schlich die Treppe halb hinunter und versuchte zu verstehen, was sie sagten. Ich war sehr aufgeregt. Sobald sie weggegangen war, marschierte ich in sein Zimmer – ohne anzuklopfen, was gegen seine strikten Anweisungen war – und stellte mich vor ihn hin, die Hände in die Hüften gestemmt, und verlangte ohne Umschweife Aufklärung: »Du ziehst doch nicht zu *Lina*?« Einige seiner Bilder waren bereits von den Wänden genommen und seine Teppiche zusammengerollt; die Koffer standen offen und fertig gepackt da.

Obwohl ich sehr erregt war, blieb er ruhig. »Warum nicht zu Lina?« fragte er und sah mich spöttisch an.

Ich gab einen verächtlichen Laut von mir. Ich fand keine Worte. Mir ihn vorzustellen, wie er bei Lina wohnte, in ihren zwei möblierten Zimmern, die bereits überfüllt waren mit ihren eigenen Sachen und immer unordentlich! Und Lina selbst, ebenfalls immer unordentlich, ihr Haar blond, wenn sie nicht vergaß, es zu färben, ihre geschwollenen Knöchel und ihre laute Stimme und das laute Lachen! Sie war in den dreißiger Jahren nach Indien gekommen, um einen Inder zu heiraten, einen Jungen aus sehr guter Familie, aber er hatte sie bald verlassen – natürlich, wie konnte sich auch so ein Junge ihr Benehmen gefallen lassen? Sie pflegt einen sehr freien Umgang mit Männern, sogar jetzt noch, obwohl sie alt und häßlich ist, und ich weiß, sie mochte B. lange Zeit sehr gern. Zu einem war ich fest entschlossen: Ich würde nie zulassen, daß er zu ihr zog, selbst wenn es bedeutete, ihn noch einige Zeit hier bei mir im Haus zu behalten.

Als ich ihm jedoch sagte, wozu die Eile, er könne ja warten, bis er eine gute eigene Wohnmöglichkeit gefunden habe, sagte er, danke, er habe seine Vorkehrungen getroffen, und wie ich mit eigenen Augen sehen könne, habe er bereits begonnen, seine Sachen zu packen. Und nachdem er das gesagt hatte, wandte er sich ab und fing an, verschiedene Schubladen auf- und zuzuschieben und Kleidung herauszunehmen, nur um mir zu zeigen, wie sehr er mit Pakken beschäftigt war. Er hatte mir den Rücken zugekehrt, und ich stand da und sah seinen Rücken an und sehnte mich danach, darauf einzudreschen.

Auch am nächsten Tag kam Lina ins Haus, und wieder hörte ich sie sehr laut reden und lachen, und es gab einiges Gepolter, als schöben sie die Koffer herum. Sie ging sehr spät abends weg, aber selbst nachdem sie gegangen war, konnte ich nicht schlafen und wälzte mich auf meinem Bett herum von einer Seite zur anderen. Ich dachte nicht mehr an Shammi, sondern nur noch an B. Stunden vergingen, ein Uhr, zwei Uhr, drei, und noch immer konnte ich nicht schlafen. Ich ging in meinem Schlafzimmer auf und ab, dann öffnete ich die Tür und ging auf dem Treppenabsatz hin und her. Nach einer Weile schien mir, als hörte ich Geräusche von unten, daher schlich ich die Treppe halb hinunter und lauschte. In seinem Zimmer rührte sich etwas, und dann hustete er auch, sehr leise, und er räusperte sich, als hätte er Halsweh. Ich legte mein Ohr an die Tür seines Zimmers; ich hielt den Atem an, aber ich hörte weiter nichts mehr. Sehr langsam öffnete ich die Tür. Er saß in einem Stuhl, den Kopf gesenkt, die Arme hingen schlaff zwischen den Beinen herab wie bei einem Kranken. Das Zimmer war in Unordnung, die Teppiche zusammengerollt, die Koffer halb gepackt, und Gläser und eine leere Flasche standen herum, als hätten er und Lina eine Party veranstaltet. Auch der abgestandene Rauch ihrer Zigaretten hing im Raum; sie raucht ohne Unterbrechung, und dann wirft sie die Zigarettenstummel, rot von ihrem Lippenstift, irgendwohin, wo es ihr gerade einfällt.

Beim Geräusch der sich öffnenden Tür blickte er einen Moment auf; als er jedoch sah, daß ich es war, schaute er wieder zu Boden, ohne etwas zu sagen. Auf Zehenspitzen ging ich hinüber zu seinem Sessel und setzte mich zu seinen Füßen auf den Boden. Meine Hand streichelte langsam und besänftigend sein Bein, und er ließ es zu und rührte sich nicht. Mit stumpfen Augen starrte er vor sich hin; er hatte seine Zähne herausgenommen und sah wie ein sehr, sehr alter Mann aus. Wir brauchten nichts zu sagen, keine Fragen zu stellen, keine Antworten zu geben. Ich wußte, was er dachte, wie er so vor sich hinstarrte, und auch ich dachte an das gleiche. Ich dachte an ihn, wenn er von hier weggegangen sein und bei Lina wohnen würde oder allein mit seinem Hund in irgendeinem Untermietzimmer; kein Kontakt mit Indien oder Indern; keine Worte, in denen er sich mitteilen konnte, außer *achchha* (in Ordnung) und *pani* (Wasser); niemand, der sich um ihn kümmerte, während er älter und älter werden würde und vielleicht krank, und seine einzigen Gefährten wären Menschen genau wie er selbst – genauso alt, so einsam, so enttäuscht und so weit weg von ihrer Heimat.

Er seufzte, und ich fragte:»Macht dir deine Verdauung Beschwerden?«, obwohl ich wußte, es war etwas Schlimmeres als seine Verdauung. Aber er sagte ja und fügte hinzu:»Der Spinat ist schuld daran, den sie mir auf deine Anweisung zum Abendessen gekocht haben. Wie oft muß ich dir denn sagen, daß ich Spinat am Abend nicht vertrage.« Nach einer Weile ließ er zu, daß ich ihm ins Bett half. Als ich ihn zugedeckt und seine Kissen so geordnet hatte, wie er es mochte, warf ich mich auf das Bett und bat inständig: »Bitte, geh nicht weg von mir.«

»Ich habe meine Vereinbarungen getroffen«, sagte er mit fester Stimme. Susi an seinem Fußende schaute mich mit ihren triefenden Augen an und wedelte mit dem Schweif, als wollte sie um etwas bitten.

»Bleib«, bat ich ihn.»Bitte bleib.«

Eine Pause entstand. Schließlich sagte er, als täte er mir einen großen Gefallen:»Hm, wir werden sehen.« Und er fügte hinzu: »Geh jetzt von meinem Bett herunter, du zerquetschst mir die Beine – weißt du nicht, was für ein großer schwerer Klumpen du bist?«

Keines meiner Kinder kommt mich jetzt mehr besuchen. Ich weiß, sie sind traurig und enttäuscht über mich. Sie möchten, daß ich so bin, wie eine alte, verwitwete Mutter sein sollte, ganz dem Gebet und der Selbstaufopferung hingegeben; auch ich weiß, das ist der einzige Zustand, der sich für diesen letzten Lebensabschnitt gehört, den ich jetzt erreicht habe. Aber diese große, allesverzehrende Liebe, die ich für Gott empfinden sollte, empfinde ich für B. Manchmal denke ich, vielleicht ist das der Weg für schwache

Frauen wie mich? Vielleicht ist B. ein Ersatz für Gott, den ich lieben sollte, so wie die kleine Messingfigur von Wischnu in meinem Gebetsraum ein Ersatz für diesen großen Gott selbst ist? Das sind dumme Gedanken, die mir manchmal kommen, wenn ich neben B. auf seinem Bett liege und ihn betrachte und so erfüllt bin von Friede und Freude, daß ich mich frage, wie das so hat kommen können für mich, da ich doch gegen alle wahren Regeln und gegen die Wünsche meiner Kinder lebe. Womit verdiene ich das große Glück, das ich in diesem alten Mann finde? Es ist ein Rätsel.

INDISCHE ERFAHRUNGEN

Heute ist Ramu fortgegangen. Er kam und verlangte Geld, und ich gab ihm, soviel ich konnte. Er zählte es und verlangte mehr, aber mehr hatte ich nicht. Er sagte ein paar beleidigende Dinge; ich tat, als hörte ich es nicht. Eigentlich konnte ich es ihm nicht übelnehmen. Ich wußte ja, daß er Angst hat und Sorgen, ohne eine neue Stellung in Aussicht. Aber unwillkürlich mußte ich auch vergleichen, wie er jetzt zu mir sprach, und wie er früher gewesen war: immer so höflich und bemüht, gefällig zu sein, und wie er immer lächelnd gesagt hatte »Ja, Sir«, »Ja, Madam, bitte«. Er hat auch immer ganz anders ausgesehen, sehr adrett in seiner weißen Uniform und den weißen Leinenschuhen. Wenn Gäste kamen, zog er eine spezielle weiße Jacke an, die er sich von uns hatte kaufen lassen. Er hatte sich immer gefreut, wenn wir Gäste hatten – servierte, mixte Drinks, leerte Aschenbecher aus –, und ich glaube, er war enttäuscht, daß nicht mehr kamen. Die Leute von der Ford-Stiftung nebenan luden häufig zu abendlichen Buffets ein und sonntags zum »Brunch«, einem mittäglichen Riesenfrühstück, und vielleicht hatte Ramus Ansehen bei ihren Dienstboten gelitten, weil wir so etwas kaum veranstalteten. Ja, wenn ich genauer darüber nachdenke, litt sein Ansehen möglicherweise überhaupt, weil wir nicht so waren wie die anderen. Ich meine, *ich* war nicht so. Ich sah nicht aus wie eine richtige Memsahib, kleidete mich nicht so – ich trug von Anfang an indische Kleider –, und ich benahm mich auch nie so. Ich glaube, Ramu schätzte das wohl nicht. Ich glaube, Dienstboten wünschen sich, daß ihre Herrschaften konventionell sind und eine gute Figur machen, damit sie von den Dienstboten anderer Leute respektiert werden. Zu den häßlichen Dingen, die ich von Ramu heute vormittag zu hören bekam, gehörte auch, daß alle sagten, ich gehöre in meinem Land nur einer sehr niedrigen Kaste an, einer Kaste, die für andere putzt und den Schmutz wegräumt, und wie leid er ihnen täte, daß er bei so einer Person im Dienst sein müsse.

Er sagte auch, es sei kein Wunder, daß der Sahib mir weggelaufen sei. Henry ist mir nicht wirklich weggelaufen, aber es stimmt, daß das Verhältnis zwischen uns sich verändert hat. Ich nehme an, wir haben erst in Indien erkannt, wie grundlegend verschieden wir sind. Obwohl wir zuerst, als wir herkamen, beide glaubten, mit den gleichen Vorstellungen gekommen zu sein. Beide waren wir glücklich, daß Henrys Zeitung ihn nach Indien geschickt hatte. Beide hielten wir es für eine wunderbare Gelegenheit, nicht nur für ihn beruflich, sondern für unser beider geistige Entwicklung. Hier konnten wir diesem westlichen Materialismus entkommen, dessen wir beide so entsetzlich überdrüssig waren. Aber nachdem wir einmal hier waren und die erste Begeisterung sich gelegt hatte, schien Henry gar nichts dagegen zu haben, zu genau dem Leben zurückzukehren, vor dem wir davongelaufen waren. Er schien sich nicht einmal mehr etwas daraus zu machen, mit Indern Bekanntschaft zu schließen, obwohl er am Anfang so großen Wert darauf gelegt hatte. Jetzt schien es ihm ganz recht zu sein, nur zu den Parties anderer Auslandskorrespondenten zu gehen, wo man herumsaß und aß und trank und redete, genauso wie man es zu Hause tat. Nach einiger Zeit fand ich es unerträglich, mitzugehen, dann stritten wir, und er ging allein fort. Das war eine Erlösung. Ich mochte nicht mit diesen Leuten beisammen sein und in ihren geschmackvoll eingerichteten, klimatisierten Wohnungen über nichtssagende Dinge reden.

Ich war nach Indien gekommen, um in Indien zu sein. Ich wollte verändert werden. Henry nicht – er wollte eine Veränderung, weiter nichts, er wollte nicht selbst verändert werden. Deshalb war er nach einiger Zeit ein Fremder für mich, und ich hatte das Gefühl, allein zu sein, so wie ich jetzt tatsächlich allein bin. Henry mußte viel im Land umherreisen, um seine Artikel zu schreiben, und am Anfang fuhr ich immer mit. Aber mir gefiel seine Art zu reisen nicht, ständig mit dem Flugzeug und in teuren Hotels absteigen und an der Bar mit den anderen Korrespondenten trinken. Also verließ ich ihn des öfteren und zog alleine los. Ich reiste so, wie alle in Indien reisen, nur mit einem Bündel und einer Rolle Bettzeug, die ich überall zum Schlafen ausbreiten konnte. Ich fuhr mit der Eisenbahn in Dritter-Klasse-Waggons und mit diesen alten holpernden Bussen, die von einer staubigen kleinen Stadt zur anderen fahren, zu viele Leute drinnen und zu viel armseliges Gepäck obendrauf. Am Ende meiner Reisen stieg ich schweißgebadet, rußbedeckt und schmutzig aus. Ich aß alles, überall und immer, wie alle anderen mit den Fingern (das habe ich gut gelernt) – die dicken, halbrohen Chapatis von den Buden am Straßenrand und kleine, auf einem Blatt angerichtete Portionen Linsen und Gemüse, alles, was die Armen essen; manchmal, wenn ich nichts hatte, teilten andere mit mir, was sie in ihren Bündeln mittrugen. Henry, der die übliche krankhafte Angst vor Bakterien hatte, sagte, ich würde mich mit dieser Art zu essen umbringen. Aber es ist nie etwas passiert. Einmal, in einem Wüstenfort in Radschasthan, war ich sehr durstig und bat den alten Aufseher, mir aus einem uralten, nicht mehr benützten Brunnenschacht Wasser heraufzuholen. Es war braun und roch irgendwie faulig, und vielleicht lag eine Leiche in dem Brunnen, wer weiß. Aber ich war durstig und trank, und auch da passierte nichts.

In Indien sprechen dich die Leute ständig an, in den Bussen, den Zügen und auf der Straße, sie wollen alles über dich wissen und stellen eine Menge persönlicher Fragen. Ich spreche nicht gut Hindi, aber irgendwie haben wir uns immer verständigen können, und es störte mich nicht, diese Fragen zu beantworten, wenn ich konnte. Frauen berührten mich oft, strichen mit den Händen über meine Haut, um festzustellen, wie sie sich anfühlte, nehme ich an, und besonders gern berührten sie mein Haar; ich habe lange, blonde Haare. Manchmal griffen mehrere von ihnen zugleich nach einer Strähne, zog die eine hierhin und die andere dorthin, und unter viel Lachen und Geschrei tauschten sie aufgeregte Kommentare aus, aber auf eine so nette Weise, daß ich nicht anders konnte, als mitzulachen und mitzuschreien. Die Menschen in Indien sind so gastfreundlich. Oft und oft sagen sie:»Bitte, kommen Sie doch mit zu mir nach Hause, Sie können bei mir übernachten« – vollkommen fremde Leute, die in der Bahn zufällig neben einem sitzen. Manchmal, wenn ich keine anderen Pläne hatte oder wenn ich den Eindruck hatte, als wohnten sie an einem interessanten Ort, sagte ich:»Ja, gerne, danke«, und ging mit ihnen. Ich hatte auf diese Weise ein paar interessante Erlebnisse.

Eigentlich kann ich auch gleich sagen, daß viele dieser Erlebnisse sexueller Natur waren. Indische Männer sind sehr, sehr begierig darauf, mit Ausländerinnen zu schlafen. Natürlich sind auch

102

Männer in anderen Ländern begierig, mit Frauen zu schlafen, aber indische Männer sind bei ihren Annäherungsversuchen besonders aufgeregt. Aufgeregt und zugleich schüchtern. Man sollte glauben, mit all den alten Traditionen, die sie haben – wie dem Kama Sutra und den Skulpturen, die Paare in allen erdenklichen Positionen zeigen –, man sollte annehmen, daß sie bei einem solchen Hintergrund außerordentlich raffiniert wären, aber sie sind es nicht. Ganz im Gegenteil. Reife Männer werden so erregt wie fünfzehnjährige Buben, und dann können sie natürlich nicht warten, sie stürzen sich auf dich, und ehe du überhaupt weißt, was geschieht, ist es auch schon vorbei. Und wenn es vorbei ist, ist es vorbei, dann ist nichts mehr. Dann sind sie nur darum bemüht, so schnell wie möglich wegzukommen, ehe ihnen jemand draufkommt (sie haben immer Angst, daß ihnen jemand draufkommt). Es gibt keine Zärtlichkeit, nicht das mindeste Interesse an dir als Mensch; nur die gleiche Neugier wie in den Bussen, und sie stellen die gleichen Fragen, wie: Bist du verheiratet, hast du Kinder, warum keine Kinder, trägst du gerne unsere indischen Kleider . . . Aber eine Frage gibt es, die im Bus nicht gestellt wird, dafür aber unweigerlich immer während der sexuellen Begegnung, so daß ich gelernt habe, darauf zu warten: Immer im Augenblick steigender Erregung fragen sie:»Mit wie vielen Männern hast du geschlafen?« Und das wird ständig wiederholt:»Wie viele? Wie viele?« Und dann rufen sie:»Schämst du dich nicht?« Und»Hure!« – immer dieses eine Wort, das sie mehr zu erregen scheint als jedes andere; eine Frau das zu nennen, ist bei ihnen der Höhepunkt des Liebesaktes, ist äußerste Erregung, die letzte Unflätigkeit:»Hure!« Manchmal konnte ich mich nicht zurückhalten und mußte laut loslachen.

Es machte mir keinen Spaß, mit all diesen Männern zu schlafen, aber ich hatte das Gefühl, ich müsse es. Ich hatte das Gefühl, etwas Gutes zu tun, obwohl ich nicht wußte, weshalb, ich konnte es mir selbst nicht erklären. Nur einer von all diesen Männern hat je mit mir gesprochen, ich meine, so wie Menschen miteinander reden sollten, die einander sexuell begegnen, die einander nicht nur körperlich nahe kommen, sondern einander auch zeigen möchten, was tief in ihrem Innern ist. Er war ein Mann mittleren Alters, ein Mitreisender in einem Bus, und wir kamen ins Gespräch, als der Bus bei einer Teebude am Straßenrand haltmachte. Als er erfuhr, daß ich unterwegs war und kein Quartier hatte, sagte er, wie so viele vor ihm gesagt hatten: »Bitte, kommen Sie doch mit mir und übernachten Sie bei mir zu Hause.« Und ich sagte, wie ich oft zuvor gesagt hatte: »Gut.« Nur als wir hinkamen, nahm er mich nicht mit in sein Haus, sondern in ein Hotel. Es war ein sehr schäbiges Hotel im Basar, und wir mußten uns eine steile, muffig riechende steinerne Treppe hinauftasten und kamen dann in ein winziges Zimmer mit nur einer Liege und einem irdenen Wasserkrug. Er machte einen Witz darüber, daß nur ein Bett vorhanden war. Ich war viel zu müde, als daß mich das besonders kümmerte. Ich wollte es nur rasch hinter mich bringen und schlafen. Aber nachher stellte ich fest, daß es nicht möglich war, einzuschlafen, weil solcher Lärm von der Straße heraufkam, wo die Geschäfte noch offen hielten, obwohl es schon fast Mitternacht war. Die Leute schienen sich zu vergnügen, und sogar ein Grammophon spielte einen verrückten alten Schlager. Auch mein Gefährte konnte nicht schlafen: Er verließ das Bett und setzte sich beim Fenster auf den Boden und rauchte eine Zigarette nach der anderen. Das Licht, das von der Straße draußen hereinfiel, beleuchtete sein Gesicht, und er sah irgendwie nachdenklich und traurig aus, wie er dort saß und rauchte. Er hatte ein recht gutes Gesicht, starkknochig, aber einen ziemlich femininen Mund und natürlich diese femininen leidenden Augen wie die meisten Inder.

Ich setzte mich neben ihn. Das Fenster reichte in einem Bogen bis zum Boden hinunter, so daß ich in den Basar hinausblicken konnte. Dort unten ging es ganz fröhlich zu, bei den vielen Lichtern; das Grammophon spielte in dem Laden mit den Erfrischungsgetränken, und eine Menge Leute standen rundherum und tranken aus Flaschen bunt gefärbte sprudelnde Getränke; daneben in einem Laden hingen rosa und blaue Büstenhalter an einem Pfosten. Auf schmiedeeisernen Balkonen über den Läden saßen in billigen Georgette gekleidete Mädchen und wedelten sich mit Pfauenfächern Luft zu. Manchmal schauten Männer hinauf, redeten und lachten mit ihnen, und sie redeten und lachten zurück. Mir wurde klar, daß wir uns in der Bordellgegend befanden; wahrscheinlich war das Hotel, in dem wir uns aufhielten, auch ein Bordell.

Ich fragte:»Warum hast du mich hierher gebracht?«
Er antwortete:»Warum bist du gekommen?«
Das war eine gute Frage. Er hatte recht. Aber es tat mir nicht leid, daß ich gekommen war. Warum auch? Ich sagte:»Das ist in Ordnung. Mir gefällt's.«
Er sagte:»Ihr gefällt's«, und er lachte. Ein bißchen später fing er an zu reden: daß er gerade seine Tochter besucht hatte, die vor ein paar Monaten verheiratet worden war. Sie war nicht glücklich im Haus ihrer Schwiegereltern, und als er sich von ihr verabschiedete, hatte sie sich an ihn geklammert und gebettelt, daß er sie mit nach Hause nähme. Je mehr er mit ihr debattiert hatte, desto mehr hatte sie geweint, desto fester hatte sie sich an ihn geklammert. Schließlich hatte er sich mit Gewalt von ihr losmachen müssen, um wegzukommen und seinen Bus nicht zu versäumen. Sie tat ihm leid, aber was hätte er sonst tun sollen? Wenn er sie mitnähme, könnten ihre Schwiegereltern sich weigern, sie wieder zurückzunehmen, und dann wäre ihr Leben ruiniert. Sie würde sich daran gewöhnen, sie gewöhnten sich immer; bei manchen dauerte es länger, und es fiel ihnen schwerer, aber letzten Endes gewöhnten sich alle daran. Auch seine Frau hatte während des ersten Jahres ihrer Ehe viel geweint.

Ich fragte ihn, ob er es gut finde, Ehen auf diese Weise zu arrangieren, und er sah mich an und fragte, wie sonst könnte man es tun? Ich sagte etwas über Liebe, und das brachte ihn zum Lachen, und er sagte, das sei nur fürs Kino. Ich wollte meine Auffassung nicht verteidigen; ja, ich kam mir ziemlich kindisch vor und hatte das Gefühl, daß er davon wesentlich mehr verstand als ich. Er wurde wieder intim, und diesmal war es viel besser, weil er nicht mehr so aufgeregt war und ich ihn inzwischen auch lieber mochte. Nachher erzählte er mir, daß, kurz nachdem er geheiratet hatte, er und seine Frau ein Zimmer zusammen mit der ganzen Familie bewohnt hatten (den Eltern und jüngeren Brüdern und Schwestern), und was immer sie tun wollten, mußten sie ganz schnell und ganz leise tun aus Angst, jemanden aufzuwecken. Da hatte ich eine merkwürdige Anwandlung, am liebsten hätte ich alle meine Kleider abgelegt und wäre nackt im Zimmer auf und ab stolziert. Ich dachte an die vielen Männeraugen, die einer Frau auf der Straße folgen, und zum ersten Mal fiel mir auf, daß ihr Ausdruck jenem in den Augen von Gefangenen ähnelte, die durch ihre Gitterstäbe in die Welt draußen schauen; und dann dachte ich, vielleicht bin ich für sie diese Welt draußen – wie ich so hierhin und dorthin gehe und mit jedem rede und lache und tue, was mir gefällt –, vielleicht bin ich der Fluß und die Bäume, die sie nicht haben können, dort, wo sie sind. Ach, ich hatte solches Mitleid, ich wollte so vieles tun. Und um einen Anfang zu machen, warf ich mich auf meinen Gefährten und küßte und umarmte ihn ganz fest, ich lag auf ihm, ich bedeckte ihn, ich breitete mein Haar über sein Gesicht, weil ich ihn alles vergessen machen wollte, was nicht ich war – dieses Zimmer, seine Tochter, seine Frau, die Frauen in Georgette auf den Balkonen draußen –, ich wollte, daß alles für ihn neu würde und so schön, wie ich es irgend machen konnte. Eine Zeitlang gefiel es ihm, aber er wurde ziemlich rasch müde, wahrscheinlich weil er nicht mehr gar so jung war.

Es war kurz nach dieser Begegnung, daß ich Ahmed traf. Er war achtzehn Jahre alt und Musiker. In seiner Familie waren alle Musiker gewesen, solange man zurückdenken konnte, und die Gasse, in der sie lebten, war voll von Musikern, und wenn man dort entlangging, war es, als ginge man durch einen Zauberwald, der ganz von Musik und Klang erstrahlte. Nur war sonst nichts Zauberhaftes an dieser Gasse, die sehr eng und schmutzig war; die Häuser waren so alt, daß bei schweren Regenfällen immer ein bis zwei von ihnen einstürzten. Ich war nie in Ahmeds Haus und lernte auch seine Familie nicht kennen – sie wären vor Schreck gestorben, wenn sie von mir erfahren hätten –, aber ich wußte, sie waren sehr arm und verdienten mühsam ihren Lebensunterhalt damit, daß sie bei Hochzeiten und irgendwelchen Festlichkeiten musizierten. Ahmed hatte nie Geld, nur manchmal, wenn er Glück hatte, ein paar Münzen, um sich seine Betelblätter zu kaufen. Aber er war fröhlich und glücklich und freute sich an allem, was ihm begegnete. Er war verheiratet, aber seine Ehefrau war zu jung, um mit ihm zu leben, und war nach der Hochzeits-Zeremonie zu ihrem Vater zurückgeschickt worden, der Musiker in einer anderen Stadt war.

Als ich Ahmed zum ersten Mal begegnete, wohnte ich in einer einem Tempel angeschlossenen Herberge, die für Pilger nichts kostete; aber dann wollten er und ich irgendwo beieinander sein können, also telegraphierte ich Henry, mir noch etwas Geld zu schicken. Henry schickte mir das Geld mit einem langen Brief, in dem er sich beklagte und den ich nicht ganz zu Ende las, und ich nahm ein Zimmer in einem Hotel. Es lag am Rande der Stadt, einer weitgehend öden und unbebauten Gegend mit nur ein paar Häusern, einige davon waren als Rohbauten stehengeblieben. Auch unser Hotel war nur halb fertig, weil dem Eigentümer das Geld ausgegangen war, und jetzt würde es wohl nie fertig werden, denn der Standort hatte sich als höchst unvorteilhaft herausgestellt; es lag zu weit außerhalb der Stadt, und nie kam jemand hin, der dort wohnen wollte. Aber uns paßte es sehr. Wir hatten dieses eine Zimmer, leuchtend rosa gestrichen und ganz leer, abgesehen von zwei Möbelstücken – einem Bett und einem Frisiertisch, beide glänzend und neu. Ahmed liebte es, er hatte nie zuvor in so einem großartigen Zimmer gelebt; er sprang auf dem Bett herum, das eine Matratze hatte, und stand da und betrachtete sich von allen Seiten im Spiegel des Frisiertisches.

Niemals in meinem ganzen Leben bin ich mit jemandem so glücklich gewesen, wie ich es mit Ahmed war. Damit will ich nicht sagen, daß es mir daheim nie gutgegangen wäre; es ging mir gut. Ich hatte eine Menge Freunde, bevor ich Henry heiratete, und wir gaben Parties und tanzten und tranken, und das machte mir Spaß. Aber es war nicht so wie mit Ahmed, weil keiner je so sorglos war wie er, so leicht und unbeschwert und nur einfach bereit zu spielen und zu leben. Daheim hatten wir immer unsere Probleme, persönliche natürlich, aber außer denen gab es die allgemeinen weltweiten Probleme – soziale und wirtschaftliche und moralische, wir engagierten uns wirklich für das, was in der Welt um uns vorging und in unseren eigenen Köpfen, wir fühlten uns verantwortlich für das Leben hier und in dieser Zeit und wollten unser Bestes geben. Ahmed hatte überhaupt keine derartigen Gedanken, auf ihn fiel kein Schatten. Von Zeit zu Zeit hatte er seine persönlichen Probleme, und dann war er sehr niedergeschlagen, und manchmal weinte er sogar. Aber für gewöhnlich waren es keine wirklich ernsthaften Probleme – irgendeine Familienstreiterei, oder sein Vater war böse auf ihn –, und sie gingen vorüber, fortgeweht wie ein Lüftchen über einem See, und danach war er wieder sonnig und strahlend. Er freute sich so an allem; nicht nur an unserem Zimmer und dem Bett und dem Frisiertisch, und wenn wir uns liebten, sondern auch an vielen anderen Dingen, wie Coca-Cola trinken und Parfüm versprühen und wenn er mein Haar kämmte und ich ihm seines; er erfand Spiele, die wir spielen konnten, wie Zimmerkricket mit einem Pantoffel als Schläger und einem von Henrys zusammengeknüllten Briefen als Ball. Er brachte mir bei, mit seinen Zehen zu knacken, was eine ganz spezielle indische Zärtlichkeit ist, und kreischte vor Vergnügen, wenn es mir richtig gelang; aber als er es bei mir tat, schrie ich vor Schmerz, da hörte er sofort auf, und es tat ihm schrecklich leid. Er war sehr behutsam und rücksichtsvoll. Keiner, den ich je kannte, war so empfänglich für meine Gefühle wie er. Es war wie ein Instinkt bei ihm, als fühlte er, was ich im tiefsten Herzen empfand, und wüßte, was dort drinnen vorging; ohne daß er mich je etwas fragen oder ich ihm etwas erklären mußte, spürte er jeden Stimmungswechsel und konnte sich darauf einstellen und mitfühlen. Henry mußte mich immer fragen: »Was ist jetzt wieder los? Was hast du denn?« Und als es noch stimmte zwischen uns, strengte er sich auch ernstlich an, mich zu begreifen. Aber Ahmed mußte sich nie anstrengen, und vielleicht wäre es ihm gar nicht gelungen, wenn er sich hätte anstrengen müssen, denn nie begriff er etwas mit dem Kopf, sondern stets mit seinem Gefühl. Vielleicht kam es daher, daß er Musiker war, und in der Musik geschieht ohnedies alles jenseits von Worten und Erklärungen; aus dem, was er mir über indische Musik erzählte, konnte ich entnehmen, daß sie sehr, sehr subtil ist: Es gibt Effekte, die man kaum wahrnehmen kann, so subtil sind sie, und man muß seine Empfindungsfähigkeit ständig auf das aller-, allerfeinste eingestimmt haben. Und vielleicht war Ahmed deshalb von solch außergewöhnlicher Feinfühligkeit und konnte er mich zum Klingen bringen und mir lauschen, als wäre ich sein Sarod.

Nach einiger Zeit ging uns das Geld aus, und Henry wollte mir keines mehr schicken; also mußten wir überlegen, was wir tun sollten. Ich konnte den Gedanken nicht ertragen, mich von Ahmed zu trennen, und schließlich schlug ich ihm vor, daß er doch mit mir nach Delhi zurückfahren sollte, wo wir versuchen wollten, die Angelegenheit mit Henry irgendwie ins reine zu bringen. Ahmed war schrecklich aufgeregt bei dem Gedanken; er war noch nie in Delhi gewesen und war ganz wild darauf, hinzukommen. Das bedeutete allerdings, daß er von daheim weglaufen mußte, denn seine Familie würde ihm niemals erlauben fortzugehen; daher stahl er sich eines Nachts mit seinem Sarod und seinem kleinen Kleiderbündel aus dem Haus und traf sich mit mir am Bahnhof. Wir erreichten Delhi in der darauffolgenden Nacht, müde und schmutzig und rußbedeckt. Als wir zu Hause ankamen, hatte Henry gerade Gäste; es war keine große Party, sondern nur eine kleine Gruppe, die ungezwungen plaudernd herumsaß. Ich werde den Ausdruck auf den Gesichtern nie vergessen, als Ahmed und ich hereingetaumelt kamen, mit unseren Bündeln und den Bettrollen. Meine Bluse war unterwegs an der Seite ganz aufgerissen, und ich hatte keine Sicherheitsnadel, daher klaffte sie ständig flatternd auseinander, und unglücklicherweise hatte ich darunter nichts an. Henrys Gäste sahen alle sehr adrett und ordentlich aus, die Männer in modischen Buschhemden und ihre Frauen in kleinen seidenen Cocktailkleidern; und obwohl sich nach dem ersten Schock alle tadellos verhielten und taten, als wäre nichts Ungewöhnliches geschehen, war es dennoch für alle Betroffenen eine peinliche Situation.

Ahmed konnte das nie ganz überwinden. Ich kann mir vorstellen, wie schrecklich es für ihn gewesen sein muß, in diesen Raum voller fremder Weißer zu kommen, die sich alle zu uns wandten und uns anstarrten. Und der Raum selbst muß ein Schock für ihn gewesen sein; er kann so etwas noch nie gesehen haben. Übrigens wirkte es auch auf mich ziemlich schockierend. Ich hatte vergessen, daß Henry und ich so lebten. Als wir herkamen, hatten wir uns große Mühe mit der Einrichtung der Wohnung gegeben, hatten Möbel und Bilder und alles mögliche gekauft, und es war uns gelungen, ihr das gleiche Aussehen zu verleihen wie der Wohnung, die wir daheim hatten, abgesehen von ein paar stilvollen indischen Details. Für Ahmed war das alles sehr fremd. Eine Zeitlang wohnte er dort mit uns, aber er konnte sich nicht daran gewöhnen. Ich glaube, es störte ihn, so viele Dinge um sich zu haben, Teppiche und Lampen und Kunstgegenstände; er konnte nicht verstehen, was sie da sollten. Und auch ich, nachdem ich wie eine Inderin gereist war und gelebt hatte, konnte es nicht mehr verstehen; ja, ich hatte das

Gefühl, als wären diese Dinge nur hinderlich und verstopften nicht nur den Raum, sondern auch den Geist und die Seele, lasteten wie Bleigewichte darauf.

Wir hatten ein paar ziemlich häßliche Auftritte in der Wohnung während dieser Tage. Ich sagte Henry, daß ich Ahmed liebe, und das regte ihn natürlich auf; was ihn jedoch am meisten aufregte, war die Tatsache, daß er uns beide in der Wohnung behalten mußte. Auch ich erkannte, daß dies nicht gerade eine wünschenswerte Situation war, aber ich wußte keinen Ausweg, denn wo sonst hätten Ahmed und ich hingehen können? Wir hatten kein Geld, nur Henry hatte welches, also mußten wir bei ihm bleiben. Er erklärte immer wieder, er würde uns beide auf die Straße setzen, aber ich war sicher, er würde es nicht tun. Er war nicht der Mensch, etwas so Brutales zu tun, und außerdem fürchtete er selbst die Straßen Delhis so sehr, daß er gestorben wäre bei dem Gedanken, jemanden ihm Nahestehenden dort draußen zu wissen. Es hätte mir nicht gar so viel ausgemacht, wenn er uns wirklich hinausgeworfen hätte: Es war warm genug, um im Freien zu schlafen, und die Leute geben einem immer etwas zu essen, wenn man nichts hat. Eigentlich hätte ich es sogar vorgezogen, weil es so unerfreulich war mit Henry; aber ich wußte, Ahmed hätte es nie ertragen. Er war ein recht verwöhnter Junge, und obwohl seine Familie arm war, gingen sie alle sehr fürsorglich miteinander um und halfen einander; er brauchte nie auf eine Mahlzeit zu verzichten und war stets in feinen, von weiblichen Verwandten sorgfältig gewaschenen und gestärkten Musselin gekleidet.

Ahmed bereute bitter, mitgekommen zu sein. Er war sehr unglücklich, fühlte sich furchtbar unbehaglich in der Wohnung, wo Henry obendrein ständig Szenen machte. Ramu, der Diener, verbesserte die Situation auch nicht durch sein Benehmen, weigerte sich strikt, Ahmed zu bedienen, und versäumte keine Gelegenheit, ihm ein Gefühl der Minderwertigkeit zu geben. Ahmed war wie ausgehöhlt; er fiel in sich zusammen wie eine zerdrückte Papierblume. Er mochte sein Sarod nicht spielen, und er mochte mich nicht lieben, er saß nur herum mit hängendem Kopf und schlaffen Händen, und manchmal sah ich Tränen über sein Gesicht rollen, und er machte sich nicht einmal die Mühe, sie abzuwischen. Obwohl er sich so unglücklich in der Wohnung fühlte, verließ er sie nie, und so sah er in Delhi nichts von dem, worauf er sich so gefreut hatte, wie die Dschami-Masdschid und das Grabmal des Nizamuddin. Er dachte fast ständig an seine Familie. Er schrieb ihr lange Briefe in Urdu, die ich aufgab, berichtete, wo er war, und bat sie inständig um Verzeihung dafür, davongelaufen zu sein; und es kamen lange Briefe zurück, und er las und las sie und durchnäßte sie mit Tränen und Küssen. Eines Nachts war ihm so elend zumute, daß er aus dem Bett sprang, in Henrys Schlafzimmer stürzte und neben Henrys Bett auf die Knie fiel und darum flehte, wieder nach Hause geschickt zu werden. Und Henry im Pyjama setzte sich in seinem Bett auf, sagte, ja gut, in ziemlich herablassender Weise, fand ich. So brachte ich Ahmed am nächsten Tag zum Bahnhof und setzte ihn in den Zug, und durch das Fenstergitter des Waggons küßte er mir die Hände und blickte mir in die Augen mit der alten Inbrunst und Zärtlichkeit, so daß ich im letzten Augenblick hätte mit ihm mitfahren wollen, aber es war zu spät, der Zug rollte aus dem Bahnhof, und alles, was mir von Ahmed blieb, war eine wunderschöne, sehr zarte Erinnerung, wie ein Duft oder ein Aroma oder eine der Melodien, die er auf seinem Sarod spielte.

Ich wurde sehr bedrückt. Mir war nicht mehr nach Reisen zumute, sondern ich blieb zu Hause bei Henry und ging mit ihm zu seinen Diplomaten- und anderen Parties. Er war ganz froh, daß ich wieder mitging; er hatte auf der Heimfahrt gern jemanden im Auto bei sich, mit dem er über alle Leute, die bei der Party gewesen waren, reden konnte und Vergleiche anstellen und ihre künftigen Erfolgsaussichten an seinen eigenen messen. Ich hatte nichts dagegen, mitzugehen; es gab nichts sonst, was ich tun wollte. Ich hatte das Gefühl, bei irgend etwas versagt zu haben. Es war nicht nur Ahmed. Er fehlte mir eigentlich gar nicht so sehr, und ich dachte gern an ihn, der wieder bei seiner Familie war und in dieser Gasse voller Musik, wo er glücklich war. Was mich selbst anlangte, wußte ich nicht, was ich als nächstes anfangen wollte, obwohl ich das Gefühl hatte, mich erwarte noch etwas. Zu unserer Wohnung gehörte eine Dachterrasse, und ich ging oft hinauf, um die Aussicht zu betrachten, die wundervoll war. Das Haus, in dem wir wohnten, und alle anderen ringsum waren weiß und rosa und sehr modern, mit großen Aussichtsfenstern und mit kleinen Rasenflächen vor der Tür, aber von hier oben konnte man über die Häuser hinweg zur Stadt hinüber und zu der großen Moschee und dem Fort sehen. Dazwischen lagen unbebaute Flächen, leer und öd, abgesehen von einem zerbröckelnden alten Grabmal irgendwo mittendrin. Was mich stets am meisten beeindruckte, war der Himmel, weil er so unendlich weit und von unwandelbarer Farbe war. Und alles unter ihm – alle Gebäude, selbst das große Fort, die ganze Stadt, nicht zu reden von den Menschen, die darin lebten – ließ er entsetzlich klein und trivial und irgendwie vergänglich erscheinen. Aber zugleich mit dem Gefühl, klein zu sein, gab er mir auch das Gefühl, unendlich groß und ewig zu sein. Ich weiß nicht warum, ich kann es nicht erklären, vielleicht weil er selbst so groß und ewig war; und dieser Gedanke – daß es so etwas gab – verlieh mir das Gefühl, daran teilzuhaben, daß auch ich ein Teil war von dem unendlich Großen und Ewigen. Es war eigentlich alles sehr unbestimmt und nichts, worüber ich mit irgendwem hätte reden können. Aber deswegen dachte ich, wer weiß, vielleicht gibt es wirklich noch etwas anderes für mich hier. Und das war eine Erleichterung, weil es bedeutete, daß ich nicht nach Hause zurückkehren und wieder so sein mußte, wie ich früher gewesen war, und nichts verändert oder gewonnen wäre. Denn die ganze Zeit, seit ich hergekommen war und sogar schon vorher, hatte ich die Vorstellung gehabt, daß es in Indien für mich etwas zu gewinnen gebe, und selbst wenn ich zunächst versagt hatte, könnte ich es weiterhin versuchen, und vielleicht würde es mir am Ende gelingen.

Ich war hin und wieder Leuten begegnet, die auf der Suche nach einem spirituellen Erlebnis hierher gekommen waren, aber das strebte ich für mich nicht an. Ich hatte geglaubt, alles, was ich suchte, selbst finden zu können, indem ich einfach herumreiste, wie ich es getan hatte. Aber da dies nun fehlgeschlagen war, erwachte mein Interesse für den anderen Weg. Ich fing an, zu Gebetszusammenkünften zu gehen, und die Atmosphäre gefiel mir sehr gut. Für gewöhnlich wurde die Zusammenkunft von einem Swami in einem gelben Gewand geleitet, der der Welt entsagt hatte, und der eine Ansprache über Liebe und Gott hielt, und alle sangen Hymnen, ebenfalls über Liebe und Gott. Die Leute, die zu diesen Zusammenkünften kamen, waren meist weder alt noch jung und sehr arm. Ich war schon vielen wie ihnen auf meinen Reisen begegnet, denn das waren Menschen, wie sie auf Bahnsteigen und in Autobusbahnhöfen saßen und warteten, vollkommen geduldig und ohne je zu klagen, selbst wenn Schaffner und andere Beamte sie herumstießen. Sie waren sanfte Menschen und sehr sauber, obwohl immer ein leichter Geruch um sie war, wie um Menschen, für die es schwierig ist, sich sauberzuhalten, weil sie in überfüllten und nicht sehr hygienischen Wohnungen leben, wo es kaum fließendes Wasser gibt und die Kanalisation nicht sehr gut ist. Ich mochte den Ausdruck, der in ihre Gesichter kam, wenn sie die Hymnen sangen. Ich wollte so sein wie sie, deshalb fing ich an, mich in einfache weiße Saris zu kleiden und mein Haar in einem schlichten Knoten zusammenzubinden, und der einzige Schmuck, den ich trug, war eine Perlenschnur, aber nicht als Aufputz, sondern um die Namen Gottes danach herzusagen. Ich wurde Vegetarierin und bemühte mich, alle unerwünschten menschlichen Leidenschaften wie Zorn und Lust abzulegen. Wenn Henry in gereizter oder streitsüchtiger Stimmung war, widersprach ich ihm nie, sondern war sehr freundlich und geduldig mit ihm. Das schien jedoch alles andere als eine günstige Wirkung auf ihn zu haben, sondern machte ihn nur wütender. Ihm gefiel die neue Persönlichkeit, die zu werden ich mich bemühte, ganz und gar nicht, und er machte viele abfällige Bemerkungen darüber, wie ich mich kleidete und über mein Aussehen und die einfache Nahrung, die ich zu mir nahm. Übrigens mochte ich diese Ernährung nicht besonders und fand es eine ziemliche Zumutung, nur gekochten Reis und Linsen zu essen, während er mir gegenüber saß, bei seinen Koteletts und Schnitzeln.

Die Ruhe und die Zufriedenheit, die ich auf den Gesichtern der anderen Hymnensänger sah, stellten sich bei mir nicht ein. Um die Wahrheit zu sagen, mir wurde es ziemlich langweilig. Vom Hymnensingen und vom Gemüse-Essen schien mir nicht viel zu lernen zu sein. Glücklicherweise nahm mich gerade zu dieser Zeit jemand mit zu einer alten Frau, die auf dem Dach eines überfüllten alten Hauses in der Nähe des Flusses lebte. Die Leute behandelten sie wie eine Heilige, obwohl sie es nicht darauf anlegte. Sie legte es eigentlich auf gar nichts an, sondern wohnte bloß in ihrem Zimmer auf dem Dach und redete mit Leuten, die zu ihr kamen. Sie erzählte gerne Geschichten und erzählte sie so, daß alle ihr gebannt zuhörten, obwohl es nur die alten mythologischen Geschichten waren, die sie schon ihr ganzes Leben lang kannten, von Krischna und den Pandavas und von Rama und Sita. Aber während des Erzählens wurde sie ganz aufgeregt, als spräche sie nicht über etwas, das sich vor unendlich langer Zeit zugetragen hatte, sondern als wäre es wirklich und geschähe jetzt eben. Einmal erzählte sie von Krischnas Mutter, die ihn den Mund aufmachen ließ, um zu sehen, ob er gestohlen hätte und ihre Butter aufäße. Und was sah sie da, in seinem Mund?

»Welten!« rief die heilige Frau. »Nicht bloß diese Welt, nicht nur eine Welt mit ihren Bergen und Flüssen und Meeren, nein, Welten über Welten, und alle rollten in einem einzigen großen ewigen Kreislauf im Mund dieses Kindes, Monde über Monde, Sonnen über Sonnen!«

Sie klatschte in die Hände und lachte und lachte, und dann fing sie mit ihrer dünnen alten Stimme zu singen an, irgendeine Hymne davon, wie groß Gott war und was für ein Glück sie hatte, seine Geliebte zu sein. Vor Freude tanzte sie vor allen diesen Menschen. Und sie war doch nur eine kleine verhutzelte alte Frau, sehr häßlich, völlig zahnlos und mit einer Geschwulst am Kinn; aber so wie sie sich aufführte, hätte man meinen können, sie hätte die aufsehenerregende Erscheinung und den Charme einer weltbekannten Schönheit und wäre ganz ungeheuer verliebt. Ich dachte, na schön, was immer sie besitzen mochte, es war offenbar das, worum man sich bemühen mußte, und es wird gut sein, wenn auch ich es versuche.

Ich machte mich auf und zog zu einem Guru in einer heiligen Stadt. Er hatte ein Haus am Fluß, in dem er mit seinen Anhängern lebte. Sie lebten auf angenehme Weise: Sie meditierten viel und machten Bootsfahrten auf dem Fluß, und am Abend saßen sie alle im Zimmer des Gurus und waren vergnügt. Zu seinen Anhängern gehörten eine ganze Menge Ausländer, und der größte Wunsch des Gurus war, nach Übersee zu gehen und seine Botschaft dort zu verbreiten und weitere Anhänger mit zurückzubringen. Als er hörte, daß Henry Journalist war, zeigte er für mich besonderes Interesse. Er erklärte mir, wie wichtig es sei, die Triebkraft des indischen Spiritualismus in den zähen Klumpen des westlichen Materialismus einzuführen. Um dieses Ziel zu erreichen, sei seine Anwesenheit im Westen dringend erforderlich, und um seiner Botschaft die weiteste Verbreitung zu sichern, werde er auch die volle Unterstützung der Massenmedien brauchen. Er erklärte, wir müßten, da wir in einem modernen Zeitalter lebten, uns alle seine Hilfsmittel zunutze machen. Es lag ihm sehr viel daran, daß ich Henry in den Aschram brächte, und als ich mit meinen Antworten unbestimmt blieb – ich wollte Henry ganz gewiß nicht hier haben, und er selbst würde sicherlich nicht die geringste Lust verspüren, herzukommen –, begann er, sehr darauf zu drängen, wurde sogar ganz ärgerlich und kam immer wieder auf das Thema zurück.

Er schien mir kein besonders spiritueller Mensch zu sein. Er war ein derber Mann mit breiten Schultern und einem großen Kopf. Sein Haar trug er lang, hatte aber das Kinn glattrasiert, das sehr groß und schwer wirkte und ihm ein mächtiges Aussehen verlieh, einem Stier gleich. Er war stets nur mit einem safrangelben Gewand bekleidet, das einen Gutteil seines Körpers nackt ließ, so daß man sofort sehen konnte, wie kräftig seine Beine und Schultern waren. Er hatte riesige Augen, die er ständig und offenbar mit außerordentlicher Wirkung einsetzte, er fixierte die Menschen damit und durchbohrte sie mit seinem unverwandten Blick. Er tat das auch bei mir, wenn er wollte, daß Henry kam, aber bei mir wirkte es nie. Doch die anderen Anhänger wurden sehr stark von seinen Augen beeinflußt. Es gab da ein Mädchen, Jean, die erklärte, sie seien wie die Sonne, so stark, daß ihr, wenn sie versuchte, seinen Blick zu erwidern, gewiß etwas Fürchterliches zustoßen würde, sie vielleicht erblinden oder vollständig verbrannt würde.

Jean hatte aus sich genau das gemacht, was ein indischer Guru von seinen Anhängern erwartet. Sie war vollkommen demütig und unterwürfig. Sie berührte die Füße des Gurus, wenn sie sich in seine Gegenwart begab und wenn sie von ihm wegging; sie beeilte sich, jeden Auftrag zu erfüllen, den er ihr erteilte. Sie erklärte, sie sei stolz, selbst nichts zu sein und nur durch seinen Willen zu leben. Und sie sah auch aus wie nichts, irgendwie ausgelaugt, und als wäre von dem, was sie einmal gewesen sein mochte, nichts mehr übrig. Daheim waren ihre Wangen wahrscheinlich rosig gewesen, aber jetzt war sie ganz weiß, wächsern, und auch ihr Haar war vollkommen ausgeblichen und farblos. Sie trug immer einen einfachen weißen Baumwollsari, der sie noch blasser und auch dünner machte; er schien erst recht zu betonen, daß sie keine Hüften hatte und völlig flachbrüstig war. Aber sie war glücklich – wenigstens sagte sie das; sie sagte, sie habe nie ein solches Glück gekannt und habe nicht gedacht, daß es für menschliche Wesen möglich sei, so zu empfinden. Und wenn sie das sagte, dann kam geradezu ein Glänzen in ihre blassen Augen, und in solchen Momenten beneidete ich sie, weil sie gefunden zu haben schien, was sie suchte. Aber zugleich fragte ich mich, ob sie wirklich gefunden hatte, was sie gefunden zu haben glaubte, oder ob es nicht etwas anderes war, und sie sich selbst betrog und ihr diese Tatsache eines Tages bewußt werden würde, und dann würde ihr entsetzlich zumute sein.

Sie war schockiert über mein Benehmen dem Guru gegenüber – daß ich seine Füße nicht berührte und ihm widersprach, als wäre er ein ganz gewöhnlicher Mensch. Manchmal dachte ich, vielleicht stimmt mit mir etwas nicht, weil all die anderen Anhänger und auch Leute, die von außerhalb zu ihm kamen, ihn ausnahmslos mit so großer Ehrfurcht behandelten; und in seiner Gegenwart fingen ihre Gesichter an zu strahlen, als wäre da wirklich etwas Besonderes. Nur konnte ich es nicht sehen. Aber trotzdem war ich ganz glücklich dort – nicht seinetwegen, sondern weil mir die Atmosphäre gefiel und die Art, wie sie lebten. Alle schienen ganz zufrieden, als lebten sie für etwas Hohes und Schönes. Ich dachte, vielleicht, wenn ich wartete und Geduld hatte, würde ich auch so werden. Ich versuchte ebenso wie alle anderen zu meditieren, mit verschränkten Beinen an einem Fleck zu sitzen und mich auf die heilige Welt zu konzentrieren, die mir gegeben worden war. Es gelang mir nie wirklich, und ich mußte immerzu an andere Dinge denken. Aber zu Zeiten, wenn ich mich hinauf auf das Dach setzte und zum Fluß hinüber sah, wie er sich so ruhig und breit zum gegenüberliegenden Ufer erstreckte und die Schiffe darauf hin und her fuhren und das Licht sich veränderte und vom Wasser reflektiert wurde – dann, obwohl ich nicht versuchte zu meditieren oder zu irgendwelchen höheren Gedanken zu kommen, fühlte ich mich sehr friedlich und war froh, dort zu sein.

Der Guru hatte lange Zeit Geduld mit mir, erklärte mir die Bedeutung seiner Mission, und daß Henry herkommen und in seiner Zeitung darüber schreiben solle. Aber als die Tage vergingen und Henry nicht auftauchte, änderte sich sein Verhalten, und er fing an, mir Fragen zu stellen. Warum war Henry nicht gekommen? Hatte ich ihm nicht geschrieben? Würde ich ihm nicht schreiben? Glaubte ich nicht, daß das, was im Aschram geschah, ihn interessieren würde? War ich nicht auch der Meinung, daß diese Dinge wert waren, der Welt bekanntgegeben zu werden, und daß für diesen Zweck alle Hebel in Bewegung gesetzt werden sollten? Während er so argumentierte, fixierte er mich mit seinen großen Augen, und ich rutschte unruhig hin und her – nicht weil er mich so ansah, sondern weil ich verlegen war und nicht wußte, was ich antworten sollte. Dann wurde er sehr sanft und sagte, laß nur, er wolle mich nicht drängen, das sei nicht seine Art, er wolle, daß die Menschen sich ihm aus freien Stücken zuwandten, sich ihm öffneten, wie eine Blume sich der Sonne öffnet und ihre Blüten und die Blätter entfaltet. Aber am nächsten Tag begann er dann von neuem, stellte die gleichen Fragen, drängte mich, bestürmte mich, und als dies eine Zeitlang so gegangen war, ohne daß wir zu irgendeinem Ergebnis kamen, wurde er sogar ein- oder zweimal wütend und schrie mich an, ich sei widerspenstig und verschlossen und hätte mein Herz mit sieben Eisenbändern umgürtet. Wenn er schrie, zitterten alle im Aschram, und nachher sahen sie mich auf sonderbare Weise an. Aber eine Stunde später ließ mich der Guru stets wieder in sein Zimmer zurückrufen, und dann war er wieder sehr sanft und ließ mich in seiner Nähe sitzen und bestand darauf, daß ich es sein sollte, die ihm sein Glas Milch reichte, anstatt eine der anderen, denen wesentlich mehr daran gelegen war, für diese Ehre ausgewählt zu werden, als mir.

Jean kam oft, um mit mir zu reden. Nachts breitete ich mein Bettzeug in einer winzigen Kammer aus, einem unbenützten Vorratsraum, und immer wenn ich gerade beim Einschlafen war, kam sie herein, legte sich neben mich und redete ganz leise und vertraulich auf mich ein. Ich mochte es nicht sehr, wenn sie so dicht neben mir lag und mit einer Stimme, die nicht mehr als ein Hauch war, flüsterte, und die ich warm in meinem Nacken spürte; manchmal berührte sie mich, legte ihre Hand auf meine, ganz, ganz leicht, so daß sie mich eigentlich kaum richtig berührte, dennoch spürte ich, daß ihre Hand ein wenig feucht war, und das verursachte mir ein unangenehmes Gefühl, es lief mir wie ein Schauer über den Rükken. Sie sprach von der Schönheit des Verzichts, davon, keinen eigenen Willen, keine eigenen Gedanken zu haben. Sie sagte, auch sie sei einmal so gewesen wie ich, so eigensinnig, so egozentrisch, aber jetzt habe sie die Freude des Nachgebens gelernt, und wenn sie mir doch bloß eine Ahnung der unendlichen Seligkeit vermitteln könne, die man dabei erfahre – dann setzte ihr Atem einen Augenblick aus, und sie konnte vor Ekstase nicht sprechen. Ich nahm dann immer die Gelegenheit wahr und tat, als wäre ich eingeschlafen, schnarchte sogar ein wenig, damit es überzeugender klang; nachdem sie meinen Namen noch ein paarmal gerufen hatte, in der Hoffnung, mich aufzuwecken, schlich sie endlich enttäuscht davon. Aber in der nächsten Nacht war sie wieder da, und während des Tages heftete sie sich so oft wie möglich an meine Fersen und redete in der gleichen Weise auf mich ein.

Das ging so weit, daß ich, selbst wenn sie nicht da war, ihre Stimme hörte und ihren Atem in meinem Nacken spürte. Nichts freute mich mehr, nicht einmal die Fahrten auf dem Fluß oder der Blick zu ihm hinüber vom Dach des Hauses. Obwohl mich die Scheiterhaufen vorher nie gestört hatten, die entlang dem Ufer brannten, mußte ich nun immer an sie denken, und mir schien, als verbreitete sich der Rauch, der von ihnen aufstieg, über den ganzen Himmel und den Fluß und bedeckte sie mit einem schmutzig-gelben Dunst. Ich erkannte, daß mir von diesem Ort jetzt nichts Gutes mehr kommen würde. Aber als ich dem Guru sagte, ich würde weggehen, geriet er in großen Zorn. Kopf und Nacken schwollen ihm an, und seine Augen wurden zu zwei kohlschwarzen Dämonen, die wütend herumrollten. Mit einer Stimme wie Pauken und Trompeten verbot er mir abzureisen. Ich sagte nichts, aber ich beschloß, am nächsten Tag zu verschwinden. Ich ging meine Sachen packen. Der ganze Aschram war stumm und niedergeschlagen, niemand wagte zu sprechen. Und auch in meine Nähe wagte sich niemand, bis spät in der Nacht, als Jean wie üblich kam, um sich neben mich zu legen. Sie lag vollkommen still und weinte vor sich hin. Zuerst bemerkte ich gar nicht, daß sie weinte, weil sie keinen Laut von sich gab, aber allmählich sickerten ihre Tränen in ihre Seite des Kopfkissens, und die Feuchtigkeit breitete sich zu mir herüber aus. Ich tat, als merkte ich nichts.

Plötzlich stand der Guru in der Türöffnung. Der Raum ging auf einen offenen Hof hinaus, und dieser lag im vollen Mondlicht, das nun auch den Guru beschien und ihn riesig und unheimlich wirken ließ. Jean und ich setzten uns auf. Ich hatte Angst, mein Herz schlug heftig. Nachdem er uns eine Weile schweigend angesehen hatte, befahl er Jean, hinauszugehen. Sofort erhob sie sich gehorsam. Ich sagte:»Nein, bleib«, und klammerte mich an ihre Hand, aber sie machte sich von mir los, und nachdem sie die Füße des Gurus ehrfürchtig berührt hatte, verließ sie die Kammer. Sie schien sich im Mondschein draußen aufzulösen, hinterließ keine Spur. Der Guru setzte sich neben mich auf mein auf dem Boden ausgebreitetes Bettzeug. Er sagte, ich sei einer Täuschung erlegen, und eigentlich wolle ich gar nicht weg; mein innerstes Wesen sehne sich danach, bei ihm zu bleiben – er wisse es, er könne es hören, wie es nach ihm rief. Aber weil ich Angst hätte, versuchte ich, diese Sehnsucht zu ersticken und wegzulaufen.»Sieh doch, wie du zitterst«, sagte er.»Schau, was für Angst du hast.« Es stimmte, ich zitterte, duckte mich an die Wand, so weit weg von ihm wie möglich. Nur war es unmöglich, sehr weit weg zu kommen, weil er so riesig war und sich auszudehnen und die winzige Kammer auszufüllen schien. Ich konnte ihn ganz dicht bei mir spüren, und seine scharfe männliche Ausdünstung, verstärkt durch Knoblauch, überwältigte mich.

»Du hast recht, dich zu fürchten«, sagte er: Weil es seine Absicht sei, mich zu prügeln und zu schlagen, mein Ego zu zerschmettern, bis es zerbräche und in Millionen Stücke auseinanderstöbe und verstreut würde in den Staub. Ja, das wäre ein schmerzhafter Vorgang, und ich würde aufschreien und um Erbarmen flehen, aber am Ende – oh, mit welcher Freude würde ich heraustreten aus dem Gefängnis meines eigenen Ichs, verwandelt und neugeboren! Ich würde mich auf den Boden werfen und seine Füße in Tränen der

Dankbarkeit baden. Dann wäre ich wahrhaftig sein. Während er sprach, bekam ich immer mehr Angst, weil ich das Gefühl hatte, so riesig und nahe und stark wie er war, hätte er vielleicht wirklich die Macht, mir das alles anzutun, was er gesagt hatte, und schließlich könnte er es fertigbringen, daß ich so würde wie Jean.

Ich lag jetzt völlig flach an die Wand gepreßt, und er war herangerückt und drückte mich dagegen. Seine eine große Hand wanderte auf meinem Bauch auf und ab, aber was sie tat, schien völlig getrennt von seiner übrigen Person und von dem, was er sagte. Seine Stimme wurde leiser und leiser, eindringlicher und eindringlicher. Er sagte, er werde mich lehren zu gehorchen, mich vollkommen zu unterwerfen, das sei der erste Schritt und ein sehr notwendiger. Denn er wisse, wie wir waren, wir alle, die aus den Ländern des Westens kamen: Wir waren eigensinnig, widerspenstig, lüstern. Bei dem letzten Wort brach ihm die Stimme vor Erregung, seine Hand wanderte weiter und tiefer. Lüstern, wiederholte er, und dann wälzte er sich quer über das Bett, lag nun ganz dicht an mich gepreßt, und fragte:»Mit wie vielen Männern hast du schon geschlafen?« Er nahm meine Hand und zwang mich, ihn zu fassen: Wie riesig und heiß er war! Hart stieß er gegen mich.»Wie viele? Antworte!« befahl er, drängend und bedrohlich. Aber ich fürchtete mich nicht mehr: Jetzt war er keine unbekannte Größe mehr, und auch die Situation war nicht mehr neu oder fremd.»Antworte! Antworte!« rief er rittlings über mir, und dann schrie er»Hure!«, und ich lachte vor Erleichterung.

Ich war ganz gern wieder in Delhi bei Henry. Ich badete oft in unserem marmornen Badezimmer, lang stundenlang in der Wanne und benützte duftende Badesalze, damit ich gut roch. Ich hörte auf, indische Kleidung zu tragen, und holte sämtliche Kleider heraus, die ich mitgebracht hatte. Wir luden häufig Gäste ein, und Ramu sauste umher in seinem weißen Rock und leerte die Aschenbecher aus. Es war keine schlechte Zeit. Ich blieb den ganzen Tag in der Wohnung, hatte die Klimaanlage eingeschaltet und die Vorhänge zugezogen, um die blendende Helle abzuhalten. Am Abend fuhren wir in die Wohnungen anderer Leute zum Abendessen: Buffets mit gekochtem Schinken und Kartoffelsalat; wir saßen in ihren Wohnzimmern, die mehr oder minder so wie unseres eingerichtet waren, und tranken und redeten über Whisky-Preise, darüber, in welchen Gebirgsort man im Sommer am besten fahren sollte, und über Dienstboten. Dieser letzte Punkt leitete oft über zu verwandten Themen, etwa wie unzuverlässig die Inder seien und wie unmöglich es sei zu erreichen, daß jemals irgend etwas erledigt werde. Für gewöhnlich sprach man über diese Dinge in scherzhaftem Ton, illustriert mit vielen lustigen Anekdoten, aber gelegentlich wurde auch mal jemand ziemlich heftig; das geschah meistens, wenn sie schon ein bißchen betrunken waren, und dann ergingen sie sich in langen Ergüssen darüber, wie schmutzig Indien sei und wie rückständig, zerfressen von gräßlichem Aberglauben – übel, sagten sie – korrupt – korrumpierend.

Henry redete nie so – vielleicht, weil er nie betrunken genug war –, aber ich weiß, daß er nicht anders dachte. Ihm mißfiel das Land sehr, und er erwog sogar, um Versetzung nachzusuchen. Als ich ihn fragte, wohin, sagte er, in die sauberste Stadt, die er sich vorstellen könne. Er fragte, wie es mir gefallen würde, nach Genf zu gehen. Ich wußte, es würde mir überhaupt nicht gefallen, aber ich sagte, ja gut. Eigentlich war es mir egal, wo ich war. Mir war damals so ziemlich alles egal. Einzig für Henry empfand ich etwas. Er war so lieb und gut zu mir. Ich träumte neuerdings schlecht und fürchtete mich davor, allein zu schlafen, deshalb ließ er mich in sein Bett kommen, obwohl er es nicht mag, wenn sein Bettzeug in Unordnung gebracht wird, und ich strample und wälze mich immer sehr herum. Ich lag nahe bei ihm, klammerte mich an ihn, und zum ersten Mal war ich froh, daß er sich nie besonders viel aus Sex gemacht hat. An Sonntagen blieben wir den ganzen Tag im Bett und lasen die Zeitungen, und Ramu brachte uns auf dem Tablett appetitliche englische Mahlzeiten. Manchmal legten wir eine Platte auf und tanzten im Pyjama. Ich küßte Henry auf die Wangen, die immer glatt waren – er brauchte sich nicht sehr oft zu rasieren –, und manchmal auf die Lippen, die nach Zahnpasta schmeckten.

Dann bekam ich die Gelbsucht. Es ist komisch, die ganze Zeit, als ich herumgereist war und überall alles gegessen hatte, war mir nichts geschehen, und jetzt, da ich ein so sauberes Leben führte, mit abgekochtem Wasser und regelrechten Mahlzeiten, wurde ich krank. Henry war entsetzt. Er trennte sofort alle seine Sachen von meinen, und alles, was ich berührt hatte, mußte hundertmal sterilisiert werden. Er rannte dauernd in die Küche, um zu überprüfen, ob Ramu es auch ordentlich machte. Er sagte, Gelbsucht sei das Ansteckendste überhaupt, und obwohl er sich einer ganzen Reihe von vorbeugenden Impfungen unterzog, wofür die Seren speziell aus den Vereinigten Staaten eingeflogen werden mußten, war er doch nach wie vor außerordentlich nervös. Er bemühte sich um Mitgefühl für mich, aber es gelang ihm nicht, den meist vorwurfsvollen Ton mir gegenüber zu unterdrücken. Er hatte sich so sorgfältig abgeschirmt, und jetzt hatte ich so was eingeschleppt. Ich weiß, wie ihm zumute war, aber ich war zu krank und elend, um mich darum zu kümmern. Ich kann mich nicht erinnern, mich je so krank gefühlt zu haben. Ich hatte kein besonders hohes Fieber oder dergleichen, aber ständig diese entsetzliche Übelkeit. Zuerst wurden meine Augen gelb und dann alles übrige, als wäre ich innen und außen mit der Farbe der Übelkeit eingefärbt. Die ganze Welt wurde gelb und krank. Ich konnte nichts ertragen, keinen Lärm, keinen Menschen in meiner Nähe, am schlimmsten waren Gerüche. Es durfte nicht mehr gekocht werden, weil ich zu schreien anfing, sobald ich Küchendünste roch. Henry mußte von gekochten Eiern und Brot leben. Ich flehte ihn an, Ramu nicht in mein Schlafzimmer zu lassen, denn obwohl Ramu immer ordentlich gewaschene Kleidung trug, dünstete er einen Schweißgeruch aus, der zugleich süßlich und widerlich war und mich mit Abscheu erfüllte. Ich war überzeugt, daß er unter seinem sauberen Hemd ein baumwollenes Unterhemd trug, schwarz von Schweiß und Schmutz, das er nie auszog, und in dem er nachts im einzigen Raum der Dienstbotenbehausung schlief, zusammen mit seiner ganzen Familie in diesem stickigen Geruch billiger Mahlzeiten und schlechter Kanalisation und unsauberer Körper.

Ich kannte diese Gerüche so gut – für mich waren sie die Gerüche Indiens, und sie hatten mich nie gestört; aber jetzt konnte ich sie nicht loswerden, sie waren wie eine ekelhafte Flut, die die Wände meines klimatisierten Schlafzimmers durchtränkte. Und auch andere Dinge, die mich nie gestört hatten, die ich kaum je beachtet hatte, fielen mir jetzt auf schreckliche Weise ein, so daß ich sie im Schlaf und im Wachen sah. Woran ich mich am häufigsten erinnerte, war der nicht mehr benutzte Brunnen im Fort von Radschasthan, aus dem ich Wasser getrunken hatte. Ich war jetzt überzeugt davon, daß dort eine Leiche auf dem Grund gelegen hatte, und ich sah diese Leiche mit aufgedunsenem Fleisch, aber unversehrten Augen: Sie waren riesig, wie die Augen des Gurus, und sie starrten, glasig und geliert, in die Dunkelheit des Brunnens. Und schlimmer, als diese Leiche zu sehen, war, daß ich sie in dem Wasser schmeckte, das ich getrunken hatte – das ich noch immer trank – ja, jetzt, in diesem Augenblick, hob ich meine zur Schale geformten Hände zum Mund und spürte, wie das dumpfige Wasser meine Zunge umspülte. Ich schrie laut auf bei dem Geschmack des Toten und rief nach Henry und umklammerte seine Hand und flehte ihn an, uns rasch nach Genf versetzen zu lassen, rasch. Er löste seine Hand aus meiner – er mochte es in diesen Tagen nicht, wenn ich ihn berührte –, aber er versprach es. Dann wurde ich ruhiger, ich schloß die Augen und versuchte an Genf zu denken und daran, wie ich den Mund mit Schweizer Milch auswaschen würde.

Es ging mir besser, aber ich war sehr schwach. Wenn ich mich im Spiegel betrachtete, fing ich an zu weinen. Mein Gesicht hatte eine gelbliche Farbe, mein Haar war schlaff und ausgeblichen; ich sah nicht alt aus, aber ich sah auch nicht mehr jung aus. Es war kein Fleisch an mir und keine Farbe. Ich war ausgeronnen, ausgehöhlt. Ich trug ein weißes Nachthemd, und das verstärkte den Eindruck noch. Ja, mein Anblick erinnerte mich tatsächlich an Jean. Ich dachte, so also wirkt sich das aus (ich wußte damals eigentlich nicht, was ich meinte – die Gelbsucht in meinem Fall, in ihrem den Guru, aber es schien auf das gleiche hinauszulaufen). Als Henry mir mitteilte, daß seine Versetzung bewilligt worden sei, brach ich wieder in Tränen aus; nur war es jetzt aus Erleichterung. Ich sagte, fahren wir gleich, fahren wir rasch. Ich wurde ganz hysterisch, daher sagte Henry, gut; auch er war ungeduldig, wegzukommen, ehe uns noch mehr von diesen Bakterien erwischten, die er so fürchtete. Das einzige, was ihn beunruhigte, war, daß wir die Miete drei Monate im voraus bezahlt hatten und der Hausherr sich weigerte, sie zurückzuzahlen. Henry hatte deswegen Streit mit ihm, den aber der Hauswirt gewann. Henry war außer sich vor Wut, aber ich sagte, laß doch, fahren wir einfach ab und denken wir nicht mehr an alle diese Leute. Wir verpackten einen Teil unserer Sachen und verkauften das übrige; die letzten paar Tage hausten wir in der leeren Wohnung mit nur zwei Küchenstühlen und einem Bett. Ramu machte sich große Sorgen, ob er eine neue Stellung finden würde.

Unmittelbar bevor wir zum Flugplatz fahren sollten und auf das Auto warteten, das uns hinbringen würde, ging ich auf die Terrasse. Ich weiß nicht, warum ich es tat, es gab keinen Grund dafür. Es gab nichts, wovon ich Abschied nehmen, nichts, worauf ich noch einen letzten Blick werfen wollte. Meine Gedanken waren ganz auf die kommende Reise gerichtet, und ob ich Tabletten gegen Luftkrankheit nehmen sollte oder nicht. Der Himmel sah von der Terrasse so unendlich fern aus wie immer, die Stadt so klein wie immer. Es war Abend, und das Licht verblaßte eben, und der Himmel hatte jetzt keine bestimmte Farbe: Er war irgendwie durchsichtig wie eine Perle, aber nicht wie eine irdische Perle. Ich dachte an die Geschichte, die die kleine alte Heilige von Krischnas Mutter erzählt hatte, und wie sie die Sonne und den Mond und Welten über Welten in seinem Mund gesehen hatte. Mir gefiel dieses Bild so gut – Welten über Welten –, ich stellte mir vor, wie sie sich in Ewigkeit umeinander drehten wie Glaskugeln, und alles wäre so schimmernd und durchsichtig wie der Himmel, den ich über mir sah. Ich ging hinunter und erklärte Henry, ich würde nicht mit ihm fahren. Als er begriff – und das dauerte einige Zeit –, daß ich es ernst meinte, wußte er, ich war verrückt. Zuerst war er sehr geduldig und sanft mit mir, dann geriet er in helle Aufregung. Der Wagen war bereits eingetroffen, um uns abzuholen. Henry schrie mich an, packte mich am Arm und zog mich zur Tür. Ich sträubte mich mit allen meinen Kräften und setzte mich auf einen Küchenstuhl. Henry zog noch immer, und jetzt zog er mich mitsamt dem Küchenstuhl wie auf einem Schlitten. Ich klammerte mich so fest an, wie ich konnte, aber ich fühlte mich schrecklich schwach und hatte Angst, ich würde mich wegziehen lassen. Ich flehte ihn an, er möge gehen. Ich schrie und weinte vor Angst – Angst, daß er mich mitnähme, Angst, daß er mich zurückließe.

Ramu kam mir zu Hilfe. Er sagte, es geht schon in Ordnung, Sahib, ich werde mich um sie kümmern. Er erklärte Henry, daß ich zu schwach sei zum Reisen nach meiner Krankheit, aber später, wenn es mir besser gehe, werde er mich zum Flughafen bringen und in ein Flugzeug setzen. Henry zögerte. Es wurde schon sehr spät, und wenn er nicht ging, würde auch er das Flugzeug versäumen. Ramu versicherte ihm, alles werde in Ordnung gehen, und Henry brauche sich überhaupt keine Sorgen zu machen. Schließlich nahm Henry meine Papiere und mein Ticket aus der Brusttasche. Er gab mir Anweisungen, wie ich zur Fluggesellschaft gehen und einen neuen Flug buchen müßte. Er zögerte noch einen Augenblick – wie lieb er aussah, so schön angezogen in Anzug und Krawatte, fix und fertig für die Reise, genau wie an dem Tag, an dem wir heirateten –, aber unten hupte das Auto wie verrückt, und er mußte gehen. Ich hielt mich am Stuhl fest, ich hatte Angst, wenn ich es nicht täte, würde ich womöglich aufstehen und hinter ihm herlaufen. Also klammerte ich mich an den Stuhl, zitternd und weinend. Ramu staubte ganz fröhlich den anderen Stuhl ab. Er sagte, wir würden noch ein paar Möbel besorgen müssen. Ich glaube, er war froh, daß ich blieb und er weiterhin Arbeit und Wohnung hatte und nicht herumrennen mußte, um eine andere Stelle zu suchen. Er hatte eine ziemlich große Familie zu erhalten.

Ich verkaufte das Ticket, das Henry mir dagelassen hatte, aber ich kaufte keine neuen Möbel davon. Ich blieb allein in den leeren Zimmern und ging nur selten aus. Wenn Ramu etwas für mich kochte, aß ich es, aber manchmal vergaß er es oder hatte keine Zeit, weil er sehr damit beschäftigt war, eine neue Stellung zu suchen. Ich lebte nicht gern so, aber ich wußte nicht, was ich sonst tun sollte. Ich fürchtete mich davor, auszugehen: Alles, was ich sonst so sehr gemocht hatte – Leute, andere Orte, Menschenmengen, Gerüche –, fürchtete und haßte ich jetzt. Ich rannte jedesmal nach Hause zurück, um in der leeren Wohnung allein zu sein. Ich spürte, wie die Leute auf der Straße mich sonderbar ansahen; und vielleicht war ich jetzt sonderbar, weil ich so lebte und mich nicht mehr darum kümmerte, wie ich aussah; ich glaube, manchmal redete ich laut mit mir selber – ein- oder zweimal hörte ich es selbst. Ich gab eine Menge von dem Geld, das ich für das Flugticket bekommen hatte, für Bücher aus. Ich ging in die Buchläden und hastete mit Armen voller Bücher zurück. Viele davon las ich nie, und selbst von denen, die ich las, verstand ich nur wenig. Ich hatte nicht viel Erfahrung im Lesen derartiger Bücher – wie der Upanischaden und der Vedanta Sutra –, aber mir gefiel der Klang der Worte, und mir gefiel das Gefühl, das von ihnen ausging. Es war, als befände ich mich ganz allein auf einer unendlich hohen Hochebene und atmete in großen Zügen sehr scharfe, reine Luft. Manchmal kam der Hauswirt nachsehen, was ich trieb. Er ging durch sämtliche Zimmer, schaute mißtrauisch in alle Winkel, kontrollierte die Anschlüsse. Er fragte ständig, wie lange ich noch bleiben wolle; ich sagte, bis die drei Monate Miete abgelaufen seien. Er brachte mögliche zukünftige Mieter zur Besichtigung in die Wohnung, aber wenn sie mich in den leeren Räumen auf dem Boden hocken sahen, manchmal eine Schüssel mit einer nur halb verzehrten Mahlzeit neben mir, die Ramu wegzuräumen vergessen hatte, gingen sie ziemlich schnell wieder fort. Nach einiger Zeit wurde der Strom abgeschaltet, weil ich die Rechnung nicht bezahlt hatte. Es war sehr heiß ohne den Ventilator, und ich füllte die Badewanne mit kaltem Wasser und blieb den ganzen Tag darin sitzen. Aber dann wurde auch das Wasser gesperrt. Der Hauswirt kam jetzt zwei- oder dreimal täglich. Er erklärte, wenn ich nicht an dem Tag auszöge, an dem die Miete ablief, würde er die Polizei rufen, um mich hinaussetzen zu lassen. Ich sagte, das geht in Ordnung, seien Sie unbesorgt, ich werde ausziehen. Ebenso wie der Hauswirt zählte auch ich die Tage, die mir noch blieben. Ich hatte Angst, was aus mir werden würde.

Heute setzte der Hauswirt Ramu vor die Tür der Dienstbotenbehausung. Deshalb kam Ramu herauf, um Geld zu verlangen, und sagte dann all diese Sachen. Danach ging ich auf die Terrasse und beobachtete, wie er auszog. Es war eine so traurige Prozession. Jedes Familienmitglied trug einen Teil des armseligen Hausrates, von dem nichts aussah, als lohne es, mitgenommen zu werden. Ramu balancierte eine Liege mit zerrissenen Gurten auf dem Kopf. In zwei Tagen werde auch ich gehen müssen, mit meinem Bündel und meinem Bettzeug. Ich habe das schon so oft zuvor getan, bin hierhin und dorthin gereist, ohne ein wirkliches Ziel, und bin so glücklich dabei gewesen; aber jetzt ist es anders. Damals hatte ich das Empfinden, ganz frei zu sein und ein Abenteuer zu erleben. Jetzt fühle ich mich gezwungen, ich *muß* es tun, ob ich will oder nicht. Und ich will nur halb, ich habe Angst. Und doch ist es noch immer wie ein Abenteuer, und deshalb bin ich nicht nur ängstlich, sondern auch aufgeregt, und die meiste Zeit weiß ich nicht, warum mein Herz so rasch schlägt, ist es vor Angst oder vor Aufregung, und ich frage mich, was mir widerfahren wird, jetzt, da ich wieder reisen werde.

DIE HAUSFRAU

Sie nahm ihre Musikstunde sehr früh am Morgen, noch bevor sonst jemand wach war. Der Unterricht fand oben auf dem Dach des Hauses statt, damit niemand gestört würde. Bis dann die anderen auf waren, hatte sie bereits die Morgenmahlzeit zubereitet und überwachte die Reinigung des Hauses. Den Rest des Tages verbrachte sie damit, die Familie zu versorgen, und mit dem, was eben sonst noch getan werden mußte, damit niemand sagen könnte, ihre Musik halte sie auch nur im geringsten von ihren häuslichen Pflichten ab. Ihr Ehemann hatte ganz gewiß keine Klagen. Ihr Singen interessierte ihn nicht, aber er ließ sie gewähren, weil er wußte, es machte ihr Freude. Wenn seine alte Tante Phuphiji, die bei ihnen wohnte, darauf anspielte, daß es sich für eine Hausfrau, eine Matrone wie Shakuntala, nicht gehöre, Gesangstunden zu nehmen, beachtete er sie nicht. Er verstand es, weibliche Verwandte zu ignorieren, er hatte viel Übung darin. Aber Shakuntala ignorierte er nie. Sie waren seit fünfundzwanzig Jahren verheiratet, und er liebte sie mit jedem Jahr mehr.

Nicht wegen dem, was Phuphiji vielleicht sagte, sondern seinetwegen, der nichts sagte, hatte Shakuntala manchmal Schuldgefühle. Und wegen ihrer Tochter und ihres kleinen Enkelsohnes. Sie liebte sie alle, aber sie konnte es vor sich selbst nicht leugnen, daß ihr das Singen sogar noch mehr bedeutete als ihre Gefühle als Ehefrau und Mutter und Großmutter. Sie konnte das nicht erklären, sie versuchte, nicht daran zu denken. Doch es stimmte, daß sie mit ihrer Musik in einer Region lebte, in der sie am wahrhaftigsten, am tiefsten sie selbst war. Nein, nicht sie selbst, sondern mehr, etwas Höheres. Verglichen mit dem Singen erschien ihr der Rest des Tages, ja ihres Lebens unbedeutend. Sie hatte das Gefühl, das sei unrecht, aber es hatte keinen Sinn, dagegen anzukämpfen. Ohne ihre Stunde Gesangsübungen früh am Morgen war ihr, als enthielte man ihr Nahrung und Wasser und Luft vor.

Eines Tages kam ihr Lehrer nicht. Sie ging auf das Dach und übte allein, aber es war nicht dasselbe. Allein fühlte sie sich schwach und unsicher. Sie *war* schwach und unsicher, aber wenn er da war, spielte das weiter keine Rolle, weil er solche Kraft hatte.

Später, als ihr Mann an seinen Arbeitsplatz gegangen war (er war Baumeister) und sie alles für die Mahlzeiten des Tages vorbereitet hatte und Phuphiji mit ein paar Freundinnen aus der Nachbarschaft beim Tee saß, ging sie fort, um herauszufinden, weshalb er nicht gekommen war. Sie nahm ihren jungen Diener mit, damit er ihr den Weg zeigte, denn obwohl sie dem Lehrer oft Nachrichten nach Hause schickte, war sie nie zuvor dort gewesen. Es war ein altes Haus, und es stand in einer engen alten Nebenstraße. Unten im Haus befand sich irgendeine Werkstatt, und sie mußte über Stroh und Verpackungsmaterial steigen; im ersten Stock war eine Musikschule, aus einem langen Raum bestehend, wo etliche Leute auf dem Fußboden saßen und Trommeln schlugen. Ihr Lehrer wohnte im zweiten Stock. Er hatte nur ein Zimmer, und alles war in großer Unordnung. Es standen so gut wie keine Möbel darin, aber eine große Anzahl abgelegter Kleidung hing an Haken und auf einer durch den Raum gespannten Leine. Eine schmuddelige, schlechtgelaunte Frau saß auf dem Fußboden und drehte die Kurbel einer Nähmaschine. Der Lehrer selbst lag in einer Ecke auf einer Matte und wälzte sich stöhnend hin und her; als sich Shakuntala voller Besorgnis über ihn beugte, öffnete er die Augen und sagte:»Es geht jetzt zu Ende.« Er hatte ein rotes Tuch um die Stirn gebunden, und das verlieh ihm ein ziemlich schauerliches Aussehen.

Shakuntala bemühte sich, ihn aufzumuntern, aber je mehr sie sich bemühte, um so kränker wurde er.»Nein«, beharrte er,»es geht zu Ende.« Dann fügte er hinzu:»Ich fürchte mich nicht vor dem Sterben.«

Seine Frau, die die Kurbel der Nähmaschine drehte, schnaubte verächtlich. Und das rüttelte ihn dann doch auf; er fand genügend Kraft, um sich auf einen Ellbogen aufzustützen.»Es gibt nichts zu essen«, sagte er zu Shakuntala und machte mitleidheischende Bewegungen in Richtung seines Mundes, um zu zeigen, wie sehr es ihm an Nahrung mangelte, die er hineinstecken könnte.»Sie weiß nicht, wie man für einen Kranken kocht.«

Seine Frau hörte auf zu nähen, um herzhaft zu lachen.»Suppe!« lachte sie.»Suppe will er haben. Wo hat er jemals Suppe bekommen? Im Haus seines Vaters? Die waren schon froh, wenn sie ein paar Linsen zu ihrem trockenen Brot bekommen konnten. *Suppe!*« wiederholte sie mit bebender Stimme, ihre Belustigung war unvermittelt in Ärger umgekippt.

Shakuntala, die nicht vorausgesehen hatte, in einen häuslichen Streit verwickelt zu werden, war das peinlich. Aber der Lehrer tat ihr auch leid. Sie glaubte zwar nicht, daß er sehr krank sei, aber sie sah, daß er sich sehr unbehaglich fühlte. Im Raum war es heiß, er war voller Gerüche und voller Fliegen; aus der Werkstatt unten kam Klopfen, aus der Musikschule hörte man Trommeln und ein paar dünnklingende Saiteninstrumente und hier im Zimmer das wütende Surren der Nähmaschine. Trotz der Hitze war der Kranke mit einem Laken zugedeckt, unter dem er sich hin- und herwälzte – nicht vor Schmerzen, das sah Shakuntala, sondern vor Gereiztheit.

Nachher erschien ihr das eigene Zuhause so angenehm und ordentlich. Vor kurzem hatten sie einen neuen Bungalow gebaut mit polierten Holzwänden und rosa-grünen Terrazzo-Fußböden. Ihr Wohnzimmer war mit einer blauen kunstlederbezogenen Sitzgarnitur möbliert. Sie wünschte, sie hätte ihren Lehrer hierher bringen und pflegen können; sie hätte es ihm so behaglich machen können. Den ganzen Tag über war sie unruhig in Gedanken daran. Und wie immer, wenn Shakuntala unruhig und mit den Gedanken nicht bei den Dingen des Haushalts war, bemerkte Phuphiji das und lief ihr durch das ganze Haus nach und beharrte darauf, ihre Aufmerksamkeit auf verschiedene Unzulänglichkeiten zu lenken, wie etwa, daß der monatliche Zuckervorrat zu schnell erschöpft war oder ein Kochgeschirr nicht ordentlich geschrubbt worden war und nicht so glänzte, wie es sich gehörte. Shakuntala lebte schon lange genug mit Phuphiji zusammen, um ruhig zu bleiben und ihr ruhig zu antworten, aber auch Phuphiji lebte schon lange genug mit Shakuntala zusammen, um zu wissen, daß diese Antworten unzusammenhängend und Shakuntalas Gedanken ganz woanders waren. Sie lief ihr weiterhin nach, umkreiste sie und fixierte sie mit ihren wachen, alten Augen.

Später an diesem Tag kam Manju, Shakuntalas Tochter, mit dem kleinen Baba. Selbstverständlich freute sich Shakuntala, sie zu sehen, und spielte mit Baba wie gewöhnlich und küßte ihn; aber ebenso wie Phuphiji bemerkte Manju, daß ihre Mutter nicht bei der Sache war. Manju wurde mürrisch und hatte viel zu klagen. Sie sagte, sie hätte jeden Morgen Kopfschmerzen, und Baba sei manchmal sehr unartig und wecke sie alle nachts auf und wolle spielen. Für all dies verlangte sie von ihrer Mutter Mitgefühl, und es wurde ihr von Shakuntala auch gewährt; Manju bemerkte jedoch, daß es nicht aus vollem Herzen kam, und das machte sie noch mürrischer. Und Phuphiji tat mit, stachelte Manju an, bedauerte sie, trat das Thema noch und noch breit und behielt Shakuntala die ganze Zeit im Auge, um sich zu vergewissern, ob sie auch gebührend Anteil nahm, wie es ihre Pflicht erforderte. Beide miteinander machten Shakuntala ganz verrückt, und was das Schlimmste daran war, sie war auf ihrer Seite, sie wußte, die Probleme ihrer Familie sollten sie ganz und gar in Anspruch nehmen, und sie tadelte sich dafür, weil dem nicht so war.

Es war eine Erlösung für sie, als ihr Mann nach Hause kam, denn er war der einzige, der immer mit ihr zufrieden war. Im Gegensatz zu den anderen interessierten ihn ihre geheimen Gedanken nicht. Ihm genügte es, daß sie sich vor seiner Rückkehr nach Hause hübsch anzog und ihr Haar ölte und es mit einem Jasminkranz schmückte. Sie war Anfang vierzig, aber mollig und jung aussehend. Sie liebte Schmuck und trug stets sehr viel davon, sogar im Haus. Ihre Arme waren voller Armreifen, sie trug einen diamantbesetzten Nasenring und eine goldene Kette um den glatten, weichen Hals. Ihr Mann sah das alles gern; und er hatte es gern, wenn sie neben ihm stand und ihm seine Mahlzeiten vorlegte, und dann neben ihm auf dem Bett lag, wenn er schlief. An diesem Abend schlief er wie üblich ein, nachdem er große Portionen gegessen hatte. Er schlief tief und ruhig, atmete laut, denn er war ein großer und schwerer Mann. Manchmal warf er sich mit Gebrumm von einer Seite auf die andere. Dann tätschelte sie ihn leise, wie um ihn sanft zu beruhigen; sie wollte, daß er sich stets wohl fühlte, und betrachtete es als ihre Aufgabe im Leben, dafür zu sorgen. Als sie einschlief, schlief sie schlecht, und verworrene Träume beeinträchtigten ihren Schlaf.

Aber am nächsten Morgen war der Lehrer wieder da. Er war überhaupt nicht mehr krank, und als sie sich nach seiner Gesundheit erkundigte, zuckte er die Achseln, als hätte er vergessen, daß er sich jemals nicht wohl gefühlt hatte. An diesem Tag sang sie so gut, daß sogar er zufrieden war – jedenfalls machte er nicht das griesgrämige Gesicht, das er für gewöhnlich hatte, wenn er ihr zuhörte. Während sie sang, lösten sich ihre Verdrießlichkeit und ihre Ängste, und sie fühlte sich vollkommen klar und glücklich. Der Himmel war durchsichtig in der Morgendämmerung, und die Vögel erwachten und zwitscherten wie ein glucksend dahinfließendes Gewässer. Niemand sonst in der ganzen Nachbarschaft war auf, nur sie und der Lehrer und die Vögel. Sie sang und sang, und ihre Stimme hob sich in die Lüfte, und auch ihr Herz wurde ganz leicht; manchmal lachte sie vor Freude und sah als Antwort darauf den Schatten eines Lächelns auch über das Gesicht ihres Lehrers huschen. Da lachte sie wieder, und ihre Stimme erhob sich – mit welcher Leichtigkeit! – zu noch größerer Meisterschaft. Und die Freude, die sie über ihre eigene Leistung erfüllte, und der Friede, der in ihr einzog mit diesem reinen klaren Morgen, diese Empfindungen begleiteten sie den ganzen übrigen Tag. Sie putzte eigenhändig sämtliche Spiegel und Messingbeschläge, und danach kochte sie süße Fadennudeln für ihren Mann, sein Lieblingsgericht. Phuphiji, die ihren Stimmungsumschwung sofort bemerkte, folgte ihr mißtrauisch überall hin, wie sie es am Tag zuvor getan hatte, und betrachtete sie auch ebenso mißtrauisch; aber heute machte Shakuntala das nichts aus, ja sie lachte sogar innerlich über Phuphiji.

Ihr Lehrer ging nach dem frühmorgendlichen Unterricht immer weg, aber zu dieser Zeit, nach seiner Krankheit, fing er an, sie auch am Nachmittag zu besuchen. Shakuntala war froh darüber. Jetzt, nachdem sie sein Zuhause gesehen hatte, war ihr bewußt, was für eine Erleichterung es für ihn sein mußte, in einem sauberen und friedlichen Raum sitzen zu können; und sie tat ihr Bestes, um es ihm angenehm zu machen, und setzte ihm Tee und kleine gebratene Köstlichkeiten vor. Aber er legte nie besonderen Wert auf diese Imbisse, und oft rührte er nichts von dem an, was sie ihm vorsetzte, ließ nur seine Blicke darüberschweifen mit diesem Ausdruck des Widerwillens, der so typisch für ihn war. Phuphiji war verwundert. Sie fand, man lasse ihm eine übertriebene und ungerechtfertigte Ehre angedeihen, indem man ihm diese Delikatessen vorsetzte, und konnte nicht verstehen, wieso er nicht so gierig darüber herfiel, wie sie es von ihm erwartete. Sie schaute von ihnen zu ihm und wieder zurück; derart auf die Folter gespannt, hielt sie es schließlich nicht länger aus und schob die Schüsseln sogar vor ihn hin und sagte:»Essen Sie doch. Essen Sie«, als wäre er irgendein seltenes Tier, dessen Freßgewohnheiten sie beobachten wollte. Er behandelte sie genauso, wie er das Angebotene behandelte; nach einem raschen, verächtlichen Blick in ihre Richtung ignorierte er sie. Aber sie war von ihm fasziniert. Wann immer er erschien, kam sie rasch angelaufen und suchte sich einen Platz in strategisch günstiger Position, um sich an seinem Gesicht sattsehen zu können. Manchmal, wenn sie ihn anstarrte, schüttelte sie verwundert den Kopf und brummelte vor sich hin und lachte sogar ungläubig leise in sich hinein. Er ließ sich von ihr nicht im geringsten stören. Er blieb dort sitzen, solange ihm danach zumute war, oft in völligem Schweigen, und ging dann fort, noch immer schweigend.

Gelegentlich jedoch redete er. Seine Unterhaltung war ebenso willkürlich wie sein Schweigen; es bedurfte keines Ansporns, um ihn in Schwung zu bringen, und er hörte immer ebenso unvermittelt auf zu reden, wie er begonnen hatte. Shakuntala hörte ihm sehr gern zu, alles, was er sagte, interessierte sie. Besonders fasziniert war sie, wenn er von seinem eigenen Lehrer sprach, der ein ganz großer und berühmter und temperamentvoller Musiker gewesen war. Von ihm sprach er oft, denn er hatte viele Jahre seines Lebens und gewiß die für seine Entwicklung wesentlichen unter der Vormundschaft des alten Mannes verbracht. Alle seine Schüler hatten mit ihrem Meister und seiner Familie in einem alten Haus in Benares zusammengelebt. Dort hatte strenge Disziplin geherrscht, soweit es die Stunden des Übens betraf, und von allen wurde erwartet, vor der Morgendämmerung aufzustehen und den Großteil des Tages mit der Vervollkommnung ihrer Technik zu verbringen; aber zwischendurch verlief ihr Leben gänzlich ohne Zwang. Sie aßen, wann sie wollten, schliefen, wann sie wollten, kauten Opium in ihren Betelblättern, liebten und schlossen Freundschaften. Wenn der alte Mann eingeladen wurde, um in anderen Teilen Indiens in privaten oder öffentlichen Konzerten aufzutreten, reisten die meisten seiner Schüler mit ihm. Sie drängten sich alle in einen Eisenbahnwaggon, und wenn sie an ihrem Bestimmungsort angelangt waren, wohnten sie zusammen in dem Quartier, das man ihnen zugewiesen hatte. Manchmal war das ein schmuddeliges Zimmer in einem Gasthaus, ein andermal waren es prunkvoll eingerichtete Räume im Palast eines Maharadschas. Sie waren immer gleich glücklich, wo sie auch unterkamen, schliefen auf dem Fußboden um das Bett, auf dem ihr Meister schnarchte, und füllten ihre Bäuche mit den üppigen Mahlzeiten, die ihnen geboten wurden. Sie waren ganze Nächte auf, hörten Konzerte und spielten in Konzerten, die nie vor dem Morgengrauen endeten. Die meisten von ihnen waren völlig ungebunden, ihre einzige Bindung war jene zu ihrem Meister. Manche von ihnen waren – so wie Shakuntalas Lehrer – ihren Eltern davongelaufen, um bei ihrem Meister zu sein, andere hatten seinetwegen Frau und Kinder verlassen. Er war ein sehr gestrenger Meister. Oft schlug er seine Schüler, und sie mußten ihm wie Dienstboten dienen, die niedrigsten Arbeiten für ihn verrichten; er rührte für sich selbst keinen Finger und bekam die schrecklichsten Wutanfälle, wenn er wegen ihrer Nachlässigkeit nicht zu einer seiner kleinen Annehmlichkeiten kam. Einmal hatte Shakuntalas Lehrer vergessen, seine Huka, die Wasserpfeife, anzuzünden, und für dieses Versäumnis wurde er im ganzen Haus herumgejagt und schließlich auf die Straße hinaus, wo er drei Tage bleiben mußte und auf der Türschwelle saß wie ein Bettler und nur Abfälle zu essen bekam, ehe ihm vergeben und er wieder ins Haus gelassen wurde. Phuphiji war entsetzt, als sie von einer solchen Behandlung hörte, und bedachte den Guru mit vielen Schimpfworten; aber Shakuntala schien das, ebenso wie ihrem Lehrer, nicht so fürchterlich – im Gegenteil, sie fand das einen angemessenen Preis für das Privileg, einem so großen und vielgerühmten Mann nahe zu sein.

Wann immer ein berühmter Musiker in die Stadt kam, um ein Konzert zu geben, bemühte sich Shakuntala, ihn spielen zu hören. Es war nicht leicht für sie, denn sie hatte niemanden, der gern mit ihr hinging. Sie wollte ihren Mann nicht damit behelligen. Er machte sich nichts aus Musik, und er hätte es jedenfalls als eine Qual empfunden, so viele Stunden lang aufrecht auf einem Stuhl zu sitzen.

Ein- oder zweimal bat sie Phuphiji, ihre Anstandsdame zu sein. Phuphiji tat es recht gern; sie freute sich immer, wenn sie ausgehen konnte. Anfänglich interessierte sie sich für alles, schaute sich eifrig um, verrenkte sich den Hals nach allen Richtungen. Aber wenn das Konzert dann anfing und kein Ende nahm, wurde sie bald unruhig. Sie gähnte und rutschte auf dem Stuhl hin und her, um zu demonstrieren, wie unbequem ihr das war; oft fragte sie, wie lange sie denn noch bleiben müßten, und sagte schließlich:»Gehen wir.« Wenn Shakuntala versuchte, sie zu beruhigen und zum Dableiben zu bewegen, fing sie an zu jammern und erklärte, ihr Rücken schmerze sie unerträglich. Daher mußten sie stets früher heimgehen, gerade dann, wenn der beste Teil des Konzerts begann. Und es war nicht viel besser, wenn Shakuntala ihre Tochter mitnahm, denn obwohl Manju nicht so jammerte wie Phuphiji, langweilte sie sich offensichtlich und machte ein leidendes Gesicht. Für gewöhnlich war es auch unvermeidlich, Baba mitzunehmen, und wenn sie Glück hatten, schlief er bald ein, wenn sie jedoch kein Glück hatten, schlief er nicht ein und verursachte eine Menge Unruhe und strampelte und stieß um sich und fing schließlich an zu schreien, so daß nichts anderes übrig blieb als zu gehen. Shakuntala bemühte sich stets, gute Miene zum bösen Spiel zu machen und ihre Enttäuschung zu verbergen, aber später, wenn sie zu Hause neben ihrem Mann im Bett lag, der schon seit Stunden schlief, kehrten ihre Gedanken immer wieder zu dem Konzert zurück. Sie hätte gern gewußt, welche Raga jetzt wohl gerade gesungen wurde – »Raga Yaman«, heiter und nobel, oder »Raga Kalawati«, von süßer Sehnsucht erfüllt? –, und sie sah die hellerleuchtete Bühne vor sich, auf der die Musiker saßen: der Sänger in der Mitte, die Begleiter um ihn gruppiert, außen herum die Schüler und alle miteinander von verzückter, von der Musik gelöster Stimmung ergriffen. Sie wiegten langsam die Köpfe, tauschten Blicke und lächelten einander zu, ihre Herzen öffneten sich, und Empfindungen, süß wie Honig, durchströmten sie. Und bei dem Gedanken daran, allein in dem stillen Zimmer neben ihrem schlafenden Mann, wandte sie sich ab und vergrub ihr Gesicht tief in den Kissen, als hoffte sie damit, auch ihre bittere Enttäuschung zu vergraben.

Eines Morgens überraschte sie ihr Lehrer. Es war am Ende

ihrer Stunde, als sie wie üblich gesungen und er ihr mit seinem üblichen, gequälten Gesicht zugehört hatte. Aber ehe er ging, sagte er unvermittelt, es sei Zeit, daß sie vor Publikum sänge. Sie war so erstaunt, daß sie eine Weile gar nicht antworten konnte, und als sie schließlich dazu in der Lage war, brachte sie nur heraus:»Ich wußte gar nicht.« Sie meinte, sie hatte nicht gewußt, daß er sie gut genug dafür hielt. Er sagte:»Weshalb, glauben Sie, komme ich her?« und stand auf und ging hinunter. Sie folgte ihm, aber er drehte sich nicht um und sprach nicht wieder mit ihr, um ihr zu sagen, *weshalb* er kam, damit sie einmal auch von ihm hörte, daß sie Talent habe, sondern er verließ das Haus und ging die Straße hinunter, und sie blickte ihm nach. Er war groß und hager und sah ziemlich abgerissen aus, und er ging wie ein Mensch, der keine Eile und kein spezielles Ziel hat. Sie wußte nicht, wohin er ging, wenn er von ihr fortging, und womit er seine Zeit verbrachte; sie nahm allerdings an, daß er sich nicht oft zu Hause aufhielt. Als er um die Ecke gebogen war, wandte sie sich ins Haus zurück. An diesem Tag erfüllte sie eine triumphierende Freude. In ihrer Phantasie sah sie sogar das große Zelt, wo die Konzerte stattfanden, vor sich und sich selbst auf der Bühne sitzen, als Mittelpunkt einer Gruppe von Musikern. Es würden nur wenige, im Zelt weit verstreut sitzende Zuhörer dasein – die meisten Leute würden sich nicht die Mühe machen, früher zu kommen, bevor die bedeutenden Musiker beginnen würden –, sie würden auch nicht sehr aufmerksam sein, so wie das Publikum bei der Vorrunde vor einem großen Wettkampf nicht sehr aufmerksam ist. Aber sie würde dort sein und singen und nicht nur für sich selbst und ihren Lehrer. Ja, auch das war schön, und sie tat es sehr gern, aber es mußte noch etwas mehr geben, das wußte sie; sie mußte ihrem Gesang noch eine andere Dimension geben, indem sie vor fremden Menschen sang. Jetzt wurde ihr klar, daß sie sich danach sehnte. Aber sie wußte auch, daß daran nicht zu denken war. Sie war eine Hausfrau aus einer guten, angesehenen Mittelstandsfamilie – Leute wie sie sangen nicht in der Öffentlichkeit. Es wäre eine Schande für ihren Mann und Manjus Schwiegereltern. Selbst der kleine Baba würde erschrocken sein, er würde nicht wissen, was er sich denken sollte, wenn er seine Oma vor einer Menge fremder Leute singen sah.

An diesem Tag erlebte sie noch eine andere Überraschung. Ihr Mann kam mit einem Päckchen nach Hause, das er ihr zuwarf und weiter nichts sagte als:»Nimm.«Sie öffnete es, und als sie den Inhalt sah, durchfuhr es sie wie ein freudiger Blitz. Es war ein Paar Ohrringe aus 24karätigem Gold mit Rubinen und Perlen besetzt. Ihr Mann sah ihr zu, wie sie sich den Schmuck an die Ohren steckte, freute sich an ihr und freute sich über seinen Kauf. Er erzählte, daß er sie billig, als günstiges Angebot bekommen hätte, von einem Baumeisterkollegen, der in Schwierigkeiten geraten und gezwungen war, den Schmuck seiner Frau zu verkaufen. Shakuntala schloß sie sorgfältig weg in ihren Stahlsafe, wo sie all ihren anderen Schmuck aufbewahrte.

Am nächsten Tag nahm sie sie wieder heraus und steckte sie an und betrachtete sich von allen Seiten. Während sie noch dabei war, kam Phuphiji herein, und als sie die Ohrringe sah, stieß sie einen Schrei aus:»Hai, hai!«rief sie und kam näher und berührte sie, wie sie da an Shakuntalas Ohren baumelten. Shakuntala nahm sie ab und schloß sie wieder mit den anderen Sachen ein, allerdings nicht, ehe Phuphiji sie in allen Einzelheiten mit den Augen verschlungen hatte.»Hat er dir mitgebracht?«erkundigte sich Phuphiji, und Shakuntala nickte kurz und drehte den Schlüssel des Safes um und befestigte den Schlüsselbund wieder an der Schnur um ihre Taille. Plötzlich saß Phuphiji weinend auf dem Bett. Sie weinte über das glückliche Schicksal der einen und über das unglückliche Schicksal anderer, die in jungen Jahren als Witwen zurückblieben und niemanden hatten, der sie mochte. Als Shakuntala ihr nichts zum Trost zu sagen hatte, tröstete sie sich selbst, und während sie sich die Augen mit einem Zipfel ihres Sari trocknete, sagte sie, das sei eben Schicksal, und dagegen könne man nichts tun. So waren die Dinge nun einmal bestimmt in diesem speziellen Leben – aber beim nächsten Mal, wer weiß, könnte alles ganz anders sein; der Kreis schließt sich immer, und jene, die jetzt Könige und Königinnen sind, könnten sich beim nächsten Mal womöglich nur als Ameisen oder sonst irgendein niederes Insekt wiederfinden. Dieser Gedanke heiterte sie auf, und sie ging hinaus und setzte sich auf die Veranda und rief nach dem Diener, daß er ihr ein Glas heißen Tee bringe.

Während der nächsten Tage nahm Shakuntala immer wieder ihre neuen Ohrringe heraus. Auch einige ihrer anderen Schmuckstücke holte sie hervor und bewunderte sie und legte sie vor dem Spiegel an. Sie liebte Gold und Edelsteine und schöne Verarbeitung; sie liebte es auch, diese Dinge an sich funkeln zu sehen und wie sie auf ihrer Haut wirkten und all ihre Vorzüge betonten. Sie putzte sich vor dem Spiegel und lächelte wie ein junges Mädchen. Eines Nachmittags, als sie eine ganze Weile auf diese angenehme Weise verbracht hatte, kam sie heraus und fand ihren Lehrer auf dem blauen Sofa im Wohnzimmer sitzend vor. Phuphiji hatte wie üblich ihren Platz in seiner Nähe bezogen. Sie starrte ihn an, und er gähnte ungeniert. Sie sahen aus wie zwei Leute, die schon lange so dagesessen und einander nichts zu sagen hatten. Shakuntala ging in die Küche hinaus und machte schnell ein paar Erfrischungen zurecht, Phuphiji folgte ihr. »Was hat das für einen Sinn?« sagte sie. »Er wird nichts essen, sein Magen ist an diese Dinge nicht gewöhnt.« Aber an diesem Tag aß er, gierig, rasch und wie ein Mensch, der lange Zeit nichts zu essen bekommen hatte. Shakuntala, die ihm zusah, bemerkte, daß er etwas von einem Wolf an sich hatte, wenn er so aß; sie bemerkte auch, daß er hagerer und ungepflegter aussah als gewöhnlich. Und kurz bevor er ging, als er bereits an der Tür war, bat er sie um einen Vorschuß seines Gehalts. Er fragte sie ganz beiläufig und ohne Verlegenheit; sie war diejenige, die verlegen war. Sie ging ins Schlafzimmer und holte ihr Geld heraus. Phuphiji folgte ihr und flüsterte eindringlich: »Er hat um Geld gebeten? Gib ihm nichts.« Shakuntala beachtete sie nicht. Sie ging hinaus und gab es ihm, und er steckte es in die Tasche, ohne es nachzuzählen, und ging fort, ohne noch etwas zu sagen.

Am nächsten Morgen jedoch, nachdem sie mit dem Singen fertig war, sagte er, es sei gut gewesen, daß sie ihm dieses Geld gegeben habe, es sei sehr gelegen gekommen. Sie fragte nichts, aus Taktgefühl, aber er teilte ihr noch aus freien Stücken mit, daß es »häuslichen Ärger« gegeben habe. Das sagte er mit einem Achselzucken und einem Lachen, nicht aus gespielter Tapferkeit, sondern weil es ihm offensichtlich wirklich gleichgültig war. Da wurde ihr auch klar, daß seine ganzen häuslichen Umstände – sein schmutziges Zimmer, seine zänkische Frau –, die sie so unangenehm berührt hatten, ihm gleichgültig waren, und ihr Mitleid fehl am Platze war. Im Gegenteil, als sie ihn heute beobachtete, wie er die Straße entlangging in seiner abgetragenen grau-weißen Kleidung und seinen abgetretenen Pantoffeln, beneidete sie ihn. Sie dachte daran, wie er hinging, wo er wollte, und tat, was er wollte. Ihre eigenen Lebensumstände waren so ganz anders. Diesen ganzen Tag lang blieb Phuphiji ihr auf den Fersen, nörgelte an ihr herum, fragte immerzu, wieviel Geld sie ihm gegeben habe, warum sie es ihm gegeben habe, hatte sie ihrem Mann erzählt, daß sie dieses Geld hergegeben hatte? Schließlich ging Shakuntala in ihr Schlafzimmer und verriegelte die Tür von innen. Es war ein sehr heißer Tag, und im Zimmer war es schwül und feucht, und Moskitos summten ihr Stechgesumm. Teilweise aus Langeweile, teilweise in der Hoffnung, sich aufzuheitern, holte sie wieder ihren Schmuck aus dem Safe; aber jetzt machte er ihr keine Freude. Es waren nur tote Dinge, Metall.

Jemand rüttelte an der Tür, sie rief:»Nein, nein!« Aber es war Manju. Sie schob den Riegel beiseite und öffnete gerade weit genug, um Manju hereinzulassen; Phuphiji lauerte dahinter, aber Shakuntala sperrte sie rasch aus. Manju sah den Schmuck ihrer Mutter auf dem Bett ausgebreitet. Sie entdeckte sofort die neuen Ohrringe und nahm sie auf und fragte, wo sie hergekommen waren. »Steck sie an«, forderte Shakuntala sie auf, und Manju zögerte nicht, dem nachzukommen. Sie schaute in den Spiegel und gefiel sich sehr gut darin. Sie ging zum Bett zurück und spielte mit dem anderen Schmuck. Eines Tages würde das alles ihr gehören, aber dieser Tag war noch sehr fern. Sie sah nachdenklich aus, und Shakuntala erriet, was sie dachte, und das erweckte in ihr den Wunsch, dies alles gleich jetzt Manju in den Schoß zu legen und zu sagen: »Nimm's dir.« Und wirklich, als Manju, leise seufzend, die Hand hob, um die Ohrringe wieder abzunehmen, sagte Shakuntala plötzlich:»Du kannst sie behalten.« Manju war erstaunt, sie versuchte zu protestieren, sie sagte:»Papa wird böse sein!« Aber ihre Mutter beharrte darauf. Dann wandte sich Manju wieder zum Spiegel, bewunderte sich noch mehr als zuvor, und ein zufriedenes Lächeln voller Besitzerstolz hellte ihre etwas griesgrämigen Züge auf. Shakuntala stand hinter ihr beim Spiegel. Auch sie lächelte zufrieden, obwohl sie sehen konnte, daß die Ohrringe Manju nicht so gut standen wie ihr. Das veranlaßte sie, ihre Tochter um so zärtlicher zu küssen. Sie freute sich, Manju über das Geschenk glücklich zu sehen.

Was sie selbst betraf, schien sie neuerdings gar nichts glücklich zu machen. Nicht einmal ihr Singen am frühen Morgen. Und doch machte sie gute Fortschritte. Es war eine jener Zeiten, in denen sie anfing, etwas in den Griff zu bekommen, was ihr bis dahin nicht hatte gelingen wollen; jetzt erkannte sie, daß es in ihrer Macht lag, sie mußte sich noch ein bißchen mehr anstrengen, und sie hatte es erreicht, und dann konnte sie damit beginnen, den nächsten unmöglichen Schritt ins Auge zu fassen. Aber trotz dieses Triumphes war sie unbefriedigt, und sie wußte, ihr Lehrer war es auch. Noch ein- oder zweimal hatte er wieder das Thema ihres Singens vor Publikum angeschnitten; jedesmal hatte sie ihn hinhalten müssen, durch Schweigen, mit einem traurigen Lächeln. Er kannte ihre Gründe, selbstverständlich, aber er war nicht mit ihnen einverstanden. Einmal fragte er sie sogar, was für einen Sinn es dann habe. Und sie wußte, er hatte recht – was *hatte* es für einen Sinn, wenn alles hier im Haus blieb, mit keinem, der es hörte, keinem, den es kümmerte, kein anderes Herz, das davon berührt wurde und in dem es einen Widerhall fand? Und rings um sie her tummelten sich die Vögel in den strahlenden Lüften und sangen voll Lust, verströmten rückhaltlos ihre Lieder. Sie verzagte an sich selbst, ihr Lehrer jedoch war verärgert. Er fragte, was sie erwarte, daß er herkam und seine Zeit damit verschwende, *Hausfrauen* auszubilden? Da begann sie zu fürchten, er werde nicht mehr kommen, und jeden Morgen stand sie auf und ging zum Dach hinauf mit angstvoll klopfendem Herzen; und wie es vor Erleichterung einen Sprung tat, wenn er doch kam – schlecht gelaunt für gewöhnlich und unfreundlich und unzufrieden mit ihr, aber er war da, noch hatte er sie nicht aufgegeben.

An den Nachmittagen kam er nicht mehr so oft, und wenn er kam, blieb er nur kürzere Zeit. Er schien sich zu langweilen und rastlos zu sein hier. Jetzt fiel sein mißbilligender Blick nicht nur auf die Erfrischungen, sondern auch auf all die glänzenden Möbel und die Kalender und die Bilder an den Wänden. Und vor allem auf Phuphiji. Ihre Gegenwart, die er zuvor mit solchem Gleichmut ertragen hatte, reizte ihn jetzt enorm. Er unternahm keinen Versuch, das zu verbergen, aber Phuphiji machte sich nichts daraus; sie blieb dessenungeachtet dort sitzen, und wenn ihr irgendeine Bemerkung einfiel, dann äußerte sie sie. Für gewöhnlich endete sein Besuch damit, daß er aufsprang und davoneilte, vor sich hinbrummend. Einmal, als Phuphiji zur Tür hinausgegangen war, sagte er zu Shakuntala:»Sie sollten sie verbrennen, das ist das einzige, wozu alte Frauen taugen, zum Verbrennen.« Shakuntalas Mundwinkel zuckten amüsiert, aber er war nicht zum Scherzen aufgelegt. Am nächsten Morgen bat er um einen weiteren Kredit, und sie gab ihn gern. Er bat sie jetzt häufig um Geld. Er kam nicht mehr mit der Ausrede, es wäre ein Vorschuß auf sein Gehalt, er bat ganz einfach um Geld und steckte es dann ein, als wäre das sein Recht. Er zählte es nie nach, die Transaktion war ihm zu nebensächlich, um sich dieser Mühe zu unterziehen.

Sie war keineswegs nebensächlich für Phuphiji. Obwohl Shakuntala sich bemühte, diese Darlehen geheimzuhalten, war es nicht leicht – ja, gar nicht möglich –, irgend etwas, das im Haus vor sich ging, vor Phuphiji geheimzuhalten. Ständig stellte sie Fragen über das Gehalt des Lehrers und ob er einen Vorschuß bekommen hätte, und wenn ja, wieviel; und wenn Shakuntala sagte, sie erinnere sich nicht, machte Phuphiji ihr Vorwürfe und sagte, das sei keine Art und Weise, mit dem Geld ihres Mannes umzugehen.

Einmal ertappte sie sie dabei. Sie hatte sich hinter dem Wasserfaß im Hof versteckt und kam hervorgeschossen, als Shakuntala eben ein Bündel Banknoten auseinanderblätterte und sie dem Lehrer überreichte. Oh, fragte Phuphiji, sie zahle ihm sein Gehalt? Wie sonderbar, sagte sie, es sei doch gar nicht der Monatserste, nicht einmal annähernd, es sei gerade ungefähr die Mitte des Monats, und das sei doch gewiß kein Zeitpunkt, an dem jemand sein Gehalt bezahlt bekäme? Ehe sie noch weiterreden konnte, hatte der Lehrer das Geld aus der Tasche gezogen und ihr vor die Füße geworfen. Phuphiji sprang ein, zwei Schritte zurück, als wäre es ein gefährlicher Sprengstoff.»Schau dir das an«, schrie sie.»Sieh dir an, wie er sich benimmt!« Aber Shakuntala bückte sich rasch nach den

Geldscheinen und hob sie auf und lief ihm nach. Er war bereits ein gutes Stück die Straße entlanggegangen und drehte sich nicht um. Sie mußte ihn inständig bitten, stehenzubleiben. Als er es tat, drückte sie ihm das Geld in die Hand, und er nahm es und stopfte es gleichgültig in die Tasche und setzte dann seinen Weg die Straße hinunter fort.

Phuphiji hätte sich liebend gern bei Shakuntalas Mann beschwert, wagte es jedoch nicht. Ja, sie konnte es gar nicht, denn Shakuntalas Mann hörte ihr nie zu; wenn sie etwas von ihm wollte, brauchte sie stets Shakuntalas Vermittlung. Sie konnte nichts weiter tun, als um ihn herumzustreichen, während er bei seinem Essen saß. Sie schüttelte Kissen auf, die nicht aufgeschüttelt werden mußten, sie scheuchte Fliegen weg, die nicht vorhanden waren, und hielt düstere Selbstgespräche. Als sie allzu aufdringlich wurde, wandte er sich an Shakuntala und fragte:»Was sagt sie? Was will die alte Frau?« Dann gab es Phuphiji auf und setzte sich draußen hin; mit hochgezogenen Knien, den Kopf auf die Fäuste gestützt, hockte sie auf dem Boden wie eine Trauernde. Manchmal schlug sie sich mit einer Faust auf die Stirn.

Aber bei Manju hatte sie mehr Erfolg. Es gelang ihr, eher mit Anspielungen als mit unmittelbarem Erzählen, Manju ein Gefühl des Unbehagens, ja der Gefahr zu vermitteln. Sie nannte keine Zahlen, erweckte jedoch den Eindruck, daß große Geldsummen den Besitzer wechselten und daß dem Lehrer und seiner ganzen Familie ein Luxusleben ermöglicht werde mit Geld, das Shakuntala zur Verfügung stellte.»Ich höre, sie kaufen sich einen Fernsehapparat«, flüsterte Phuphiji.»Kannst du dir das vorstellen, solche Leute, die nicht mal fünf Rupien besitzen? Einen Fernsehapparat! Wo bekommen sie den her?« Und Manju, erschrocken und angstvoll, wich zurück vor Phuphijis Gesicht, ganz dicht vor ihres hingehalten. Shakuntala kam herein und fand sie in dieser Situation vor.»Was ist los?« fragte sie, von einer zur anderen blickend.»Wir unterhalten uns nur«, sagte Phuphiji.

Ein andermal deutete Phuphiji an, daß nicht nur Geld aus dem Haus gelangte, sondern auch andere Dinge.

»Was denn?« fragte Manju sie, die ein bißchen langsam war.

»Sehr kostbare Dinge«, sagte Phuphiji.

Manju sagte mit stockender Stimme:»Doch nicht – ?«
Phuphiji nickte und seufzte.
»Ihr *Schmuck*?« fragte Manju, eine Hand auf ihr Herz gepreßt.
Phuphiji starrte ins Leere.
»Mein Gott«, sagte Manju. Sie hob den kleinen Baba hoch und
umarmte ihn heftig, als wollte sie ihn gegen skrupellose Menschen
schützen, die darauf aus waren, ihn seines Erbes zu berauben.
Baba fing an zu weinen. Manju weinte mit ihm, und auch aus Phuphijis Augen quollen zwei kleine harte Tränen, wie aus einem Stein
gepreßt.
»Es ist wahr, sie ist in einer merkwürdigen Verfassung«, sagte
Manju. Sie erzählte Phuphiji, daß ihre Mutter ihr die neuen Ohrringe geschenkt hatte, aus gar keinem besonderen Anlaß, einfach
mit einer Handbewegung hatte sie beiläufig gesagt:»Nimm sie
dir.« So schenkte man doch keinen Schmuck weg, nicht einmal der
eigenen Tochter. Es deutete darauf hin, daß mit dieser Person
etwas nicht stimmte. Und wer weiß, wenn sie in einer derartigen
Verfassung war, was sie als nächstes tun würde – womöglich bereits tat – womöglich sagte sie bereits zu anderen Leuten:»Nimm
sie dir«, ebenso beiläufig, mit einer nachlässigen Handbewegung
auf alles, was einer Frau und einer Familie besonders kostbar ist.
Der Gedanke erfüllte Phuphiji und Manju mit Entsetzen, und als
Shakuntala hereinkam, blickten die beiden sie an wie jemanden,
der ihnen sehr fern und sehr gefährlich war.
Shakuntala bemerkte sie kaum. Ihre Gedanken waren Tag und
Nacht woanders, und sie sehnte sich nur danach, auf dem Dach zu
sitzen und ihren Gesang zu üben, während ihr der Lehrer zuhörte.
Aber neuerdings schien sie ihn zu langweilen. Er neigte dazu, immer kürzer dazubleiben, er gähnte und wurde unruhig und ging
weg, bevor sie fertig war. Wenn er so von ihr wegging, hörte sie auf
zu singen, blieb aber weiter allein auf dem Dach sitzen; sie atmete
schwer, als hätte sie Schmerzen, und wirklich war ihr Gefühl des
Unerfülltseins ein Schmerz und wich den ganzen Tag nicht von ihr.
Am schlimmsten war es, wenn er gar nicht kam. Und das geschah
immer häufiger. Tage vergingen, und sie sah ihn überhaupt nicht,
und sie sang auch nicht; dann kam er wieder – wenn sie am Morgen
das Dach betrat, fast ohne Hoffnung, und da war er. Er brachte

keine Entschuldigung vor für sein Fernbleiben, und sie verlangte auch keine. Sie begann sofort zu singen, dankbar und glücklich. Sie war ebenso dankbar und glücklich, wenn er Geld verlangte; es schien ihr eine solche Kleinigkeit, die sie damit für ihn tat. Phuphiji bemerkte alles – seine Abwesenheiten, ihre Darlehen. Sie sagte nichts zu Shakuntala, beobachtete sie aber. Manju kam oft, und die beiden saßen beieinander, und Phuphiji flüsterte Manju ins Ohr, und Manju weinte und blickte mit roten, vorwurfsvollen Augen ihre Mutter an.

Eines Abends waren sowohl Manju als auch Phuphiji zugegen, während Shakuntala ihrem Mann das Essen vorlegte. Als er zu Ende gegessen hatte und seine Hand in die Fingerschale tauchte, die ihm seine Frau hielt, erhob sich Phuphiji plötzlich, trat nahe an Shakuntala heran, stellte sich auf die Zehenspitzen und blickte auf ihr Ohr. Sie schaute angestrengt hin und zwinkerte, als könnte sie nicht sehr gut sehen – sie mit ihren Augen, scharf und spitz wie Nadeln. »Sind die neu?« fragte sie.

»Er hat sie mir gegeben, als Manju geboren wurde«, erwiderte Shakuntala ganz ruhig und lächelte sogar ein wenig über Phuphijis durchsichtige Taktik.

»Ach ja«, sagte Phuphiji und machte eine Pause. Ihre Nase juckte, und sie kratzte daran, indem sie mit dem Handrücken darauf drückte und immer im Kreis daran rieb. Als sie damit fertig war, sie hatte eine sehr rote Nase bekommen und Tränen in den Augen von dieser Anstrengung, sagte sie: »Aber er hat dir doch ein Paar neue gegeben?«

»Ja«, sagte Shakuntala.

»Ich hab sie lange nicht gesehen«, sagte Phuphiji. Sie wandte sich an Manju: »Hast du sie gesehen?«

Manju schwieg. Shakuntala spürte, wie mühsam sie sich beherrschte, und Phuphiji desgleichen. Beide waren voll nervöser Spannung, was bei diesem Auftritt herauskommen würde. Shakuntala jedoch stellte fest, daß ihr das vollkommen gleichgültig war.

Phuphiji wandte sich an Shakuntalas Mann: »Hast du sie gesehen?« fragte sie. »Wo sind sie? Diese neuen Ohrringe, die du ihr gegeben hast?«

Shakuntala wußte, daß Phuphiji und Manju nur darauf warteten, daß sie etwas sagte, um das, was sie sagen würde, abstreiten zu können. Sie sagte jedoch nichts und reichte ihrem Mann nur das Handtuch, damit er sich die Hände abtrocknen konnte. Sie wollte nicht, daß Manju etwas sagen oder tun mußte, das ihr nachher leid täte. »Warum fragst du sie nicht?« sagte Phuphiji. »Na, so frag sie schon: Wo sind diese neuen Ohrringe, die ich dir gegeben habe? Frag. Damit wir hören, was sie dazu zu sagen hat.«

Eine Sekunde lang sah ihr Mann Shakuntala an; seine Augen glichen denen eines alten Bären, der aus dem Winterschlaf erwacht. Aber im nächsten Moment hatte er das Handtuch zu Boden geworfen und trampelte wütend darauf herum. Er brüllte Phuphiji an und beschimpfte sie. Er sagte, er komme nicht nach Hause, um von einem Rudel Weiber belästigt und gestichelt zu werden, er erwarte etwas anderes nach einem Tag voll anstrengender Arbeit. Er schrie auch Manju an und fragte sie, weshalb sie ihm am Hals hänge, sie solle doch nach Hause gehen und ihrem Mann am Hals hängen, wozu hatte man sie für ungeheuerliche Kosten verheiratet? Manju brach in Tränen aus, aber das war nichts Neues, und niemand versuchte, sie zu trösten, nicht einmal Phuphiji, die geschäftig die schmutzigen Teller abräumte, geduldig und an Niederlagen gewöhnt.

Diese Nacht verging langsam für Shakuntala. Voller ruheloser Gedanken lag sie neben ihrem Mann. Aber als der Morgen kam und ihr Lehrer wieder nicht auftauchte, zögerte sie nicht mehr. Sie ging geradewegs zu seinem Haus. Sie durchquerte seinen Hof, wo sie Sperrholzstücke zusammennagelten, die Treppe hinauf, an der Musikschule vorbei und zu seiner Tür hin. Ein großes Vorhängeschloß hing davor. Das brachte sie aus der Fassung, aber nur für einen Augenblick. Sie ging hinunter zur Musikschule. Etliche dünne Männer in ärmlicher Kleidung saßen auf dem Fußboden, probierten Trommeln aus und stimmten Saiteninstrumente; sie betrachteten sie neugierig, und noch neugieriger, als sie nach ihm fragte. Sie sahen sich achselzuckend an und lachten. »Weiß Gott«, sagten sie. »Seit sie weg ist, ist er mal hier, mal da.« »Wer weg ist?« fragte Shakuntala. Sie sahen sie wiederum an und wunderten sich. »Seine Frau«, sagte einer von ihnen schließlich. Shakuntala schwieg, und und die Männer schwiegen auch. Sie wußte nicht, was sie noch fragen sollte. Sie drehte sich um und ging die Treppe hinunter. Einer von ihnen ging ihr nach und blickte vom Treppenabsatz auf sie hinunter. Als fiele ihm nachträglich noch etwas ein, rief er: »Er sitzt in den Restaurants herum!« Sie ging durch den Hof, wo sie aufhörten zu hämmern und ihr ebenfalls neugierig nachsahen.

Shakuntala hatte ihr ganzes Leben in der Stadt gelebt, aber nur bestimmte begrenzte Gegenden darin waren ihr vertraut. Es gab andere, von denen sie wußte, die sie gesehen hatte und nicht umhin konnte, auf dem Weg woandershin zu durchqueren, die jedoch rätselhaft und für sie verbotene Gegenden waren. Eine davon war die Straße, wo die Sängerinnen und Tänzerinnen wohnten, und eine andere die Straße, in der die Restaurants lagen. Die beiden gingen ineinander über, und um zu den Restaurants zu gelangen, mußte Shakuntala erst durch die andere Straße gehen. Sie war gesäumt von Läden, die bunte Büstenhalter verkauften, Parfüms und Filigranketten, und über den Läden waren Balkone, auf denen die Mädchen saßen. Unten standen in kleinen Gruppen zusammengedrängt Männer mit betelfleckigen Mündern; sie sahen Shakuntala an, und manche machten galante Bemerkungen, als sie vorüberging. Hier und da kam von oben das Klirren von Knöchel-Glöckchen und ein paar Takte, die jemand zur Übung auf einer Trommel schlug. Die Straße der Restaurants war viel stiller. Hinter den geschlossenen Restauranttüren drang kein Laut hervor. Sie hießen »Bombay-Haus«, »Schalimar«, »Mona Lisa«, »Tadsch Mahal«. Shakuntala zögerte nur vor dem ersten, und auch dann nur einen Moment, ehe sie die Tür aufstieß. Innen sahen sie meist fast gleich aus, mit einer Menge abblätternder Gips-Verzierungen und dem Geruch nach gebratenem Essen, Tabak und parfümiertem Öl. Die Kundschaft glich einander ebenfalls. Es war keine Frau darunter, und Shakuntalas Gegenwart erregte Aufmerksamkeit. Es gab einiges Gelächter und, trotz ihres Alters, auch die galanten Bemerkungen, die sie von den Männern auf der Straße zu hören bekommen hatte.

Sie fand ihn im dritten Restaurant, das sie betrat (Bombay-

Haus). Er gehörte zu einer Gruppe, die auf einer roten Lederbank an der Wand saß, hinter einem mit Tellern und Gläsern vollgeräumten Tisch. Er trommelte mit einer Hand rhythmisch auf den Tisch und wiegte sich und nickte mit dem Kopf im Takt zu einer Melodie, die er in seinem Innern spielte. Als Shakuntala an den Tisch herantrat, wunderten sich die anderen Männer, die mit ihm zusammensaßen; ihre Kinnladen hörten auf mit Betelkauen und fielen herunter. Nur er wiegte sich weiter und trommelte zu der Melodie in seinem Kopf. Eine Weile ließ er sie dort stehen, dann sagte er zu den anderen:»Sie ist meine Schülerin. Ich gebe ihr Gesangsunterricht.« Er fügte hinzu:»Sie ist eine Hausfrau«, und kicherte. Niemand sonst sagte etwas oder rührte sich. Sie bemerkte, daß sein Blick schwer war und ein entrückter, seliger Ausdruck in seinen Augen lag.

Er erhob sich, warf etwas Geld auf den Tisch und verließ das Restaurant. Sie folgte ihm, den gleichen Weg zurück, den sie gekommen war, an den Restaurants vorbei und durch die Straße der Sängerinnen und Tänzerinnen. Er ging die ganze Zeit vor ihr her. Er sang noch immer die gleiche Melodie vor sich hin und war noch immer bei der Einleitung, ließ die Raga sich langsam und weitläufig entwickeln. Seine Hand machte begleitende Bewegungen durch die Luft. Er winkte auch Leuten, die ihn unterwegs grüßten, und manchmal den Mädchen, wenn sie von den Balkonen zu ihm hinunterriefen. Er schien eine bekannte Figur zu sein. Wie sie so hinter ihm herging, erinnerte sich Shakuntala an die vielen Male, da sie in der Tür ihres Hauses gestanden und ihm nachgeblickt hatte, wie er langsam und lässig von ihr weg die Straße hinunterging, wie einer, der alle Zeit der Welt zu seiner Verfügung hat; nur mußte sie jetzt nicht in ihr Haus zurückgehen, nein, sie folgte ihm und ging hin, wo er hinging. Die Melodie, die er sang, begann auch in ihrem Kopf, und sie lächelte dazu und ließ sie sich in all ihrer Herrlichkeit entfalten.

Er führte sie zu seinem Haus zurück, und sie gingen die Treppe hinauf, und zuerst sahen ihnen die Männer im Hof und dann die Männer in der Musikschule nach. Er sperrte das große Vorhängeschloß vor seiner Tür auf. Drinnen war alles wie zuvor, als sie ihn in seiner Krankheit besucht hatte, nur daß die Nähmaschine weg war und die Luft noch stickiger, weil seit langem niemand das Fenster geöffnet hatte. Sein Lager, das aus einer Matte und einem zerwühlten Laken bestand, war so, wie er es am Morgen verlassen haben mußte. Er verschwendete keine Zeit, sondern trat sogleich nahe an sie heran und fingerte an ihren Kleidern und an seinen eigenen herum. Er war ungefähr im gleichen Alter wie ihr Mann, aber hager, hart und ungeduldig; als er über ihr war, sah sie seine von Drogen verschleierten Augen so voller Seligkeit, und er lächelte noch immer über die Melodie, die er für sich selbst spielte. Und diese Melodie klang auch in ihr weiter. Er drang in dem Augenblick in sie ein, als die Struktur der Raga voll entwickelt war und die Kombination der Töne auf und ab gespielt wurde, vor und zurück, sehr schnell. Sie wußte, von hier gab es kein Zurück. Aber wer würde zurückwollen, wer würde diesen Zustand der Seligkeit gegen einen anderen tauschen wollen?

R O S E N B L Ä T T E R

Er genießt es, Kabinettsminister zu sein, er findet es wunderbar. Sein persönlicher Diener kommt ihn frühmorgens wecken mit seinem Tee, und er steht auf und fängt an sich anzukleiden, bereit, den Strom von Besuchern zu empfangen, die sich unten schon zu versammeln beginnen. Er glaubt, ich schlafe noch, aber ich bin wach und weiß, was er tut. Manchmal blinzle ich verstohlen zu ihm hin, wie er in unserem Schlafzimmer umhergeht. Wie dick und alt er geworden ist; und er macht ein wichtiges Gesicht, sogar wenn er so allein ist wie jetzt und glaubt, niemand sehe ihm zu. Er runzelt die Stirn und denkt an seine sämtlichen bedeutsamen Angelegenheiten. Vielleicht probt er eine Parlamentsrede. Ich sehe seine Lippen sich bewegen, und manchmal schüttelt er den Kopf und gestikuliert, als spräche er mit jemandem. Er zwängt sich in seine enge baumwollene Hose; er hat sich noch immer nicht ganz an diese indische Kleidung gewöhnt, aber er trägt jetzt keine andere mehr. Früher einmal waren nur in London geschneiderte Anzüge gut genug für ihn. Jetzt hängen sie ungetragen im Schrank.

Ich stehe erst etliche Stunden später auf, wenn er aus dem Haus gegangen ist. Ich stehe nicht gern früh auf, und außerdem gibt es nichts zu tun. Ich liege bei vorgezogenen Vorhängen im Bett. Sie haben eine goldgelbe Farbe, wie Honig, und der Teppich auch und die Kissen und alles; deshalb ist das Licht im Zimmer ebenfalls honigfarben. Nach einer Weile kommt Mina herein. Sie setzt sich aufs Bett und redet mit mir. Sie ist fix und fertig angezogen und sehr sauber und ordentlich. Für gewöhnlich frühstückt sie mit ihrem Vater; sie gießt ihm den Tee ein und auch den Gästen, falls welche da sind, und interessiert sich für das, was geredet wird. Auch ihr gefällt es, daß ihr Vater Kabinettsminister ist. Sie möchte ihm bei seiner Arbeit behilflich sein und liest sämtliche Zeitungen und ist sehr gut informiert über die laufenden Angelegenheiten. Sie beabsichtigt, an die Universität zurückzugehen und einen Kurs in politischer Wissenschaft und Wirtschaftskunde zu belegen. Wir reden darüber, während sie auf meinem Bett sitzt. Sie hält meine Hand in der ihren und spielt damit. Ihre Hand ist breiter als meine, und sie schneidet ihre Nägel kurz und verwendet keinen Nagellack oder ähnliches. Ich schaue in ihr Gesicht. Es ist so jung und ernst; sie runzelt ein wenig die Stirn, wie ihr Vater, wenn er über etwas Ernsthaftes spricht. Ich liebe sie so sehr, daß ich die Augen schließen muß. Ich sage: »Gib mir einen Kuß, mein Schatz.« Sie beugt sich herab und tut es. Sie riecht nach Palmolive-Seife. Bis ich aufstehe, hat auch Mina das Haus verlassen. Sie hat viele Interessen und Beschäftigungen. Jetzt bin ich allein im Haus mit den Dienstboten. Ich stehe auf und gehe hinüber an meinen Frisiertisch, um mich dort im Spiegel zu betrachten. Das tu ich immer als erstes, wenn ich aufstehe. Es ist eine Angewohnheit, die ich von früher beibehalten habe, als ich noch großes Interesse an meiner Erscheinung hatte und es mir solche Freude bereitete, in den Spiegel zu schauen, daß ich immer ganz eifrig aus dem Bett sprang, um mich zu betrachten. Jetzt ist die Freude vergangen. Wenn ich nicht so genau hinschaue, bei vorgezogenen Vorhängen und in dem ganz honigfarbenen Zimmer, scheine ich nicht so viel anders auszusehen als seinerzeit. Aber manchmal bin ich mir selbst gegenüber boshaft gestimmt. Ich strecke die Hand aus und hebe den gelben Seidenvorhang. Das Licht fällt direkt auf den Spiegel, und ja, jetzt kann ich sehen, daß ich doch ganz anders aussehe als früher.

Biju kommt jeden Tag. Oft sitzt er bereits da, wenn ich hinunter komme. Er liest die Zeitung, aber nur die Kinoprogramme und Restaurant-Inserate und vielleicht die Lokalnachrichten, falls ein Mord geschehen ist oder irgendein interessantes gesellschaftliches Ereignis stattfand. Er bleibt für gewöhnlich den ganzen Tag. Er muß nirgends hingehen und hat nichts zu tun. Jeden Tag fragt er: »Wie geht es dem Minister?« Jeden Tag macht er sich über ihn lustig. Das macht mir Spaß, und auch ich mache mich lustig über ihn, gemeinsam mit Biju. Sie sind Cousins, waren jedoch seit jeher sehr verschieden. Biju liebt ein angenehmes Leben, keine Arbeit, gutes Essen und Trinken. Der Minister liebt ebenfalls gutes Essen und Trinken, aber er kann nicht wie Biju den ganzen Tag mit einer Frau in einem Haus sitzen. Er muß immer etwas tun, sonst wird er unruhig und er bekommt schlechte Laune. Bijus Laune ist nie schlecht, obwohl er manchmal melancholisch ist; dann rezitiert er traurige Gedichte oder spielt traurige Musik auf dem Grammophon.

Ziemlich häufig haben wir Mittags- oder Abendgesellschaften im Haus. Natürlich ist das dann immer eine Party des Ministers, und die Gäste sind alle seine Gäste. Für gewöhnlich sind es ein oder zwei Kabinettsminister, ein Botschafter, ein paar Zeitungsherausgeber – solche Leute. Biju bleibt gern zu diesen Parties da, ich weiß nicht, warum, sie sind nicht besonders interessant. Er geht im Salon umher und redet mit jedem. Biju sieht vornehm aus – er ist groß und gut gebaut, und obwohl er schon fast eine Glatze hat, trägt er lange Koteletten; er ist immer gut angezogen in einem englischen Anzug, genauso wie ihn der Minister zu tragen pflegte, bevor er zu indischer Kleidung überging. Die Gäste sind von Biju beeindruckt und reden mit ihm, als wäre er so gescheit und bedeutend wie sie selbst. Sie kommen nie darauf, daß er es nicht ist, denn er spricht mit einem sehr imposanten englischen Akzent und ist bereit, über jedes beliebige Thema zu reden.

Auch Mina gefallen die Parties ihres Vaters, und sie mischt sich unter die Gäste und hört der intelligenten Unterhaltung zu. Aber mir gefallen sie überhaupt nicht. Ich rede mit den Ehefrauen, aber es ermüdet mich, mit Fremden über Dinge zu reden, die mich nicht interessieren; ich stehle mich sehr bald davon in der Hoffnung, daß sie glauben, ich müsse das Dienstpersonal in der Küche beaufsichtigen. Tatsächlich betrete ich die Küche überhaupt nicht – es ist nicht nötig, denn unsere Köche sind schon lange bei uns; statt dessen lege ich mich irgendwo auf ein Sofa oder setze mich in den Garten, wo mich keiner finden kann. Nur Biju findet mich früher oder später, und dann bleibt er bei mir und redet mit mir über die Gäste. Er imitiert den Akzent eines ausländischen Botschafters oder zeigt mir, wie einer der Kabinettsminister Nüsse knackt und die Schalen ausspuckt. Er bringt mich zum Lachen, und ich sitze gern dort im Garten mit ihm, wo es so still ist und die Vögel alle in den Bäumen schlafen und der Mond mit silbernem Licht herabscheint. Ich wünschte, wir müßten nicht zurückgehen. Aber ich weiß, wenn ich zu lange wegbleibe, wird mich der Minister vermissen und ärgerlich werden und Mina schicken, mich suchen. Und wenn sie uns gefunden hat, wird sie ebenfalls ärgerlich sein – sie wird dastehen und uns streng anschauen, als wären wir zwei Kinder, denen man nicht trauen kann.

Mina ist oft verärgert über uns. Sie hält uns Vorträge. Manchmal kommt sie früher nach Hause als üblich und findet mich auf dem Sofa liegend vor und Biju neben mir sitzend, mit einem Drink in der einen Hand und einer Zigarre in der anderen. Sie sagt:»Habt ihr nichts anderes zu tun?«

Biju sagt:»Was sonst gibt es denn zu tun?«

»Du bist schrecklich!« Aber sie kann sich jetzt nicht weiter mit uns befassen. Sie ist sehr hungrig und wüßte gern, was sie essen könnte. Ich läute dem Diener und ordne an, daß man Mina ein Tablett mit Erfrischungen bringt. Sie sitzt bei uns, während sie ißt. Nach einer Weile fühlt sie sich wieder genügend gestärkt, um mit uns zu reden. Sie fragte:»Willst du nicht etwas Konstruktives tun?«

Biju denkt eine Weile darüber nach. Er betrachtet prüfend die Spitze seiner Zigarre, während er nachdenkt, dann sagt er:»Nein.«

»Aber du solltest es tun. Jeder sollte es. Es gibt so viel zu tun! Auf jedem nur denkbaren Gebiet.« Sie leckt sich die Krümel von den Fingerspitzen – ich murmle automatisch:»Kind, nimm die Serviette«, und als sie die Finger gesäubert hat, benützt sie sie zum Aufzählen:»Auf sozialem, pädagogischem, im Bildungsbereich. Kulturell – da fällt mir ein: Kommt ihr zu der Aufführung von dem Stück?«

»Welchem Stück?«

»Ich erzähl euch schon seit *Wochen* davon.«

»Ach ja, natürlich«, sage ich.»Ich erinnere mich.« Ich erinnere mich nicht wirklich, aber ich weiß andeutungsweise, daß ihre Freunde ständig irgendwelche Avantgarde-Stücke aufführen, übersetzt aus dem Französischen oder Deutschen oder Rumänischen. Mina selbst hat kein schauspielerisches Talent, aber sie nimmt regen Anteil an diesen Aktivitäten. Sie ist oft bei den Proben dabei, und wenn die Aufführung näherrückt, ist sie eifrig mit dem Verkauf von Karten beschäftigt und damit, Ladenbesitzer zu überreden, ihr das Anbringen von Plakaten in den Schaufenstern zu gestatten.

»Das wird diesmal wirklich etwas ganz Besonderes. Es ist ein schwieriges Stück, aber wahnsinnig interessant, und Bobo Oberoi ist einfach großartig als Gott Vater. Was der Junge für ein Talent hat, phantastisch.« Sie seufzt vor Bewunderung, aber im nächsten

Augenblick fällt ihr etwas ein, und sie schaut Biju und mich mißtrauisch an:»Ihr könnt natürlich Karten kaufen, ich werde euch auf
jeden Fall welche verkaufen, aber ich hoffe, ihr benehmt euch besser als letztes Mal.«

Biju macht ein schuldbewußtes Gesicht. Es stimmt, er hat sich
letztes Mal nicht sehr gut benommen. Es war ein langes Stück und
wiederum ein schwieriges. Biju wurde unruhig – er seufzte und
kreuzte die Beine einmal nach der einen Seite und einmal nach der
anderen und fragte mich immerzu, wie lange es denn noch dauern
würde. Schließlich entschloß er sich, hinauszugehen und zu rauchen
und drängte sich durch die Sitzreihe, so daß die Leute entweder
aufstehen mußten oder ihre Beine zur Seite quetschen, um ihn
durchzulassen, während er mit lauter Stimme »Entschuldigen Sie«
sagte und die Leute in den hinteren Reihen »Psst« zischelten.

»Warum spielen sie nicht eines dieser netten Musicals?« fragt
Biju jetzt, während Mina den letzten Keks von ihrem Teller nimmt
und ihn mit einem Glas Milch hinunterspült. Sie antwortet ihm
nicht, sondern schaut nur gereizt drein.»My Fair Lady«, beharrt
Biju.»Funny Girl.«

Minas Gesichtsausdruck wird immer gereizter, und ich sage
ihm, er soll ruhig sein.

»Wenn ihr euch wenigstens *bemühen* würdet«, sagt Mina und
versucht, geduldig zu bleiben, mit beinahe flehender Stimme.»Mit
der Zeit zu gehen. Die heutige Denkweise zu verstehen.«

Ich versuche, uns zu entschuldigen.»Wir sind zu alt, mein
Schatz.«

»Das hat nichts mit Alter zu tun. Das ist Einstellungssache,
weiter nichts. Schau dir doch Daddy an.«

»Oho«, sagt Biju.

»Er ist genauso alt wie du.«

»Zwei Jahre älter«, sagt Biju.

»Na siehst du.«

Biju hebt sein Glas, als wollte er jemandem zutrinken, und dabei bekommt sein Gesicht einen so würdigen und ehrfürchtigen
Ausdruck, daß es mir schwerfällt, nicht zu lachen.

Dem Minister ist sehr daran gelegen, »mit der Zeit zu gehen«. Das war immer einer seiner beliebtesten Aussprüche. Selbst als er jung war und lange, bevor er in die Politik ging, war er nie damit zufrieden, zu tun, was alle anderen taten – sich um seine Besitzungen zu kümmern, die Jagd und andere Sportarten und die Gastfreundschaft zu pflegen – nein, das genügte ihm nicht. Als wir jung verheiratet waren, hielt er mir immer lange Vorträge, so wie jetzt Mina – daß man die Zeiten ändern und Indien aufbauen müsse und daß jeder sein Teil dazu beizutragen habe – er sprach lange zu mir darüber und wurde dabei immer aufgeregter und begeisterter; nur habe ich ihm nicht allzu aufmerksam zugehört, weil es mich, so wie jetzt bei Mina, so glücklich machte, ihn nur anzuschauen, während er redete, daß es keine Rolle spielte, was er sagte. Wie gut er damals aussah! Seine Augen funkelten, und er war groß und stark und schien stets in großer Eile zu sein, als erwarteten ihn schwierige Aufgaben.

Wenn er eine Treppe hinaufging, nahm er immer zwei oder drei Stufen auf einmal, Türen knallten hinter ihm zu, seine Stimme klang laut und gebieterisch wie die eines Königs in der Schlacht, auch wenn er nur nach dem Diener rief, der ihm seine Schuhe bringen sollte. Er verlor sehr oft die Geduld mit mir, weil ich, wie er sagte, langsam und faul wie ein Elefant war, und wenn er hinter mir ging, klopfte er mir auf die Hüften (die schon immer ziemlich breit waren) und sagte: »Na, geh schon.« Damals wollte er, daß ich alles mitmachte, was er tat. Einmal hatte er einen neuen Dünger importiert, der Wunder wirken sollte; und zusammen gingen wir durch die Felder, um die Wirkung zu begutachten (die keine gute war: ein Teil der Maisernte ging davon ein). Ein andermal reisten wir nach Japan, um das dortige System des Hotel-Managements zu studieren, weil er erwog, eines unserer Häuser in ein Hotel umzubauen. Dann hatte er die Idee, daß er gern eine Fabrik zur Herstellung von Stahlrohren errichten würde, und wir gingen nach Rußland, um uns dort die Herstellung anzusehen. Wo wir auch hinfuhren, er machte immer ein umfangreiches Programm für uns, das ich sehr ermüdend fand; aber da er selber nie eine Ruhepause brauchte, konnte er nicht begreifen, warum ich es sollte. Er fing an, mich auf diesen Reisen als Hindernis zu empfinden, und im Lauf der Jahre lag ihm immer weniger daran, mich mitzunehmen.

Glücklicherweise kam gerade um diese Zeit Biju aus dem Ausland zurück, und er fing an, viel Zeit bei mir zu verbringen, so daß ich mich nicht allzu einsam fühlte. In der Familie hieß es, Biju sei all diese Jahre in Übersee gewesen, um zu studieren, aber selbstverständlich war es wohlbekannt, daß er nicht gar so viel studiert hatte. Schon in diesem Alter war er sehr bequem und tat nicht gern etwas anderes, als sich zu unterhalten und es sich gut gehen zu lassen. Anfänglich, nachdem er zurückgekommen war, fuhr er ziemlich häufig nach Bombay, um Freunde zu treffen und zu tanzen und zu den Rennen zu gehen, aber später machte er sich nicht mehr so viel aus diesen Vergnügungen und lebte auf seinen Ländereien, die nicht weit von unseren liegen, oder im Sommer, wenn wir nach Simla hinaufgingen, nahm er sich auch ein Haus dort. Alle wollten unbedingt, daß er heirate, und seine Tanten fanden ständig passende Mädchen für ihn. Aber sie gefielen ihm alle nicht. Er sagt, er habe meinetwegen nicht geheiratet, aber das ist nur seine Ausrede. Er war einfach zu bequem, sich mit irgend etwas zu belasten.

Es ist nicht leicht, die Frau eines Ministers zu sein. Ich werde aufgefordert, alle möglichen Dinge zu tun, die ich nicht tun mag. Man fordert mich auf, in Wohltätigkeits-Komitees mitzuwirken und bei kulturellen Veranstaltungen Preise zu vergeben. Ich möchte nein sagen, aber der Minister sagt, das ist meine Pflicht, also gehe ich hin. Aber ich mache es sehr schlecht. Alle anderen Damen sind gewöhnt, in Komitees mitzuwirken, und sie halten Reden und wissen genau, was man erwartet. Manchmal ereifern sie sich sehr, besonders wenn sie sich gegenseitig in irgendwelche Subkomitees zu wählen haben. Sie möchten alle in so vielen Komitees sitzen wie nur möglich. Nicht aus irgendwelchen selbstsüchtigen Gründen, sondern weil sie glauben, es sei notwendig für das Wohl Indiens. Jede beweist der anderen Punkt für Punkt, wie notwendig es ist, und sie debattieren hitzig miteinander. Manchmal wenden sie sich an mich und fragen mich nach meiner Meinung, aber ich habe keine Meinung, ich weiß nicht, worüber sie debattieren. Dann wenden sie sich wieder von mir ab und reden weiter miteinander, und obwohl sie höflich zu mir sind, weiß ich, sie haben keine sehr hohe Meinung von mir und finden, ich bin es nicht wert, die Frau eines Ministers zu sein. Ich wünschte, Mina könnte statt meiner dort sein. Sie wäre fähig so zu reden wie sie, und die anderen Frauen würden sie respektieren.

Wenn ich irgendwo eine Rede halten muß, dann schreibt sie immer Mina für mich. Sie schreibt eine wunderschöne Rede, und dann läßt sie sie mich üben. Sie ist sehr gründlich und sehr streng mit mir. »Nein!« ruft sie, »nicht: ›Jeder von uns trägt die Last der Verantwortung‹, sondern: ›Jeder von uns trägt die Last der *Verantwortung*!‹« Ich fange von vorne an und sag es so, wie sie es von mir will und so oft sie will, bis sie endlich zufrieden ist. Sie ist nie vollkommen zufrieden am Ende einer Probe, sie seufzt und schaut mich zweifelnd an. Und sie hat recht, zu zweifeln, denn wenn es soweit ist, daß ich die Rede halten muß, vergesse ich alles, was wir geprobt haben, und lese sie nur so schnell wie möglich herunter. Wenn ich nach Hause komme, fragt sie mich, wie es gegangen ist, und ich erzähle ihr, daß alle die Rede gelobt und gesagt haben, daß sie voller schöner Worte und Gedanken sei.

Aber einmal ist sie mitgegangen. Es war ein Sportfest in einer Schule, und es war wirklich ganz nett, nicht so wie bei etlichen der anderen Veranstaltungen, zu denen ich gehen muß. Wir saßen alle auf Stühlen auf dem Sportplatz der Schule und genossen die Wintersonne. Mina und ich saßen in der ersten Reihe mit der Schuldirektorin und den Erziehern und noch einigen Leuten, die man uns vorgestellt hatte, aber ich konnte mir nicht merken, wer sie waren. Die Mädchen führten ein Schauturnen und rhythmische Gymnastik vor, und sie veranstalteten alle möglichen Wettläufe. Sie wurden vom Schulorchester begleitet, und eine der Lehrerinnen kündigte jede Nummer über das Mikrophon an, das jedoch nicht ganz in Ordnung war, so daß man die Ankündigung nicht besonders gut verstehen konnte. Ab und zu erklärte die Direktorin etwas, und ich nickte und lächelte, obwohl ich – wegen des Lärms von dem Lautsprecher und der Kapelle – nicht hören konnte, was sie sagte. Die Sonne schien warm auf mein Gesicht und ich schloß halb die Augen, und die Mädchen waren ein hübscher, verschwimmender Farbfleck. Mina stieß mich in die Seite und flüsterte: »Mami, schläfst du ein?«, daher öffnete ich rasch wieder die Augen und klatschte laut beim Ende des Stückes und wandte mich lächelnd der Direktorin zu, die zurücklächelte.

Als es Zeit für meine Rede war, stand ich ganz fröhlich auf und las sie von dem Manuskript ab, das Mina für mich vorbereitet hatte. Das Mikrophon krachte ziemlich laut, daher glaube ich nicht, daß meine Rede sehr deutlich zu hören war, aber das schien niemanden zu kümmern. Und mich kümmerte es auch nicht. Dann verlieh ich die Preise, und alles war vorbei, und wir konnten nach Hause gehen. Ich war guter Dinge und erleichtert wie immer, wenn eine dieser Veranstaltungen zu Ende ist, aber sobald wir allein zusammen im Auto waren, fing Mina an, mir Vorwürfe zu machen darüber, wie ich meine Rede gehalten hatte. Sie war ganz aufgebracht, nicht weil ich ihre Rede ruiniert hatte – das mache nichts, sagte sie –, aber weil sie mir gleichgültig gewesen war. Die ganze Veranstaltung war mir gleichgültig gewesen; ich nahm die Dinge nicht ernst.»Du bist sogar eingeschlafen«, warf sie mir vor.

»Nein, nein, die Sonne hat mir in die Augen geschienen, deshalb habe ich sie zugemacht.«

»Warum bist du so? Du und Onkel Biju. Nichts nehmt ihr ernst. Das Leben ist nur ein Spiel.«

Ich schwieg. Es tat mir leid, daß sie so enttäuscht von mir war. Schweigend fuhren wir weiter. Ich hatte den Kopf von ihr weggedreht. Ich blickte zum Fenster hinaus, aber ich sah nichts. Hin und wieder entschlüpfte mir ein Seufzer. Dann, nach einer Weile, legte sie ihre Hand auf meine. Ich drückte sie, und Mina rückte näher und legte ihren Kopf auf meine Schulter. Wie lieb sie mir vergab, wie zärtlich sie an mir hing. Ich legte meine Lippen auf ihr Haar und küßte es immer wieder.

Ist das Leben für Biju und mich nur ein Spiel? Ich weiß es nicht. Es stimmt, wir lachen viel miteinander und haben unsere Späße, von denen Mina sagt, daß sie kindisch sind. Auch der Minister wird ungeduldig mit uns, obwohl wir immer auf der Hut sind, nicht zuviel zu lachen, wenn er da ist. Er selber ist selbstverständlich sehr ernsthaft. Das wichtige Gesicht, mit dem ich ihn am Morgen aufstehen sehe, behält er den ganzen Tag bei, bis er abends ins Bett geht.

Und wenn er erst einmal im Bett ist, dann schläft er trotz all der bedeutsamen Angelegenheiten, von denen sein Tag voll ist, sofort ein, und sein Gesicht auf dem Kissen neben mir ist friedlich wie das eines Kindes. Ich wälze mich viele Stunden lang herum, und obwohl ich mich bemühe, es nicht zu tun, muß ich meistens meine Pillen nehmen. Auch Biju muß mit Pillen schlafen. Und er hat schreckliche Alpträume. Oft muß sein Diener ins Schlafzimmer gerannt kommen, weil er ihn vor Angst schreien hört, und er rüttelt ihn an den Schultern und ruft:»Sahib, Sahib!«, bis Biju aufwacht. Schreckliche Dinge geschehen in Bijus Träumen: Er stürzt Bergwände hinunter, Tiger springen zu seinem Fenster herein, er wird öffentlich am Galgen gehenkt. Wenn sein Diener ihn wachrüttelt, zittert er am ganzen Leib und ist schweißgebadet. Aber er ist froh, wach und am Leben zu sein.

Nichts dergleichen geschieht je in den Träumen des Ministers. Er hat keine Träume. Wenn er abends einschläft, tritt eine vollständige Leere ein, bis er am Morgen wieder aufwacht und beginnt, wichtige Dinge zu tun. Er sagt immer, daß er sehr viele Sorgen hat – sein ganzes Leben, erklärt er mir, ist eine einzige große Sorge, und manchmal hat er das Gefühl, als hätte er sämtliche Probleme der Regierung und des Landes auf seinen Schultern zu tragen –, und trotzdem schläft er so tief und ruhig. Ihn scheinen solche Gedanken, wie sie mir kommen, nie zu beunruhigen. Vielleicht hat er keine Zeit dafür. Ich seh ihn in den Spiegel schauen, aber er scheint das mit Befriedigung zu tun, er zieht seinen Überrock zurecht und streicht sich das Haar glatt und dreht sich hin und her, um sich von der Seite zu sehen. Er lächelt über das, was er sieht, es gefällt ihm. Mich wundert das – erinnert er sich nicht, wie er einmal war? Wie kann ihm dieser dicke alte Mann gefallen, der ihm jetzt entgegenblickt?

Es ist merkwürdig, wenn man jung ist, denkt man nicht, daß es einem je passieren könnte, alt zu werden. Oder vielleicht denkt man daran, aber man glaubt es nicht wirklich, nicht im innersten Herzen. Ich erinnere mich, daß wir einmal darüber sprachen, vor vielen Jahren, Biju und ich. Wir hielten uns damals in einem unserer Häuser an einem See auf. Wir haben dieses Haus nie viel benützt, weil es als Jagdhaus gebaut worden war, und keiner von uns machte sich viel aus der Jagd und dem Schießen. Ja, der Minister hatte sich entschieden davon losgesagt, aus, wie er es nannte, humanitären Gründen, und er klärte die Leute ständig über diese Gründe auf und hatte sogar eine Broschüre darüber drucken lassen; nur war sie von der lokalen Druckerei so schlecht ausgeführt worden, mit so vielen Rechtschreibfehlern, daß der Minister sich deshalb genierte und nicht wollte, daß sie verbreitet würde. Damals wohnten wir in der Jagdhütte, weil er auf eine Inspektionsreise dorthin gefahren war. Diese Inspektionsreisen waren auch eine seiner Lieblingsideen. Er unternahm sie immer ohne vorherige Ankündigung, damit die Leute, die die Besitzungen betreuten, das ganze Jahr über darauf gefaßt sein mußten. Manchmal nahm er eine ganze Gesellschaft von Gästen mit, aber damals waren es nur ich und Biju, der mitgekommen war, weil er dachte, er würde sich zu Hause allein langweilen.

Der Minister – natürlich war er damals noch nicht Minister – war damit beschäftigt, das Haus zu inspizieren, mit dem Finger über Simse zu fahren, ob sie staubig waren, und Speiseservice zu überprüfen, die seit zwanzig Jahren nicht benützt worden waren, während Biju und ich uns nach unserer Reise in dem kleinen roten Wohnzimmer ausruhten. Dieses Zimmer war mit vielen Kunstgegenständen ausgestattet, die mein Schwiegervater von seinen häufigen Reisen nach Europa mitgebracht hatte. An den Wänden hingen Ansichten von Venedig in Goldrahmen, und eine Ormolu-Uhr stand auf dem Kaminsims und daneben eine Lackkästchen-Spieluhr, die Biju ganz besonders faszinierte. Er spielte sie immer wieder und wieder. Das Haus war an einem See erbaut, und das Licht vom Wasser her erfüllte den Raum und wurde vom Glas der Venedigbilder zurückgeworfen, so daß die Wände schwankten und sich zu kräuseln schienen, als flössen die Wellen über sie hin. Die Spieluhr spielte eine sehr süße, traurige, klimpernde kleine Melodie, und Biju schien ihrer nicht müde zu werden, und ich auch nicht; ja, gerade daß sie immer wieder und wieder gespielt wurde, machte sie sogar irgendwie noch süßer und trauriger, so daß sich im tiefsten Inneren alle möglichen Gedanken und Gefühle regten. Wir tranken Orangenlimonade.

Biju sagte:»Wie, glaubst du, wird es sein, wenn wir alt sind?«

Diese Frage kam zwar vielleicht plötzlich, aber ich verstand, wieso sie ihm gerade in diesem Augenblick in den Kopf gekommen war. Ich sagte:»Genau wie jetzt.«

»Wir werden immer so zusammen sitzen?«

»Warum nicht?«

Zu jener Zeit war es mir nicht möglich, mir Biju alt vorzustellen. Er war sehr schlank und hatte einen dichten Haarschopf und trug einen gepflegten kleinen Schnurrbart. Er war ein wunderbarer Tänzer und kannte sämtliche der neuesten Schritte. Wenn er im Radio einen Fetzen Tanzmusik hörte, fingen seine Füße an, auf und ab zu tanzen.

Er zog die Spieluhr wieder auf, und die traurige kleine Melodie spielte. Der Gedanke, für alle Zeit so beieinander zu sein – stets in irgendeinem schönen Raum mit einer Aussicht aus den hohen Fenstern auf Wasser oder einen Rasen; oder heiße Sommernächte in einem Garten voller Düfte und darübergebreitet das Mondlicht, so weiß, daß es aussah wie Schnee – der Gedanke daran war traurig und doch auch irgendwie hübsch. Ich konnte mir uns eigentlich nicht alt vorstellen; nur genauso wie wir jetzt waren, höchstens mit weißem Haar.

»Und was ist mit der Revolution?« fragte ich.

Biju lachte:»Nein, dann werden wir überhaupt nicht mehr da sein.« Er legte seinen Kopf schief und deutete einen um seinen Hals liegenden Strick an.»An einem Laternenpfahl.«

Die Revolution war einer unserer Witze. Ich weiß nicht, ob wir wirklich glaubten, sie würde kommen. Ich glaube, wir hatten oft das Gefühl, sie sollte kommen, aber wenn wir darüber sprachen, dann nur, um darüber zu lachen und Witze zu machen. Der Minister allerdings sprach manchmal ernsthaft darüber, aber er glaubte nicht daran. Er sagte, Indien würde immer eine parlamentarische Demokratie bleiben, weil das die beste Regierungsform sei. Einmal waren wir alle drei mit dem Auto unterwegs, als wir von einigen Polizisten aufgehalten wurden. Sie waren sehr höflich und entschuldigten sich und forderten uns auf, doch bitte eine andere Strecke zu fahren, weil auf dieser einige Häuser des Elendsviertels abgerissen würden. Unser Fahrer versuchte umzudrehen, aber der Schalthebel blieb stecken und eine Weile kamen wir nicht von der

Stelle. Aus unserem Autofenster konnten wir eine Abteilung von Abrißarbeitern sehen, wie sie die Bruchbuden aus alten Konservendosen und Stöcken und Fetzen niederrissen, und wie die Leute, die in diesen Schuppen wohnten, aus den Trümmern zusammenklaubten, was sie konnten. Sie schauten nicht wütend aus, nur traurig, bis auf eine alte Frau, die ihre Faust hochreckte und etwas schrie, was wir nicht hören konnten. Sie rannte herum und geriet den Arbeitern in die Quere, bis ihr einer einen Stoß gab und sie hinfiel. Als sie wieder aufstand, hielt sie sich das Knie und hinkte, aber sie hatte aufgehört zu schreien, und auch sie fing an, unter den Trümmern zu wühlen. Der Minister wurde sehr ungeduldig, weil das Auto nicht weiterfuhr, und gab dem Fahrer eifrig Anweisungen. Als es uns schließlich gelang, wegzukommen, redete er die ganze Zeit über das Auto und daß es ein fehlerhaftes Modell sei – alle Modelle jenes Jahres waren es –, Autos seien wie die Jahrgänge beim Wein, sagte er, manche Jahrgänge wären gut und manche weniger gut. Ich glaube nicht, daß Biju ihm aufmerksamer zuhörte als ich. Er sagte die ganze Zeit nichts, aber später am Tag machte er eine Menge Witze über die Revolution und wie wir alle an Laternenpfählen aufgehängt werden würden oder, wenn wir Glück hätten, in die Salzminen arbeiten geschickt. Der Minister sagte: »Was für Salzminen? Du solltest wenigstens wissen, worüber du sprichst.«

Aber um auf jene Tage in dem Jagdhaus zurückzukommen: Nachdem er seine Inspektionsrunde beendet hatte, kam der Minister gemessenen Schrittes in das Zimmer und fragte: »Was macht ihr?«, und als wir ihm erzählten, daß wir über unsere alten Tage redeten, sagte er »aha«, als fände er das ein gutes Thema für eine Diskussion. Er hatte es gern, wenn Leute diskutierten und war ungehalten über Biju und mich, weil wir das nie taten.

»Wenn ich an mich im Alter denke«, sagte er, »dann denke ich in erster Linie: Was werde ich erreicht haben? Das heißt, was für ein Mensch werde ich sein? Denn ein Mensch kann nur nach dem beurteilt werden, was er erreicht hat.« Er ging im Zimmer hin und her und spielte ein eingebildetes Tennismatch: er servierte eingebildete Bälle scharf über ein eingebildetes Netz, streckte sich, daß seine Brust sich wölbte. »Ich habe es vor. Ich habe vor, ein sehr beschäftigter Mensch zu sein. Nicht nur, wenn ich jung bin, sondern

161

auch, wenn ich alt bin.« Er servierte weiterhin und mit solcher Energie, daß er ein wenig außer Atem kam. »Bis ganz zum Ende«, sagte er und schlug einen Smash.

»Out«, sagte Biju.

Der Minister wandte sich ihm verärgert zu. »Hundertprozentig in«, sagte er. »Und dreh diesen verdammten Lärm ab, er geht mir auf die Nerven.« Biju schloß die Spieluhr.

»Und ich werde euch noch etwas sagen«, erklärte der Minister. »Worauf es beim Alter ankommt, ist, daß man keine Angst davor haben darf. Ihm unerschrocken begegnet. Als einer Herausforderung, der man sich stellen muß wie jeder anderen und sie meistern. Der König von Schweden hat mit *neunzig* Jahren noch Tennis gespielt. Ich gedenke genauso zu sein.«

Wie befriedigt wäre er damals gewesen, hätte er gewußt, daß er einmal Kabinettsminister sein würde. Die Dinge haben sich eigentlich nicht viel anders entwickelt, als wir dachten. Der Minister ist beschäftigt, und Biju und ich sind es nicht. Wir sitzen im Zimmer und schauen hinaus in den Garten oder sitzen im Garten und freuen uns an den Bäumen und Blumen. Aber alt sein bedeutet nicht nur weißes Haar. Tatsächlich hat keiner von uns beiden gar so viel weißes Haar. (Miss Yvonne kümmert sich um meines, und Biju hat seines ohnedies fast ganz verloren.) Wir reden noch immer genauso wie früher und lachen und scherzen, aber – nein, es ist nicht wahr, daß das Leben ein Spiel für uns ist. Als wir jung waren, waren wir sogar gern traurig – wie etwa, als wir der Spieluhr zuhörten –, und selbst jetzt, wenn wir lachen, bin ich gar nicht so sicher, daß wir *wirklich* lachen. Nur ist es uns nicht möglich, auf die gleiche Weise ernst zu sein, wie es der Minister ist und Mina.

Jeder ist heutzutage ernst – alle Leute, die zu uns ins Haus kommen und die Damen in den Komitees –, ständig diskutieren sie und reden über wichtige Probleme. Dem Minister gefällt das natürlich sehr, und er hört fast nie auf zu reden. Er gibt der Presse lange Interviews und hält Ansprachen bei Versammlungen und spricht im Radio, und ständig »erörtert er seine Ideen«, wie er es nennt, mit den Leuten, die zu ihm kommen, und mit denen, die zu unseren Parties kommen, und mit Mina und Minas Freunden. Besonders gern redet er mit Minas Freunden, und kein Wunder, denn sie hängen an seinen Lippen bei jedem Wort, das er sagt, und obwohl sie ziemlich viel mit ihm debattieren, tun sie das mit großem Respekt. Er läßt sich richtig mitreißen von dem Gespräch mit ihnen und vergißt die Zeit, so daß seine Sekretärin kommen und ihn ermahnen muß. Dann springt er mit einem überraschten Ruf auf und schilt sie scherzhaft, daß sie ihn von seinen Pflichten abhalten; und dann lachen sie alle und sagen »Schönen Dank, Herr Minister«, und Mina küßt ihn auf die Wange und ist schrecklich stolz auf ihn. Der Minister sagt, es ist gut, mit jungen Menschen zusammen zu sein und ihren Ideen zuzuhören. Er sagt, es hält den Geist flexibel und in Form, um mit den Problemen von morgen ebensogut fertigzuwerden wie mit den heutigen. Auch Biju würde gern mit Minas Freunden reden. Ich sehe ihn in das Zimmer gehen, wo sie alle sitzen. Bevor er hineingeht, rückt er seine Krawatte zurecht und streicht sein Haar glatt, um besonders elegant auszusehen. Aber genaugenommen sieht er eher zu elegant aus. Er trägt einen englischen Anzug und hat ein nach Eau de Cologne duftendes Taschentuch kunstvoll in der oberen Brusttasche arrangiert. Er wirkt größer als alle anderen im Raum. Er fängt an, Konversation zu machen. Er sagt: »Hat jemand von Ihnen den neuen Film im Odeon gesehen?« in seinem knappen, sehr englischen Akzent, der die Leute bei den Gesellschaften des Ministers immer so beeindruckt. Aber diese jungen Leute sind nicht beeindruckt. Eher sehen sie verwirrt aus, als hätten sie nicht verstanden, was er gesagt hat, und er wiederholt seine Frage. Es sind höfliche junge Leute und sie antworten ihm höflich. Aber keiner von ihnen fühlt sich wohl dabei. Auch Biju ist verlegen; er räuspert sich und holt schwungvoll das Taschentuch aus der Brusttasche und hält es einen Augenblick an die Nase, als wollte er das Eau de Cologne riechen. Aber er möchte nicht weggehen, er möchte weiterreden. Er fängt an, ihnen eine lange Geschichte zu erzählen. Vielleicht über diesen Film, vielleicht über einen anderen Film, den er einmal gesehen hat, vielleicht von einem Vorfall aus seiner Vergangenheit. Die Geschichte dauert sehr lange. Manchmal lacht Biju mittendrin, und er ist enttäuscht, wenn niemand mitlacht. Er holt wiederum schwungvoll sein Taschentuch heraus und riecht daran. Seine Geschichte nimmt kein

Ende; sie hat kein Ende; er driftet ganz einfach irgendwann ab und sagt »ja«. Die jungen Leute warten geduldig, ob er noch etwas mehr sagen will. Er sieht so aus, als wollte er noch etwas sagen, aber ehe er noch dazu kommt, sagt Mina:»Ach, Onkel, ich glaube, Mami ruft dich.« Biju scheint ebenso erleichtert zu sein wie alle anderen, daß er eine Ausrede hat, wegzugehen.

Einmal rollten Mina und ihre Freunde den Teppich im Wohnzimmer zusammen und tanzten zu Schallplatten. Die Türen des Wohnzimmers waren weit offen, und das Licht und die Musik drangen hinaus in den Garten, wo Biju und ich uns aufhielten. Wir saßen auf einer Steinbank beim Springbrunnen und sahen ihnen zu. Sie stampften und bewegten sich ruckartig von einer Seite zur anderen zu, wie ich annehme, den neuesten Tänzen. Wir blieben sitzen und beobachteten sie lange. Biju war höchst interessiert und renkte sich den Hals aus, und manchmal sagte er:»Hast du das gesehen?«, und manchmal lachte er kurz auf, als traute er seinen Augen nicht. Ich war nur daran interessiert, Mina anzuschauen. Sie stampfte und machte die gleichen ruckartigen Bewegungen wie alle anderen, und sie hatte die Schuhe ausgezogen und ihren Schleier über die Schulter geworfen, so daß er hinter ihr her tanzte. Sie lachte und drehte sich und manchmal warf sie die Arme hoch in die Luft.

Biju sagte:»Magst du tanzen?«, und als ich den Kopf schüttelte, sprang er auf und fing an, für sich allein zu tanzen. Er versuchte, es so zu machen wie die jungen Leute drinnen. Es gelang ihm nicht, aber er probierte weiter. Er wollte, daß ich es auch versuchte, aber ich wollte nicht. Er sagte:»Na komm«, teils zu mir, teils zu sich selbst, während er seine Füße und seine Hüften dazu zu bringen versuchte, die richtigen Bewegungen zu vollführen.

Allmählich geriet er außer Atem, aber er wollte es nicht aufgeben. Ich war besorgt, daß er sein Herz überanstrengen könnte, aber ich sagte nichts, weil er es gar nicht mag, wenn man ihn an sein Herz erinnert. Plötzlich sagte er:»Da, sieh mal!«, und tatsächlich, als ich hinsah, machte er es vollkommen richtig, genauso, wie sie es drinnen machten. Nur sah er graziöser aus als sie, weil er wahrscheinlich ein besserer Tänzer war. Es machte ihm Spaß; er lachte und drehte sich mehrmals auf dem Absatz um die eigene Achse, und wie er sich ruckartig bewegte und dann wieder dahinglitt, rund um den Rand des Springbrunnens auf dem Gras, den Weg hinauf und herunter; er hatte jetzt wirklich den Rhythmus begriffen, und er wollte nicht aufhören, obwohl ich sehen konnte, daß er mehr und mehr außer Atem kam. Manchmal tanzte er in dem Licht, das aus dem Wohnzimmer kam, manchmal bewegte er sich in die Dunkelheit hinüber und wurde nur vom schwachen Mondlicht beleuchtet. Aber mit einemmal war da noch ein drittes Licht, ein starker, greller Strahl, von dem Auto des Ministers ausgehend, das ihn von einer nächtlichen Sitzung nach Hause brachte. Ich hoffte, Biju würde jetzt aufhören, aber im Gegenteil, er tanzte unentwegt weiter direkt auf der Zufahrt und sprang erst im letzten Augenblick aus dem Weg des näherkommenden Autos, setzte seinen Tanz dann auf dem Gras fort und salutierte zugleich dem Minister, der auf dem Rücksitz des Wagens saß. Der Minister tat, als sähe er ihn nicht, sondern war scheinbar in Gedanken von höchster Wichtigkeit versunken.

Manchmal kommt Biju mehrere Tage nicht zu uns ins Haus. Ich vermisse ihn überhaupt nicht – im Gegenteil, ich bin ganz froh. Ich beschäftige mich mit allen möglichen Kleinigkeiten, die ich nicht täte, wenn er da wäre. Zum Beispiel klebe ich Photos von Mina in ein Album, oder ich räume ein paar Fächer im Schrank des Ministers auf. Ich warte, daß die beiden heimkommen. Mina ist zuerst da. Sie erzählt mir, was sie den ganzen Tag getan hat und von ihren Freunden. Ich mache ihr alle möglichen hübschen Frisuren. Sie sieht so hübsch aus, aber wenn ich fertig bin, läßt sie die Haare wieder herunter und flicht sie wieder zu einfachen Zöpfen. Ich frage sie, ob sie nicht gerne heiraten möchte, aber sie lacht und sagt, wozu. Teilweise bin ich erleichtert, teilweise jedoch auch besorgt, weil sie jetzt beinahe zweiundzwanzig ist. Eine Zeitlang wollte sie Ärztin werden, aber sie bekam ständig Kopfschmerzen von dem intensiven Lernen, das dafür nötig war, daher ließ sie es bleiben. Ich war froh. Mir gefiel die Vorstellung gar nicht, daß sie Ärztin werden wollte und so schwer arbeiten und so viel Leiden sehen müßte. Der Minister hätte es sehr gern gesehen, denn er sagte, das Land brauche eine Menge Ärzte; aber jetzt sagt er, was es noch mehr braucht, sind Wirtschaftsfachleute. Daher redet Mina mit mir oft davon, Ökonomin zu werden.

An jenen Tagen, wenn Biju nicht hier ist, sehe ich den Minister anscheinend mehr. Wenn er spät kommt, bleibe ich auf und warte auf ihn. Er ist ganz erfüllt von dem, was er getan hat – ob er nun bei einer Sitzung war oder einem Abendessen oder irgendeiner anderen Verpflichtung nachgekommen ist –, und ist überzeugt davon, daß es ein Ereignis von großer Bedeutung für die Nation war. Vielleicht war es das auch, ich weiß es nicht. Er erzählt mir davon, und dann ist es so, wie es früher war: Ich höre nicht sehr genau zu, aber es freut mich, ihn da zu haben. Er spricht noch immer mit der gleichen Begeisterung und bewegt sich mit der gleichen Energie, während er redet, und rennt in seiner Ungeduld oft gegen alle möglichen Gegenstände. Er redet ununterbrochen weiter, wenn wir hinauf zu Bett gehen und während er sich auskleidet, aber dann steigt er ins Bett und ist plötzlich fest eingeschlafen, beinahe mitten im Satz. Ich lasse das Licht noch eine Weile brennen, um ihn anzusehen; ich sehe ihn gern so friedlich schlafen, ich fühle mich dann sicher und behaglich.

Wenn ich am nächsten Tag aufstehe, hoffe ich halb, daß Biju auch an diesem Tag nicht kommen würde; wenn aber auch am Nachmittag noch nichts von ihm zu sehen ist, werde ich unruhig. Ich möchte wissen, was los ist. Ich rufe bei ihm an, aber sein alter Diener ist das Telephon nicht sehr gewöhnt, und es ist schwer, ihn zu verstehen oder ihm etwas verständlich zu machen. Letzten Endes muß ich zu Biju nach Hause gehen und selbst nachschauen. Für gewöhnlich ist gar nichts weiter los mit ihm, und er hat nur eine seiner seltsamen Launen, wenn ihm nicht danach zumute ist, aus dem Bett aufzustehen oder irgend etwas zu unternehmen. Nachdem ich eine Weile bei ihm bin, fühlt er sich besser und steht auf und kommt mit zu mir nach Hause. Ich bin froh, ihn aus seinem Haus zu bekommen. Es ist kein freundliches Zuhause, und er kümmert sich nicht weiter darum, und sein Diener ist zu alt, um es nett und in Ordnung zu halten. Es ist ein gemietetes Haus, das er nur genommen hat, um in Delhi leben und in unserer Nähe sein zu können. Es hat Betonfußböden, und die Dienerwohnungen hinten sind ganz verfallen, und niemand kümmert sich je um den Garten, so daß man, wenn man zum Tor hereinkommt, vorsichtig sein muß, daß man nicht von den Dornbüschen zerkratzt wird, die überall auf dem Weg gewachsen sind.

Einmal fand ich ihn krank vor. Der Rücken schmerzte ihn, und er war nicht aufgestanden, sondern lag die ganze Zeit dort, erlaubte nicht einmal, daß man sein Bett machte. Es sah sehr zerknittert und unordentlich aus und er auch, und das war merkwürdig und traurig, denn wenn er auf ist, achtet er stets so sorgfältig auf sein Äußeres. Jetzt war er unrasiert, und seine Pyjamajacke war offen und ließ die wirren grauen Haare sehen, die ihm auf der Brust wuchsen. Er sah mich mit angstvollen Augen an. Ich rief den Arzt, und dann brachte man Biju in eine Privatklinik, und er mußte einige Wochen dort bleiben, weil man entdeckte, daß er ein schwaches Herz hatte.

Als er aus der Klinik kam, wollte der Minister, daß er sein Haus aufgäbe und zu uns zöge. Aber er wollte nicht. Das ist eigenartig mit Biju: Er ist immer hingezogen, wo wir hingegangen sind, aber er hat sich immer eine eigene Wohnung genommen. Er sagt, wenn er nicht von uns getrennt wohnte, wo ginge er dann alle Tage hin und was täte er? Ich denke nicht gerne daran, daß er nachts allein in diesem Haus ist, nur mit dem alten Diener und seinen wilden Träumen und seinem schwachen Herzen. Auch dem Minister gefällt das nicht. Seit er von Bijus Herz gehört hat, macht er sich Sorgen. Und nicht nur wegen Biju. Er denkt auch an sich selbst, denn er und Biju sind etwa gleich alt, und er fürchtet, wenn mit Biju etwas nicht in Ordnung ist, dann könne auch bei ihm etwas nicht in Ordnung sein. In den Tagen, nachdem Biju in die Klinik gebracht worden war, begann der Minister sich nicht wohl zu fühlen. Er wachte sogar nachts auf und wollte, daß ich meine Hand auf sein Herz legte. Ich fand, es fühle sich vollkommen normal an, aber er sagte nein, es schlage zu schnell, und er war verärgert über mich, daß ich nicht seiner Meinung war. Er war jetzt überzeugt davon, ebenfalls ein schwaches Herz zu haben, daher riefen wir den Arzt, und es wurde ein Kardiogramm gemacht, und es stellte sich heraus, daß sein Herz so gesund und kräftig war wie das eines fünfzehnjährigen Jungen. Da war er zufrieden und hatte kein Herzklopfen mehr, ja er vergaß sein Herz vollständig.

Ich hatte eine alte Tante, die sehr religiös war. Sie sprach stets ihre Gebete und ging in den Tempel, um ihre Gaben darzubringen. Ich war überhaupt nicht religiös. Ich glaubte nie, daß es etwas

anderes gab als das, was alle Tage da ist. Ich sprach nicht über diese
Dinge, und ich spreche auch heute nicht darüber. Ich mag es gar
nicht, wenn jemand anderer zu mir davon spricht. Aber meine alte
Tante sprach immerzu davon, sie konnte von nichts anderem reden.
Sie sagte, selbst wenn mir nicht nach Beten zumute sei, sollte ich
wenigstens der Form nach beten, und wenn ich nur jeden Tag die
vorgeschriebenen Gebete wiederholte, dann würde allmählich in
meinem Herzen etwas erwachen. Aber ich hörte nicht auf sie, und
hinter ihrem Rücken lachte ich mit Biju über sie. Auch er glaubte
nicht an diese Dinge. Und auch der Minister tat es nicht, aber während Biju und ich nur darüber lachten und uns nicht weiter darum
kümmerten, machte der Minister eine große Angelegenheit daraus
und sagte eine Menge darüber, daß Religion den Fortschritt der
Menschheit aufhalte. Er erklärte sogar meiner Tante, daß sie für
ihre eigene Person tun könne, was sie wolle, aber er sehe es nicht
gern, daß sie diesen Aberglauben in sein Haus trage. Sie war schok-
kiert über alles, was er da sagte, und danach kam sie nicht mehr
gern zu uns, und wenn sie kam, ging sie ihm aus dem Weg, wo sie
konnte. Mir und Biju ging sie nicht aus dem Weg, sondern setzte
ihre Versuche fort, religiöse Menschen aus uns zu machen. Etwas
hat sie gesagt, das ich nicht vergessen habe, und manchmal denke
ich darüber nach. Sie sagte, ja, jetzt sei es leicht für uns, uns um
Religion nicht zu scheren, aber später, wenn unsere Jugend und
unser gutes Aussehen vergangen sein würden und alles, was uns
jetzt so viel Vergnügen bereitet, seinen Reiz verloren haben
würde, was würden wir dann tun, wohin würden wir uns wenden?
Manchmal ist auch mir, wie Biju, nicht nach Aufstehen zumute.
Dann bleibe ich im Bett und lasse die Vorhänge den ganzen Tag zugezogen. Mina kommt herein und ist sehr besorgt um mich. Sie
geht im Zimmer umher und zupft an den Vorhängen herum und
stellt die Sachen auf meinem Nachttisch ordentlich hin und schüttelt meine Kissen auf und tut alles, was sie kann, um es mir angenehm zu machen. Sie hat wirklich vor, den ganzen Tag bei mir zu
bleiben, aber nach einer Weile wird sie unruhig. Sie hat so vieles zu
tun, und sie möchte hier- und dorthin gehen. Sie fängt an, ihre
Freunde anzurufen und erzählt ihnen, daß sie sie heute nicht treffen kann, weil sie sich um ihre Mutter kümmert. Ich tu so, als sei

ich sehr schläfrig und frage sie, warum sie nicht ausgeht, während ich schlafe, das sei doch viel besser. Anfänglich lehnt sie das strikt ab, aber nach einer Weile sagt sie, wenn ich ganz sicher sei . . . und ich dränge sie, bis sie schließlich einverstanden ist. Sie gibt mir viele eilige Anweisungen, wie ich mich ausruhen und was ich essen soll, und beim Auf-Wiedersehen-Sagen nimmt sie mich in die Arme und umschlingt mich so fest, daß ich beinahe aufschreie. Sie geht in großer Eile weg, als hätte sie eine Menge Zeit aufzuholen. Dann kommt Biju, um bei mir zu sitzen. Er liest die Zeitung, und wenn etwas besonders Interessantes drinsteht, liest er es mir laut vor. Er bleibt den ganzen Tag. Manchmal nickt er in seinem Stuhl ein, manchmal legt er eine Patience. Er ist nicht im mindesten gelang-weilt oder ruhelos, sondern scheint es ganz zufrieden, nicht nur einen Tag, sondern auch viele dazubleiben. Es stört mich nicht, ihn dazuhaben; es ist nicht so viel anders, als wenn ich für mich allein bin.

Aber wenn der Minister hereinkommt, bringt er eine Menge Unruhe mit. »Warum ist es hier so dunkel?« sagt er und zieht unge-stüm die Vorhänge auseinander, vertreibt das besänftigende honig-farbene Licht, in dem Biju und ich uns den ganzen Tag wie zwei Fische in einem Aquarium aufgehalten haben. Wir müssen beide die Augen vor dem grellen Licht schließen, das durch die Fenster her-einkommt. Mein Kopf fängt an zu schmerzen; ich leide. »Aber was ist los mit dir?« fragt der Minister. Er will den Arzt rufen. Biju fragt: »Was wird er denn tun?«, und das verstimmt den Minister. Er hält Biju einen Vortrag über moderne Naturwissenschaft, und Biju verteidigt sich damit, daß er sagt, nicht alles ließe sich mit Hilfe der Naturwissenschaft heilen. Wie üblich, wenn sie etwas länger miteinander reden, wird der Minister immer gereizter. Ich kann verstehen, warum. Sämtliche Argumente des Ministers sind sehr vernünftig, aber die Bijus sind nicht im geringsten vernünftig – ja, nach einer Weile gibt er überhaupt keine Antworten mehr und fängt statt dessen an, die Zeitung zu zerreißen, die er gelesen hat, und macht Papierflieger daraus. Ich sehe ihm zu, wie er diese Papierflieger wirft. Er sieht ganz unschuldig dabei aus, wie ein Junge; er lächelt vor sich hin, und seine Krawatte flattert ihm über die Schulter. Wenn Menschen ein schwaches Herz haben, können sie ganz plötzlich sterben, damit muß man rechnen. Ich denke daran, wie meine alte Tante fragte, wohin werdet ihr euch wenden? Ich schaue den Minister an. Auch er hat angefangen, sich für Bijus Papierflieger zu interessieren. Er hebt einen auf und wirft ihn in die Luft mit einer großartigen Drehung seines Körpers, wie ein Diskuswerfer. Aber der Flieger fällt ganz matt auf den Teppich. Er probiert es wieder und dann noch einmal, versucht immer wieder diesen großartigen Sportlerschwung, aber nicht sehr erfolgreich, weil er so dick und schwer ist. Es bereitet mir Freude, ihn zu beobachten; es bereitet mir auch Freude, an sein starkes Herz zu denken, stark wie das eines fünfzehnjährigen Jungen. Es gibt einen persischen Spruch. In dem heißt es, das menschliche Leben gleiche den Blütenblättern der Rose, die abfallen und sanft und welkend neben der Vase liegen. Immer wenn mir dieses Gedicht einfällt, denke ich an Biju und mich. Aber es ist nicht möglich, sich den Minister und Mina als Rosenblätter vorzustellen. Nein, sie sind etwas viel Kraftvolleres. Ich bin froh! Sie sind es, wohin ich mich wenden kann, und das genügt mir. Mehr brauche ich nicht. Meine Tante hatte unrecht.

NOCH ZWEI UNTER INDIENS SONNE

Elisabeth war zu Margaret gegangen, um den Nachmittag bei ihr zu verbringen. Beide waren sie Engländerinnen, aber Margaret war die um vieles ältere, und sie waren auch sehr verschiedene Charaktere. Aber beide liebten sie Indien, und durch diese Tatsache fühlten sie sich zueinander hingezogen. Sie saßen auf der Veranda, und Margaret schrieb Briefe, und Elisabeth adressierte die Umschläge. Margaret hatte immer Briefe zu schreiben; sie führte ein vielbeschäftigtes Leben und arbeitete in etlichen wohltätigen oder religiösen Organisationen mit. Ihre Interessen konzentrierten sich auf derartige Angelegenheiten, und Elisabeth war froh, ihr helfen zu dürfen.

Für gewöhnlich wohnten Gäste bei Margaret im Haus. Manchmal waren es vollkommen Fremde für sie, wenn sie ankamen, aber viele blieben dann oft wochen- oder gar monatelang da – heilige Männer aus dem Himalaya, in den Dörfern tätige Sozialarbeiter, Organisatoren von Konferenzen über seelisch-geistiges Wohlergehen. Einen ständigen Gast hatte sie über den ganzen Winter, einen älteren Regierungsbeamten, der, seit er nach dem Regierungsdienst in den Ruhestand getreten war, sich einem religiösen Leben zugewandt hatte und in die Berge nach Almora gezogen war. Er mochte jedoch die winterliche Kälte dort oben nicht besonders, daher kam er um diese Jahreszeit nach Delhi herunter, um bei Margaret zu wohnen, die ihn stets gern bei sich aufnahm. Er hatte eine beruhigende Wirkung auf sie – die hatte er auf jeden, der mit ihm in Berührung kam, denn er hatte den Zorn und alle anderen stürmischen Leidenschaften aus seinem Herzen verbannt und war infolgedessen heiter lächelnden Gemüts. Jeder nannte ihn liebevoll Babaji.

Jetzt saß er mit den beiden Damen auf der Veranda, wiegte sich leise in einem Schaukelstuhl auf und ab, freute sich an der Wintersonne und den Blumen im Garten und an allem, das ihn umgab. Seine Gefährtinnen jedoch waren weniger heiter; ja, Margaret begann sogar, auf Elisabeth zornig zu werden. Das geschah ziemlich häufig, denn Margaret neigte dazu, rasch ärgerlich zu werden, und besonders mit einer sanften und versöhnlichen Person wie Elisabeth.

»Es ist sehr egoistisch von dir«, sagte Margaret jetzt.

Elisabeth zuckte zusammen. Wie viele selbstlose Menschen klagte sie sich selbst ständig der ungehörigen Selbstsucht an, so daß es sie immer, wenn diese Beschuldigung von jemand anderem kam, besonders traf. Weil es jedoch nicht in ihrer Macht stand, zu tun, was Margaret von ihr wollte, preßte sie die Lippen zusammen und schwieg. Sie war blaß vor Anstrengung, hartnäckig zu bleiben.

»Es ist deine Pflicht, zu fahren«, sagte Margaret. »Mir ist meine Zeit zu schade für Leute, die sich um ihre Pflichten drücken.«

»Es tut mir leid, Margaret«, sagte Elisabeth, ganz unglücklich und beschämt. Was beinahe das Schlimmste daran war, sie wollte eigentlich fahren; nichts hätte sie lieber getan. Was man von ihr verlangte, war, mit einer Gruppe tibetanischer Waisenkinder auf einen Ferienausflug nach Agra zu fahren und ihnen das Tadsch Mahal zu zeigen. Elisabeth liebte Kinder, sie liebte Ausflüge und Extra-Vergnügungen, und sie liebte das Tadsch Mahal. Aber sie konnte nicht fahren, und sie konnte auch nicht sagen, weshalb.

Selbstverständlich erriet Margaret sehr leicht, weshalb, und das verärgerte sie um so mehr. Um ihre Freundin herauszufordern, sagte sie unverblümt: »Dein Raju kann es diese paar Tage schon ohne dich aushalten. Lieber Himmel, ihr seid doch keine Flitterwöchner mehr, oder? Ihr seid schon lange genug verheiratet. Fünf Jahre.«

»Vier«, sagte Elisabeth mit bescheidener Stimme.

»Na dann vier. Man kann wohl kaum von mir erwarten, jeden einzelnen wunderbaren Tag im Kopf zu behalten. Soll ich mit ihm reden?«

»O nein.«

»Ich trau mich schon, daß du's weißt. Mir macht das gar nichts. Und ich lege meine Worte nicht auf die Goldwaage.« Sie lachte kurz und hart auf, bereit, es mit jedem aufzunehmen, der sie daran hindern wollte, ihre Meinung zu sagen, wenn es die Situation erforderte. Ja, schon beim Gedanken daran, jemand könnte es versuchen, lief ihr Gesicht unter dem grauen Haarschopf rot an, und an ihrem kräftigen, sonnengebräunten Hals pochte eine Ader voll sichtbarem Ärger.

Elisabeth warf einen flehenden Blick auf Babaji. Aber der schaukelte und lächelte und betrachtete zärtlich und liebevoll zwei Vögel, die eifrig im Rasen herumpickten.

»Manchmal kann ich nicht umhin zu glauben, du hast Angst vor ihm«, sagte Margaret. Sie überhörte Elisabeths kleinen abwehrenden Entsetzensschrei. »Zwischen euch gibt es kein Vertrauen, kein Verständnis füreinander. Und das Eheleben ist nichts, wenn es nicht auf diesen beiden Felsen ruht, Vertrauen und gegenseitigem Verständnis.«

Babaji gefiel dieser Satz so gut, daß er ihn sich mehrmals wiederholte, seine Lippen bewegten sich lautlos, und er nickte zustimmend mit dem Kopf.

»Bei allem, was ich tat«, sagte Margaret, »stand Arthur auf meiner Seite. Er vertraute mir vollkommen. Und damals – na ja.« Sie lachte in sich hinein. »Eine Frau wie ich war alles andere als eine Kleinigkeit.«

Ihr verstorbener Mann war ein hochrangiger britischer Beamter gewesen, und in jenen britischen Zeiten hatte man von ihm und Margaret erwartet, sich gemäß gewissen, äußerst strengen gesellschaftlichen Regeln zu verhalten. Aber die Vorstellung, daß Margaret irgendwelche Regeln einhielt, geschweige denn solche! Heute konnten ihre Freunde mit ihr oft herzlich darüber lachen, und sie hatte viele Geschichten davon zu erzählen, wie sie ihre Landsleute schockiert und ihnen die Stirn geboten hatte.

»Menschen wie Sie waren es«, sagte Babaji, »die uns als erste die Hand der Freundschaft geboten haben.«

»Das war keine Frage der Freundschaft, Babaji. Da ging es um Liebe.«

»O ja!« rief er.

»Sobald ich herkam – und ich war damals ein ganz junges Ding, Arthur und ich waren erst seit zwei Monaten verheiratet – ja, sobald ich den Fuß auf indischen Boden gesetzt hatte, wußte ich, hier gehöre ich her. Das ist merkwürdig, nicht wahr? Ich glaube nicht, daß es dafür eine vernünftige Erklärung gibt. Aber schließlich, wann war Indien je ein Land für vernünftige Erklärungen.«

Babaji sagte mit milder Bestimmtheit: »In Ihrem vorigen Leben waren Sie eine von uns. Sie waren Inderin.«

»Ja, das haben mir schon viele Leute gesagt. Aber ich kann euch sagen, anfänglich war es gar nicht so einfach, den Leuten das klarzumachen. Natürlich waren sie mißtrauisch – man kann ihnen keinen Vorwurf deshalb machen. Es war nicht so wie heute. Ich beneide euch junge Frauen, die mit Indern verheiratet sind.« Elisabeth dachte daran, wie sie zum ersten Mal zu einem längeren Aufenthalt zu Rajus Familie mitgenommen worden war. Kennengelernt und geheiratet hatte sie Raju in England, wohin er für ein Jahr mit einem Commonwealth-Stipendium gekommen war, und war dann mit ihm nach Delhi zurückgekehrt; es war also einige Zeit vergangen, ehe sie seine Familie kennenlernte, die etwa dreihundert Kilometer von Delhi entfernt lebte, am Rande einer kleinen Stadt namens Ankhpur. Sie wohnten alle zusammen in einem häßlichen Ziegelhaus, das zweigeteilt war – ein Teil für die Männer der Familie, der andere für die Frauen. Elisabeth hatte selbstverständlich im Frauenteil gewohnt. Sie konnte kein Hindi, und Rajus Verwandte sprachen sehr wenig Englisch, aber sie hatten keine großen Schwierigkeiten, sich ihr verständlich zu machen. Es gelang ihnen, ihr sofort klarzumachen, daß sie Elisabeth für zu häßlich und zu alt für Raju hielten (der tatsächlich etwa fünf Jahre jünger war als sie), aber auch, daß sie ihr das nicht zur Last legten und bereit wären, sie mit all ihren Unzulänglichkeiten zu akzeptieren als den Willen Gottes. Sie fanden sie sehr vergnüglich, und Elisabeth war gern mit ihnen zusammen. Sie legten ihr neue Saris an und zogen sie ihr wieder aus, und sie lächelte gutmütig, während die Frauen um sie herumstanden und erstaunt in die Hände klatschten und sich vor Lachen bogen. Sie wurde allen möglichen Fruchtbarkeitszeremonien unterzogen, und ehe sie Abschied nahm, hatte sie ihren Anteil vom Familienschmuck bekommen.

»Elisabeth«, sagte Margaret, »wenn du weiter so langsam bist, schreib ich sie mir lieber selbst.«

»Es sind nur noch diese zwei«, sagte Elisabeth und beugte sich eifriger über die Briefumschläge, die sie adressierte.

»Trotz deiner Ehe«, sagte Margaret, »frage ich mich manchmal, wieviel du eigentlich von diesem Land begreifst. Du lebst ein so zurückgezogenes Leben.«

»Ich nehm die mit hinein«, sagte Elisabeth und nahm die Brief-

174

umschläge und die Briefe. Sie wollte Margaret aus dem Weg gehen, nicht weil es sie störte, ihre eigene falsche Lebensführung vorgehalten zu bekommen, sondern weil sie fürchtete, Margaret könne wieder anfangen, über Raju zu reden.

Es war kalt drinnen ohne die Sonne. Margarets Haus war alt und massiv gebaut, mit dicken Steinmauern, Oberlichten statt Fenstern und außerordentlich hohen Räumen. Es war darauf angelegt, die Sommerhitze abzuhalten, aber im Winter speicherte es auch die Kälte drinnen und glich dann einer unterirdischen Höhlenfestung, durchdrungen vom Frost der kalten Erde und des Gesteins. Der abgestandene Geruch von Reis, Curry und Mango-Chutney hing erstarrt in der Luft.

Elisabeth legte die Briefe auf Margarets Arbeitstisch, der im Wohnzimmer stand. Neben dem Wohnzimmer war ein Speisezimmer, alle anderen Räume jedoch waren Schlafzimmer, jedes mit anschließendem Ankleide- und Badezimmer. Manchmal mußte Margaret bis zu drei oder vier Besucher in einem Schlafzimmer unterbringen, und einmal – das war, als sie geholfen hatte, einen Kongreß über Meditation als modernes Heilmittel zu organisieren – mußten sogar das Wohn- und das Speisezimmer in Schlafsäle umgewandelt werden, von einem Ende zum anderen mit den leichten indischen Liegen und Bettrollen vollgestellt. Margaret war nicht nur eine energische und aktive Person, die sich für viele gute Zwecke engagierte, sondern sie war auch eine Seele an Großzügigkeit, jederzeit bereit, ihr Haus Freunden oder Bekannten zu öffnen, die ein Dach über dem Kopf brauchten. Vor drei Jahren hatte sie es Elisabeth und Raju geöffnet, als sie fast über Nacht ihre Zimmer räumen mußten, weil der Hauswirt erklärte, die Räume für seine Verwandten zu brauchen. Margaret hatte ihnen für sich allein eine ganze ihrer Suiten zur Verfügung gestellt – ein Schlafzimmer und Ankleideraum und Badezimmer –, und sie hatten alle ihre Mahlzeiten mit ihr in dem großen Speisezimmer eingenommen, wo der Tisch stets fertig gedeckt war mit weißen Steinguttellern – umgedreht, damit sie nicht verstaubten – und einem dicken weißen Tischtuch, das gegen Ende der Woche ziemlich fleckig wurde. Zuerst war Raju sehr dankbar gewesen und hatte ihre Gastgeberin in den

Himmel gelobt wegen ihres gütigen und großzügigen Wesens. Aber als die Wochen vergingen und sie Tag für Tag, zwei- oder dreimal täglich, mit Margaret und ihren jeweiligen anderen Gästen um den Tisch saßen und abwechselnd Linsen und Reis oder grüne Bohnen mit gekochten Kartoffeln und Rote-Rüben-Salat aßen, während Margaret stets am Kopfende der Tafel saß und pausenlos über ihre Aktivitäten und Ideen redete – über indische Geistigkeit und den großen Aufstand, über Dorferneuerung und die industrielle Revolution –, begann Raju, der selbst eine Menge eigener Ideen hatte und auch gern sprach, unruhig zu werden. »Aber Madam, Madam«, sagte er dann immer wieder, erhob sich halb aus seinem Stuhl in seiner Ungeduld, um sie zu unterbrechen, nur um sich höchst unbefriedigt wieder setzen zu müssen und weiterzuessen, weil Margaret von ihren eigenen Ideen viel zu sehr in Anspruch genommen war, um für die seinen aufnahmefähig zu sein.

Einmal konnte er sich nicht zurückhalten, Margaret sprach über – Elisabeth hatte sogar vergessen, was es war – war es der erste Indische Nationalkongreß? Jedenfalls sagte sie etwas, das Raju zu solchem Widerspruch herausforderte, daß er sich diesmal nicht auf den zögernden Appell »Madam« beschränkte, sondern laut sagte, daß jeder es hören konnte: »Unsinn, sie redet lauter Unsinn.« Einen Augenblick trat Schweigen ein; dann schloß Margaret, vernünftige Frau, die sie war, die Augen zum Zeichen, daß sie nicht hören und nicht sehen wollte, und indem sie den Satz, in welchem sie unterbrochen worden war, mit festerer Stimme als zuvor wiederholte, setzte sie ihre Ausführungen in aller Ruhe fort. Es waren die zwei oder drei anderen Personen, die mit ihnen bei Tisch saßen – ein buddhistischer Mönch mit einem großen, kahlgeschorenen Schädel, ein Sozialarbeiter und ein Anhänger der Gandhischen Lebensauffassung, mit nichts als einem handgewebten Lendentuch bekleidet, wie es der Mahatma selbst in seiner Schlichtheit stets getragen hatte –, sie waren es, die Raju angeschaut hatten, und einer von ihnen hatte sehr, sehr sanft mit der Zunge geschnalzt.

Raju war wütend gewesen und hatte sich gedemütigt gefühlt, und nachher, als sie allein in ihrem Schlafzimmer waren, hatte er darüber mit Elisabeth gestritten. In seiner Aufregung war er sehr laut geworden, viel lauter, als wenn er daran gedacht hätte, daß sie sich in jemandes anderen Haus befanden, und dieser Lärm mußte Margaret aufgestört haben, die plötzlich in der Tür stand und sie musterte. Unglücklicherweise war das gerade in dem Augenblick, als Raju in seiner Wut und Frustration seine Frau an den Haaren zog, und sie blieben beide wie versteinert in dieser Haltung stehen und starrten ihrerseits Margaret an. Im nächsten Augenblick hatten sie sich natürlich gefaßt, und Raju ließ Elisabeths Haar los, und Elisabeth gab vor, so gut ihr das gelang, daß weiter nichts geschehen wäre, als daß er ihr beim Kämmen geholfen hatte. Aber eine so fadenscheinige Ausflucht hielt Margarets durchdringendem Blick nicht stand, den sie in völligem Schweigen, zwei verwirrende Minuten lang, auf Raju geheftet hielt. Dann sagte sie: »So behandeln wir englische Mädchen nicht«, und zog sich zurück, ließ die Tür hinter sich offen als Warnung, daß sie unter Beobachtung stünden. Raju schloß sie mit einem bösartigen Fußtritt. Hätten sie woanders hingehen können, er wäre noch im gleichen Augenblick ausgezogen.

Raju kam Margaret jetzt nie besuchen. Er war ein stolzer Mensch, der niemals etwas vergaß, das er als eine Verletzung seiner Ehre betrachtete. Elisabeth kam, so wie heute, ihre Freundin immer allein besuchen. Als sie jetzt die Briefe auf Margarets Arbeitstisch ordnete, seufzte sie; es betrübte sie, daß diese Differenz zwischen ihrem Mann und ihrer einzigen Freundin entstanden war, aber sie wußte, sie konnte nichts dagegen tun. Raju war sehr starrköpfig. Sie schauderte und rieb sich ihre Oberarme, hatte eine Gänsehaut bekommen von der Kälte in diesem hohen, kahlen Raum, und sie kehrte rasch auf die Veranda zurück, die warm von der Nachmittagssonne überflutet war.

Babaji und Margaret unterhielten sich über die jeweiligen Verdienste der drei Wege zur Erkenntnis. Sie sprachen vom Weg des Wissens, dem Weg der Tat und dem der Liebe. Margaret vertrat die Meinung, es wäre eine Sache des Temperaments, und während sie auch die Schönheit der beiden anderen Wege anerkenne, gäbe es für sie nie einen anderen Weg als den der Tat und würde auch nie einen anderen geben. Der entsprach ihrem Wesen.

»Selbstverständlich«, sagte Babaji. »Und Gott segne Sie dafür.«

»Arthur hat mich immer deshalb gehänselt. Er hat immer gesagt: ›Margaret ist dazu geboren, alles Unrecht der Welt auf einmal wiedergutzumachen.‹ Aber ich kann nicht anders. Es liegt mir nicht, stillzusitzen, wenn ich sehe, daß etwas getan werden muß.«

»Babaji«, sagte Elisabeth lachend, »einmal hab ich sie gesehen – es war während des Monsuns, und der Fluß führte Hochwasser, und die Leute, die am Ufer wohnten, wurden evakuiert. Aber Margaret ging es nicht schnell genug! Sie watete ins Wasser und kam mit dem Blechkoffer von irgendwem auf dem Kopf zurück. Die Leute schrien alle: ›Memsahib, Memsahib! Was machen Sie denn?‹ Aber sie kümmerte sich nicht im geringsten darum. Sie watete gleich noch einmal hinein und kam mit zwei Rollen Bettzeug zurück, unter jedem Arm eine.«

Elisabeth lief ganz rosig an vor Lachen und Vergnügen und Stolz in Erinnerung an diesen Vorfall. Margaret tat so, als wäre sie ärgerlich, und verabreichte ihr einen scherzhaften Klaps, aber sie mußte doch lächeln, während Babaji vor Freude in die Hände klatschte und den Mund weit aufriß in stummem, überschwenglichem Gelächter.

Margaret schüttelte mit einem letzten nachsichtigen Lächeln den Kopf. »Ja, aber ich bin schon in die ärgsten Klemmen geraten mit diesem Temperament. Wäre ich auch nur mit einem bißchen mehr Geduld auf die Welt gekommen, wäre ich ein umgänglicherer Mensch, und das Leben wäre rundum um vieles reibungsloser verlaufen. Glaubst du das nicht auch?«

Sie sah Elisabeth an, die sagte: »Ich liebe dich so, wie du bist.«

Aber einen Augenblick später wünschte Elisabeth, sie hätte das nicht gesagt. »Ja«, hakte Margaret ein, »genau da liegt bei dir der Hase im Pfeffer. Du liebst jeden, so wie er ist.« Natürlich bezog sie sich auf Raju. Elisabeth verschränkte ihre Hände im Schoß. Sie hatte große, knochige und meist rote Hände, obwohl sie sonst eine blasse und eher zarte Person war.

Je mehr jemand sich wand und drehte, um so weniger war Margaret geneigt, ihr Opfer auszulassen. Nicht weil ihr das besonderes Vergnügen bereitete, sondern weil sie fand, daß man tatsächliche Charaktereigenschaften genauso entschlossen ins Auge fassen müsse wie jede andere Tatsache. »Glaub ja nicht, du tust irgend-

wem einen Gefallen damit«, sagte sie,»daß du so nachgiebig gegenüber seinen Schwächen bist. Ganz im Gegenteil. Und besonders in der Ehe«, fuhr sie unbeirrt fort.»Nicht gegenseitiges Verwöhnen macht eine Ehe aus, sondern gegenseitiges Vertrauen.«
»Vertrauen und Verständnis«, sagte Babaji.

Elisabeth wußte, daß davon in ihrer Ehe nicht viel vorhanden war. Sie wußte nicht einmal genau, wieviel Raju in seiner Stellung in der Stadtgemeinde verdiente (er war Ingenieur in der Abteilung für Gesundheitswesen), und in ihrem Schlafzimmer gab es eine Schublade, deren Inhalt sie nicht kannte, weil er sie stets verschlossen hielt und den Schlüssel bei sich trug.

»Ich borg dir ein wunderbares Buch«, sagte Margaret.»Es heißt *Geistige Wahrheit*, und es ist voll der erstaunlichsten Erkenntnisse. Es ist von diesem großartigen Mann, der einen Aschram in Shropshire gründete. Shafi!« rief sie plötzlich den Diener, aber der konnte das natürlich nicht hören, weil die Unterkünfte der Dienstboten ganz hinten an der Rückseite des Hauses waren und der alte Mann jetzt die meiste Zeit dort auf dem Bett sitzend verbrachte, während ihm seine Enkelin die Beine massierte.

»Ich gehe ihn rufen«, sagte Elisabeth und stand eifrig auf.

Sie ging zurück in das steinkalte Haus und auf der anderen Seite wieder hinaus. Hier waren die Küche und die überfüllten Unterkünfte der Dienstboten. Margaret konnte es nicht über sich bringen, einen zu entlassen, und selbst jene Dienstboten, die nicht mehr bei ihr angestellt waren, erfreuten sich weiterhin ihrer Gastfreundschaft. Jeder hatte eine große Zahl von Angehörigen, so daß dieser Teil des Hauses eine eigene kleine Kolonie war, wo es vor den Reihen abbröckelnder Baracken von Menschen wimmelte, von Schwatzenden, Schlafenden, Streitenden oder am Boden Hockenden, die dort ihre Mahlzeiten kochten und ihre Kinder wuschen. Margaret ging gern dort hinaus, meistens um Ratschläge zu erteilen oder um zu schelten – aber Elisabeth fühlte sich gehemmt, und sie hielt die Augen gesenkt.

»Shafi«, sagte sie,»die Memsahib ruft dich.«

Der alte Mann brummte wütend. Er mochte nicht, wenn man seine Ruhepause störte, und er mochte Elisabeth nicht. Genaugenommen mochte er keinen der Besucher. Er war der älteste Diener im Haus – so alt, daß er schon Arthurs persönlicher Diener gewesen war, als Arthur noch Junggeselle und Distriktbeamter gewesen war; das war fast vierzig Jahre her.

Noch immer murrend folgte er Elisabeth auf die Veranda. »Tee, Shafi!« rief Margaret fröhlich, als sie die beiden kommen sah.

»Noch nicht Zeit für Tee«, sagte er.

Sie lachte. Sie mochte es, wenn ihre Diener ihr widersprachen; sie fand, es sei ein Zeichen dafür, daß sie sich zu Hause und gleichberechtigt fühlten, und manchmal waren sie eben gereizt, wie das in Familien vorkommt, und was nur eine andere Seite der Familienanhänglichkeit war. »Was für ein grantiger alter Mann du bist«, sagte sie. »Und schau dich nur an – wie schmutzig.«

Er blickte an sich hinunter. Er war tatsächlich sehr schmutzig. Er war unrasiert und ungewaschen, und unterhalb der schäbigen Reste eines ehemaligen Uniformmantels schaute ein zerlumptes Sammelsurium von grauen Unterhemden und zerrissenen Pullovern hervor, in die er sich für den Winter gehüllt hatte.

»Es ist schwer zu glauben«, sagte Margaret, »daß diese alte Vogelscheuche ein ganz entsetzlicher Snob ist. Und weißt du, warum er dich nicht mag, Elisabeth? Weil du mit einem Inder verheiratet bist.«

Elisabeth lächelte und errötete. Sie bewunderte Margarets Direktheit.

»Er findet, du seist abtrünnig geworden. Er hat sehr feste Grundsätze. Übrigens findet er, auch ich sei eine Abtrünnige. Sein ganzes Leben hat er sich danach gesehnt, für eine richtige Memsahib zu arbeiten, eine von der Sorte, die Teegesellschaften für andere Memsahibs gibt. Er hat Arthur nie verziehen, daß er die kleine Margaret nach Hause mitgebracht hat.«

Im Gesicht des alten Mannes fing es sonderbar zu arbeiten an. Sein Mund und seine mit Bartstoppeln bedeckten Wangen zuckten, und dann kamen Laute daraus hervor, aufsteigend und fallend – einmal deutlich und dann wieder nur ein Gemurmel und Gebrumm – wie die Wellen des Meeres. Er sprach teilweise Englisch und teilweise Hindi, und man brauchte einige Zeit, ehe man erkannte, daß er eine Geschichte aus alten Tagen erzählte – von einer Party im

Gymkhana Club, für die er als zusätzlicher Kellner angestellt worden war. Der Sahib, der die Gesellschaft gegeben hatte, ein Major Waterford, hatte ihm nicht nur sein Gehalt, sondern auch ein Trinkgeld von zwei Rupien gezahlt. Er erging sich eine ganze Weile darüber, verweilte bei den Tugenden von Major Waterford und auch bei denen von Mrs. Waterford, einer sehr vornehmen Dame, die ihre Diener weiße Handschuhe tragen ließ, wenn sie bei Tisch servierten.

»Sehr nobel«, sagte Margaret mit einem ungezwungenen Lachen, »aber jetzt lauf und hol uns Tee.«

»Dort gab's auch eine kleine Missie Sahib. Sie hatte zwei Ayahs, und die bekamen jedes Jahr vier Saris und einen Schal für den Winter.«

»Tee, Shafi«, sagte Margaret bestimmter, so daß der Alte, der jeden Tonfallwechsel in der Stimme seiner Herrin kannte, merkte, es war Zeit zu gehen.

»Arthur und ich haben ihn unmäßig verwöhnt«, sagte Margaret. »Wir haben alle unsere Dienstboten verwöhnt.«

»Gott wird es Ihnen lohnen«, sagte Babaji.

»Wir konnten sie eigentlich nie wirklich als Dienstboten betrachten, sie waren eher unsere Freunde. Ich hab so unendlich viel von indischen Dienstboten gelernt. Im allgemeinen sind sie Gauner, aber darunter verborgen haben sie einen prächtigen Charakter. Sie sind sehr religiös, und sie sind ausgesprochene Philosophen – du würdest staunen. Wir hatten immer wieder hochinteressante Gespräche. Ihr solltet einen Diener haben, Elisabeth – das habe ich dir schon oft gesagt.« Als sie sah, daß Elisabeth etwas erwidern wollte, sagte sie: »Und sag nicht, ihr könnt euch keinen leisten. Dein Raju verdient genug, dessen bin ich sicher, und sie sind sehr billig.«

»Wir brauchen keinen«, sagte Elisabeth entschuldigend. Sie waren ja nur sie beide, und sie wohnten in zwei kleinen Räumen. Manchmal bildete sich auch Raju ein, sie brauchten einen Diener, und einmal war er sogar soweit gegangen, einen unterernährten kleinen Jungen aus den Bergen einzustellen. Am zweiten Tag erwischten sie jedoch den Jungen dabei, wie er Rajus Hosentaschen durchwühlte, während Raju sein Bad nahm, und er wurde auf der

Stelle entlassen. Zu Elisabeths Erleichterung wurde nie wieder der Versuch unternommen, ihn zu ersetzen.

»Hättet ihr einen, dann könntest du ein bißchen mehr herumkommen«, sagte Margaret, »anstatt während seiner Mahlzeiten immer nur um deinen Mann herumzutanzen. Ich nehme an, deshalb willst du diese armen kleinen Kinder nicht nach Agra bringen?«

»Es ist nicht, daß ich nicht will«, sagte Elisabeth betrübt. »Ganz abgesehen von allem anderen solltest du dich danach sehnen, herumzukommen und das Land zu sehen. Was weißt du denn davon, was wirst du je wissen, wenn du die ganze Zeit immer nur an einem Fleck sitzt?«

»Eines Tages werden Sie mich in Almora besuchen kommen«, sagte Babaji.

»Ach Babaji, das würde ich schrecklich gern!« rief Elisabeth.

»Wunderschön«, sagte er und breitete seine Arme aus, um das Ganze zu beschreiben. »Die Berge, die Bäume, die Wolken . . .«, er fand keine Worte, und so konnte er nur weiter seine Arme ausbreiten und in die Ferne lächeln, als böte sich ihm dort eine wunderschöne Aussicht.

Elisabeth lächelte mit ihm. Auch sie sah sie, obwohl sie nie dort gewesen war: die mächtigen Gebirge, die Großartigkeit und den Frieden; der Aufenthalt Schiwas, wo der Gott saß und aus dessen Haar die Flüsse strömten. Sie sehnte sich danach, dort hinzukommen und an so viele andere Orte, von denen sie gehört oder gelesen hatte. Aber der einzige Ort außerhalb von Delhi, wo sie je hingekommen war, war Ankhpur, zu Besuch bei Rajus Familie.

Margaret fing an, von all den Orten zu erzählen, an denen sie gewesen war. Sie und Arthur waren in einem Distrikt nach dem anderen stationiert gewesen, in vielen verschiedenen Teilen des Landes, aber selbst das hatte ihr noch nicht genügt. Sie mußte alles sehen. Sie kannte keine Angst vor dem Alleinreisen und hatte Wochen damit verbracht, in den Bergen herumzuwandern, einen Schal über die Schultern geworfen und einen Stock fest in der Hand. Sie war viele Meilen weit gereist mit jedem verfügbaren Transportmittel – Eisenbahn, Bus, Fahrrad, Rikscha oder sogar Ochsenkarren –, um irgendeinen wenig bekannten und fast unzugänglichen Tempel oder eine Höhle oder ein Grabmal zu sehen. Einmal hatte sie sich den Knöchel verstaucht und war eine Woche lang allein in einem halbverfallenen Rasthaus gelegen, verlassen bis auf einen hinfälligen Wächter, der seine Mahlzeiten mit ihr geteilt hatte.

»Auf diese Weise lernt man das Land wirklich kennen«, erklärte sie. Ihre Wangen waren gerötet vor Vergnügen in Erinnerung all dessen, was sie getan hatte. Elisabeth stimmte ihr zu. Doch obwohl sie selbst nichts von all diesen Dingen getan hatte, hatte sie doch nicht das Gefühl, deshalb von allem Wissen abgeschnitten zu sein. Es war viel zu lernen vom Zusammenleben mit Rajus Familie in Ankhpur, und viel zu lernen von Raju selbst. Ja, er war ihr Indien! Sie hätte am liebsten gelacht, als ihr dieser Gedanke kam. Aber es stimmte.

»Dein Fehler ist«, sagte Margaret unvermittelt, »daß du dich von Raju tyrannisieren läßt. Irgendwie liegt das in seinem Charakter – widersprich mir nicht. Ich habe ihn studiert. Wenn du eine etwas festere Haltung ihm gegenüber annähmst, wäret ihr beide glücklicher.«

Und wieder hätte Elisabeth am liebsten gelacht. Sie dachte an die fröhlichen Stunden, die Raju und sie immer wieder miteinander verbrachten. Er hatte ein Kricketspiel erfunden, das sie in ihrem Schlafzimmer zwischen dem Schrank und der gegenüberliegenden Wand spielen konnten. Sie spielten es mit einem Gummiball und einer Haarbürste, und drei Schritte galten als ein Lauf. Rajus Lieblingstrick war, den Ball unter das Bett zu schlagen, und während sie platt auf dem Boden lag und nach dem Ball angelte, machte er einen Lauf nach dem anderen und spornte sie mit spottenden Rufen an: »Beeil dich! Wo ist er denn? Findest du ihn nicht?« Seine Augen glänzten vor Freude darüber, daß er gewann; er hatte sein Hemd ausgezogen, und Schweißtropfen sickerten an seiner glatten, dunklen Brust herab.

»Du solltest doch für diese armen Kinder etwas tun *wollen*!« rief Margaret.

»Ich möchte doch. Du weißt doch, daß ich es möchte.«

»Ich weiß nichts derartiges. Das einzige, was ich sehe, ist, daß du ein gänzlich unnützes, selbstsüchtiges Leben führst. Ich bin enttäuscht von dir, Elisabeth. Als ich dich kennenlernte, habe ich so große Hoffnungen in dich gesetzt. Ich dachte, ah, hier ist endlich eine ernsthafte Person. Aber du bist ganz und gar nicht ernsthaft. Du bist genauso leichtfertig wie all diese Mädchen, die hierherkommen und ihre Tage damit zubringen, Mah-Jongg zu spielen.« Elisabeth schämte sich. Und am schlimmsten war, daß sie seinerzeit wirklich eine ernsthafte Person gewesen war. In England war sie Lehrerin gewesen, und sie hatte an ihrer Arbeit und den Kindern gehangen und viel mehr Zeit und Sorgfalt auf sie verwendet, als nötig und als es ihre Pflicht gewesen wäre. Und zu alledem hatte sie obendrein noch an etlichen Abenden in der Woche alte Leute besucht, die niemanden hatten, der sich um sie kümmerte. Aber mit dem allen war es vorbei gewesen, sobald sie Raju kennengelernt hatte.

»Es ist kriminell, in Indien zu sein und sich nicht zu engagieren«, fuhr Margaret fort. »Natürlich kann eine Person allein nicht viel tun, aber überhaupt nichts zu tun – nein, ich könnte nachts nicht schlafen.«

Und Elisabeth schlief nicht nur gut, sondern glücklich, selig! Manchmal schaltete sie nachts das Licht ein, nur um voll Wonne Raju anzuschauen, der neben ihr lag. Er schlief wie ein Kind, das Kissen unter die Wange gestopft und den Mund leicht geöffnet, als lächelte er.

»Worüber lachst du denn!« schrie Margaret.

»Ich lach doch nicht, Margaret!« Rasch brachte sie ihr Gesicht wieder unter Kontrolle. Es war ihr nicht bewußt gewesen, aber wahrscheinlich hatte sie beim Gedanken an den schlafenden Raju gelächelt.

Margaret schob jäh ihren Stuhl zurück. Ihr Gesicht war rot und das Haar in Unordnung, als hätte sie mit jemandem gerauft. Elisabeth erhob sich halb aus ihrem Stuhl, entsetzt über das, was sie da angerichtet haben mochte, und bestrebt, es wiedergutzumachen.

»Komm mir nicht nach«, sagte Margaret. »Wenn du es tust, werde ich mich sicherlich schlecht benehmen und mich nachher gräßlich fühlen. Du kannst hierbleiben oder nach Hause gehen, aber *komm mir nicht nach.*«

Sie ging ins Haus, und die Tür knallte hinter ihr zu. Elisabeth sank in den Stuhl zurück und schaute Babaji hilflos an.

Er war so heiter geblieben wie zuvor. Sanft schaukelte er sich in seinem Stuhl. Der Winternachmittag ging zu Ende, und die Sonne, die zwischen zwei Bäumen hing, begann sich in einem einzigen goldenen Zentrum zu sammeln. Obwohl das Licht schwächer wurde, leuchtete der Garten weiterhin farbenfroh mit all seinen Ringelblumen, dem Phlox, den Stiefmütterchen und den Wicken. Babaji freute sich an alledem. Er saß in seinen wollenen Schal gehüllt, die Füße warm in dicken gestrickten Socken und Sandalen.

»Sie ist eine hitzköpfige Dame«, sagte er, lächelnd und nachsichtig. »Aber gut, so gut.«

»Ach ich weiß«, sagte Elisabeth. »Sie ist ein Engel. Es ist mir so schrecklich, daß ich sie so verstimmt habe. Glauben Sie, ich sollte ihr nachgehen?«

»Ein goldenes Herz«, sagte Babaji.

»Ich weiß.« Elisabeth biß sich auf die Lippen aus Ärger über sich selbst.

Shafi kam mit dem Teetablett heraus, Elisabeth nahm ein paar Bücher weg, um ihm auf dem kleinen Tisch Platz zu machen, und Babaji sagte in freudiger Überraschung »Aah«. Aber Shafi stellte das Tablett nicht hin.

»Wo ist sie?« fragte er.

»Das ist schon in Ordnung, Shafi. Sie kommt gleich. Stell es nur hin, bitte.«

Der Alte nickte und lächelte listig und überlegen. Er packte sein Tablett fester und wandte sich ins Haus zurück. Er hatte Schwierigkeiten beim Gehen, nicht nur weil er alt und schwach war, sondern auch weil ihm seine Schuhe zu groß waren und ohne Schuhbänder.

»Shafi!« rief Elisabeth ihm nach. »Babaji will seinen Tee!« Aber er drehte sich nicht einmal um. Er marschierte geradewegs auf Margarets Schlafzimmer zu und trat mit dem Fuß gegen die Tür und rief: »Ich hab ihn gebracht!«

Elisabeth eilte hinter ihm her. Sie war nervös, weil sie in Margarets Schlafzimmer ging, nachdem diese ihr so ausdrücklich verboten hatte, ihr zu folgen. Aber Margaret, die auf dem Bettrand saß und einen Brief las, blickte nur kurz auf und sagte: »Ach, du bist's«, und:»Mach die Tür zu.« Als er den Tee abgesetzt hatte, ging Shafi wieder hinaus, und die beiden blieben allein.

Margarets Schlafzimmer war ganz anders als das übrige Haus. Die anderen Räume waren alle kahl und kalt, mit einem Minimum an Möbeln, die auf den Steinfußböden herumstanden; ein paar vereinzelte Bilder waren an den weißgetünchten Wänden aufgehängt, aber nichts Persönlicheres als Porträts von Mahatma Gandhi und Sri Ramakrischna und eine Photographie der Insassen des Heims von Mutter Teresa. Aber Margarets Zimmer war vollgestopft mit einer Menge bequemer, solider alter Möbel, beherrscht von dem großen Doppelbett in der Mitte, mit einem weißen Bettüberwurf zugedeckt und einem Moskitonetz darüber, wie ein Baldachin. Ein Holzfeuer brannte im Kamin, und überall standen Photos herum – Familienphotos von Arthur und Margaret, von Margaret als kleinem Mädchen, von ihren Eltern und ihrer Schwester und ihrer Schule und ihren Freunden. Der abgestandene Essensgeruch, der das ganze übrige Haus durchzog, machte vor ihrem Zimmer halt, das sehr angenehm nach Holzrauch und Lavendelwasser duftete. In einem Schirmständer steckten etliche Gebirgsstöcke, ein Tennisracket und ein Hockeyschläger.

»Der ist von meiner Schwester«, sagte Margaret und deutete auf den Brief, den sie las.»Sie lebt auf dem Land draußen, und sie sind wieder eingeschneit. Sie hat ein kleines Wirtshaus.«

»Wie hübsch.«

»Ja, es ist sehr hübsch dort. Sie hat sich immer gewünscht, daß ich hinkomme und es mit ihr gemeinsam führe. Aber ich könnte nicht mehr in England leben, ich würde es nicht aushalten.«

»Ja, ich weiß, was du meinst.«

»Was weißt denn du? Du bist doch erst ein paar Jahre hier. Sei lieb, gieß den Tee ein.«

»Babaji wollte auch eine Tasse.«

»Zum Teufel mit Babaji.«

Sie zog ihre Sandalen aus und legte sich aufs Bett, lehnte sich gegen ein paar dicke Kissen, die sie am Kopfende zusammengeschoben hatte. Elisabeth hatte schon früher bemerkt, daß Margaret in ihrem eigenen Zimmer immer viel lockerer war als irgendwo anders. Nicht alle ihre Besucher wurden in dieses Zimmer gelassen –

genaugenommen nur ein paar wenige Auserwählte. Merkwürdigerweise war Raju einer von ihnen gewesen, als er und Elisabeth im Haus gewohnt hatten. Aber er hatte dieses Privileg nie wirklich zu schätzen gewußt; entweder hatte er auf einer Stuhlkante gesessen und Elisabeth Zeichen gegeben, zu gehen, oder er war ruhelos im Zimmer umhergewandert und hatte sämtliche Photographien betrachtet oder das Tennisracket herausgenommen und damit imaginäre Aufschläge vollführt; bis Margaret ihm sagte, er solle sich setzen und sie nicht alle nervös machen, und dann schmollte er und machte Elisabeth noch unverhohlenere Zeichen.

»Einmal habe ich meine Schwester hierher geholt«, sagte Margaret. »Aber sie hat es nicht ausgehalten. Sie vertrug nichts – nicht das Klima, nicht das Wasser, nicht das Essen. Alles machte sie krank. Es gibt solche Menschen. Ich bin natürlich das ganze Gegenteil. Du bist auch gerne hier, nicht wahr?«

»Sehr, sehr gern.«

»Ja, ich seh dir an, daß du glücklich bist.«

Margaret sah sie so scharf an, daß Elisabeth versuchte, ihr Gesicht ein wenig abzuwenden. Sie wollte nicht, daß irgendwer zu genau sähe, wie ungeheuerlich glücklich sie war. Irgendwie schämte sie sich dafür – nicht nur, weil sie wußte, sie verdiente es nicht, sondern auch, weil sie sich irgendwie als nicht ganz die richtige Person dafür empfand. Sie war über dreißig gewesen, als sie Raju begegnete, und sie hatte vom Leben nicht viel mehr erwartet, als es ihr bis dahin beschert hatte.

Margaret zündete sich eine Zigarette an. Sie rauchte nie, außer in ihrem eigenen Zimmer. Langsam stieß sie den Rauch aus, genüßlich. Unvermittelt sagte sie: »Er mag mich nicht, was?«

»Wer?«

»Wer?« wiederholte sie ungeduldig. »Dein Raju natürlich.«

Elisabeth lief vor Verlegenheit rot an. »Wie du sprichst, Margaret«, murmelte sie mißbilligend, weil sie nicht wußte, was sie sagen sollte.

»Ich weiß, daß er mich nicht mag«, sagte Margaret. »Ich merke das immer.«

Sie klang so traurig, daß Elisabeth wünschte, sie könnte sie anlügen und sagen, nein, Raju liebe sie ebenso, wie alle anderen sie liebten. Aber sie konnte sich nicht dazu überwinden. Sie dachte daran, wie er für gewöhnlich über Margaret sprach. Er gab ihr ordinäre Namen und machte unanständige Witze über sie und lachte darüber wie ein Schuljunge und versuchte, auch Elisabeth dazu zu bringen, mit ihm zu lachen; und das Schreckliche war, manchmal lachte sie wirklich, nicht weil sie wollte, oder weil das, was er sagte, sie belustigte, sondern weil *er* es war, der sie dazu drängte, und es fiel ihr stets schwer, ihm etwas zu verweigern. Der Gedanke an ihr willfähriges Gelächter war ihr jetzt qualvoll, und sie fing an, unbewußt die Hände zu ringen, wie sie es stets in solchen insgeheim entsetzlichen Augenblicken tat.

Aber Margaret hing ihren eigenen Gedanken nach und lächelte vor sich hin. Sie sagte:»Weißt du, was meine allerglücklichste Zeit in Indien war? Vor ungefähr zehn Jahren, als ich im Aschram von Swami Vischwananda war.«

Elisabeth war ungeheuer erleichtert über diesen Themenwechsel, wenn auch einigermaßen verwirrt über die Plötzlichkeit.

»Wir badeten im Fluß und wanderten in den Bergen. Es war eine Zeit solcher Freiheit, solcher Freude. Ich habe mich nie zuvor und nie danach so frei und so froh gefühlt. Ich war vollkommen unbekümmert, und ich fühlte mich so – leicht. Ich kann das nicht beschreiben – als ob meine Füße den Boden nicht berührten.«

»O ja!« sagte Elisabeth begeistert, denn sie glaubte, dieses Gefühl wiederzuerkennen.

»Am Abend saßen wir alle mit Swamiji beisammen. Wir redeten über Gott und die Welt. Er lachte und machte seine Späße mit uns, und manchmal sang er. Ich weiß nicht, wie mir geschah, wenn er sang. Die Tränen strömten mir übers Gesicht, aber ich war so glücklich, daß ich glaubte, mir schmelze das Herz im Leibe.«

»Ja«, sagte Elisabeth wieder.

»Das ist er, da drüben.« Sie deutete mit dem Kopf zu einer kleinen gerahmten Photographie auf dem Frisiertisch. Elisabeth nahm sie in die Hand. Er sah nicht anders aus als alle übrigen heiligen Männer Indiens – bis zur Taille nackt, mit langem Haar und brennenden Augen.

»Das Photo sagt einem zwar nicht viel«, meinte Margaret. Sie streckte die Hand danach aus und betrachtete es dann selbst, und ihr Gesicht bekam einen ganz jungen Ausdruck. »Es war ein solches Vergnügen, mit ihm zusammen zu sein, er war immer zu Späßen und zu Spielen aufgelegt. Wenn ich mit ihm zusammen war, fühlte ich mich immer – ich weiß nicht – wie eine Blume oder ein Vogel.« Sie lachte fröhlich, und Elisabeth lachte mit ihr.

»Und Raju, fühlst du dich mit ihm auch so?«

Elisabeth hörte auf zu lachen und senkte die Augen. Sie versuchte, ihrem Gesicht einen sehr ernsthaften Ausdruck zu geben, um sich nicht zu verraten.

»Indische Männer haben so wunderbare Augen«, sagte Margaret. »Wenn sie einen ansehen, kann man gar nicht anders als sich ganz jung und hübsch zu fühlen. Aber dein Raju findet natürlich, ich bin bloß eine dicke, häßliche alte Memsahib.«

»Margaret, Margaret!«

Margaret drückte ihre Zigarette aus, und mit ihren schweren Beinen Schwung holend, schwang sie sich vom Bett herunter. »Und draußen wartet der arme alte Babaji auf seinen Tee.«

Sie goß ihm eine Tasse ein und ging damit hinaus. Elisabeth ging hinter ihr her. Babaji saß noch immer genauso da, wie sie ihn verlassen hatte, außer daß jetzt die Sonne, die zwischen den Bäumen hinter ihm dahinschmolz, von noch tieferem Gold war und einen wahrhaft himmlischen Hintergrund bot, wie für einen Heiligen auf einem Bild, wie er dort friedlich in seinem Schaukelstuhl saß.

Margaret machte sich um ihn zu schaffen. Sie rührte ihm seinen Tee um und legte ihm den Schal fester um die Schultern. Dann sagte sie: »Ich habe eine Idee, Babaji.« Sie zog mit einem Fuß einen Hocker nahe zu seinem Stuhl heran und ließ sich darauf nieder, legte eine Hand auf sein Knie. »Sie und ich werden diese Kinder nach Agra hinaufbringen. Würde Ihnen das Spaß machen? Ein kleiner Ausflug?« Sie sah ganz eifrig und strahlend zu seinem Gesicht auf. »Wir werden einen Riesenspaß haben. Wir mieten einen Bus, und unterwegs werden wir die ganze Zeit singen und Spiele machen. Das wird Ihnen sehr gefallen!« Sie drückte voller Vorfreude sein Knie, und er lächelte sie an, und seine dünne alte Hand legte sich auf ihren Kopf, zärtlich oder segnend.

B O M B A Y

Manchmal kam der Onkel seine Nichte etliche Tage nicht besuchen. Er blieb in seinem kahlen, ungelüfteten Zimmer und ernährte sich von Speisen aus dem Basar. Einmal, nach einer solchen Abwesenheit, war ein neuer Diener im Haus seiner Nichte, der ihm den Einlaß verweigerte.»Nicht zu Hause!« sagte der Diener und beäugte den Onkel mit äußerstem Mißtrauen. Und wirklich, wer hätte ihm das verübeln können; gewiß nicht der Onkel selbst.

Aber Nargis, die Nichte, die Herrin des Hauses, war verärgert – nicht über den Diener, sondern über ihren Onkel. Aber schließlich war sie meistens über ihn verärgert, wenn er nach einer seiner Abwesenheiten wieder erschien. Sie war verstimmt, einesteils, weil er weggeblieben war, und zum anderen, weil er wieder erschienen war.

»Wie du aussiehst«, sagte sie.»Wie ein Bettler. Und wahrscheinlich hast du wieder dieses unappetitliche Basaressen gegessen. Oder überhaupt nichts.«

Sie läutete und gab einem Diener Anweisungen, der bald mit Erfrischungen zurückkam. Der Onkel genoß sie; manchmal genoß er das eine oder andere in diesem Haus wirklich, aber nur, wenn er und sie miteinander allein waren.

Das dauerte jedoch nie lang. Khorshed, eine ihrer unverheirateten Schwägerinnen, gesellte sich bald zu ihnen, begrüßte den Onkel mit ihrer formellen Höflichkeit – einem würdevollen Kopfnicken –, die sie jedem angedeihen ließ.

Da er zur Familie gehörte, lächelte sie ihm auch zu. Sie hatte gelbe Zähne und war ganz und gar gelb: Ihre Haut spannte sich wie dünnes altes Papier über ihre Knochen. Sie setzte sich in einen der Ohrensessel beim Fenster – ihren üblichen Platz, der sie in die Lage versetzte, die Straße, und was immer sich dort abspielen mochte, im Auge zu behalten. Sie unterhielt sie mit dem Bericht über einen Wohltätigkeitsball im Tadsch-Mahal-Hotel, bei dem sie am Tag zuvor zugegen gewesen war. Bald kam ihre Schwester Pilla dazu, die im Ohrensessel gegenüber Platz nahm, von wo aus sie die Straße in entgegengesetzter Richtung hinuntersehen konnte. Auf diese Weise teilten sie sich stets die Aussicht miteinander. Ebenso hatten sie es am Tag zuvor im Tadsch-Mahal-Hotel gemacht. Sie hatten selbst keine Karten dafür gekauft – es war keine ihrer Wohltätigkeitsveranstaltungen gewesen –, sondern hatten einen Beobachtungsposten auf der samtbezogenen Bank auf dem ersten Absatz der Doppeltreppe bezogen. Korshed hatte die Leute ins Auge gefaßt, die auf dem rechten Treppenflügel heraufkamen, und Pilla jene, die von links kamen. Jetzt schilderten sie, wer dort gewesen war, jede ergänzte den jeweiligen Bericht der anderen, und manchmal debattierten sie darüber, ob es Lady Ginwala gewesen war, die die Tussahseide getragen hatte, oder Mrs. Homy Jussawala. Sie stritten ach so sanft darüber.

Rusi kam viel später dazu. Er war eben erst aufgestanden. Er stand immer erst sehr spät auf; er konnte nachts nicht schlafen und geisterte im Haus herum und spielte seinen Plattenspieler mit höchster Lautstärke. Wenn er hereinkam – in seinem brokatenen Morgenmantel und das Haar unfrisiert –, wurden alle im Zimmer sehr aufmerksam und gespannt, obwohl sie sich bemühten, es zu verbergen. Seine beiden Tanten wünschten ihm mit süßen, flötenden Stimmen einen guten Morgen; seine Mutter fragte ihn wegen des Frühstücks. Er ignorierte alle. Mit äußerst finsterem Gesichtsausdruck sank er in einen Stuhl und stützte die Stirn in die Hand, wie unter der Last von Gedanken, die zu erhaben waren, als daß jemand der Anwesenden sie hätte verstehen können.

»Schau, schau«, sagte Pilla, um für Abwechslung zu sorgen, »da ist sie wieder!«

»Wo?« rief Korshed, zur Unterstützung ihrer Schwester.

»Dort. *Wieder* in einem neuen Sari. Kommt daher wie eine Prinzessin – und die Miete sind sie schuldig, und überall haben sie offene Rechnungen.«

»Sieh nur – einen neuen Sonnenschirm hat sie auch, passend zum Sari.«

Beide schüttelten den Kopf. Der Junge, Rusi, nahm die Hand von der Stirn, und sein grollender Blick schweifte durch das Zimmer und blieb am Onkel haften.

»Oh, wieder da«, sagte er. »Hab gedacht, wir sind dich los.« Er gab einen seiner kurzen, irren Lacher von sich.

191

»Ja«, sagte der Onkel, »da bin ich wieder. Ich hatte nichts zu essen im Haus, also bin ich hergekommen. Deshalb«, sagte er und klopfte sich auf seinen flachen Bauch.
»Alle Hunde machen's so«, sagte Rusi. »Wo es was zu fressen gibt, dort rennen sie hin. Habt ihr schon mal was von Pawlow gehört? Natürlich nicht, ihr seid ja alle so ungebildet.«
»Erzähl's uns, Darling«, sagte Nargis, seine Mutter.
»Bitte erklär's uns, Rusi, Darling«, baten ihn die Tanten eifrig.
Er verfiel wieder in Schweigen. Mit krummem Rücken saß er in seinem Sessel, zog die Füße aus den Pantoffeln, hob sie in die Höhe und betrachtete sie aufmerksam, wackelte mit den Zehen. Er tat das äußerst konzentriert, so daß niemand zu sprechen wagte, aus Angst, ihn zu stören.

Der Onkel zwang sich jetzt, ihn anzusehen. Jedesmal, wenn er herkam, schien ihm, war der Junge noch mehr verfallen. Rusi hatte einen ungestalten, schwabbeligen Körper, und obwohl er kaum zwanzig war, begann das Haar ihm büschelweise auszugehen. Er war entsetzlich. Der Onkel, anstatt diesen kranken Jungen zu bedauern, haßte ihn mehr als jeden anderen Menschen auf Erden. Rusi blickte auf. Ihre Blicke trafen sich; der Onkel sah weg. Rusi gab wieder einen seiner Lacher von sich und sagte: »Wenn Pawlow auf eine Klingel drückte, lief dem Hund Speichel aus der Schnauze.« Er kicherte und zeigte auf den Onkel. »Wir brauchen nicht einmal auf eine Klingel zu drücken, Korshed, Pilla – seht ihn euch an! Nicht einmal eine Klingel ist nötig!«

Die Frauen stimmten in sein Lachen ein, auch der Onkel, wenn auch erst, nachdem er den Blick seiner Nichte aufgefangen und den flehenden Ausdruck darin erkannt hatte. Dann fiel es ihm nicht so schwer, mitzulachen; ja, dann wollte er es sogar.

Den Onkel hielten alle immer für einen Junggesellen, aber er war einmal verheiratet gewesen. Seine Frau war langweilig und von fahler Hautfarbe gewesen, und er hatte sie bald zu ihren Eltern zurückgeschickt und war zu seinem Bruder und Nargis, der Tochter des Bruders, gezogen. Die Frau des Bruders war ebenfalls langweilig und fahl gewesen; sie brauchte nicht weggeschickt zu werden, denn sie starb und ließ die beiden Brüder mit dem Mädchen allein zurück. Die drei hatten sehr glücklich miteinander gelebt, in einem winzigen Haus mit einem winzigen Garten, in dem drei Bananenstauden und ein Papaya-Baum standen. Das war in einem weit außerhalb von Bombay gelegenen Vorort, mit einer Menge angesehener Nachbarn ringsum, die nicht recht wußten, was sie von diesem Haushalt denken sollten. Eine uralte Dienerin gehörte dazu, die einmal taub, einmal stumm und manchmal beides war. Wie es sich auch in Wahrheit mit ihrer Behinderung verhalten mochte, sie hielt sie davon ab, mit irgend jemandem außerhalb des Hauses ins Gespräch zu kommen, und sehr oft auch mit denen im Haus. Die beiden Brüder arbeiteten nicht viel, obwohl Nargis' Vater Journalist und der Onkel Jurist war. Nur wenn das Geld sehr knapp wurde, gingen sie aus, um ihre jeweiligen Berufe auszuüben. Dann machte Nargis' Vater die Runde bei den Zeitungsredaktionen, und der Onkel saß vor den Gerichten herum und setzte Dokumente auf oder schrieb juristische Briefe. Die übrige Zeit blieben sie zu Hause und unterhielten Nargis. Sie waren beide musikalisch, und einer sang, während der andere ihn auf dem Harmonium begleitete. Der ganze Haushalt hatte eine höchst sonderbare Zeiteinteilung, und manchmal, wenn sie sehr angeregt musizierten, blieben sie die ganze Nacht auf und schliefen den Tag hindurch und ließen die Fensterläden geschlossen. Dann blieben die Nachbarn, die sich fragten, ob womöglich etwas Unvorhergesehenes geschehen sei, vor dem kleinen Haus stehen und spähten durch die Bananenstauden, bis endlich, gegen Abend, die Fensterläden aufgestoßen wurden, und an jedem Fenster einer der Brüder erschien, frisch und ausgeruht, und der kleinen Menschenmenge zulächelte, die sich draußen versammelt hatte.

Beide waren leidenschaftliche Leser persischer Dichtung und englischer Lyrik und Prosa des 19. Jahrhunderts. Sie lehrten Nargis alles, was sie konnten, und da sie ohnedies keine sehr eifrige Schülerin war, bestand keine Notwendigkeit, sie zur Schule zu schicken. Alles in allem behielten sie sie so sehr für sich, daß keiner merkte, wie sie erwachsen wurde, bis sie eines Tages, ja tatsächlich – eine saftige, reife Frucht war, plötzlich und makellos fertig. Die beiden Brüder lebten weiter so, als wäre nichts geschehen – sie sangen, lasen Gedichte, unterhielten sie nach besten Kräften. Sie kauften ihr auch alle möglichen hübschen Kleider, und was immer an Schmuck sie sich leisten konnten, so daß es sich als notwendig für sie erwies, doch viel öfter als früher auszugehen und zu arbeiten. Nargis' Vater begann Aufträge anzunehmen und Biographien prominenter Mitglieder ihrer eigenen Parsi-Gemeinde zu verfassen. Er schrieb sie in einem ausgeschmückten, üppigen Stil, häufte sämtliche klingenden Superlative, die er sich bei seiner viktorianischen Lektüre angeeignet hatte, auf diese schlauen Händler in Pantoffeln und mit ihren runden Hüten. So bekam er auch den Auftrag, eine Biographie des Gründers des großen Handelshauses Paniwala & Söhne zu schreiben. Der gegenwärtige Chef des Hauses interessierte sich heftig für dieses Vorhaben und unterstützte ihn dabei mit Nachforschungen in den Familienarchiven. Einmal regte ihn ein Dokument, das er entdeckt hatte, derart auf, daß er sich selbst zu dem kleinen Haus in dem Vorort hinfahren ließ. Auf diese Weise sah er Nargis zum ersten Mal, und dann kam er immer wieder, auch nachdem die Biographie längst gedruckt und in Umlauf gebracht war.

Nargis hatte nichts dagegen, ihn zu heiraten. Er war nicht eigentlich alt – Ende dreißig –, obwohl er bereits vollständig kahlköpfig war, sein Kopf und das Gesicht von der gleichen blaßgelben Farbe. Auch seine Hände waren blaß und rundlich, wie die einer Frau, mit perfekt gepflegten Fingernägeln. Er war ein sehr freundlicher Mann – sehr freundlich und gütig –, mit sanfter Stimme und sanften Umgangsformen. Er wollte alles für Nargis tun. Sie zog in die große Familienvilla zu ihm und seinen beiden Schwestern und seinen Dienern und den Schätzen, die er von Antiquitätenhändlern überall in Europa zusammengekauft hatte. Für Nargis' Vater und den Onkel fand man Posten in der Firma Paniwala, so daß sie nicht mehr ausgehen mußten, um zu arbeiten, sondern nur um ihre Schecks abzuholen. Alle hätten glücklich sein können, und niemand war es. Das kleine Haus in dem Vorort verkümmerte, wie ein Baum verkümmert und alle seine Blätter verliert und dem die Vögel davonfliegen. Die alte Frau spürte den tödlichen Hauch zuerst und ließ sich ins Krankenhaus bringen, um dort zu sterben. Als nächster wurde Nargis' Vater von einem Leiden niedergeworfen, das ihn bald dahinraffte. Dann zog der Onkel aus dem Haus aus und in seine Unterkunft in der Stadt.

194

Nargis hatte ihn einmal dort besucht, um ihn zu überreden, in die Familienvilla zu ziehen und dort bei ihnen zu leben. Er wollte nichts davon hören. Er sagte auch: »Wer hat dich gebeten, herzukommen?« Er war ganz böse. Ihr Kommen hatte das ganze Haus – ja, die ganze Nachbarschaft – in Aufruhr versetzt. Eine Menschentraube versammelte sich um ihr großes Automobil, das draußen parkte, und einige lagen wartend im Treppenhaus auf der Lauer, und Kinder öffneten sogar die Tür zu seinem Zimmer, um einen Blick auf die elegante Dame zu werfen, die da gekommen war. Er zeigte ihnen die Zähne und gab Geräusche von sich, die einem das Blut in den Adern gerinnen ließen.

»Komm«, bat Nargis. Sie blickte sich im Zimmer um, das völlig ungepflegt war, obwohl es einen gemusterten Marmorfußboden hatte und über der Tür ein fächerförmiges buntes Glasfenster. Das Haus war einmal der Wohnsitz eines angesehenen Kaufmanns gewesen, verkam aber jetzt, wie die ganze Nachbarschaft, sehr rasch zu einem Elendsquartier.

»Du brauchst mit niemandem zu reden«, versprach sie. »Nur mit mir.«

»Und Korshed?« fragte er. »Und Pilla?« Er riß den Mund auf und lachte. Die beiden Schwestern amüsierten ihn ungemein.

»Nur mit mir.«

Er ahmte Korshed und Pilla nach, wie sie aus dem Fenster sahen. Dann lachte er über seinen Witz. Er sprang auf und lachte gackernd und hüpfte vor Vergnügen auf einem Bein herum.

»Du bist seit vier Tagen nicht dagewesen«, warf sie ihm vor, ihn übertönend.

Er tat, als hörte er sie nicht, und fuhr fort, zu lachen und herumzuhüpfen.

»Was hast du eigentlich? Warum kommst du nicht?« beharrte sie. »Willst du mich nicht sehen?«

»Wie geht's Paniwala?«

»Er sagt, bring den Onkel her. Mach das große Zimmer im oberen Stockwerk bereit. Schick ein Auto, um ihn zu holen.«

»Ach, geh weg«, sagte er, sein Gelächter brach plötzlich ab. »Laß mich in Ruhe.«

Aber sie ging nicht. Im allgemeinen fügsam, wenn nicht gar

phlegmatisch, wurde sie jetzt ganz starrköpfig. Sie setzte sich auf seine wackelige Liege und faltete die Hände im Schoß. Sie sagte, wenn er nicht mitkäme, dann bliebe sie da. Sie würde sich nicht vom Fleck rühren, bis er ihr versprochen habe, wenn er schon nicht zu ihr ins Haus ziehen wolle, daß er sie doch jeden Tag dort besuchen kommen würde. Dann endlich war sie bereit, sich zu ihrem Auto zurückbegleiten zu lassen. Er ging voraus, bahnte ihr einen Weg, indem er mit seinem Stock nach den Neugierigen stieß.

Eine Zeitlang hielt er sein Versprechen und ging jeden Tag in die Villa. Aber er war immer froh, wieder zu sich nach Hause zu kommen. Er wanderte im Basar auf und ab und sah sich all die Verkaufsstände und die Leute an, und dann setzte er sich draußen bei dem Verkäufer von Süßigkeiten hin und bestellte Tee und Milchsüßspeisen und las in seinem Bändchen Sufi-Gedichte. Manchmal bewegte ihn das so, daß er sie den anderen Gästen und den Vorübergehenden laut vorlas, obwohl die gar nicht Persisch verstanden:

»Legt ihr mich in mein Grab,
dann sagt nicht ›Lebewohl‹.
Denn ein Schirm ist das Grab nur,
verbirgt den freudigen Willkomm
der Paradiesesbewohner.
Ward je ein Same gestreut
und keimte nicht?
Und ist der Mensch
nicht Same auch?
Welcher Eimer ward in den Brunnen gesenkt,
der nicht aufstieg mit Wasser gefüllt?«

Dann schien es ihm, als wäre alles von Reinheit und leuchtender Helle durchflutet, ja sogar dieser Basar, wo die Leute feilschten und Geld verdienten und sich die Zeit mit müßigen weltlichen Geschäften vertrieben. Langsam ging er nach Hause und die hölzerne Treppe hinauf, auf der es so finster war (er machte der Hausbesitzerin deshalb oft Vorwürfe), daß man stürzen und sich hätte das Genick brechen können. Er ging an dem Gemeinschaftsabort vorbei und an der Tür der gelähmten Hauswirtin, stets offenstehend,

196

damit die Kranke herausschauen konnte. Er setzte sich in seinem Zimmer an das offene Fenster, betrachtete die hellen Sterne über sich und die helle Straße unten und konnte stundenlang nicht schlafen, weil ihm so wohl zumute war.

Im Haus Paniwala schien ständig Essenszeit zu sein. Eine Menge Speisen wurden zubereitet. Paniwala selbst konnte nur sehr milde, gekochte Speisen vertragen, wegen seiner schwachen Verdauung. Korshed fand Geschmack an kontinentaleuropäischen Gerichten, unter Käsesoßen versteckt, während für Pilla ein Gericht kein Gericht war, wenn es nicht aus Reis mit verschiedenen Fisch- und Fleisch-Curries und einer großen Anzahl von gewürzten Beilagen bestand. Diener wanderten um den Tisch mit Schüsseln voller Speisen, die all diesen vielfältigen Geschmacksrichtungen Genüge taten. Auf der Anrichte, die sich über die ganze Länge der Wand ausdehnte, standen noch weitere Schüsseln unter silbernen Dekkeln, und dort waren auch Pyramiden von jeden Morgen frisch gekauften Früchten aufgehäuft, die so poliert und makellos waren, daß sie aussahen wie künstliche Früchte. Die Mahlzeiten dauerten Stunden. Teller wurden immer wieder gewechselt, und alle kauten sehr langsam, und es wurde heißer und heißer, so daß der Onkel, der aß, soviel er konnte, sich fühlte, als hätte er Fieber. Die Schwestern redeten pausenlos, aber ihre Unterhaltung schien eine vom Kauen nicht zu unterscheidende Tätigkeit. Als die Mahlzeit endlich vorüber war, hatte der Onkel das Gefühl, als wären sein Geist und sein Körper schweißgebadet, und in diesem Zustand mußte er sich mit den anderen ins Wohnzimmer zurückziehen, wo der Schlaf alle übermannte, außer Nargis und ihn. Das Nachmittagslicht, das durch die Schlitze der Jalousien sickerte, machte den Raum grün und dämmrig wie den Meeresboden; und Onkel und Nichte saßen zwischen den Marmorbüsten und den Topfpflanzen und starrten einander an, während das Schnarchen der schlafenden Familie sie einhüllte.

Einmal, als sie so dasaßen, sah der Onkel Tränen aus Nargis' Augen quellen. Er brauchte einige Zeit, um zu begreifen, daß es tatsächlich Tränen waren – er starrte sie an, während sie herabtropften –, und dann sagte er gereizt: »Aber was willst du denn noch?«

»Komm und wohn hier bei uns.«
»Nein!« schrie er wie ein Ertrinkender.

Das alles war lange her, bevor Rusi geboren wurde. Nach diesem Ereignis, obwohl der Onkel weiter in seinem heruntergekommenen Haus wohnte und die Familie Paniwala weiterhin ihre ununterbrochene Folge von Mahlzeiten aß, veränderte sich in beiden Haushalten einiges. Während eines besonders heftigen Monsuns in Bombay brach einer der oberen Balkons vom Haus des Onkels ab, und das ganze Mietshaus wurde so heftig erschüttert, daß die Sprünge in den Wänden des Treppenhauses breiter klafften und der Verputz von den Decken abblätterte. Was von den bunten Glasfenstern noch übrig gewesen war, fiel heraus und wurde durch einfache Glasscheiben ersetzt, und manche durch Pappe, und manche wurden einfach vergessen, bis der nächste Regen kam. Außerdem begann sich in dem gleichen Jahr dieses heftigen Monsunregens die Haut des Onkels zu verfärben. Das kam nicht unerwartet; Leukoderma war eine Familienkrankheit und überhaupt sehr häufig unter den Parsen Bombays. Der Onkel entdeckte zuerst den kleinen verräterischen Fleck an seinem Daumen. Selbstverständlich breitete sich das Gebrechen aus, und dann traten die Flecken überall an seinem Körper auf wie Mehltau, so daß seine Haut innerhalb weniger Jahre vollständig die Farbe verloren hatte. Es war weder eine schmerzhafte noch eine gefährliche Krankheit, nur entstellend.

Die Veränderung in der Familie Paniwala war sowohl positiver als auch weitreichender. Irgendwie hatte niemand mit Nachkommen gerechnet; als dann Rusi dennoch erschien, waren alle viel zu aufgeregt, um zu bemerken, daß sein Kopf ziemlich groß war oder daß er lange brauchte, bis er sitzen konnte. Er war drei, ehe er gehen konnte. »Laßt ihm Zeit«, sagten alle, und seine Langsamkeit wurde zur Tugend wie das Wachsen einer ganz besonderen Blume, die man umsorgen muß, bis sie sich entfaltet. Nur der Onkel mochte ihn nicht gern ansehen. Rusi war ständig der Mittelpunkt, um den sich, und zwar buchstäblich, die Familie scharte. Sein großer Kopf wackelte, wenn er auf dem Teppich herumtorkelte und kehlige Laute hervorstieß, während sie einen lächelnden Kreis um ihn bildeten und ihn ermunterten, ihm Kosenamen gaben, ihm lang vergessene Kinderreime vorsagten und liebevoll Finger hinstreckten, an denen er Halt fand. Sie nickten einander zu, und ihre sanften, gelben, nicht mehr jungen Gesichter strahlten. Und Nargis war eine von ihnen. Der Onkel schaute, wenn er es irgend vermeiden konnte, das Kind nicht an; er sah sie an. Sie hatte sich verändert. Die Mutterschaft hatte sie reifer und voller gemacht, und sie war beinahe dick. Aber es stand ihr, und ihre Augen, die früher mild und verschleiert und wie durch einen Nebel geschimmert hatten, leuchteten jetzt vor Erfüllung. Nie blickte sie auf den Onkel – nur auf ihren Sohn.

Der Onkel versuchte wegzubleiben. Zuerst dachte er, es gefiele ihm. Er saß stundenlang vor dem Laden des Süßigkeitenverkäufers und las oder redete mit jedem, der Zeit hatte. Er redete auch mit den Leuten, die in dem gleichen Mietshaus wie er wohnten – speziell mit der gelähmten Hausbesitzerin. Sie hatte ebensoviel Zeit wie er. Mehr als zwanzig Jahre hatte sie schon auf dem Bett liegend verbracht und damit, zur offenen Tür hinauszuschauen auf die Leute, die die Treppe herauf oder hinunter gingen. Manchmal ging er hinein und setzte sich zu ihr und hörte ihren Betrachtungen zu über den vergänglichen menschlichen Strom, der an ihrer Tür vorbeifloß. Sie befaßte sich mit Handlesekunst und Astrologie und wollte ihm ständig sein Schicksal voraussagen. Sie ergriff seine fleckige Hand und studierte sie sehr ernsthaft und überhörte seine Witze darüber, daß das einzige Schicksal, das ihm noch bevorstand, das weitere Verblassen seiner Pigmentation sei. Sie fuhr die Linien seines Handtellers nach und sagte, sie sähe, daß ihm noch viel Schönes im Leben bliebe. Dann drehte er den Scherz um und sagte: »Und was ist mit Ihnen?« Ganz ernsthaft streckte sie ihre Handfläche aus und deutete die Linien darin, und auch sie, schien es, waren so voller Verheißung wie ein eben bestelltes Feld.

Wie lange er jetzt auch ausblieb, Nargis kam ihn nie besuchen und schickte ihm auch keine Botschaften. Wenn er sie sehen wollte, mußte er sich selbst dort zeigen. Und wenn er es tat, schien sie nur selten erfreut darüber. Seine Kleidung war sehr abgetragen – er besaß nur zwei Hemden und zwei geflickte Hosen und erneuerte sie nie, ehe sie nicht absolut untragbar waren –, aber während Nargis vor Rusis Geburt sein Aussehen als ganz selbstverständlich hingenommen hatte, fragte sie ihn jetzt oft:»Warum kommst du in so einem Zustand? Was glaubst du eigentlich, wie das aussieht?« Er tat so, als wäre er überrascht, und blickte mit unschuldigem Gesichtsausdruck an sich hinunter. Sie war nicht erfreut. Einmal verlor sie sogar die Beherrschung und schrie ihn an, wenn er nicht genug Geld habe, um sich Kleidung zu kaufen, dann möge er doch bitte welches von ihr annehmen; sie sagte, sie gebe es ihm gern. Er hatte natürlich genug Geld, wie sie wußte; seine Schecks gingen regelmäßig ein. Unvermittelt wurde sie noch wütender und zog ein paar Rupienscheine heraus, warf sie ihm vor die Füße und stürzte aus dem Zimmer. Für einen Augenblick trat Schweigen ein; alle waren überrascht, denn für gewöhnlich war sie so ruhig. Dann bückte sich eine der Schwestern, um das Geld aufzuheben, und schnalzte leise mit der Zunge dabei.

»Sie ist aufgeregt«, sagte sie.

»Ja, wegen Rusi«, sagte die andere Schwester.

»Er hatte heute nacht ein bißchen Bauchweh.«

»Natürlich ist sie da aufgeregt.«

»Natürlich.«

»Eine Mutter . . .«

»Selbstverständlich.«

Und so ging es weiter, einem besänftigend dahinplätschernden Fluß gleich. Teilweise wollten sie damit den Vorfall um Nargis willen vertuschen, und teilweise wollten sie ihm Zeit geben, sich zu sammeln. Obwohl er ganz still saß und den Blick auf den Teppich gesenkt hielt, zitterte er am ganzen Körper. Nach einer Weile erhob er sich, ohne die Schwestern zu beachten, um wegzugehen. Sehr langsam ging er die Treppe hinunter und wollte eben die Haustür öffnen, als Nargis ihn rief. Er blickte auf. Sie beugte sich über das geschwungene Treppengeländer, mit Rusi auf dem Arm, ließ ihn auf- und abhüpfen.»Bitte den Onkel heraufzukommen und mit uns zu spielen!« sagte sie zu Rusi.»Sag ›Bitte, lieber Onkel, bitte, bitte!‹« Als Antwort riß Rusi den Mund auf und brüllte. Der Onkel sah nicht wieder hinauf, sondern setzte seinen Weg zur Haustür fort, die ihm ein Diener aufhielt. Nargis rief laut hinunter:»Wo gehst du hin?«

Daraufhin geriet das Kind außer sich. Sein Gesicht lief violett an, und der Mund war so weit aufgerissen, wie es irgend ging, aber kein Schrei kam heraus. Das machte ihn noch wütender, und er griff mit den Händen in die Haare seiner Mutter, riß ihr die Haarnadeln heraus und hämmerte dann mit den Fäusten auf ihre Brüste. Er war erst drei Jahre alt, aber so stark wie ein Dämon. Sie fiel zu Boden, und er lag auf ihr. Der Onkel rannte die Treppe hinauf, so schnell er konnte. Er versuchte, ihr aufzuhelfen, sie unter dem Kind hervorzuziehen, das jetzt begann, mit den Fäusten auf den Onkel einzuschlagen.

»Ja, ja, mir ist schon nichts passiert«, sagte Nargis, um sie beide zu beruhigen. Es gelang ihr, sich aufzusetzen: das Haar hing ihr auf die Schultern herab, und sie hatte Kratzer im Gesicht. »Wohin gehst du?« fragte sie den Onkel.

»Ich geh ja nicht«, sagte er. »Ich bin doch hier. Siehst du das nicht?« rief er. »Ich bin hier! Hier!«, sehr laut, um trotz des Gebrülls des Kindes gehört zu werden.

Als Rusi heranwuchs, gelangte man zu der Überzeugung, er sei übergescheit. Er dachte zuviel. Seine Mutter und die Tanten waren beunruhigt, wenn sie ihn mit krummem Rücken und finsterem Gesicht in einem Armsessel sitzen sahen, in tiefes Nachdenken versunken. Gelegentlich tauchte er daraus mit einem aus dieser Gedankentiefe zutage geförderten Bruchstück hervor. »Es wird eine Reihe von Naturkatastrophen eintreten, hervorgerufen durch die Explosion von bisher unentdeckten Mineralien unter der Erdoberfläche«, sagte er dann vielleicht. Dann fixierte er seine Tanten mit seinen nachdenklichen Augen und sagte: »Nehmt euch nur in acht.« Dann waren sie sehr beunruhigt – nicht wegen der Prophezeiung, sondern weil sie den Schaden fürchteten, den so viel geistige Betätigung seinem Gehirn zufügen könnte. Sie versuchten, ihn irgendwie abzulenken – ihm irgendeine aufregende Neuigkeit über eine Hochzeit oder eine Teegesellschaft mitzuteilen oder ihm eine Süßigkeit zu essen zu geben, die er gern mochte. Manchmal nahm er ihre Gabe gnädig an, manchmal nicht. Er war unberechenbar, wenn auch sehr leidenschaftlich in seinen Vorlieben und Abneigungen.

Die Person, gegen die Rusi die tiefste Abneigung hegte, war der Onkel. Er quälte ihn erbarmungslos und hatte alle möglichen unfreundlichen Namen für ihn. Am häufigsten bezeichnete er ihn als Aussätzigen, wegen der Hautkrankheit des Onkels. Manchmal erklärte er, es nicht ertragen zu können, mit ihm in einem Haus zu sein, und daß entweder der Onkel oder er selbst es verlassen müsse. Dann ging der Onkel weg. Wenn er das nächste Mal kam, war Rusi vielleicht ganz freundlich mit ihm – es war unmöglich vorauszusagen. Der Onkel bemühte sich, sowohl gegenüber dem einen wie dem anderen gleichgültig zu bleiben, und die übrige Familie tat ihr möglichstes, ihn dafür zu entschädigen. Jedenfalls Paniwala und seine Schwestern bemühten sich darum; Nargis war weniger berechenbar. Manchmal, wenn Rusi sehr grob gewesen war, folgte sie dem Onkel zur Tür und war sehr nett zu ihm, bei anderen Malen aber ermunterte sie Rusi noch und klatschte in die Hände und lachte laut Beifall und machte dann hämische Bemerkungen, wenn der Onkel sich erhob, um wegzugehen. Nach solchen Auftritten fuhr der Onkel nicht mit der Bahn oder dem Bus nach Hause, sondern ging den ganzen Weg zu Fuß in der Hoffnung, sich wirklich müde zu machen. Aber er wurde nie müde genug, sondern lag die halbe Nacht wach und sagte immer wieder vor sich hin: »Jetzt reicht's. Jetzt reicht's.« Dann dachte er an die Hausbesitzerin unten, die so eifrig in seiner Hand gelesen hatte, daß ihm noch große Dinge bevorstünden. Er mußte lachen, denn er war jetzt über siebzig.

Rusi bestellte eine Menge Bücher, obwohl er nicht viel las. Seine Tanten sagten, er habe es gar nicht nötig, denn er habe ja alles schon im Kopf. Aus dem gleichen Grund hatte es nicht viel Sinn, daß er zur Schule ging; er stritt nur mit den Lehrern, die sehr unwissend waren und ihm keineswegs das Wasser reichen konnten. In allen Schulen, die er ausprobierte, waren sich letzten Endes alle einig, daß es besser sei, wenn er sie wieder verließe. Dann kam eine Reihe von Privatlehrern, aber auch da gab es die gleichen Schwierigkeiten – es fand sich einfach keiner, der so viel wußte wie er. Jene, die nicht von selbst sehr bald weggingen, mußte man dazu auffordern, weil ihre minderen Qualitäten bei ihm eine solche Abneigung gegen sie hervorriefen. Einmal wurde er über einen derart wütend, daß er mit einem Brieföffner auf ihn einstach. Obwohl alle sehr beunruhigt waren über diesen Vorfall, sagte keiner mehr, als sie immer sagten: Der Junge war nervlich zu überreizt. Das kam davon, erklärten seine Tanten, daß er einen zu lebhaften Geist hatte. Sie empfahlen mehr Protein für seine Ernährung und einige zusätzliche Vitamintabletten. Nargis hörte ihnen aufmerksam zu und ging die Tabletten kaufen. Die drei Frauen versuchten ihn zu überreden, die Tabletten zu nehmen, aber er lachte verächtlich und erklärte ihnen, daß er seine eigene, selbst entwickelte Methode habe, durch seine eigenen Mineralvorräte in seinem Körper zusätzliche Energie zu speichern. Er plane, sich diese Methode patentieren zu lassen, und erwarte, ein Vermögen damit zu verdienen. Die Tanten schüttelten hinter seinem Rücken die Köpfe und tippten sich an die Stirn, womit sie andeuteten, daß er zu gescheit sei, gescheiter, als gut für ihn war. Wenn er sie ansah, änderten sie ihren Gesichtsausdruck, um so interessiert und intelligent auszusehen wie möglich. Er sagte, sie seien zwei törichte alte Frauen, die nichts verstünden, was habe es also für einen Sinn, mit ihnen zu reden; der einzige Mensch im Haus, der vielleicht etwas von dem verstand, was er sagte, sei sein Vater, der das Geld für dieses Projekt bereitstellen würde.

Seinen Vater sah man neuerdings im Haus nicht sehr viel. Er schien sehr beschäftigt im Büro zu sein und verbrachte fast seine ganze Zeit dort. Wochen vergingen, in denen ihm der Onkel überhaupt nicht begegnete. Und wenn er ihn traf, fand er ihn noch sanfter denn je, doch hatte er jetzt etwas Verstohlenes an sich und begegnete den Blicken anderer nicht gern. Falls er zugegen war, wenn Rusi den Onkel ärgerte, versuchte er ihn zurechtzuweisen. Er sagte:»Rusi, Rusi«, aber so leise, daß ihn sein Sohn wahrscheinlich gar nicht hörte. Nach einer Weile stand er dann stets auf und verließ still den Raum und kam nicht wieder zurück. Einmal jedoch, als dies geschah, traf ihn der Onkel dann unten an der Tür, wo er auf ihn wartete.»Einen Augenblick«, sagte Paniwala und zog ihn in sein Arbeitszimmer; er drückte dem Onkel die Hand dabei. Der Onkel fragte sich, was er ihm wohl zu sagen habe, und wartete, und Paniwala wartete ebenfalls. Man konnte eine goldene Uhr sehr vornehm ticken hören.

Als Paniwala endlich sprach, war es über ein unerwartetes Thema. Er teilte dem Onkel mit, daß das Ölgemälde über seinem

Schreibtisch – es stellte den Vorfahren Paniwalas dar, der ihr Vermögen begründet hatte – nicht nach dem Leben gemalt, sondern eine Kopie nach einer Photographie war. Selbst die Photographie war die einzige, von der man wußte; er war nicht der Mann gewesen, den man hatte dazu bringen können, oft im Atelier eines Photographen Modell zu sitzen.

»Er ist aus einem Dorf in der Nähe von Surat nach Bombay gekommen«, sagte Paniwala. »Bis ans Ende seiner Tage war ihm die einfache Dorfkost am allerliebsten. Chapati und eingelegtes Gemüse. Er baute dieses Haus mit vielen Badezimmern, aber er nahm sein Bad noch immer in einem Bottich draußen im Garten, wobei er zugleich die Pflanzen wässerte.«

Paniwala lachte glucksend in sich hinein, und beide sahen sie zu dem Porträt auf, das ein runzeliges Gesicht zeigte, aus dem eine große knochige Parsennase hervorragte. Auch Paniwala hatte eine große Nase, aber seine war nicht knochig; sie war weich und fleischig. Überhaupt sah er anders aus als sein Vorfahre, sein Gesicht war sehr viel weicher und sanfter, sowohl in den Konturen als auch im Ausdruck.

»Er war ein sehr strenger Mann«, sagte Paniwala. »Mit sich selbst und auch mit anderen. Alle mußten hart arbeiten, trödeln gab es nicht. Auch mein Großvater hatte seine Disziplin von ihm. Ja, das waren damals andere Männer – eine ganz andere Sorte von Männern.« Er fuhr sich mit der Hand über den völlig kahlen Schädel. Als er wieder sprach, da sagte er: »Deine Ausgaben müssen hinaufgegangen sein; das Geld ist nicht mehr, was es war. Ich weiß nicht, ob dein Scheck . . . Du verzeihst –« Er senkte den Blick.

Der Onkel machte eine Handbewegung, die alles bedeuten konnte.

»Du wirst mir gestatten«, sagte Paniwala, er genierte sich schrecklich. »Vom Ersten des nächsten Monats an. Ich danke dir. Das kleine Haus, wo er geboren wurde, in der Nähe von Surat, steht noch. Es ist so klein, man möchte gar nicht glauben, daß die ganze Familie darin lebte. Sie waren neun Kinder, und alle wuchsen gesund und munter heran. Später brachte er seine Brüder und Schwäger nach Bombay, und allen ging es gut, und auch sie hatten große Familien . . . Du gehst schon? Nein, du mußt eines der Autos nehmen – wozu stehen sie denn alle da herum? Erlaube mir.« Aber der Onkel wollte zu Fuß gehen, daher begleitete ihn Paniwala zur Tür. Er erzählte ihm, wie sein Großvater immer darauf bestanden hatte, zu Fuß in das Kaufhaus zu gehen, auch als er schon sehr alt und sehr unsicher auf den Beinen war, so daß die Familie dafür gesorgt hatte, daß ihm heimlich ein Wagen und ein Bedienter folgten. Auch die beiden Schwestern sprachen oft über ihre Familie – nicht über frühere Generationen, sondern über die jetzige. Sie gingen ständig Verwandte besuchen, von denen viele bettlägerig waren, und dann kamen sie nach Hause und besprachen den jeweiligen Fall. Manchmal sagten sie ein frühes Ende voraus, aber das traf selten ein. Langlebigkeit lag in der Familie, und selbst wenn sie von allen möglichen Krankheiten verkrüppelt waren, siechten die gebrechlichen Alten noch jahrelang dahin. Sie lagen in ihren Mahagoni-Betten und wurden von Dienstboten gefüttert und gewaschen. Es gab auch einen Schwachsinnigen, der Arme Falli genannt, der mehr als fünfzig Jahre in dem gleichen noblen Haus vom Ende des vorigen Jahrhunderts gelebt hatte, wenn auch eingesperrt in einem einzigen Zimmer mit vergitterten Fenstern; er war nicht gefährlich, aber seine Eigenarten machten es anderen schwer. Die beiden Schwestern sprachen jetzt vor dem Onkel ganz offen über alle diese Familienangelegenheiten. Das war nicht immer so gewesen. Gewiß, sie waren stets von peinlicher Höflichkeit ihm gegenüber gewesen – hatten seine abgetragenen Kleider nicht beachtet, nannten ihn beim Vornamen, versäumten es nie, ihn beim Betreten oder Verlassen eines Raumes zu grüßen –, aber er war ein Außenseiter geblieben. Auch hatten sie den Unterschied zwischen seiner und ihrer Familie nicht vergessen. Jedoch als die Jahre vergingen, betrachteten sie ihn mehr und mehr als einen der Ihren. Das geschah nicht auf einmal, sondern allmählich und erst nach der Geburt Rusis – ein Ereignis, das in den Augen der Schwestern die beiden Familien einander endgültig nahegebracht und zu einer Familie gemacht hatte.

Der Onkel erkrankte an einem Fieber. Er lag in seinem Zimmer, warf sich auf dem Lager herum, ohne Leintücher, nur mit einer Baumwollmatte und einem kleinen, steinharten Kissen. Nachbarn kamen herein, und weil er so sehr zitterte, deckten sie ihn mit einer Decke zu und versuchten, ihm Milch und Suppe einzuflößen. Er ließ sie tun, was nötig war. Sein Körper fühlte sich an, als würde ihm ein Knochen nach dem anderen zerbrochen von jemandem, der einen steinernen Hammer schwang. Er fragte sich, ob er jetzt wohl sterben würde. Die ganze Zeit lächelte er – nicht äußerlich, denn er stöhnte und schrie so viel, daß die Nachbarn sehr besorgt waren und das Haus Paniwala benachrichtigten –, sondern innerlich. Manchmal dachte er, er wäre bei dem Süßwarenverkäufer, manchmal sah er sich wieder in dem kleinen Haus im Vorort mit seinem Bruder und der alten Frau und Nargis, die heranreifte wie eine Frucht im Sonnenschein. Es spielte keine Rolle, an welchem dieser Orte er zu sein glaubte, denn sie waren beide wunderbar, ein Vorgeschmack des Paradieses. Er dachte, wenn er jetzt wirklich stürbe, bräuchte er nie wieder in das Haus der Paniwala zu gehen. Als er daran dachte, stiegen ihm Tränen in die Augen und liefen ihm über die Wangen, so daß die Nachbarn in Mitleidsrufe ausbrachen.

Als Nargis kam, ging es ihm besser. Das Fieber war abgeklungen, und er lag erschöpft da. Er war nicht gestorben, und doch fühlte er sich tot, wie vollständig verausgabt. Nargis verlor keine Zeit. Sie zahlte, was noch an Miete zu zahlen war, und ersetzte den Nachbarn ihre Ausgaben. Sie halfen ihr, seine Sachen zusammenzupacken. Er wollte immerzu nein sagen, aber er hatte nicht die Kraft. Statt dessen weinte er wieder; nur waren die Tränen jetzt kalt und hart. Die Nachbarn, die den Unterschied nicht sahen, erzählten Nargis, daß er während der ganzen Krankheit so geweint hatte, und als sie das hörte, weinte auch sie. Endlich wurde er die Treppe hinuntergetragen, und als sie an der Tür der gelähmten Hauswirtin vorbeikamen, rief sie ihm triumphierend zu: »Sehen Sie! Es ist wahr geworden, was ich gesagt habe! Es stand alles in Ihrer Hand geschrieben.«

Als er dann in dem großen Himmelbett in dem Schlafzimmer bei Paniwala lag, betrachtete er manchmal seine Hand und fragte sich, welches die Linien waren, die der Hausbesitzerin von dem neuen, ihn erwartenden Leben erzählt hatten. Es war sehr still und ruhig in dem Zimmer. Er blickte auf das Bild an der gegenüberliegenden

Wand; es war speziell in Auftrag gegeben worden und zeigte eine Szene im Paniwalaschen Kontor zu Beginn des Jahrhunderts. Der Begründer der Firma saß hoch oben auf einem Podium an einem Schreibtisch, und seine Söhne saßen an anderen Schreibtischen auf einem etwas niedrigeren Podium, und sie überblickten einen Saal voller Schreiber, die mit gekreuzten Beinen in Reihen auf dem Boden saßen und in Hauptbücher schrieben. Das Bild war in dunklen, düsteren Farben gemalt, damit es wie ein Renaissancebild aussähe. Wenn der Onkel dessen müde war, schaute er zur anderen Wand, der mit dem Fenster, in dem der Wipfel eines Baumes gerade noch sichtbar war. Nargis hatte einen Diener für ihn angestellt, der sein Bett machte und ihn wusch und ihm andere persönliche Dienste leistete. Korshed und Pilla kamen mindestens einmal am Tag herein und saßen zu seinen beiden Seiten und erzählten ihm alles, was geschah, in der Familie und in der Gesellschaft von Bombay im allgemeinen. Auch Rusi kam herein; man hatte ihn ermahnt, gut zu sein zu seinem Onkel, und eine ganze Zeit lang hielt er sich an diese Anweisung. Aber als die Wochen und schließlich die Monate vergingen und der Onkel noch immer dort lag, konnte Rusi nicht anders und kehrte wieder zu seinem alten Verhalten zurück. Er war besonders schadenfroh, wenn er zufällig hereinkam, während der Onkel gefüttert wurde. Das mußte sehr behutsam geschehen und mit einem speziellen gebogenen Löffel, und selbst dann ging eine Menge daneben und sickerte am Kinn des Onkels herunter.

Meistens war es sein Diener, der den Onkel fütterte, aber manchmal tat es Nargis selbst. Obwohl sie weniger geschickt war als der Diener und sehr rasch ungeduldig wurde, war es dem Onkel viel lieber, wenn sie es tat. Dann trödelte er mit dem Essen so lange wie möglich. Dann konnte Rusi dort stehen und sagen, was er wollte – es störte den Onkel überhaupt nicht. Er blickte nur in Nargis' Gesicht. Sie saß immer mit dem Rücken zum Fenster und dem Baum. Und selbst wenn sie ärgerlich mit ihm wurde und sagte: »Du machst das absichtlich«, wenn das Essen auf sein Kinn tropfte – er war trotzdem glücklich, daß sie dort saß. Bei diesen Gelegenheiten schien ihm, seine Hauswirtin hatte recht gehabt, und sein Leben war noch ganz und gar nicht vorbei.

IN DEN BERGEN

Menschen, die die meiste Zeit allein leben und fast niemandem begegnen, neigen dazu, sich nicht mehr um ihr eigenes Aussehen zu kümmern. So war es bei Pritam. Als die Jahre vergingen und sie weiterhin allein lebte, wurde ihr Aussehen immer derber und ungepflegter, und obwohl sie erst in den Dreißigern war, vergaß sie vollkommen, sich um ihr Äußeres zu kümmern und an sich selbst als eine Person mit einem Körper zu denken.

Ihre Mutter war genau das Gegenteil. Sie war mollig und verwöhnt, liebte Kuchen und seidene Saris und roch stets nach Lavendel. Pritam roch nach – nach was? Ihre Mutter, nach einer Trennung von vielen Monaten, in Pritams Umarmung, wurde sich bewußt, daß sie versuchte, den Geruch zu identifizieren, der von Pritam ausging. Vielleicht kam er aus ihren Kleidern, die sie wahrscheinlich nicht so häufig wechselte, wie es zu wünschen wäre. Tränen stiegen der Mutter in die Augen. Sie galten zum Teil dem, was aus ihrer Tochter geworden war, und teilweise dem Glück, wieder mit ihr zusammen zu sein.

Pritam schlug ihr kräftig auf den Rücken. Ihre Mutter weinte immer bei ihren Wiedersehen und bei ihren Trennungen. Meistens konnte Pritam nicht umhin, von diesen Tränen gerührt zu sein, obwohl sie sich der gemischten Ursachen bewußt war, von denen sie ausgelöst wurden. So gebärdete sie sich nun, um ihre eigenen Gefühle zu verbergen, noch ruppiger und männlicher und schubste die alte Dame sogar auf einen Stuhl zu. »Na komm, setz dich«, sagte sie. »Ich nehme an, du lechzt schon nach deiner Tasse Tee.« Sie hatte ihn bereits fertig, und die Mutter nahm ihn dankbar entgegen, denn sie liebte und brauchte Tee, und die Reise aus der Ebene herauf hatte sie sehr ermüdet.

Aber sie konnte ihn nicht mit Genuß trinken. Pritams Tee war immer zu stark für sie – ein schwarzes ländliches Gebräu, wie es Bauern trinken, und auch die Milch war von den Bauern, zu frisch und fett und noch kuhwarm. Und sie waren in diesem primitiven und kaum möblierten Raum in dem primitiven, am Berghang klebenden Steinhaus. Und da war auch Pritam selbst. Die Mutter mußte ihre ganze Kraft darauf konzentrieren, gegen weitere Tränen anzukämpfen.

»Mir scheint, der Tee schmeckt dir nicht?« sagte Pritam herausfordernd. Sie beobachtete sie streng, während die Mutter die Prüfung bestand, indem sie den Tee bis auf den letzten Tropfen austrank, und Pritam füllte die Tasse nach. Sie fragte:»Und wie geht es allen? Genau wie immer? Essen und Geldverdienen?«

»Nein, nein«, sagte die Mutter, womit sie weniger die Tatsache leugnete, daß die Familie genau das tat, als dagegen protestierte, daß es Pritam aussprach.

»Gehen sie dieses Jahr nicht nach Simla hinauf?«

»Am Donnerstag«, sagte die Mutter und rutschte unbehaglich herum.

»Und machen hier halt?«

»Ja. Zum Mittagessen.«

Die Mutter hielt die Augen gesenkt. Sie sagte nicht mehr, obwohl es mehr zu sagen gab. Das würde warten müssen bis zu einer besseren Gelegenheit. Sollte Pritam sich erst einmal mit der Aussicht vertraut machen, Mitglieder ihrer Familie für ein paar Stunden am Donnerstag bewirten zu müssen. Es war nichts Neues oder Unerwartetes, denn einige von ihnen machten jedes Jahr hier Station auf dem Weg weiter hinauf in die Berge. So gern sie es vielleicht auch getan hätten, sie konnten nicht einfach vorbeifahren; es gehörte sich nicht. Aber die Aussicht auf das Zusammentreffen bereitete niemandem Freude. Sehr oft gab es Streit, und dann beschimpfte Pritam sie, wenn sie wegfuhren, und sie stöhnten über die Notwendigkeit, die familiären Beziehungen aufrechtzuerhalten, anstatt das Mittagessen bequem in dem Hotel ein paar Meilen weiter einzunehmen.

Pritam sagte:»Ich nehme an, du wirst mit ihnen weiterfahren«, und fuhr sogleich fort:»Natürlich, warum solltest du bleiben? Was gibt es hier schon für dich?«

»Ich möchte bleiben.«

»Nein, du bist doch schrecklich gern in Simla. Es ist so nett und lustig dort. Spazierengehen auf der Mall, wo man alle Leute trifft, und Tee bei Davico. Nichts dergleichen hier. Sogar meinen Tee findest du furchtbar.«

»Ich will bei dir bleiben.«

»Aber ich will dich nicht!« Pritam lachte, sie war nicht ärgerlich. »Du wirst mir im Weg sein, und außerdem, was mache ich mit meinen ganzen tollen Liebesaffären?«

»Was, was?«

Pritam klatschte in die Hände vor Vergnügen. »O nein, ich erzähl dir gar nichts, denn dann wirst du dableiben wollen und wirst alle verscheuchen.« Sie warf ihrer Mutter einen listigen Blick zu und fügte hinzu: »Du wirst den armen Doktor Sahib verscheuchen.«

»Ach, Doktor Sahib«, sagte die alte Dame, erleichtert, daß das ganze nur ein Scherz gewesen war. Aber sie fuhr mißbilligend fort: »Kommt er immer noch hierher?«

»Ja, was glaubst du denn?« Pritam hörte jetzt auf zu lachen und war beleidigt. »Wenn er nicht kommt, wer sonst kommt denn dann? Außer ein paar Ziegen und Affen vielleicht. Ich weiß, dir ist er nicht gut genug. Du magst nicht, daß er herkommt. Dir wär's lieber, wenn ich nur Ziegen und Affen kennte. Und die Familie, natürlich.«

»Wann hab ich gesagt, daß ich ihn nicht mag?« fragte die Mutter.

»Das muß man nicht sagen. Und es gibt Menschen, die durchaus in der Lage sind, etwas zu spüren, ohne daß jemand was sagt. Hier.« Pritam griff nach der Tasse ihrer Mutter und füllte sie, mit einer ziemlich gereizten Geste, zum drittenmal.

Tatsächlich stimmte es gar nicht, daß die Mutter Doktor Sahib nicht mochte. Er kam am nächsten Morgen zu Besuch, und sobald sie ihn sah, regte sich bei ihr das übliche Gefühl – nicht Abneigung, sondern Mißbilligung. Er sah gewiß nicht aus wie jemand, der geeignet war, mit einem Mitglied ihrer Familie gesellschaftlichen Umgang zu haben. Er war ein winziger Mann, ungepflegt und sogar schmutzig. Er trug eine Art Anzug, aber der war in einem fürchterlichen Zustand, und ebenso seine Schuhe. Eines seiner Brillengläser war aus irgendeinem Grund durch ein Stück Pappe ersetzt.

»Ah!« rief er, als er sie sah. »Die Mutter ist gekommen!« Und er freute sich so aufrichtig, daß ihre Mißbilligung ihm nicht standhalten konnte – jedenfalls nicht gänzlich.

»Mutter bringt uns Nachricht und frohe Botschaften aus der großen, weiten Welt«, fuhr Doktor Sahib fort. »Was sind denn wir anderes als zwei Einsiedler am Berg? Oder ich könnte sogar sagen, Gebirgsbären.« Er setzte sich in respektvoller Entfernung von der Mutter, die es sich in einem Korbstuhl bequem gemacht hatte. Sie hatte sich draußen in den Garten gesetzt. Von hier hatte man einen prachtvollen Blick in die Ebene hinunter und auf die Berge oben; sie war jedoch nicht herausgekommen, um sich an der Aussicht zu erfreuen, sondern um in den Genuß der Morgensonne zu kommen. Obwohl der Sommer am Höhepunkt war, fror sie immer entsetzlich in dem Haus, das ihr wie eine steinerne Gruft vorkam.

»Hat Ihnen Madam von unserem Winter erzählt?« fragte Doktor Sahib. »Ach, was diese beiden Bären mitgemacht haben! Fragen Sie sie.«

»Sein Dach ist eingestürzt«, sagte Pritam.

»Eines Nachts schlief ich in meinem Bett. Plötzlich – was soll ich Ihnen sagen, krach, peng! Bumm knall! Mir schien es, als stürzten sämtliche Berge herab, und abgesehen von den Bergen, als fiele auch noch der Himmel selbst auf mein armes Haus herab. Ich sagte mir, ›Doktor Sahib, deine Stunde hat geschlagen.‹«

»Ich hab's ihm gesagt, den ganzen Sommer hab ich's ihm gesagt. ›Der erste Schneefall, und Ihr Dach wird einstürzen.‹ Und als es passierte, tat er nichts weiter als dastehen und die Hände ringen. So ein Idiot!«

»Wenn Madam nicht gewesen wäre, weiß Gott, was aus mir geworden wäre. Aber sie nahm mich auf und überließ mir den ganzen Winter über ein eigenes Plätzchen an ihrem Herd.«

Die Mutter sah sie mit erschrockenen Augen an.

»Ja, ja, den ganzen Winter«, sagte Pritam und machte sich über sie lustig. »Und ganz allein, nur wir beide. Warum mußten Sie ihr das erzählen?« warf sie Doktor Sahib vor. »Jetzt ist sie schockiert, schauen Sie nur, was für ein Gesicht sie macht. Sie hält uns für ein sündiges Liebespaar.«

Die Mutter errötete, und Doktor Sahib errötete ebenfalls. Sein Gesicht bekam einen Ausdruck von Schüchternheit, gemischt mit beschämtem Bedauern, mit Niedergeschlagenheit. Er schwieg eine Weile, mit gesenktem Kopf. Dann sagte er zur Mutter: »Schauen Sie, können Sie es sehen?« Er zeigte auf sein Haus, das weiter unten am Berghang hingeduckt lag, ein Stück unterhalb von Pritams. Es war ein winziges Haus, nicht viel mehr als eine Hütte. »Wieder ganz heil und gesund. Madam ließ das Dach reparieren, und jetzt bin ich wieder sicher und gut aufgehoben in meinem eigenen kleinen Königreich.«

Pritam sagte: »Eines Tages wird das ganze Haus zusammenfallen, nicht nur das Dach, und was werden Sie dann tun?«

Er breitete resigniert und ergeben die Arme aus. Er hatte keine Wahl, was seinen Wohnsitz betraf. Seine Familie hatte ihn hierhergebracht und in diesem Haus installiert; sie gaben ihm eine winzige Rente, aber nur unter der Bedingung, daß er nicht nach Delhi zurückkehrte. Wie an seinem fließenden Englisch erkennbar, war Doktor Sahib ein gebildeter Mann, obwohl es nicht ganz klar war, ob er sich wirklich als Arzt qualifiziert hatte. Wenn ja, hatte er vielleicht etwas Anrüchiges getan, und man hatte ihm die weitere Berufsausübung untersagt. Irgendwie bekam man von ihm einen solchen Eindruck. Er war für seine Familie eine große Verlegenheit. Unfähig, sich seinen Lebensunterhalt zu verdienen, war er herumgegangen und hatte die Freunde der Familie angeschnorrt, und einmal hatte er sich sogar im elegantesten Geschäftsviertel von Neu Delhi auf die Straße gesetzt und versucht, Zigaretten und Streichhölzer zu verkaufen.

Später, als er gegangen war, sagte Pritam: »Findest du nicht, daß ich einen flotten Liebhaber habe?«

»Ich weiß, das ist nicht wahr«, sagte die Mutter, sich verteidigend. »Aber andere Leute, was werden die denken – den ganzen Winter mit ihm allein im Haus? Du weißt doch, wie die Leute sind.«

»Was für Leute?«

Es stimmte, es gab keine anderen Leute. Für die Mutter war das ein Grund zum Bedauern. Sie blickte auf die Berge, die sich in weite Ferne erstreckten – eine Landschaft völliger Abgeschiedenheit. Aber Pritams Augen waren halbgeschlossen vor Zufriedenheit, als sie in die leere Weite blickte und Vögel durch den Nebel stoßen und am klaren Berghimmel dahinsegeln sah.

»Ich hab den ganzen Winter auf dich gewartet«, sagte die Mutter.»Ich habe dein Zimmer für dich bereitgehalten, und jeden Tag haben wir dort Staub gewischt und frische Blumen hingestellt.« Dann brach es aus ihr heraus:»Warum bist du nicht gekommen? Warum bleibst du hier, wenn du nach Hause kommen und ein geordnetes Leben führen kannst wie alle anderen?« Pritam lachte.»Ja, aber ich bin nicht wie alle anderen! Das wäre das Letzte!«

Die Mutter schwieg. Sie konnte nicht leugnen, daß Pritam anders war. Als sie noch ein junges Mädchen war, hatten sie sich ihretwegen Sorgen gemacht, waren jedoch zugleich stolz auf sie gewesen. Sie war ein kräftiges, gutaussehendes Mädchen mit ihren eigenen Ansichten gewesen. Die Leute hatten sie bewundert und es großartig gefunden, daß ein Mädchen in Indien so emanzipiert sein und ein so freies Leben führen konnte, genauso wie in anderen Ländern.

Jetzt entschloß sich die Mutter, ihr die Neuigkeit mitzuteilen. Sie sagte:»Er kommt mit den anderen mit am Donnerstag.«

»Wer kommt mit den anderen mit?«

»Sarlas Mann.« Sie sah Pritam nicht an, nachdem sie das ausgesprochen hatte.

Nach einem Augenblick des Schweigens rief Pritam:»Na, so soll er doch kommen! Sie können alle kommen – jeder ist willkommen. Meine Güte, was ist so Besonderes an ihm, daß du so ein Gesicht machst? Was ist überhaupt Besonderes an irgendwem von ihnen? Sie können kommen, sie können essen, sie können wieder wegfahren und Auf Wiedersehen. Warum sollte ich mir aus irgendwem was machen? Sie sind mir egal. Und du auch! Du kannst auch wegfahren – gleich jetzt, sofort, wenn du willst –, und ich werde hier stehen und dir winken und lachen!«

In dem Versuch, sie am Weiterreden zu hindern, fragte die Mutter:»Was wirst du für sie kochen am Donnerstag?«

Das ließ sie tatsächlich verstummen. Einen Augenblick lang sah sie ihre Mutter ganz wild an, als wäre sie selbst verrückt oder hielte ihre Mutter für verrückt. Dann sagte sie:»Mein Gott, denkst du jemals an etwas anderes als ans Essen?«

»Ich esse zuviel«, gab die alte Dame freimütig zu.»Dr. Puri sagt, ich muß abnehmen.«

Pritam schlief nicht gut in dieser Nacht. Ihr war heiß, und sie wälzte sich unruhig herum und stand schließlich auf und schaltete das Licht an und wanderte im Nachthemd im Haus herum. Dann schob sie den Riegel an der Tür zurück und trat hinaus. Die Nachtluft war scharf und erfrischte sie augenblicklich. Sie liebte es, in dieser ganzen unendlichen Stille draußen zu sein. Das Mondlicht lag auf den Bergrücken, so daß selbst jene, die grün waren, schneebedeckt aussahen.

Nur ein Licht gab es – einen sehr menschlichen kleinen Fleck in all dieser Dunkelheit. Es kam aus Doktor Sahibs Haus, ein Stück unterhalb von ihrem. Sie fragte sich, ob er eingeschlafen war bei brennendem Licht. Manchmal geschah es, daß er eindöste, wo er saß, und wenn er wieder aufwachte, war es Morgen. Aber zu anderen Malen blieb er wirklich die ganze Nacht wach, zu erregt von seinem Lesen und Nachdenken, um schlafen zu können. Pritam beschloß, hinunterzugehen und nachzusehen. Der Pfad war sehr steil, aber sie fand hinunter so sicher und unbeirrt wie eine Bergziege. Sie spähte zum Fenster hinein. Er war wach, saß an seinem Tisch, den Kopf in die Hand gestützt, und las beim Licht einer Petroleumlampe. Sein Haus hatte einmal Elektrizität gehabt, aber seit der Katastrophe im letzten Winter wollte sie nicht wieder funktionieren. Pritam war ganz froh darüber, denn die Leitungen waren immer sehr unverläßlich gewesen, und er hatte ständig in Gefahr geschwebt, einen tödlichen Schlag zu bekommen.

Sie klopfte an die Scheiben, um ihn aufmerksam zu machen, und ging dann um das Haus, um bei der Tür hineinzugehen. Beim Geräusch ihres Klopfens war er auf die Füße gesprungen; er war erschrocken und war es um nichts weniger, als er entdeckte, wer ihn da besuchte. Er starrte sie durch sein eines Brillenglas an, und seine Unterlippe zitterte vor Erregung.

Sie war gereizt: »Wenn Sie sich so fürchten, warum schließen Sie dann Ihre Tür nicht ab? Sie sollten sie abschließen. Es könnte ja sonstwer hereinkommen und wer weiß was tun.« Ihr fiel auf, wie sehr er wie ein Mordopfer aussah. Er war so klein und schwach – ein Schlag auf den Kopf würde genügen. Eines Morgens würde sie herunterkommen und ihn zusammengekrümmt auf dem Boden liegend vorfinden.

214

Aber hier war er, ganz lebendig, und jetzt, da er den Schrecken überwunden hatte, lachend und aufgeregt und erfreut, sie zu sehen.

Er schusselte herum und forderte sie auf, auf seinem einzigen Stuhl zu sitzen, wischte den Staub mit der Hand ab und stellte ihn in so ritterlicher Weise zurecht, daß sie sich instinktiv graziös bewegte, als sie sich darauf niederließ und ihr Nachthemd über die Knie herunterzog.

»Schauen Sie mich an, im Nachthemd«, sagte sie lachend. »Ich nehme an, Sie sind schockiert. Wenn Mutter das wüßte. Wenn sie mich sehen könnte! Aber selbstverständlich schläft sie tief und fest in ihrem Bett und schnarcht. Wieso sind Sie wach? Lesen Sie wieder in einem Ihrer dummen Bücher – was für Zeug Sie Tag und Nacht in Ihr Gehirn stopfen. Dabei würde ja jeder verrückt.«

Doktor Sahib las sehr gern. Er las meist historische Versromane, die ihn beeinflußten und sogar inspirierten. Er glaubte sehr fest an die Wiedergeburt, und diese Bücher halfen ihm, von den historischen Zeitaltern Dinge zu erfahren, die er einmal durchlebt haben mochte.

»Eine faszinierende Geschichte«, erzählte er. »Da kommt eine verheiratete Dame vor – eine Königin, genaugesagt –, die sich hoffnungslos in einen Mönch verliebt.«

»Du meine Güte! Hoffnungslos?«

»Ja wissen Sie, diese Mönche – selbstverständlich – hatten ja ein Keuschheitsgelübde abgelegt, und das heißt – na ja – Sie wissen ja –«

»Selbstverständlich weiß ich.«

»Also gab es große Seelenpein auf beiden Seiten. Denn auch er empfand eine brennende Liebe für die Dame und erlegte sich schreckliche Buße auf, um sie zu unterdrücken. Soll ich Ihnen vorlesen? Es sind ein paar sehr erhebende Stellen darin.«

»Wozu soll das gut sein? Das ist nichts, was man in Büchern liest, das erlebt man. Haben Sie je hoffnungslos geliebt?«

Er wandte sein Gesicht ab, so daß jetzt nur sein mit Pappe bedecktes Brillenglas sie ansah. Es schien jedoch nicht ausdruckslos, sondern höchst beredt.

Sie sagte: »Es gibt in der Welt Menschen, deren Gefühle um vieles stärker sind als die anderer. Natürlich müssen sie leiden. Wenn man nicht damit zufrieden ist, nur zu essen und zu trinken, sondern auch noch etwas anderes will . . . Sie sollten meine Familie sehen. Die scheren sich um nichts – außer um rein physische Dinge, außer ums Vergnügen.«

»Meine ganz genauso.«

»Ich hab eine Cousine, Sarla – ich hab nichts gegen sie, sie ist keine schlechte Person. Aber ich sag Ihnen, da könnte man ebensogut als Tier auf die Welt kommen. Vielleicht sollte ich nicht so reden, aber es ist wahr.«

»Es ist wahr. Und in früheren Leben waren diese Leute wirklich Tiere.«

»Meinen Sie?«

»Oder eine sehr niedere Form menschlicher Wesen. Aber die Königinnen und die wirklich großen Menschen, sie werden – ja, die werden wie Sie. Bitte lachen Sie nicht. Ich hab Ihnen schon ein andermal gesagt, was Sie in Ihrem vorigen Leben waren.«

Sie lachte noch immer: »Sie haben mir so vieles gesagt.«

»Was alles stimmt. Weil Sie schon viele Inkarnationen erlebt haben. Und in jeder waren Sie eine außergewöhnliche Persönlichkeit, eine hochentwickelte Seele, aber Sie hatten auch jedesmal ein schweres Leben, gezeichnet von Sorge und Leid.«

Pritam hatte aufgehört zu lachen. Sie starrte traurig auf die kahle Wand über seinem Kopf.

»Das ist das Schicksal aller hochentwickelten Seelen«, sagte er. »Es ist der Preis, der dafür bezahlt werden muß.«

»Ich weiß.« Sie seufzte aus tiefstem Herzen.

»Ich denke viel über dieses Problem nach. Gerade heute nacht, bevor Sie kamen, saß ich hier und las in dem Buch. Ich schäme mich nicht zuzugeben, daß mir die Tränen herunterliefen, so daß ich nicht weiterlesen konnte, weil ich die Schrift nicht sehen konnte. Da blickte ich auf und fragte: ›O Herr, warum müssen diese guten und edlen Seelen solche Qualen erleiden, während andere, weniger gute und edle, sich ungehindert ihres Lebens freuen?‹«

»Ja, warum?« fragte Pritam.

»Ich werde es Ihnen sagen. Ich will es Ihnen erklären.« Er war aufgeregt jetzt, begeistert. Er blickte sie voll an, und sogar seine

Papplinse schien zu leuchten. »Als ich eben jetzt von diesem Mönch las – einem heiligen übrigens –, und wie er kämpfte und focht gegen seine Natur, konnte ich nicht anders, als an mich selbst zu denken. Ja, auch ich, wenn ich auch kein Heiliger bin, kämpfe und fechte allein in meiner Hütte hier. Ich schreie auf in meiner Pein, und auch die Leiden, die ich erdulde, sind schrecklich, aber – ach, Madam, auch herrlich! Ein Privileg!«

Pritam schaute auf den Sprung, der quer über die ganze Wand lief und sie zu spalten schien. Noch ein schwerer Schneefall, dachte sie, und die ganze Hütte würde einstürzen. Inzwischen saß er hier und redete Unsinn, und sie hörte ihm zu. Unvermittelt stand sie auf.

Er rief: »Ich habe zuviel geredet! Es langweilt Sie!«

»Schaun Sie, wie spät es ist«, sagte sie. Das Fenster war milchweiß von der Dämmerung. Sie schraubte die Petroleumlampe herunter und öffnete die Tür. Bäume und Berge schwammen in blassem Nebel, versuchten wie Schwimmer im Wasser an der Oberfläche zu bleiben. »O mein Gott«, sagte sie. »Es ist Zeit, aufzustehen. Und was für einen Tag ich heute haben werde, wo sie alle kommen.«

»Heute kommen sie?«

»Ja, und Sie brauchen sich nicht die Mühe zu machen und mich zu besuchen. Die sind ganz und gar nicht Ihre Sorte Leute. Nicht im geringsten.«

Er lachte. »Gut.«

»Meine auch nicht«, sagte sie und fing an, zu ihrem Haus hinaufzusteigen.

Pritam kochte sehr gern und kochte sehr gut. Ihre Küche war ein primitiver kleiner Anbau, in dem sie geschäftig herumwerkte. Das Haar fiel ihr ins Gesicht und klebte an der Stirn; ein paarmal versuchte sie, es mit dem Arm zurückzuschieben, aber sie beschmierte sich dabei nur mit Ruß. Als ihre Mutter sie darauf aufmerksam machte, lachte sie und rieb an dem Fleck herum und machte es noch schlimmer.

Ihre gute Laune half ihr erfolgreich über die Ankunft der Verwandten hinweg. Sie kamen in drei Autos, und plötzlich war das

Haus voller elegant gekleideter Leute mit lauten Stimmen. Pritam kam aus der Küche gestürzt, so wie sie war, und umarmte alle ohne Unterschied, auch Sarla und ihren Mann, Bobby. In dem allgemeinen Hin und Her und der Aufgeregtheit vieler Menschen ging die Begegnung glatt vonstatten. Die Mutter war erleichtert. Pritam und Bobby hatten einander acht Jahre nicht gesehen – genaugenommen seit Bobby mit Sarla verheiratet worden war.

Bald darauf servierte Pritam eine umfangreiche, köstlich bereitete Mahlzeit. Sie ging herum und belud ihre Teller, drängte sie, sich zu nehmen, mehr zu nehmen, freute sich zu sehen, daß ihnen ihr Essen schmeckte. Sie hatte sich noch immer nicht umgezogen, und ihr Gesicht war noch immer rußverschmiert. Die Mutter – die vor allem befürchtet hatte, daß Pritam mürrisch und schwierig sein würde – war nicht erleichtert, sondern aus dem Gleichgewicht gebracht von Pritams guter Laune. Sie dachte, weshalb verhielt sie sich so ihnen gegenüber – was hatten sie je für sie getan, daß sie ihnen solche Zuneigung zeigte und sich ihnen gegenüber wie ein Dienstbote benahm? Sie sah sogar aus wie ihr Dienstbote. Der Zorn der alten Dame wuchs, und als sie Pritam Reis auf Bobbys Teller häufen sah – als sie sah, wie Pritam *ihm* wie ein Dienstbote servierte und wie er sich umdrehte und ihr wegen ihres Essens ein Kompliment machte, worauf Pritam stolz und schüchtern und erfreut reagierte, da konnte es die Mutter nicht länger ertragen. Sie ging ins Schlafzimmer und legte sich aufs Bett. Sie fühlte sich krank; ihr Blutdruck war gestiegen, und ihre Pulse pochten. Sie schloß die Augen und bemühte sich, ihre Ohren vor dem fröhlichen, geselligen Lärm zu verschließen, der aus dem Nebenzimmer kam.

Nach einer Weile kam Pritam herein und sagte: »Warum ißt du nichts?«

Die alte Dame antwortete nicht.

»Was ist los?«

»Geh. Geh weg. Geh zu deinen Gästen.«

»Mein Gott, sie schmollt!« sagte Pritam und lachte laut auf – nicht um ihre Mutter zu ärgern, sondern um sie aufzumuntern, so wie sie es mit einem Kind machen würde. Aber die Mutter blieb weiter dort liegen mit geschlossenen Augen.

Pritam fragte: »Soll ich dir was zu essen bringen?«

»Ich will nichts«, sagte die Mutter. Unvermittelt jedoch öffnete sie die Augen und setzte sich auf. Sie sagte:»Du solltest ihm zu essen geben. Er sollte auch eingeladen sein. Oder findest du vielleicht, er ist nicht gut genug für deine Gäste?«

»Wer?«

»Wer. Das weißt du ganz genau. Du solltest es wissen. Du warst die ganze Nacht mit ihm beisammen.«

Pritam warf einen schnellen Blick über die Schulter zur offenen Tür hin, ging dann auf ihre Mutter zu.»Du hast mich also belauert«, sagte sie. Die Mutter wich zurück.»Du hast getan, als ob du schliefst, und dabei hast du mich die ganze Zeit belauert.«

»Nicht so, Tochter –«

»Und jetzt hast du dreckige Gedanken über mich.«

»Keine solchen!«

»Doch, solche!«

Beide schrien. Die Unterhaltung im Nebenzimmer war verstummt. Die Mutter flüsterte:»Mach die Tür zu«, und Pritam machte sie zu.

Dann sagte die Mutter mit sanfter, liebevoller Stimme:»Ich bin froh, daß er hier bei dir ist. Er ist dir ein guter Freund.« Sie blickte Pritam ins Gesicht, aber es hellte sich nicht auf, und sie fuhr fort: »Deshalb hab ich gesagt, er sollte auch eingeladen sein. Wenn andere Freunde kommen, sollten wir unsere alten Freunde nicht vernachlässigen, die uns beigestanden haben in der Stunde der Bedrängnis.«

Pritam schnaubte verächtlich.

»Und ihm hätte das Essen so sehr geschmeckt«, sagte die Mutter.»Ich glaube, er ißt nicht sehr oft gut.«

Pritam lachte.»Du solltest sehen, was er ißt«, sagte sie.»Aber er hat Glück, daß er wenigstens das hat. Wenigstens schickt ihm seine Familie jetzt Geld. Willst du wissen, was er getan hat, bevor er hierherkam? Er hat es mir selbst erzählt. Er ist in die Küchen von Restaurants gegangen und hat um Essen gebettelt. Und sie haben ihm die Reste gegeben, und er hat sie gegessen – er hat es mir selbst erzählt. Er hat gegessen, was andere Leute auf ihren Tellern übriggelassen hatten, wie ein Straßenkehrer oder ein Hund. Und von so jemandem willst du, daß er mein Freund ist?«

Sie wandte sich ab von dem erschrockenen, leidenden Gesicht ihrer Mutter. Sie rannte aus dem Zimmer und durch das nächste Zimmer hinaus, an allen Gästen vorbei. Sie stieg einen Pfad hinauf, der hinter ihrem Haus wegging auf ein kleines, gerodetes Plateau. Sie legte sich ins Gras, das von Insekten summte; sie befand sich auf einer Ebene mit den Baumwipfeln und den Vögeln, die in den Bäumen herumpickten, und deren Rufe daraus hervordrangen. Sie kam oft hierher. Sie schaute hinunter auf die Landschaft, ohne die Aussicht wahrzunehmen, sie war ihr so vertraut. Der einzige ungewöhnliche Anblick waren die drei vor ihrem Haus geparkten Autos. Ein Chauffeur putzte eine Windschutzscheibe. Dann kam jemand aus dem Haus, langte durch eine Autotür und holte eine Flasche heraus. Es war Bobby.

Pritam beobachtete ihn, und als er im Begriff war, ins Haus zurückzugehen, warf sie einen kleinen Stein hinunter, der ihm vor die Füße fiel. Er blickte auf. Er lächelte. »Hallo, du da!« rief er.

Sie winkte ihm, er solle zu ihr heraufsteigen. Er zögerte einen Augenblick, schaute auf die Flasche und zu dem Haus hin, doch dann warf er den Kopf zurück mit der Bewegung, die sie so gut kannte, und begann, sich den Pfad hinaufzukämpfen. Sie hielt eine Hand vor den Mund, um das Lachen zu verbergen, als sie ihm zusah, wie er auf allen vieren zu ihr heraufkletterte. Als er endlich ankam, war er außer Atem und zerzaust, und an seiner Hand war ein bißchen Blut, wo er sie sich aufgeschürft hatte. Er warf sich in das Gras neben sie und stieß ein erleichtertes »Puuh!« aus.

Sie hatte ihn seit acht Jahren nicht gesehen, und ihr ganzes Leben hatte sich inzwischen verändert, doch er, schien ihr, hatte sich nicht besonders verändert. Vielleicht war er ein wenig schwerer geworden, aber es stand ihm, er sah männlicher aus denn je. Er lag mit dem Gesicht nach unten im Gras, und sie sah, wie seine Schulterblätter unter dem fein gestreiften Hemd bebten von seinem vor Erschöpfung keuchenden Atem.

»Deine Kondition ist miserabel«, sagte sie.

»Ist das nicht schrecklich?«

»Spielst du nicht mehr Tennis?«

»Hauptsächlich Golf jetzt.«

Er setzte sich auf und führte die Flasche zum Mund, beugte den

Kopf zurück. Sie sah, wie seine Kehle sich bewegte, als die Flüssigkeit hinunterglitt. Mit einem befriedigten Laut setzte er die Flasche ab und reichte sie ihr, und ohne sie abzuwischen, setzte sie die Lippen an die Stelle, an der seine gewesen waren, und trank. Der Whisky schlug in ihr hoch wie Feuer. Sie waren oft so zusammengesessen und hatten eine Flasche Scotch zwischen sich hin und her gehen lassen.

Er schien vollständig zufrieden zu sein, mit ihr dort zu sitzen. Er hatte die Knie angezogen und ließ den Blick anerkennend auf der Aussicht verweilen. So hatte sie ihn oft attraktive Mädchen betrachten sehen. »Hübsch«, sagte er, so wie er es damals bei diesen Gelegenheiten gesagt hatte. Sie lachte, und dann sah auch sie hinunter und versuchte sich vorzustellen, wie es für ihn aussah.

»Eine hübsche Gegend«, sagte er. »Es gefällt mir. Ich wünschte, ich könnte hier leben.«

»Du!« Sie lachte wieder.

Er machte ein ernsthaftes Gesicht. »Ich liebe die Ruhe und Einsamkeit. Du kennst mich nicht, ich habe mich sehr verändert.« Er wandte sich ihr voll zu, noch immer sehr ernsthaft, und zum erstenmal spürte sie, daß er ihr direkt ins Gesicht sah. Sie hob eine Hand und sagte rasch: »Ich habe den ganzen Tag gekocht.«

Er blickte weg, als wollte er sie schonen, und diese taktvolle Geste schmerzte sie mehr als alles andere. Sie sagte schwerfällig: »Ich habe mich verändert.«

»O nein!« sagte er hastig. »Du bist noch ganz dieselbe. Sobald ich dich sah, hab ich gedacht: Schau dir Priti an, sie ist noch ganz dieselbe.« Und wieder wandte er sich ihr zu, damit sie seine Augen sehen könne, riß sie ihretwegen weit auf. Es war eine seiner Angewohnheiten, die sie gut kannte; er forderte die Person, die er anlog, stets dazu heraus, in seinen Augen nichts anderes als vollkommene Ehrlichkeit zu lesen.

Sie sagte: »Du solltest lieber gehen. Die werden sich alle wundern, wo du bist.«

»Laß sie doch.« Und als sie den Kopf schüttelte, sagte er mit seiner einschmeichelnden Stimme: »Laß mich bei dir bleiben. Es ist so lange her. Soll ich dir was sagen? Ich war so aufgeregt gestern, als ich daran dachte: Morgen werde ich sie wiedersehen.

Ich konnte die ganze Nacht nicht schlafen. Doch, wirklich – das ist wahr.«

Sie wußte selbstverständlich, daß es nicht stimmte. Er schlief wie ein Bär; nichts konnte ihn dabei stören. Der Gedanke belustigte sie, und ihre Mundwinkel zuckten. Ermutigt rückte er näher. »Ich denke sehr oft an dich«, sagte er. »Ich erinnere mich an so vieles – das kannst du dir gar nicht vorstellen. Die vielen Debatten, die wir hatten über unser schreckliches Gesellschaftssystem. Es war toll.«

Einmal hatten sie ein sehr gutes Gespräch über freie Liebe geführt. Sie waren hinausgefahren an einen See, an eine Stelle, die sie kannten. Zuerst hatten sie ganz leichtfertig geredet, hatten auf einem Felsvorsprung gesessen mit Blick über den See, aber je mehr sie sich in ihre Unterhaltung über freie Liebe vertieften (beide, stellte sich heraus, bejahten sie), um so ernster wurden sie, und dann sehr still, bis sie zuletzt nichts mehr zu sagen wußten. Dann saßen sie nur dort, und obwohl es ruhig war und das Wasser nur von winzigen Wellen gekräuselt, wie zerknitterte Seide, hatten sie das Gefühl, mitten in einem Sturm zu sein. Aber natürlich waren es ihre klopfenden Herzen und das Blut, das sauste. Es war das wunderbarste Erlebnis, das ihnen in ihrem Leben je widerfahren war. Danach kehrten sie oft dorthin zurück oder fuhren an andere, ähnliche Stellen, die sie finden konnten, und sobald sie allein waren miteinander, brach wieder dieser Sturm los.

Jetzt seufzte Bobby auf. Zur Erfrischung und Entspannung nahm er noch einen Zug aus der Flasche und reichte sie dann ihr. »Es ist komisch«, sagte er. »Ich habe so ein phantastisches geselliges Leben. Ich begegne so einer Menge Leute, aber es gibt nicht einen Menschen, mit dem ich so reden kann wie mit dir. Ich meine, über ernsthafte Themen.«

»Und mit Sarla?«

»Sarla ist in Ordnung, aber sie hat kein wirkliches Interesse an ernsthaften Themen. Ich glaube, sie denkt nie über welche nach. Aber ich schon.«

Zum Beweis machte er wieder ein sehr ernsthaftes Gesicht und wandte es ihr zu, damit sie es studieren könne. Wie wenig er sich verändert hatte!

»Gib mir noch was zu trinken«, sagte sie; sie brauchte es.

Er reichte ihr die Flasche. »Die Leute glauben, ich wäre ein extrovertierter Mensch, und natürlich muß ich ein sehr extrovertiertes Leben führen«, sagte er. »Und dann ist ja auch noch das Geschäft da – seit Papa den Schlaganfall hatte, muß ich sehr viel im Büro sein. Aber weißt du, was ich oft sehr gern tu? Nur auf meinem Bett liegen und hübsche Melodien auf meinem Kassettenrecorder anhören. Und dann kommen mir eine Menge Gedanken.«

»Worüber denn?«

»Ach, über alles mögliche. Du würdest staunen.«

Sie war erfüllt von Gefühlen, von denen sie geglaubt hatte, sie würden nie wiederkommen. Ohne Zweifel waren sie teilweise auf den Whisky zurückzuführen; sie hatte seit langem nichts mehr getrunken. Sie dachte, er müsse genauso empfinden wie sie; früher hatten sie immer gleich empfunden. Sie streckte die Hand aus, um ihn zu berühren – zuerst seine Wange, die rauh und männlich, dann seinen Nacken, der weich und glatt war. Er hatte geredet, aber als sie ihn berührte, verstummte er. Sie ließ ihre Hand auf seinem Nacken liegen, die Berührung tat ihr wohl. Er schwieg weiterhin, und irgendwie war das sonderbar. Einen Augenblick lang nahm sie ihre Hand nicht weg – auch aus Verlegenheit –, und als sie es schließlich tat, bemerkte sie, daß er die Hand ansah. Auch sie sah sie an. Die Haut war rauh und nicht allzu sauber, und auch ihre Nägel nicht, und einer war abgebrochen. Sie verbarg die Hände hinter ihrem Rücken.

Jetzt sprach er wieder, und er redete ziemlich schnell. »Ehrlich, Priti, ich finde, du hast wirklich Glück, hier zu leben«, sagte er. »Niemand stört dich, keine Sorgen, und diese ganze phantastische Landschaft.« Er wandte den Kopf wieder, um die Aussicht zu bewundern, und ließ seine Augen funkeln vor Begeisterung. Und tief Atem holte er auch.

»Und diese herrliche Luft«, sagte er. »Kein Wunder, daß du in Form und gesund bleibst. Wer wohnt dort?« Er deutete auf Doktor Sahibs Haus weiter unten.

Pritam antwortete lebhaft: »Oh, ich habe Glück – er ist eine so interessante Persönlichkeit. Schade, daß du ihn nicht kennenlernen kannst.«

»Schade«, sagte Bobby höflich. Rund um die drei Autos unter

ihnen ging es jetzt geschäftig zu. Verschiedene Dinge wurden herbeigeschleppt und in den Autos verstaut, alles vorbereitet für die Abfahrt.

»Ja, solche Leute trifft man nicht alle Tage. Er ist Doktor, nicht nur der Medizin, sondern auch in allen möglichen anderen Fächern. Er ist ein Forscher und Denker, und deshalb lebt er hier oben. Weil es so ruhig ist.«

Jetzt konnte man Menschen aus Pritams Haus kommen sehen. Sie wandten sich in alle möglichen Richtungen, blickten herauf und riefen Pritams Namen.

»Sie suchen dich«, sagte Bobby. Er schraubte die Whiskyflasche zu und stand auf und wartete, daß auch sie aufstehe. Aber sie ließ sich Zeit.

»Weißt du, für ernsthaftes Nachdenken braucht man vollkommene Ruhe und Stille«, sagte sie. »Ich meine, wenn du wirklich ein Denker bist, so etwas wie ein Philosoph.«

Sie erhob sich. Sie stand da und schaute auf die Menschen hinunter, die nach ihr suchten und sie riefen. »Wann immer ich nachts aufwache, sehe ich bei ihm Licht brennen. Er sitzt immer über irgendeinem Buch, studiert und studiert.«

»Phantastisch«, sagte Bobby, obwohl seine Aufmerksamkeit durch die Menschen unten abgelenkt war.

»Er weiß alles über frühere Leben. Er kann einem genau sagen, was man in seinem früheren Leben war.«

»Wirklich?« sagte Bobby und wandte sich ihr wieder zu.

»Er hat mir alles über meine früheren Inkarnationen erzählt.«

»Wirklich? Würde er das auch von mir wissen?«

»Vielleicht. Wenn du eine interessante Persönlichkeit wärst. Ja, schon gut. Ich komme!« rief sie endlich hinunter.

Sie begann den steilen Abstieg, aber er war für sie so leicht, daß sie über die Schulter nach ihm zurückschauen und weiterreden konnte. »Er hat nur Interesse am Studium hochentwickelter Seelen, wenn du also nicht wirklich jemand ganz Besonderer in einem früheren Leben gewesen sein solltest, wäre er nicht in der Lage, dir irgend etwas zu sagen.«

»Was warst du?« fragte Bobby. Er hatte begonnen, ihr zu folgen. Obwohl ihn die Unterhaltung interessierte, konnte er sich nicht darauf konzentrieren, weil er auf den Weg hinunterschauen und seine Füße vorsichtig setzen mußte.

»Ich glaube nicht, daß ich dir das sagen kann«, antwortete sie im Weitergehen. »Das ist etwas, das man tief in sich verschließen soll.«

»Was?« sagte er, aber gerade dann rutschte er aus, und er mußte seine ganze Konzentration darauf verwenden, nicht zu stürzen.

»Tief in sich verschließen soll man es!« wiederholte sie lauter, ohne sich allerdings umzusehen. Geschickt rannte sie den Pfad hinab und war bald unter den Menschen, die sie gerufen hatten.

Sie waren erleichtert, sie zu sehen. Anscheinend war die alte Dame sehr schwierig. Sie weigerte sich, ihren Koffer packen zu lassen, weigerte sich, ins Auto zu steigen und nach Simla hinaufgefahren zu werden. Sie erklärte, sie wolle bei Pritam bleiben.

»Dann laßt sie doch«, sagte Pritam.

Ihre Verwandten tauschten entsetzte Blicke. Einige der Damen waren der ganzen Sache so müde, daß sie es aufgegeben hatten und auf den Stufen zur Veranda saßen und sich mit Fächern Luft zufächelten. Andere, geduldigere, erklärten Pritam, daß es ja sehr einfach für sie sei, zu sagen, laßt sie doch dableiben, aber wie wollte sie für sie sorgen? Die alte Dame benötigte so vieles – eine Masseuse am Morgen, eine Tasse Horlicks Krafttrunk um elf und eine weitere um drei, und man wußte nie, wann man den Arzt rufen mußte wegen ihres Blutdrucks. Nichts von alledem war in Pritams Haus verfügbar, und sie wußten genau, was geschehen würde – nach einem, höchstens zwei Tagen würde Pritam ihnen einen Hilferuf telegraphieren, und sie würden den ganzen Weg von Simla zurückkommen und sie bei ihr abholen müssen.

Pritam ging ins Schlafzimmer, schloß die Tür hinter sich. Die Mutter lag auf ihrem Bett mit dem Gesicht zur Wand. Sie rührte sich nicht, drehte sich nicht um und gab keinerlei Lebenszeichen, bis Pritam sagte: »Ich bin's.« Da sagte die Mutter: »Ich fahre nicht mit ihnen mit.«

Pritam sagte: »Du wirst jeden Tag ein kaltes Bad nehmen müssen, weil ich den Badeofen nicht ständig für dich anheizen werde. Weißt du, wer das Holz hacken muß? Ich, Pritam.«

»Ich brauche kein heißes Wasser. Wenn du keines brauchst, brauch ich's auch nicht.«

»Und es gibt kein Horlicks.«

»Pah!« sagte ihre Mutter. Sie lag noch immer auf dem Bett, allerdings hatte sie sich jetzt umgedreht und sah Pritam an. Sie sah nicht sehr gesund aus. Ihr Gesicht schien gedunsen und gerötet.

»Und dein Blutdruck?« fragte Pritam.

»Der ist ganz in Ordnung.«

»Ja, und wenn nicht? Hier gibt es keinen Dr. Puri, noch sonst jemanden.«

Die Mutter schloß die Augen, als kostete sie das große Mühe. Nach einer Weile fand sie die Kraft zu sagen: »Es gibt einen Doktor.«

»Gott steh uns bei!« sagte Pritam und lachte laut heraus.

»Er ist doch ein Doktor.« Die Mutter preßte ihren kleinen Mund eigensinnig über ihrem Gebiß zusammen. Pritam widersprach ihr nicht, obwohl sie noch immer vor sich hinlachte. Sie schwiegen beide, aber nicht aus Unstimmigkeit. Pritam öffnete die Tür, um hinauszugehen.

»Hast du ihm was zu essen aufgehoben?« fragte die Mutter.

»Genug, daß er eine Woche davon leben kann.«

Sie ging hinaus und sagte den anderen, daß ihre Mutter dableibe. Sie wollte auf keine Gegenargumente hören, und nach einer Weile gaben sie es auf. Sie wollten nichts weiter, als so schnell wie möglich wegkommen. Sie quetschten sich in ihre Autos und winkten ihr aus den Fenstern zu. Sie winkte zurück. Als Pritam außer Sichtweite war, sanken sie mit Seufzern der Erleichterung in die Autopolster zurück. Sie fanden, es war diesmal ganz gut vorübergegangen. Wenigstens hatte es keinen Streit gegeben. Sie redeten noch eine Weile über sie und fanden, daß sie sich besserte; vielleicht wurde sie mit den Jahren ruhiger.

Pritam wartete, bis die Autos die Kurve unter ihr erreichten, und dann – ohne jede Bosheit, aber mit ausgezeichneter Zielsicherheit – warf sie drei Steine. Jeder traf im Vorbeifahren genau das Dach jeweils eines Autos, eines nach dem anderen. Sie konnte das Geräusch von hier oben schwach hören. Sie dachte, wie sie sich in ihren Autos wundern würden und sich fragen, wovon sie getroffen worden waren, und wie sie sich die Hälse verrenken würden zu den Fenstern hinaus, aber nichts würden sehen können. Sie würden zu dem Schluß kommen, es müßten sich eben ein paar Steine vom Hang des Berges gelöst haben – vielleicht der Beginn eines Erdrutsches; im Gebirge wußte man ja nie.

Sie hob noch einen Stein auf und warf ihn über die ganze Entfernung hinunter auf Doktor Sahibs Wellblechdach. Er landete mit fürchterlichem Getöse, und Doktor Sahib kam herausgerannt. Er blickte geradewegs herauf dorthin, wo sie stand, und sein eines Brillenglas glitzerte sie in der Sonne an.

Sie legte die Hände an den Mund und rief: »Essen!« Er gab ein Zeichen freudiger Zustimmung und begann sofort, ebenso geschickt wie sie, den vertrauten Aufstieg.

E N T W E I H U N G

Es ist mehr als zehn Jahre her, seit Sofia in dem Hotelzimmer in Mohabbatpur Selbstmord beging. Damals war es ein großer lokaler Skandal, aber nun erinnert sich fast niemand an den Vorfall oder die Menschen, die darin verwickelt waren. Der Raja Sahib starb kurz danach – die Leute sagten, aus Kummer und Verbitterung –, und Bakhtawar Singh wurde in einen anderen Distrikt versetzt. Der jetzige Polizeichef ist ein Mann mit sanften Umgangsformen, der seine Abende gern zu Hause verbringt und mit seinen halbwüchsigen Töchtern Karten spielt.

Das Hotel in Mohabbatpur gibt es nicht mehr. Es wurde verkauft, ein paar Monate nachdem man Sofia dort fand, wechselte mehrmals den Besitzer, und kürzlich wurde es abgerissen, um einem neuen Kino Platz zu machen. Das wird an die Rückseite des alten Kinos angebaut, das es noch gibt und das noch immer uralte Bombay-Tonfilme spielt. Auch das Haus des Raja Sahib gibt es nicht mehr. Es wurde abgetragen, weil der Grund, auf dem es stand, sehr wertvoll geworden ist und jetzt zum Industriegebiet erklärt wurde. Viele Fabriken und Werkstätten sind in den letzten Jahren dort entstanden.

Als der Raja Sahib dorthin zog, um mit Sofia dort zu leben, stand da nichts als sein eigenes Haus, mit Blick über das verfallende Fort und die unfruchtbare Ebene dahinter. In der Ferne sah man eine kleine bebaute Fläche, die Felder der Dorfbewohner, und zusammengedrängt außer Sichtweite war das Dorf selbst. Innerhalb ihres großen Hauses hatten der Raja Sahib und Sofia ein sehr abgeschiedenes Leben geführt. Aus freiem Willen – seinem Willen. Es war, als hätte er sie an diesen abgelegenen Ort geschafft zu dem ausdrücklichen Zweck, sie für sich allein zu haben, sich am Genuß ihres Besitzes zu erfreuen.

Obwohl sie viel jünger war als er – mehr als dreißig Jahre jünger –, schien sie vollkommen glücklich zu sein, dort allein mit ihm zu leben. Jedenfalls war sie einer von jenen Menschen, die Glück ausstrahlen. Niemand wußte, wo der Raja Sahib sie kennengelernt und geheiratet hatte. Eigentlich wußte niemand wirklich etwas

228

über sie, außer daß sie eine Moslime war (er war selbstverständlich Hindu), und daß sie eine gute klösterliche Erziehung in Kalkutta – oder war es Delhi? – genossen hatte. Sie schien auf der Welt niemanden zu haben außer dem Raja Sahib. Allgemein nahm man an, sie wäre teilweise afghanischer Abstammung, hätte vielleicht auch ein wenig russisches Blut. Gewiß sah sie nicht ganz indisch aus; sie hatte helle Augen und breite Backenknochen und eine breite Stirn. Sie war graziös und kräftig, und manchmal lachte sie sehr viel, als wollte sie mit ihrer Jugend und ihrer guten Laune prahlen, ganz zu schweigen von ihren prächtigen Zähnen.

Selbst damals jedoch, während ihrer guten Jahre, litt sie an nervösen Erschöpfungszuständen. Dann saß der Raja Sahib neben ihrem Bett im verdunkelten Zimmer. Wenn nötig, blieb er die ganze Nacht auf und hielt ihre Hand (sie umklammerte seine). Manchmal dauerte das zwei oder drei Wochen lang, aber seine Geduld war unerschöpflich. Oft wurde es sehr heiß in dem Zimmer; das Haus stand ungeschützt in der dürren Ebene, und es gab nicht genügend Elektrizität für eine Klimaanlage – kaum genug für den Ventilator, der träge die heiße Luft herumwirbelte. Ihre Anfälle schienen stets während der heißen Monate aufzutreten, speziell während der Sandstürme, wenn die Landschaft ringsum von einem Sargtuch aus Wüstenstaub ausgelöscht wurde und der Himmel tief und gelb herabhing.

Aber wenn die Luft klar wurde, dann hellte sich auch ihre Stimmung auf. Die Hitze dauerte an, aber sie hielten die Fensterläden geschlossen und verspritzten Wasser und Rosenessenz auf die Marmorfußböden und die aus Berggras geflochtenen Matten, die rings um die Veranden gehängt waren. Wenn die Nacht sich herabsenkte, wurde das Haus geöffnet, um die kühlere Luft hereinzulassen. Dann gingen sie und der Raja Sahib hinauf auf das Dach. Sie zündeten Kerzen an in farbigen Glaszylindern und trugen die Versdramen des Raja Sahib vor. Gegen Mitternacht brachten die Diener ihr Abendessen, das aus vielen vollendet zubereiteten Gerichten bestand, und manchmal tranken sie auch eine Flasche französischen Wein aus dem Keller des Raja Sahib. Die dunkle Erde unter ihnen und der Himmel darüber schimmerten silbern vom Widerschein des Mondes und der unfaßbaren Vielzahl von Sternen, die dort oben leuchteten. Es war so still, die beiden hätten auch allein auf der Welt sein können – und genau das wollte der Raja Sahib natürlich.

Auf dem Dach seines Hauses sitzend war er zweifellos Herrscher über alles, was er überblickte, wie viel oder wenig es auch sein mochte. Seine Familie hatte dieses Land vor etwa hundertfünfzig Jahren während einer Zeit großer innerer Unruhen in Besitz genommen. Es waren nur wenige unfruchtbare Morgen mit ein paar verarmten Dörfern als Draufgabe, doch die Mitglieder der Familie hatten sich ein kleines Fort erbaut und sich sogar einen königlichen Titel zugelegt, obwohl sie nicht viel mehr waren als bessere Landbesitzer. Sie lebten wie alle anderen Landbesitzer auch, preßten so viel Steuern wie sie nur konnten aus den Bewohnern ihrer Dörfer. Sie brauchten stets Geld für ihre eigene Lebensführung, die immer anspruchsvoller wurde, besonders als sie anfingen, mehr und mehr Zeit in den großen Städten wie Bombay und Kalkutta oder sogar in London zu verbringen. Am Beginn des Jahrhunderts, als das Fort zu heruntergekommen und baufällig geworden war, um noch darin zu wohnen, wurde das Haus gebaut. Es war eine Mischung aus Gotik und Mogul-Stil mit vielen Säulenhallen und hohen, von überwölbten Veranden umschlossenen Räumen. Es war mit großen Kosten errichtet worden, aber ehe der Raja Sahib mit Sofia dort einzog, hatte es für gewöhnlich leergestanden, bis auf die eingesessenen Dienstboten.

In jenen Sommernächten auf dem Dach war immer sie diejenige, die des Raja Sahibs Stücke vorlas. Er saß da und hörte zu und betrachtete sie. Sie war in bunte Seiden gekleidet und trug den Familienschmuck als passendes Kostüm, um seine Blankverse zu deklamieren (alle seine Stücke waren in englischem Blankvers geschrieben). Manchmal verstand sie nicht, was sie las, und manchmal war es so schwülstig, daß sie in Lachen ausbrach. Er lächelte mit ihr und sagte: »Lies weiter, lies weiter.« Er saß mit gekreuzten Beinen dort und rauchte seine Huka, die Wasserpfeife, wie ein Bauer; er war auch gekleidet wie ein Bauer. Wäre jemand dort hinaufgekommen und hätte ihn da sitzen sehen, er hätte ihn nicht für den Besitzer dieses Hauses und den Ehemann Sofias gehalten – schon gar nicht für den Verfasser all dieser romantischen Blankverse. Aber er war nicht so, wie er aussah oder vorgab zu sein. Er war ein Mann von beträchtlicher Bildung, der jahrelang im Ausland gelebt, die Oper und das Theater geliebt hatte, und der viele kultivierte Freunde besessen hatte. Später – sei es aus einem allgemeinen Widerwillen oder aus einer speziellen Enttäuschung, das wußte niemand – hatte er all dem den Rücken gekehrt. Jetzt betrachtete er sich gerne als einen einfachen bäuerlichen Landbesitzer.

Die dritte Person in dieser Geschichte, Bakhtawar Singh, stammte tatsächlich aus bäuerlichem Milieu. Er hatte sich völlig aus eigener Kraft emporgearbeitet. Dank seiner Tüchtigkeit und seiner Kühnheit war er im Polizeidienst rasch aufgestiegen und war nun Bezirks-Polizeichef (P. C. genannt). Er war für die Inhaftierung einiger berüchtigter Räuber verantwortlich gewesen. Einen von ihnen – fast zwanzig Jahre lang der ungekrönte König des Landstriches – hatte er selbst in einer Schlucht in eine Falle gelockt und mit seinem Revolver in den Kopf geschossen, und die Leiche hatte er in seinem Jeep mitgenommen, um sie vor dem Polizeihauptquartier zur Schau zu stellen. Auf Grund dieser Tat und ähnlicher anderer war sein Name zu einem Schrecken unter den Räubern und anderen geächteten Verbrechern geworden. Seine eigenen Männer fürchteten ihn um nichts weniger, denn er war als rücksichtsloser Vorgesetzter bekannt. Doch hatte er auch eine sanftere Seite. Er liebte Frauen außerordentlich, und wo immer er stationiert war, fand er sehr rasch eine Geliebte – meistens mehr als eine. Er hatte eine Ehefrau und Familie, aber sie spielten keine große Rolle in seinem Leben. Alle seine Interessen lagen woanders. Das einzige andere Interesse neben Frauen war klassische indische Musik, für die er ein sehr feines Ohr hatte.

Einmal im Jahr gab der Raja Sahib ein Abendessen für die Prominenz der Gegend. Das waren Beamte aus der Stadt – der Bezirksrichter, der Polizeichef, der Bezirksarzt und alle übrigen –, für die diese Einladung das größte gesellschaftliche Ereignis des Jahres war. Der Raja Sahib hätte gern auf diese Gelegenheit verzichten können, aber es war, abgesehen von seiner eigenen, die einzige Gesellschaft, die Sofia je hatte. Wochen vorher bereitete sie die Dienstboten auf das Ereignis vor – mehr durch gutes Zureden als durch Befehle, denn sie sprach stets mit allen freundlich –, und sie räumte alles Porzellan und Silber heraus. Wenn der große Abend kam, sprühte sie vor Aufregung. Die Gäste waren provinzielle, langweilige, ungebildete Leute, doch das schien sie nicht zu bemerken. Sie gab ihnen das Gefühl, daß ihre Anwesenheit ihr eine große Ehre bedeute. Sie lief herum und legte ihnen die Speisen vor und trieb ihre Diener an, eine Folge von Gerichten und Weinen hereinzubringen. Von ihrem Beispiel angespornt, zeigte sich auch der Raja Sahib der Gelegenheit gewachsen. Er war ein ausgezeichneter Geschichtenerzähler und unterhielt seine Gäste mit geistreichen Anekdoten und Urdu-Versen, und manchmal zitierte er sogar englische Dichter.

Sie applaudierten ihm, nicht weil sie immer verstanden, was er sagte, sondern weil er der Raja Sahib war. Sie waren entzückt, begeistert von der Unterhaltung und von sich selbst, weil sie es so weit gebracht hatten in der Welt, daß man sie hierher eingeladen hatte. Frauen waren nicht viele zugegen, denn die meisten Ehefrauen waren zu ungebildet, um in die Gesellschaft eingeführt zu werden. Jene, die gekommen waren, saßen ganz still in ihren besten Georgette-Saris und warfen verstohlene Blicke auf ihre Ehemänner.

Nachdem Bakthawar Singh als neuer Polizeichef in den Bezirk versetzt worden war, wurde er zum Abendessen des Raja Sahib eingeladen. Er kam allein, seine Frau war nicht geeignet, in Gesellschaft zu erscheinen, und sobald er das Haus betrat, war unübersehbar, daß er ein Mann mit außergewöhnlicher Ausstrahlung war. Er hatte eine gute Figur, einen intelligenten Blick und einen aufgezwirbelten Schnurrbart. Er bewegte sich selbstbewußt, ja mit einer gewissen Feierlichkeit – er war jedenfalls ein Mann, der seinen eigenen Wert kannte. Die großartige Umgebung brachte ihn nicht in die geringste Verlegenheit, doch genoß er alles, als wäre er derartige festliche Einladungen seit eh und je gewöhnt. Auch schien er die Anekdoten und Gedichte seines Gastgebers zu verstehen und Vergnügen daran zu finden. Als der Raja Sahib ein paar Zeilen von Shakespeare einflocht, gestand er freimütig, nicht folgen zu können, doch nachdem sein Gastgeber sie übersetzt und erklärt hatte, zollte er auch ihnen Beifall, wußte sie wirklich zu würdigen.

Nach dem Essen wurde musikalische Unterhaltung geboten. Die männlichen Gäste versammelten sich in dem großen Salon, einem enorm hohen Raum, der mit einer Glaskuppel die Gesamthöhe des Hauses noch überragte. Dort ließen sie sich auf Bucharateppichen nieder und lehnten sich auf seidene Polster zurück. Die Damen hatte man mit Autos nach Hause geschickt. Ihre Anwesenheit wäre unziemlich gewesen, denn die Musiker gehörten keiner geachteten Gesellschaftsschicht an. Lediglich Sofia war genügend emanzipiert, um diesen Vorbehalt übersehen zu können. Es war die erste Abendgesellschaft, an der Bakhtawar Singh teilnahm, die Hauptsängerin war eine bekannte Prostituierte aus Mohabbatpur. Sie hatte eine kräftige, gutausgebildete Stimme und war eine erfreuliche Erscheinung. Bakhtawar Singh wandte kein Auge von ihr. Er saß da und wiegte den Kopf und gab Rufe des Entzückens von sich über ihre besonders gelungenen Intonationen. Um seinetwillen bot sie die erlesensten Feinheiten ihrer Kunst, legte sie wie Köder aus, um zu sehen, ob er darauf reagierte, und er stöhnte auf wie vor Schmerz oder Leidenschaft. Da lachte sie. Auch Sofia war sehr berührt. Einmal wandte sie sich an Bakhtawar Singh und sagte:»Wie gut sie ist.« Er wandte ihr sein Gesicht zu und nickte, unfähig zu sprechen vor Bewegung. Sie war erstaunt, Tränen in seinen Augen zu sehen.

Am nächsten Tag dachte sie noch immer an diese Tränen. Sie erzählte ihrem Mann davon, und er sagte:»Ja, die Musik hat ihm gefallen, aber ihm hat auch die Sängerin gefallen.«

»Was meinst du damit?« fragte Sofia. Als der Raja Sahib lachte, rief sie:»Sag's mir!« Und sie trommelte mit den Fäusten gegen seine Brust.

»Ich meine«, sagte er, ergriff ihre Hände und hielt sie fest, »daß sie sich anfreunden werden.«

»Wird sie seine Geliebte werden?« fragte Sofia mit weit aufgerissenen Augen.

Der Raja Sahib lachte amüsiert.»Wo hast du denn so ein Wort gelernt? Im Kloster?«

»Wieso weißt du das?« beharrte sie.»Nein, du mußt es mir sagen! Ist er ein Mann von dieser Sorte?«

»Von was für einer Sorte?« neckte er sie.

Dieses Thema beschäftigte sie, und sie dachte im stillen weiter darüber nach. Wie immer, wenn sie über etwas grübelte, wurde sie schweigsam und in sich gekehrt und saß stundenlang auf der Veranda und blickte hinaus über die staubige Ebene. »Sofia, Sofia, woran denkst du?« fragte sie der Raja Sahib. Sie lächelte und schüttelte den Kopf. Er blickte in ihre seltsamen hellen Augen. Sie hatten etwas Rätselhaftes. Selbst wenn sie besonders ausgelassen und zärtlich war, schienen ihre Augen stets irgend woandershin zu blikken, in eine andere, ferne Landschaft. Es war unmöglich zu sagen, was sie dachte. Vielleicht dachte sie an überhaupt nichts, aber durch den abwesenden Blick erweckte sie den Anschein, als hielte sie einen Teil ihrer selbst verborgen. Das machte den Raja Sahib ganz verrückt vor Liebe. Er wollte ihr bis in die innersten Winkel ihres Wesens hinein folgen, und doch achtete er zugleich ihr Eigenleben und überließ sie sich selbst, wenn sie es wollte. Das geschah oft; dann saß sie da und grübelte und streifte auch im Haus und draußen im Freien umher, seltsam ruhelos. Letzten Endes jedoch kam sie stets zu ihm zurück und schmiegte sich an seine magere, graubehaarte Brust und schien dort glücklich zu sein.

Noch etliche Tage nach der Party war Sofia in einer dieser Stimmungen. Sie wanderte im Garten umher, obwohl es sehr heiß draußen war. Es gab so gut wie keinen Schatten, weil wegen des Wassermangels nichts dort wachsen wollte. Gelangweilt stieß sie mit dem Fuß nach Steinen, von denen manche von zerbrochenen Gartenstatuen stammten. Als es zu heiß wurde, kehrte sie nicht ins Haus zurück, sondern suchte Zuflucht in dem kleinen zerfallenden Fort. Es war sehr dunkel dort drinnen mit engen unterirdischen Gängen und steilen Wendeltreppen, von denen einige Stufen ausgebrochen waren. Manchmal huschte eine Fledermaus irgendwo aus einer Spalte. Sofia fürchtete sich nicht. Das Gebäude war ihr vertraut. Aber eines Tages, als sie in einem der engen steinernen Gänge saß, hörte sie Stimmen vom Dach. Sie hob den Kopf und lauschte. Dort oben schien etwas Schreckliches vor sich zu gehen. Sofia stieg die Treppe hinauf, stützte sich an den naßkalten Mauern ab. Ihr Herz schlug so laut, wie diese Geräusche dort oben waren. Als sie am Ende der Treppe ankam und auf das Dach hinausstieg, sah sie zwei Männer. Einer von ihnen war Bakhtawar Singh. Er schlug den anderen, der ebenfalls ein Polizist war, mit den Fäusten gegen Hals und Kopf. Als der Mann hinfiel, trat er ihn mit Füßen und zog ihn dann hoch und schlug ihn noch mehr. Sofia stieß einen Schrei aus. Bakhtawar Singh wandte den Kopf und erblickte sie. Einen Moment lang sah er in ihre Augen, und wie anders war der Ausdruck der seinen als damals, als sie voller Tränen gestanden hatten! »Mach, daß du fortkommst!« sagte er zu dem Polizisten. Man hörte das Schluchzen des Mannes noch, während er sich die Treppe hinunter entfernte. Sofia wußte nicht, was tun. Obwohl sie fliehen wollte, blieb sie stehen und starrte Bakhtawar Singh an. Er war ganz ruhig. Er zog seine Uniformjacke an, sorgfältig auf den korrekten Sitz von Kragen und Ärmeln, auf die Eleganz seiner Erscheinung bedacht. Er erklärte, der Mann habe seine Pflichten vernachlässigt und sei, um der Bestrafung zu entgehen, davongelaufen und habe sich hier im Fort versteckt. Doch Bakhtawar Singh hatte ihn aufgespürt. Er entschuldigte sich, den Grund des Raja Sahib unerlaubterweise betreten zu haben, und auch dafür – hierbei wurde er höflich und verbeugte sich vor Sofia –, daß er sie möglicherweise beunruhigt und erschreckt habe. Daß eine Dame Zeuge einer solchen Szene würde, hätte er nicht gewollt.

»An Ihrer Hand ist Blut«, sagte sie.

Er betrachtete seine Hand, verzog das Gesicht und wischte dann das Blut ab. (War es sein eigenes oder das des anderen Mannes?) Neuerlich zog er seine Jacke zurecht und strich sich glättend über das Haar. »Kommen Sie oft hierher?« fragte er mit einer Kopfbewegung nach der Treppe und trat dann höflich beiseite, um ihr den Vortritt zu lassen. Sie begann hinunterzugehen und blickte zurück, um zu sehen, ob er ihr folgte.

»Ich komme jeden Tag«, sagte sie.

Ihr fiel es leicht, die dunkle Treppe hinunterzusteigen, die ihr vertraut war. Aber er mußte sich sehr vorsichtig den Weg hinunter ertasten, weil er fürchtete zu stolpern. Sie sprang die letzten beiden Stufen hinunter und wartete im Freien in der Sonne auf ihn.

»Sie kommen ganz allein her?« fragte er. »Haben Sie keine Angst?«

»Wovor?«

Er antwortete nicht, sondern ging zur Rückseite des Forts. Hier stand sein Pferd und wartete auf ihn, graste zwischen den Nesseln. Er sprang in den Sattel, gab dem Tier einen leichten Schlag auf die Flanken, und es galoppierte davon, als freute es sich, ihn auf dem Rücken zu tragen.

In dieser Nacht war Sofia sehr unruhig, und am Morgen hatte ihr Gesicht jenen umwölkten, leidenden Ausdruck, der einen ihrer Anfälle ankündigte. Aber als der Raja Sahib das Zimmer verdunkeln und sie dazu bewegen wollte, sich niederzulegen, erklärte sie bestimmt, daß es ihr gut gehe. Sie stand auf, sie nahm ein Bad, sie kleidete sich an. Er war überrascht. Für gewöhnlich gab sie den ersten Anzeichen eines Anfalls sehr rasch nach – aber nun erklärte sie sogar, ausgehen zu wollen. Er freute sich sehr und küßte sie, als wollte er sie für ihre Standhaftigkeit belohnen. Später an diesem Tag aber, als sie ins Haus zurückkam, hatte sie doch einen Anfall, und er mußte neben ihr sitzen und ihre Hand halten und ihr die Schläfen reiben. Sie weinte über seine Güte. Sie küßte ihm die Hand, in der er die ihre hielt. Er blickte in ihre seltsamen Augen und sagte:»Sofia, Sofia, woran denkst du?« Sie jedoch bedeckte rasch ihre Augen, damit er nicht in sie hineinschauen könne. Und dann mußte er sie von neuem beruhigen.

Wann immer er versucht hatte, sie zu einem Arztbesuch zu bewegen, hatte sie sich dagegen gesträubt. Sie sagte, sie brauche weiter nichts, als daß er neben ihr säße, und sie würde von selbst wieder gesund werden, und so war es auch. Jetzt aber erzählte sie ihm, sie habe von einem sehr guten Arzt in Mohabbatpur gehört, der auf Nervenleiden spezialisiert sei. Die Fahrt war lang und ermüdend, aber sie beharrte darauf, es sei nicht notwendig, daß der Raja Sahib sie dorthin begleite; sie könne allein hinfahren, mit dem Auto und dem Chauffeur. Sie stritten liebevoll darüber, aber erst, als sie erklärte, nun gut, dann werde sie eben gar nicht fahren und sich nicht behandeln lassen, gab er nach. So ließ sie sich jetzt einmal in der Woche allein nach Mohabbatpur fahren.

Der Raja Sahib wartete ungeduldig auf ihre Rückkehr, und die Abende dieser Tage glichen Festen. Sie saßen auf dem Dach, bei Kerzenlicht und Wein, und sie erzählte ihm von ihrer Fahrt nach Mohabbatpur und was der Arzt gesagt hatte. Der Raja Sahib hatte meistens einen neuen Abschnitt seines letzten Blankvers-Dramas für sie fertig zum Vorlesen. Sie begann meist ganz richtig, bald jedoch mußte sie lachen und das Gesicht hinter den Seiten seines Manuskripts verbergen. Und dann lächelte er mit ihr und sagte: »Ich weiß, das ist alles ziemlicher Unsinn.«

»Nein, nein!« rief sie. Denn obwohl sie vieles von dem, was sie las, nicht verstand, wußte sie, es war Ausdruck seines romantischen Wesens und seiner Liebe zu ihr, beide so tief wie ein Brunnen. Sie sagte:»Ich bin bloß so dumm und lese so schlecht.« Sie riß sich zusammen und las weiter, bis sie wiederum hilflos vor Lachen war.

Etwas war sonderbar an ihrem Lachen. Es sprudelte wie immer hervor, wie aus überquellender guter Laune, aber nun schien ihre gute Laune beinahe übermütig, geradezu hysterisch. Ihr Mann lauschte auf diese neuen Töne, und sie gaben ihm zu denken. Er konnte sich nicht darüber klar werden, ob die Behandlung ihr gut tat oder nicht.

Zu seinen Dienstboten war der Raja Sahib sehr gütig; wenn aber einer von ihnen irgend etwas tat, das ihn beleidigte, dann entließ er ihn ohne Umschweife. Einer seiner persönlichen Diener, ein Mann, der zwanzig Jahre lang in seinen Diensten gewesen war, hatte sich eines Abends betrunken. Das war keineswegs ein ungewöhnliches Vorkommnis unter der Dienerschaft; das Haus lag sehr einsam, bot keine Vergnügungen, doch im Dorf konnte man reichlich billigen Schnaps bekommen. Für gewöhnlich schliefen die Dienstboten ihren Rausch in ihren Unterkünften aus, dieser Diener jedoch kam torkelnd zum Dach hinauf, um dem Raja Sahib und Sofia das Essen zu servieren. Es gab einen häßlichen Auftritt. Er fiel hin und wurde von den anderen Dienern weggeschleppt, wehrte sich aber heftig dagegen und brüllte fürchterliche Obszönitäten, so daß Sofia sich die Ohren zuhalten mußte. Das Gesicht des Raja Sahib verzerrte sich vor Wut. Der Mann wurde sofort entlassen, und als er am nächsten Tag elendiglich nüchtern zurückkam, um Verzeihung bittend, und um seine Wiedereinstellung flehte, wollte der Raja Sahib ihn nicht anhören. Allen tat der Mann leid, der eine große Familie hatte und, abgesehen von diesen gelegentlichen Ausbrüchen, ein nüchterner und fleißig arbeitender Mensch war. Auch Sofia tat er leid. Er warf sich ihr zu Füßen, und auch seine Frau und seine vielen Kinder. Sie alle schluchzten, und Sofia schluchzte mit ihnen. Sie versprach ihnen zu versuchen, den Raja Sahib umzustimmen.

Sie sagte ihm alles, was sie sagen konnte – mit gehetzter, atemloser Stimme, fürchtete, er würde sie nicht ausreden lassen –, und sie ließ den Blick nicht vom Gesicht ihres Mannes, während sie sprach. Sie war entsetzt über das, was sie dort sah. Der Raja Sahib hatte sehr schmale Lippen, und wenn er zornig war, biß er sich darauf, so daß sie völlig verschwanden. Das tat er auch jetzt und sah so streng und unnachgiebig aus, daß sie das Gefühl hatte, gar nicht zu ihrem Ehemann zu sprechen, sondern zu einem hageren und verbitterten Alten, der sich nichts aus ihr machte. Unvermittelt stieß sie einen Schrei aus, und genau wie sich der Diener ihr zu Füßen geworfen hatte, so warf sie sich jetzt vor denen des Raja Sahib zu Boden. »Vergib!« rief sie. »Vergib!« Es war, als bäte sie um Vergebung für alle, die schwach waren und gefehlt hatten. Der Raja Sahib versuchte, sie zum Aufstehen zu bewegen, aber sie lag ausgestreckt auf dem Boden und versuchte immerzu, das Wort »Vergib« hervorzustoßen, doch sie brachte es nicht heraus vor lauter Schluchzen. Schließlich gelang es ihm, ihr aufzuhelfen; er führte sie zu ihrem Bett und wartete, bis sie sich wieder beruhigt hatte. Aber er war so erzürnt über den Anlaß dieses Anfalls, daß der Diener und seine Familie sofort das Haus verlassen mußten.

Sie schickte das Auto und den Fahrer stets in der Nähe der Klinik weg. Dem Chauffeur gab sie ziemlich viel Geld – für sein Essen, sagte sie – und wies ihn an, sie am Abend an der gleichen Stelle abzuholen. Sie erklärte, sie müsse den Tag über zur Beobachtung in der Klinik verbringen. Nach den ersten paar Malen war keine Erklärung mehr notwendig. Der Chauffeur streckte seine Hand nach dem Geld aus und verschwand bis zur verabredeten Zeit. Sofia zog ihren Sari über den Kopf, verhüllte ihr Gesicht damit und stieg in eine Fahrradriksha. Der Treffpunkt, den Bakhtawar Singh für sie ausgewählt hatte, war ein baufälliges zweistöckiges Hotel, mit einem Speisehaus im Erdgeschoß. Es stand in einem sehr armen, abgelegenen, vergessenen Teil der Stadt, wo keine Gefahr bestand, jemals einem Bekannten zu begegnen. Zuerst hatte Sofia Hemmungen gehabt, das Hotel zu betreten, aber im Laufe der Zeit wurde sie kühner. Niemand sah sie je an oder sprach zu ihr. Wenn sie zuerst erschien, übergab man ihr schweigend den Schlüssel. Sie war überzeugt, daß die Hotelleute nichts von ihr wußten und sicherlich niemals ihr Gesicht gesehen hatten, das sie verschleiert ließ, bis sie oben war und die Tür sich hinter ihr schloß.

Anfänglich war er manchmal vor ihr da. Dann legte er sich auf das Bett, das einzige Möbelstück außer einem Eimer und einem Wasserkrug, und war sofort eingeschlafen. Er schlief immer auf dem Bauch, eine Wange in das Kissen gepreßt. Wenn sie hereinkam, blieb sie stehen und blickte auf seinen dunklen, muskulösen, nackten Rücken. Er hatte eine Narbe von einer Messerwunde. Mit dem Finger fuhr sie leicht diese Narbe entlang, und wenn ihn das nicht weckte, löste sie sein locker gebundenes Dhoti, das einzige Kleidungsstück, das er trug. Das weckte ihn augenblicklich.

Er war seltsam für sie. Die Narbe auf seinem Rücken war nicht seine einzige; er hatte andere auf der Brust und eine häßliche lange an seinem linken Oberschenkel, die er bei einem Gefängnisaufstand davongetragen hatte. Sie wollte alles über seine gewalttätigen Begegnungen wissen und über seine Knabenzeit, wie er sich emporgearbeitet hatte, sogar über seine niedrige Herkunft. Sie fragte ihn oft über die Sängerin bei der Abendgesellschaft aus. Stimmte es, was der Raja Sahib gesagt hatte – daß sie ihm gefallen hatte? Hatte er sie nachher aufgesucht? Er leugnete es nicht, lachte aber darüber wie über eine angenehme Erinnerung. Sofia wollte immer mehr wissen. Wie war es, mit einer solchen Frau beisammen zu sein? Hatte es andere gegeben? Wie viele und wie war es mit ihnen allen gewesen? Ihre Neugier belustigte ihn, und er hatte nichts dagegen, sie zu befriedigen, oft mit Demonstrationen.

Obwohl er viele Frauen gehabt hatte, waren sie meistens Prostituierte und Sängerinnen gewesen. Gelegentlich hatte er Verhältnisse mit den Frauen anderer Polizeioffiziere gehabt, aber auch die waren ziemlich derbe, ungebildete Personen gewesen. Sofia war sein erstes Mädchen aus gutem Hause. Ihre Vornehmheit faszinierte ihn. Er liebte es, ihr beim Anziehen zuzusehen, wie sie ihr Haar bürstete, ihre Haut mit Kosmetika behandelte. Er sah ihr gern beim Essen zu. Aber manchmal schien er ihr Zartgefühl absichtlich verletzen zu wollen. Er wußte zum Beispiel, daß sie die groben heißen Linsen haßte, die er noch von seiner Kinderzeit her so gern mochte. Immer wieder bestellte er große Mengen davon, mit grobem Brot, und stopfte sich damit den Mund voll und dann ihr, obwohl es ihr den Gaumen verbrannte. Mit wachsender Intimität brachte er sie auch dazu, Handlungen zu vollführen, die er von Prostituierten gelernt hatte. Es schien, als könnte er nicht weit genug in sie eindringen, körperlich und auf jegliche andere Weise. Ebenso wie der Raja Sahib war er fasziniert vom Ausdruck ihrer fremdartigen Augen, aber er wollte dieser Rätselhaftigkeit auf den Grund kommen und sie bloßlegen, wie alles übrige an ihr für ihn entblößt war.

Die Tatsache, daß sie eine Moslime war, hatte eine sonderbare Anziehungskraft für ihn. Auch darin war er anders als der Raja Sahib, der, als gebildeter Aristokrat, die Schranken der Kaste und der Glaubensgemeinschaft überwunden hatte. Aber für Bakhtawar Singh waren sie noch stark. In seiner Vorstellungskraft waren noch alle möglichen düsteren Aberglauben tief verwurzelt. Er fragte sie nach Dingen aus, die er in den engen Hindugassen hatte flüstern hören, aus denen er kam – die Beschneidungsriten, das Verzehren von unreinem Fleisch, was die Moslems mit jungfräulichen Mädchen taten. Sie lachte, sie hatte von solchen Dingen nie etwas gehört. Als sie ihm jedoch versicherte, daß sie nicht wahr sein könnten, nickte er, als wüßte er es besser. Er wies auf eine seiner Narben, von einem Hindu-Moslem-Aufstand herrührend, den er niedergeschlagen hatte. Er hatte etliche solcher Aufstände miterlebt und wußte, welche Grausamkeiten im Verlaufe derartiger Ereignisse begangen wurden. Er erzählte ihr, was er Moslems hatte Hindumädchen antun sehen. Und wieder wollte sie ihm nicht glauben. Sie bat ihn, nicht weiter davon zu reden; sie flehte ihn an, sie hielt sich die Ohren zu. Aber er zog ihr die Hände mit Gewalt von den Ohren weg und erzählte ihr weiter davon und lachte über ihre Reaktion. »Ja, das haben sie getan«, versicherte er ihr. »*Deine* Brüder. Das ist alles wahr.« Und dann schlug er sie, spielerisch, aber ziemlich fest mit der flachen Hand.

Die ganze Woche lang, jede Woche, wartete sie darauf, daß ihr

Tag in Mohabbatpur kam. Sie war ruhelos und fing an, Ausflüge in die nahe Stadt zu unternehmen. Es war die übliche Bezirksstadt, mit zwei Kinos, einem Gefängnis, einer Kirche, Tempeln und Moscheen und den Beamtensiedlungen, wo die Regierungsbeamten wohnten. Nun begann Sofia, dorthin zu kommen und die Frauen der Beamten zu besuchen, bis dahin hatte es ihr genügt, sie einmal im Jahr bei ihrer Abendgesellschaft zu sehen. Jetzt suchte sie sie häufig auf. Sie spielte mit ihren Kindern und entwarf Blumenmuster für ihre Stickereien. Während der ganzen Zeit waren ihre Gedanken jedoch woanders; sie wartete darauf, daß es Zeit würde zu gehen. Dann, nach hastiger Verabschiedung und dem Versprechen, bald wiederzukommen, stieg sie in ihr Auto und lehnte sich zurück. Sie wies den Chauffeur an – denselben Mann, der sie jede Woche nach Mohabbatpur brachte –, sie durch die Polizeisiedlung zu fahren. Zuerst kam die Kaserne der einfachen Polizisten – eine Reihe von Baracken, wo man Männern in Unterhemden und Shorts zusehen konnte, wie sie sich ihre Bärte ölten und Turbane um den Kopf wanden; sie blickten erstaunt von ihren Beschäftigungen auf, als die Limousine vorbeifuhr. Sofia lehnte sich zurück, um nicht gesehen zu werden, aber als sie an den Baracken vorbei waren und die Polizeidirektion erreicht hatten, blickte sie wieder gespannt aus dem Fenster. Jedesmal hoffte sie, einen Blick von ihm zu erhaschen, aber es geschah nie; das Auto fuhr hindurch, und sie wagte nicht, es langsamer fahren zu lassen. Aber noch eine weitere Attraktion stand ihr bevor, denn nach dem Amtsgebäude kamen die Wohnhäuser der Polizeioffiziere – des zweiten stellvertretenden Polizeichefs, des stellvertretenden Polizeichefs, des Polizeichefs.

Eines Tages beugte sie sich vor und sagte zu dem Fahrer:»Biegen Sie hier ein.«

»Hier hinein?«

»Ja, ja!« rief sie, wahnsinnig vor Aufregung.

Es war ein plötzlicher Impuls gewesen – sie hatte eigentlich nur vorgehabt, an seinem Haus vorüberzufahren, wie üblich – aber jetzt konnte sie nicht umkehren, sie mußte es sehen. Sie stieg aus. Es war ein altes Haus, noch zur Zeit der Engländer für ihren eigenen Polizeichef erbaut und jetzt eindeutig von Leuten bewohnt, die nicht wußten, wie man so ein Haus pflegt. Wo früher einmal ein

Vorgarten gewesen war, stand eine Kuh an einen Baum gebunden, die Veranda war nicht gekehrt und leer bis auf ein paar zerbrochene Kisten. Auch das Haus war so gut wie unmöbliert. Sofia wanderte durch die vernachlässigten Räume und erst, als sie in den inneren Hof vorgedrungen war, begann das eigentliche Leben des Hauses. Hier waren Kinder und Lärm und Kochgerüche. Eine Frau kam aus der Küche und starrte sie an. Sie hatte ein kleines Kind auf der Hüfte sitzen; ihr Gesicht war feucht von Schweiß, vielleicht von der Feuerstelle, und ein paar Haarsträhnen klebten ihr an der Stirn. Sie trug einen einfachen und ziemlich schmutzigen Baumwollsari. Eher hätte sie sein Dienstbote als seine Frau sein können. Sie sah älter aus als er, müde und abgearbeitet. Als Sofia fragte, ob dies das Haus des stellvertretenden Polizeichefs sei, schüttelte sie matt den Kopf, ohne ein Lächeln. Sie trug einem ihrer Kinder auf, Sofia das richtige Haus zu zeigen, und wandte sich ohne weitere Neugier zurück in ihre Küche. Ein Kind fing an zu weinen.

Bei ihrem nächsten Zusammentreffen erzählte Sofia Bakhtawar Singh, was sie getan hatte. Er war erstaunt und nicht ärgerlich, wie sie gefürchtet hatte, sondern belustigt. Er verstand ihre Beweggründe nicht, aber er zerbrach sich auch nicht den Kopf über sie. Er war schrecklich müde; er sagte, er sei die ganze Nacht auf gewesen (er sagte nicht, weshalb). Es war stickig in dem Hotelzimmer, und der Schweiß rann ihm über die nackte Brust und den Rükken. Es war auch sehr laut, denn das Zimmer ging auf einen Innenhof, dessen gegenüberliegende Seite an ein Kino grenzte. Von Mittag an dröhnte der ganze Hof von der uralten Tonspur – es war ein sehr armseliges Kino, und es konnte sich nur sehr alte Filme leisten – und erfüllte ihr Zimmer mit Bombay-Dialogen und Musik. Bakhtawar Singh schienen die Hitze und der Lärm nichts auszumachen. Er schlief trotzdem. Er schlief immer, wenn er müde war; nichts konnte ihn stören. Das erstaunte Sofia, ebenso wie seine Gleichgültigkeit gegenüber dieser Umgebung – das entsetzlich schäbige Zimmer und der Geruch von in billigem Öl Gebratenem aus dem Speisehaus unten. Aber jetzt, nachdem sie sein Haus gesehen hatte, verstand Sofia, daß er an trostlose Umgebungen gewöhnt war; und er tat ihr so leid, daß sie ihn zärtlich zu küssen begann, während er schlief, als wollte sie ihn für all seine Entbehrungen entschädigen.

Er wachte auf und sah sie überrascht an, als sie ausrief:»Ach, mein armer Liebling!«

»Wieso?« fragte er und fühlte sich ganz und gar nicht arm. Zum ersten Mal fing sie an, ihn über seine Ehe auszufragen. Aber er zuckte die Achseln, das Thema langweilte ihn. Es war eine Ehe wie jede andere, von ihren beiden Familien arrangiert, als er und seine Frau noch sehr jung waren. Sie war in Ordnung; sie hatten Kinder, Söhne und Töchter. Seine Frau hatte reichlich genug zu tun, er nahm an, sie war es zufrieden – und warum sollte sie auch nicht zufrieden sein? Sie wohnte in einem guten Haus, hatte genügend Geld für ihre Haushaltsausgaben und war geachtet als Frau des Polizeichefs. Er lachte kurz auf. Ja, wirklich, sollte sie über irgend etwas zu klagen haben, er wüßte gern, was das sein könnte. Sofia stimmte ihm zu. Sie wurde geradezu ungehalten, als sie an seine Frau dachte, die all diese Vorteile hatte und sich nicht einmal bemühte, ihm ein freundliches Zuhause zu bieten. Und nicht nur sein Zuhause – wie stand es um die Ehefrau selbst? Als sie an diese schmuddelige Gestalt dachte, eher eine Dienstbotin als eine Ehefrau, verstärkte sich ihre Empörung noch – und damit ihr zärtliches Mitgefühl für ihn, so daß sie ihn neuerlich umarmte und sogar ein paar heiße Tränen vergoß, die auf seine nackte Brust fielen und ihn vor Überraschung zum Lachen brachten.

Ein Jahr verging, und wieder kam die Zeit für die jährliche Party des Raja Sahib. Wie immer war Sofia schrecklich aufgeregt und begann mit ihren Vorbereitungen Wochen im voraus. Nur steigerte sich ihre Aufregung diesmal derart, daß der Raja Sahib sich Sorgen machte. Er versuchte, dem mit Späßen gegenzusteuern; er fragte sie, wen sie denn erwarte, welchen so furchtbar wichtigen Gast. Hatte sie den indischen Staatspräsidenten eingeladen oder vielleicht den König von Afghanistan? »Ja, ja, den König von Afghanistan!« rief sie und lachte, aber mit diesem hysterischen Tonfall, den er stets als so beunruhigend empfand. Und sie verlor auch zum erstenmal die Geduld mit einem Dienstboten, wegen nichts, wegen irgendeiner Kleinigkeit, und nachher war sie so bedrückt deswegen, daß sie gar nicht wußte, was sie alles tun sollte, um den Mann dafür zu entschädigen.

Die Party war, wie üblich, ein großer Erfolg. Der Raja Sahib brachte alle zum Lachen mit seinen Anekdoten, und auch Bakhtawar Singh erzählte ein paar Geschichten, die allen gefielen. Die gleiche Sängerin aus Mohabbatpur war bestellt worden, und sie unterhielt die Gäste mit der gleichen Könnerschaft. Und wieder – Sofia beobachtete ihn – weinte Bakhtawar Singh vor Rührung. Sie war zutiefst bewegt: Er war männlich bis zur Gewalttätigkeit (schließlich war er ja Polizist), und doch, welch sanfte und zarte Empfindungen steckten in ihm. Sie berauschte sich am Reichtum seines Wesens. Auch der Raja Sahib mußte ihn beobachtet haben, denn später, nach der Party, sagte er zu Sofia: »Unserem Freund hat die musikalische Darbietung dieses Jahr wieder sehr gefallen.«

»Natürlich«, sagte Sofia ernsthaft. »Sie ist eine sehr gute Sängerin.«

Der Raja Sahib sagte nichts, aber etwas in seinem Schweigen sagte ihr, daß er sich so seine eigenen Gedanken machte.

»Wenn nicht«, sagte sie, als hätte er ihr widersprochen, »warum hast du sie dann dieses Jahr wieder bestellt?«

»Ja natürlich«, sagte er. »Sie ist sehr gut.« Und er lachte still in sich hinein.

Da wurde Sofia plötzlich zornig über ihn – unvermittelt, heftig, genauso, wie sie es über den Diener geworden war. Der Raja Sahib war sprachlos vor Staunen, aber im nächsten Augenblick gab er sich selbst die Schuld dafür. Er glaubte, er habe sie mit seiner Anspielung verletzt, und er küßte ihr die Hände, um ihre Verzeihung zu erbitten. Ihre von der Klosterschule herrührende Empfindsamkeit belustigte ihn, aber sie gefiel ihm auch sehr.

Sie hatte das Gefühl, ihren Tag in Mohabbatpur nicht erwarten zu können. Am nächsten Morgen rief sie den Fahrer und gab ihm eine Nachricht, die er im Büro des Polizeichefs abgeben sollte. Wenn sie dem Fahrer Anweisungen gab, tat sie dies auf ganz besonders ausdruckslose Weise, und er nahm sie besonders ausdruckslos entgegen. Sie wartete in dem kleinen Fort darauf, daß Bakhtawar Singh auf ihre Aufforderung hin erschiene, aber es erschien niemand anderer als der Chauffeur, der ihre Nachricht wieder zurückbrachte. Er erklärte, er habe den Polizeichef, der nicht in seinem Büro gewesen war, nicht finden können. Sofia spürte eine fürchterliche Wut in sich aufsteigen, und sie mußte mit sich kämpfen, um sie nicht an dem Chauffeur auszulassen. Als der Mann gegangen war, sank sie gegen die Steinmauer und verbarg das Gesicht in den Händen. Sie wußte nicht, was mit ihr vorging. Nicht nur ihr ganzes Leben hatte sich verändert; sie selbst hatte sich verändert und war eine andere Person geworden, mit Empfindungen, die ihr vollkommen fremd waren.

Als ihr Tag endlich kam, verspätete sich Bakhtawar Singh unglücklicherweise (was jetzt häufig vorkam). Sie mußte in dem heißen kleinen Zimmer auf ihn warten. Die Kinovorführung hatte angefangen, und die Dialoge und Lieder kamen von der schadhaften Tonspur, hallten durch den Hof und das Hotel. Gemartert von dem Lärm, der Hitze und ihren eigenen Gedanken war Sofia jetzt überzeugt davon, daß er mit der Sängerin zusammen war. Wahrscheinlich vergnügte er sich so ungemein, daß er sie völlig vergessen hatte und nicht kommen würde.

Aber er kam doch, wenn auch zwei Stunden zu spät. Er war erstaunt darüber, wie sie sich an ihn klammerte, wie sie weinte und lachte und am ganzen Leib zitterte. Das gefiel ihm, und er küßte sie dafür. Im gleichen Moment erscholl aus dem Kino ein Lied. Es war ein alter Schlager – ein Lied, das Millionen gesungen hatten; alle kannten und liebten es. Bakhtawar Singh erkannte es sofort und fing an zu singen: »*Ach mein Herz, ist das nicht bitter, von ihm blieb dir nur ein Splitter, messerscharf – nun blutest du!*« Sie entzog sich ihm und sah, wie sein Mund unter dem Schnurrbart beim Singen vor Vergnügen lächelte. Sie schrie auf: »O du Schwein!«

Das kam wie ein Schlag ins Gesicht. Er hörte augenblicklich auf zu singen. Im Kino lief die Tonspur mit dem Lied weiter. Sie sahen einander an. Sie hielt sich eine Hand vor den Mund aus Angst – Angst vor den Abgründen in ihr, aus denen dieses Wort aufgestiegen war (nie, niemals in ihrem Leben hatte sie ein solches Schimpfwort ausgesprochen oder gedacht), und aus Angst vor den Folgen.

Aber nach einem Augenblick verblüfften Schweigens lachte er nur. Er zog sein Buschhemd aus und warf sich auf das Bett. »Was ist los mit dir?« fragte er. »Was ist passiert?«

»Ach, ich weiß nicht. Es ist wohl die Hitze, glaube ich.« Sie hielt inne. »Und das Warten auf dich«, fügte sie hinzu, aber so leise, daß sie nicht wußte, ob er es überhaupt gehört hatte.

Sie legte sich neben ihn. Er sagte weiter nichts. Der Vorfall und ihr Schimpfwort schienen völlig aus seinem Gedächtnis gelöscht. Sie war so dankbar dafür, daß auch sie nichts sagte, keine Fragen stellte. Sie war es zufrieden, ihre Vermutungen zu vergessen – oder wenigstens sie für sich zu behalten und mit ihnen fertigzuwerden, so gut sie konnte.

In dieser Nacht hatte sie einen Traum. Sie träumte, alles sei so, wie es in den ersten Jahren ihrer Ehe gewesen war, und sie und der Raja Sahib so glücklich, wie sie es damals waren. Aber dann, eines Nachts – sie saßen miteinander auf dem Dach, bei Kerzen- und Mondenschein –, wurde er von einem Insekt gestochen, das aus einer der Speisen herausflog, die sie aßen. Zuerst achteten sie nicht darauf, aber der Stich schwoll mehr und mehr an, und gegen Morgen wälzte der Raja Sahib sich in Todesqualen hin und her. Sein ganzer Körper war verfärbt; er war fast unkenntlich geworden. Etliche Menschen standen um sein Bett, und einer nahm Sofia beiseite und sagte zu ihr, der Raja Sahib werde innerhalb einer Stunde tot sein. Sofia schrie laut auf, aber im nächsten Augenblick erwachte sie, denn der Raja Sahib hatte das Licht angezündet und hielt sie in seinen Armen. Ja, derselbe Raja Sahib, von dem sie soeben geträumt hatte, nur hatte er nicht alle Farbe verloren, und er starb nicht, sondern war so wie immer – ihr Ehemann mit grauen Bartstoppeln und schmalen Lippen. Einen Augenblick lang blickte sie in sein Gesicht und, ganz wach jetzt, sagte sie: »Es ist schon gut. Ich hatte einen Alptraum.« Sie versuchte, mit einem Lachen darüber hinwegzugehen. Als er sie trösten wollte, sagte sie wieder: »Es ist schon gut«, mit dem gleichen Lachen, und bemühte sich, ihre Stimme nicht gereizt klingen zu lassen. »Schlaf nur«, sagte sie zu ihm und tat so, als werde auch sie gleich wieder schlafen, drehte sich auf die Seite, von ihm weg.

Der Gedanke an die Sängerin verfolgte sie weiterhin. Und schließlich dachte sie, wenn mit einer, warum nicht mit vielen? Sie selbst sah ihn nur für diese wenigen Stunden in der Woche. Sie wußte nicht, wie er seine übrige Zeit verbrachte, aber sie war sicher, daß er nicht viel Zeit bei sich daheim verbrachte. Dort hatte es so ausgesehen, als wäre der Herr dieses Hauses meistens abwesend. Und wie konnte es auch anders sein? Sofia dachte an seine Frau – ihr vernachlässigtes Aussehen, ihre Haltung unendlicher Müdigkeit. Man konnte von Bakhtawar Singh nicht erwarten, daß er dort seine Zeit vergeudete. Aber wohin ging er? Zwischen ihren wöchentlichen Zusammenkünften blieb ihm viel Zeit, wer weiß wohin überall zu gehen, und ihr blieb viel Zeit zum Grübeln. Sie gewöhnte sich an, den Chauffeur öfter zu rufen, damit er sie in die Stadt bringe. Die Damen in der Beamtensiedlung freuten sich immer, sie zu sehen, und jetzt fand sie mehr Gesprächsstoff für die Unterhaltung mit ihnen, denn sie hatte begonnen, sich für den lokalen Klatsch zu interessieren. Darauf verstanden sie sich ausgezeichnet, und sie erzählten ihr mit Wonne, daß der Arzt seine Frau schlug, der Richter Bestechungsgelder nahm und der stellvertretende Polizeichef eine Geschlechtskrankheit hatte. Und der Polizeichef? fragte Sofia, intensiv mit dem Einfädeln einer Sticknadel beschäftigt. Da schlugen sie die Hände vor den Mund und rollten mit den Augen wie über etwas, das zu schrecklich, zu skandalös war, um darüber zu sprechen. War er, fragte Sofia – und ließ die Nadel fallen, so daß sie sich bücken und sie wieder aufheben mußte – bekannt als . . . einer, der Abenteuer hatte? »Oh! Oh! Oh!« riefen sie, und dann lachten sie, denn wo sollten sie anfangen, wo aufhören, wenn sie über *seine* Abenteuer redeten?

Sofia kam zu dem Schluß, daß sie daran schuld sei. Zunächst war es die Schuld seiner Frau, natürlich, aber jetzt war es auch ihre. Sie mußte es einrichten, öfter mit ihm zusammenzukommen. Als ersten Schritt würde sie dem Raja Sahib erklären, daß der Arzt gesagt habe, sie müsse mehrmals in der Woche in die Klinik kommen. Der Raja Sahib war sofort einverstanden. Sie war so dankbar, daß sie in noch weitere Einzelheiten gehen wollte, aber er schnitt ihr das Wort ab. Er sagte, selbstverständlich müßten sie den Rat des Arztes befolgen, was er auch vorschlug. Aber die Art und Weise, wie er sprach – mit eintöniger, resignierter Stimme –, beunruhigte sie, und sie sah ihn genauer an, als sie das in letzter Zeit getan hatte. Ihr fiel auf, daß er nicht gut aussah. War er krank? Oder war es nur sein Alter? Er sah wirklich alt aus und auch abgemagert, bemerkte sie, mit seinem dünnen, faltigen Hals. Er tat ihr sehr leid, und sie streckte die Hand aus und berührte seine Wange. Sie war erstaunt über seine Reaktion. Er schien bei ihrer Berührung zu zittern, und der Ausdruck seines Gesichts verwandelte sich. Sie nahm ihn in die Arme. Er zitterte wirklich. »Fühlst du dich wohl?« flüsterte sie ihm besorgt zu.

»O ja!« sagte er mit froher Stimme. »Sehr, sehr wohl.«

Sie hielt ihn noch immer umschlungen. Sie sagte: »Warum schreibst du gar keine Dramen mehr für mich in letzter Zeit?«

»Ich werde wieder schreiben«, sagte er. »So viele du willst.« Und dann hielt er sie fest, als fürchte er sich, aus ihrer Umarmung entlassen zu werden.

Als sie jedoch Bakhtawar Singh sagte, daß sie sich nun öfter treffen könnten, sagte er, es würde schwierig für ihn werden. Natürlich wollte er es, sagte er – und wie! Dabei wandte er sich ihr zu und zitierte mit funkelnden Augen die Zeile eines Gedichts; da hieß es, wenn alle Wassertropfen des Meeres Stunden des Tages wären, die er mit ihr verbringen könnte, sie würden ihm noch immer nicht genügen. »Aber . . .« fügte er bedauernd hinzu.

»Ja?« fragte sie und bemühte sich, ihre Stimme ruhig klingen zu lassen.

»Pssst, pssst – horch«, sagte er und legte ihr seine Hand auf den Mund.

Im Nebenzimmer sprach ein alter Mann die mohammedanischen Gebete. Das Hotel hatte nur zwei Zimmer, eines ging in den Hof und eines auf die Straße. Das war während des Tages für gewöhnlich leer – allerdings nicht in der Nacht –, aber heute war jemand drin. Die Wand war sehr dünn, und sie konnten deutlich seine gemurmelten Gebete hören und sogar das Geräusch seiner den Fußboden berührenden Stirn.

»Was sagt er?« flüsterte Bakhtawar Singh.

»Ich weiß nicht«, sagte sie. »Das übliche – *la illaha il lallah* . . . ich weiß nicht.«

»Du kennst deine eigenen Gebete nicht?« fragte Bakhtawar Singh und war ehrlich schockiert.

Sie sagte: »Ich könnte jeden Montag, Mittwoch und Freitag kommen.« Sie versuchte, ihrer Stimme einen verführerischen Klang zu geben, aber statt dessen kam es sehr schüchtern heraus.

248

»Mach du's mal«, sagte er plötzlich.

»Was?«

»Wie er's macht«, sagte er mit einer Kopfbewegung nach dem anderen Zimmer hin, wo der alte Mann war. »Warum nicht?« drängte er sie. Er schien sich das ganz schrecklich zu wünschen. Sie lachte nervös. »Dazu braucht man einen Gebetsteppich. Und man muß den Kopf bedecken.« (Sie waren beide splitternackt.) »Mach's so, wie du bist. Na komm«, ermutigte er sie. »Tu's.« Sie lachte wieder, tat so, als wäre es ein Scherz. Sie kniete sich nackt auf den Boden und fing an zu beten, wie der alte Mann im Nebenzimmer betete, schlug mit dem Kopf auf den Boden. Bakhtawar Singh spornte sie an, beobachtete sie mit ungeheurem Vergnügen vom Bett aus. Irgendwie fielen ihr die Worte wieder ein, und sie sprach sie im Chor mit dem alten Mann nebenan. Nach einer Weile stand Bakhtawar Singh vom Bett auf und gesellte sich zu ihr am Fußboden und bestieg sie von hinten. Er wollte sie jedoch nicht aufhören lassen mit dem Gebet. »Weiter«, sagte er, und wie er lachte, als sie fortfuhr. Nie zuvor hatte er so viel Vergnügen an ihr gefunden wie an diesem Tag.

Aber dennoch wollte er sich nicht dazu verstehen, sie mehr als einmal in der Woche zu treffen. Später, als sie ganz sachte versuchte, auf ihrem Wunsch zu bestehen, wurde er ganz ausgelassen und fragte, ob sie nicht wisse, daß er ein vielbeschäftigter Polizist sei. Beschäftigt womit, fragte sie und bemühte sich, ebenfalls ausgelassen zu klingen. Darüber lachte er unbändig und war sehr liebevoll zu ihr, als wollte er sie für ihren guten Witz belohnen. Nach einer Weile jedoch wurde er ernsthafter und sagte: »Hör zu – es ist besser, nicht so oft durch die Polizeisiedlung zu fahren.«

»Warum nicht?« Nach ihren Besuchen bei den Damen in der Beamtensiedlung an seinem Büro vorbeizufahren, war noch immer der Höhepunkt ihrer Ausflüge in die Stadt.

Er zuckte die Achseln. »Sie fangen an zu reden.«

»Wer?«

»Alle.« Er zuckte wieder die Achseln. Er wollte sie ja nur warnen. Über ihn redeten die Leute ohnedies genug; sollten sie halt noch etwas mehr zu reden haben. Was machte ihm das aus?

»Ach Unsinn«, sagte sie. Aber sie konnte nicht umhin, sich zu
erinnern, daß die letzten paar Male sämtliche Polizisten vor ihren
Baracken auf ihr Auto gewartet zu haben schienen. Sie hatten ihr
zugerufen, als sie vorbeifuhr. In dem Moment hatte sie sich gewun-
dert, was das wohl zu bedeuten habe, hatte den Gedanken daran
aber bald wieder beiseite geschoben. Und tat das auch jetzt wieder;
die paar Stunden mit Bakhtawar Singh konnte sie nicht darauf verschwenden, über nebensächliche Dinge nachzudenken.

Sie erinnerte sich jedoch an diese Warnung, als sie die Damen
in der Beamtensiedlung das nächstemal besuchte. Sie war nicht
sicher, ob sie es sich nur einbildete, oder ob wirklich etwas anders
war in deren Benehmen ihr gegenüber. Manchmal glaubte sie zu
sehen, daß sie sich abwandten, wie um ein Lächeln zu unterdrücken
oder Blicke miteinander zu wechseln, die sie nicht sehen sollte. Und
als das Geplauder sich dem Polizeichef zuwandte, machten sie ganz
ausdruckslose Gesichter wie Leute, die mehr wissen, als sie sich an-
merken lassen wollen. Sofia entschloß sich zu der Annahme, daß sie
sich das nur einbilde; und selbst wenn dem nicht so sein sollte,
konnte sie sich deshalb nicht den Kopf zerbrechen. Später, als sie
durch die Polizeisiedlung fuhr, wurde ihr Auto wieder von den in
Unterwäsche vor ihren Unterkünften herumstehenden Männern
mit Hochrufen begrüßt, aber sie machte sich auch darüber weiter
keine Sorgen. So viele andere Dinge gingen ihr durch den Kopf. An
diesem Tag wies sie den Chauffeur an, sie wieder zum Haus des
Polizeichefs zu bringen, aber im letzten Augenblick – er war bereits
beim Tor eingebogen und mußte jetzt umkehren – überlegte sie es
sich anders. Sie wollte seine Frau nicht wieder sehen; es war beinahe, als hätte sie Angst davor. Und außerdem war es gar nicht
nötig. In dem Augenblick, als sie das Haus sah, wurde ihr klar, daß
sie nie aufgehört hatte, an diese traurige, schmuddelige Frau darin
zu denken. Ja, im Laufe der Zeit war ihr Bild nicht verblaßt, sondern deutlicher geworden. Auch stellte sie fest, daß ihre Gefühle
dieser unbekannten Frau gegenüber sich vollständig verändert hatten, sie war nun weit davon entfernt, mit Verachtung an sie zu denken, sondern hatte solches Mitleid mit ihr, daß ihr das Herz so weh
tat, als wäre es um ihrer selbst willen.

Sofia hatte nicht gewußt, daß einem das Herz im wahrsten

Sinne des Wortes weh tun konnte. Aber nun, da es begonnen hatte, hörte es nicht mehr auf; es war etwas, mit dem zu leben sie lernte, so wie ein Patient lernt, mit seiner Krankheit zu leben. Und darüber hinaus war ihr, wie einer Kranken, bewußt, daß dies erst der Anfang war, und daß ihre Krankheit sich verschlimmern würde und viele Stadien durchlaufen, ehe es mit ihr zu Ende sein würde. Von einer Woche zur anderen lebte sie nur für ihren Tag in Mohabbatpur, als wäre das die einzige Gelegenheit, bei der sie vorübergehend Erleichterung für ihren Schmerz finden konnte. Sie bemerkte nicht, daß sich im Gegenteil ihr Zustand an diesem Tag verschlimmerte und in ein akuteres Stadium trat, besonders wenn er sich verspätete oder mit den Gedanken woanders war oder – und auch das begann vorzukommen – wenn er überhaupt nicht erschien. Und wenn sie dann nach Hause zurückgefahren wurde, war der Schmerz in ihrem Herzen so groß, daß sie die Hand darauf legen mußte. Ihr schien, wenn es nur jemanden gebe, eine lebende Seele, mit der sie darüber sprechen könnte, so könnte ihr das ein wenig Erleichterung verschaffen. Und als sie auf den teilnahmslosen, unbeweglichen Rücken des Chauffeurs blickte, wurde ihr klar, daß er jetzt der Mensch war, der ihr am nächsten war. Es war, als hätte sie sich ihm ohne Worte anvertraut. Sie sagte ihm nur, wo sie hinwollte, und er fuhr hin. Er sagte ihr, wenn er Geld brauchte, und sie gab es ihm. Sie hatte auch für etliche Erhöhungen seines Gehalts gesorgt.

Der Raja Sahib hatte ein neues Drama für sie geschrieben. Der arme Raja Sahib! Er war immer da, und sie war immer bei ihm, aber sie dachte nie an ihn. Wenn ihr Blick auf ihn fiel, dann sah sie entweder nichts, oder wenn, verschob sie das Nachdenken darüber auf ein anderes Mal. Sie nahm wahr, daß etwas nicht stimmte mit ihm, aber er sprach nicht davon, und sie war ihm dankbar, daß er ihr nicht seine eigenen Sorgen aufdrängte. Als er ihr aber von seinem neuen Drama erzählte, von dem er wollte, daß sie es vorlese, kam sie seinem Wunsch gern nach. Sie bestellte ein herrliches Mahl für diesen Abend und ließ eine Flasche Wein kalt stellen. Sie kleidete sich in einen der Saris seiner Großmutter, einen goldenen, so schwer, daß es mühevoll war, ihn zu tragen. Auf dem Dach wurden die Kerzen in blauen Glaszylindern entzündet. Sie las sein Drama so ausdrucksvoll, wie sie in ihrer Klosterschule gelernt hatte, Dichtung vorzutragen. Wie üblich verstand sie einen Gutteil dessen, was sie las, nicht, dennoch bemerkte sie, daß in diesen Versen etwas anderes lag als früher. Da hieß es in einer Zeile: »Ach, wüßtest du nur, was es heißt, in der Hölle zu leben wie ich!« Das traf sie so, daß sie aufhören mußte zu lesen. Sie blickte hinüber zum Raja Sahib; sein Gesicht sah ziemlich geisterhaft aus in dem blauen Kerzenlicht.

»Lies weiter«, sagte er mit diesem sanften, selbstkritischen Lächeln, das er immer für sie hatte, wenn sie seine Dramen las.

Aber sie konnte nicht weiterlesen. Sie dachte, was weiß er davon, vom Leben in der Hölle? Doch als sie ihn weiterhin ansah und er sie weiterhin anlächelte, sehnte sie sich danach, ihm zu sagen, wie es wirklich war.

»Was ist, Sofia? Woran denkst du?«

Es hatte auf der Welt nie jemanden gegeben, der ihr in die Augen blickte, wie er es tat, mit solcher Liebe und doch zugleich mit so zärtlichem Respekt, der nie tiefer in sie dringen würde, als es zwischen zwei Menschen schicklich war. Und weil sie fürchtete, diesen Blick zu verändern, sprach sie nicht. Was wäre, wenn er sich von ihr abwandte wie damals, als sie um Vergebung für den betrunkenen Diener gebeten hatte?

»Sofia, Sofia, woran denkst du?«

Sie lächelte und schüttelte den Kopf, und mit großer Anstrengung fuhr sie fort zu lesen. Sie erkannte, daß sie es ihm nicht sagen konnte, sondern es weiter allein tragen mußte, so lange wie möglich, obwohl sie nicht wußte, wieviel länger das noch würde sein können.

Verlagsgemeinschaft Ernst Klett Verlag –
J. G. Cotta'sche Buchhandlung
Die Originalausgabe erschien unter dem Titel
»Out of India« bei William Morrow & Co Inc., New York
© 1957, 1963, 1966, 1968, 1971, 1972, 1973, 1975,
1976, 1986 Ruth Prawer Jhabvala
© für die deutsche Ausgabe Ernst Klett Verlage
GmbH u. Co. KG, Stuttgart, 1989
Fotomechanische Wiedergabe nur mit
Genehmigung des Verlages
Printed in Germany
Schutzumschlag: Klett-Cotta-Design
Gesetzt aus der 10 Punkt Century von
Fotosatz Janß, Pfungstadt
Gedruckt auf säurefreiem und holzfreiem
Werkdruckpapier von Röck, Weinsberg
Gebunden von Röck, Weinsberg

CIP-Titelaufnahme der Deutschen Bibliothek

Jhabvala, Ruth Prawer:
Eine Witwe mit Geld : Erzählungen aus Indien /
Ruth Prawer Jhabvala. –
Stuttgart : Klett-Cotta, 1989
ISBN 3-608-95565-8

PAUL SCOTT
DAS REICH DER SAHIBS

Band 1:
Das Juwel in der Krone
526 Seiten, ISBN 3-608-95325-6

Band 2:
Der Skorpion
533 Seiten, ISBN 3-608-95326-4

Band 3:
Die Türme des Schweigens
439 Seiten, ISBN 3-608-95327-2

Band 4:
Die Verteilung der Beute
658 Seiten, ISBN 3-608-95328-0

»Für den meisterhaften Romancier, der im Krieg
als Nachrichtenoffizier und bei mehreren späteren
Reisen in den Subkontinent mit ebenso scharfem
Auge wie teilnehmendem Herzen wahrgenommen
hat, was die über dreihundertjährige
Kolonialherrschaft der Briten in dem Riesenreich
Indien angerichtet hatte, war die umfangreiche
Tetralogie zorniger Rückblick und traurige
Bestandsaufnahme zugleich.«
(FAZ)

NACHSPIEL
Roman
327 Seiten, ISBN 3-608-95411-2

KLETT-COTTA

CHRISTOPHER J. KOCH
EIN JAHR IN DER HÖLLE

Roman. 356 Seiten, ISBN 3-608-95561-5

Die Ereignisse des verhängnisvollen letzten
Regierungsjahres Sukarnos bilden die Kulisse für
einen Polit-Thriller, wie ihn Graham Greene hätte
schreiben können, und für die menschliche Tragödie
von enttäuschter Hoffnung, verratener
Freundschaft, verschmähter Liebe. Billy Kwan, der
Zwerg, der dazu verurteilt ist, ein Leben aus
zweiter Hand zu führen, meinte, er könne den Gang
der Geschichte beeinflussen. Die erste Kugel an
jenem denkwürdigen 30. September traf ihn
und zerstörte den Traum von Selbstbestimmung
und Freiheit für ganz Südostasien. Denn dies sollte
nur der Anfang sein. Inzwischen hat Vietnam
aus dem Bewußtsein der Welt ausgelöscht,
was 1965 geschah.

»›Ein Jahr in der Hölle‹ dokumentiert eine
schlimme Phase in der Geschichte Südostasiens, die
durch Vietnam fast aus dem Bewußtsein der Welt
getilgt worden ist. Schon deshalb kann dieser
Roman nicht genug gerühmt werden.«
Anthony Burgess

KLETT-COTTA